宫开理

著

Tianhe Hupan Cao Qing Qing

天河湖畔草青青

湖水清清水流长

天河湖畔好风光 风帆点点渔歌晚

鲤跳荷莲蜓蝶忙

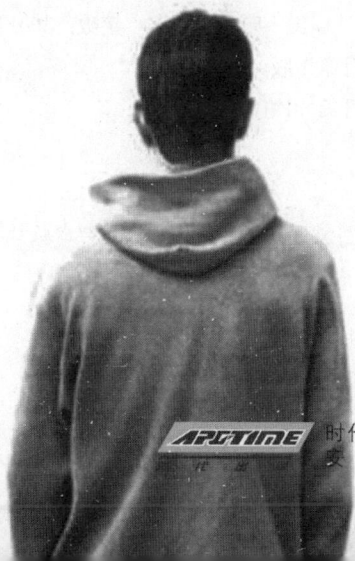

APGTIME

时代出版传媒股份有限公司

安徽文艺出版社

图书在版编目（ＣＩＰ）数据

天河湖畔草青青/宫开理著. —合肥：安徽文艺出版社,2019.4
（2022.7重印）
ISBN 978-7-5396-6416-3

Ⅰ．①天… Ⅱ．①宫… Ⅲ．①长篇小说－中国－当代
Ⅳ．①I247.5

中国版本图书馆CIP数据核字(2018)第 150065 号

出 版 人：姚 巍
责任编辑：姚 衍　　　　　　装帧设计：丁　明
....
出版发行：安徽文艺出版社　　www.awpub.com
地　　址：合肥市翡翠路 1118 号　　邮政编码：230071
营 销 部：(0551)63533889
印　　制：山东百润本色印刷有限公司　　(0635)3962683
....
开本：710×1010　1/16　印张：17.5　字数：300 千字
版次：2019 年 4 月第 1 版
印次：2022 年 7 月第 3 次印刷
定价：58.00 元
....

序

闵凡路

凤阳是明朝开国皇帝朱元璋的故乡,是农村改革的发源地,那里有青山绿水,那里有中都城墙;那里有韭山仙洞,那里有迷谷狼巷。中外志士无不向往,我的学生官开理就住在凤阳的鼓楼旁,多次欲往未能如愿,形成半生的憾缺。

九月九日中华辞赋高研班在小汤山开班之后,我才知道开理在工作之余,于省、市及国字号的报刊上发表数百篇的文章,出版过《清官官兆麟的故事》、《中都戏剧小品》、《千古传奇·说凤阳》(上下册)、《齐天大圣上访》、《清风明月》、《帝乡民俗风情》等八本著作,成果显著,深慰我心。

最近,我看了他的《凤阳赋》,写得好,是气势磅礴的宏篇大赋。他在首届中华辞赋高研班中的作业《小汤山培训微赋》写得也流光溢彩。特别是高研班结束那天晚会上,他为学员们演唱一曲现代京剧《誓把反动派一扫光》,那高亢的声调,优美的旋律,娴熟的动作,让所有的师生为之一振,给全体师生增添了永恒的记忆。

前不久,他发了一部三十多万字的长篇小说电子稿给我,题目是《天河湖畔草青青》,告诉我,此稿选题已全面通过,安徽文艺出版社近期正在筹备出版。应急,邀吾作序,我很为难。因我不喜欢写序,时间太短,迫于师生之情,只有领命。

常言道,受人之托,必终人之事。为赶嫁,我戴上老花眼晴,认真地阅读他的长篇小说,一字不落地看到底。正准备再翻第二遍的时候,老伴摘下了我的老花镜:"吃饭了,是什么文章把你迷得连饭也不吃了?"我才从小说的意境里走出来。

仔细回味,才发现开理是个有毅力的人,是位复合型的作家,堪称农家才子也!他借听朋友不鲜为人知的"三、六、九"传奇故事为引线,巧妙地把读者带进冗长的小说情节之中。尤其是田土曲折的人生道路中内心痛楚和精神生活美妙地铺展开来,小说中那扣人心弦的一幕幕戏剧性情节,艺术地将我引入迷谷。

全书三十八万字,四章二十六节,前面是"引子",概述天河湖的地理环境和历史概况以及小说主人公田土家族历史渊源,基本上是以浓缩的诗歌形式表现的。然后,他又以喝酒谈心的方式很艺术地把作品引入正文,启用第一人称回忆往事的写作手法,大跨度,全方位,超时空的高度视角,巧妙地采用古典文学的创作思路,浓墨重彩地描写田土一家三代人悲欢离合长达百年之久的人生经历。书中情节曲折新奇,荡气回肠,让人不忍释卷。人物塑造得形象逼真,性格鲜明,语言朴实无华,通俗易懂,确实是一部带有泥土味的原创佳作。

翻开书页,最使我震撼的是"引子"和第一章,田土从前的家事,似像非像我自己亲身经历过的那个时代,一些历史事件都时隐时现地浮在我的眼前,田土父亲十二岁那年,父母同时双双去世,更是一大悲哀。他们的离世给这个家庭带来了无限的痛苦和悲伤,使小说得到深层次地拓展。

小说是以一条主线和两条副线贯穿全文的。第一条副线是他家院中的老槐树,它不仅是田家祖辈繁衍的象征,也是田土爱情纠葛的见证,从文章开始就不惜重墨地描写院中的老槐树。在林园里,田土和成霞初恋之时又是在一棵槐树下,文章才有三诉槐情的描写。

第二条副线是古往今来养育着这片土地上祖辈族人的天河湖。小说从开头到结尾,作者的笔下,从来未离开过天河。一条暗线就是"三、六、九"。

小说的主线就是田土终生所酷爱的,也是随他走过半身苦难经历的"文学"。从田土写《银河传》后办《战地公报》,到组建天河文学社;从他在省报副刊上发表处女作,到县人武部新闻干事;再从新闻记者到省小说创作培训班;从创业到进城。从他重新考入工作岗位到他出版数本著作;干司法,搞调解;走北京;到西安,写戏剧;搞普法;建作协;办杂志;出著作,当主席,召开作品研讨会直至入狱,无不打上文学的烙印。小说紧扣主题,前后互应,戏剧性地把故事一步步地推向高潮。并非谬赞,小说忧得让你心碎,痛得让你钻心,迷得让你陶醉,喜得让你发狂,爱得确实真诚,"魔"力冲天。

　　小说最精彩的部分是田土回乡创业的艰辛与遭遇,曲折与坎坷,以及初进城的心酸,还有爱情的挫折和三个女人真情实感的互相交织。主人公将一段属于自己隐秘的历史和那一代人共同的历史,艺术地杂糅在一起,尽描人生百态;又将自己在工作岗位上所遭受到的不公正的待遇、爱情的烦恼、人生的命运,都饱含深情地描述出来,诠释奇妙人生。呈现了他个人命运与家国时代的碰撞,人生意义与生命价值的追寻,作者的才情从几个侧面得以展露,如在路旁激情发挥的哭丧词,可以说是借景生情把与朋友的深情厚谊倾诉到极至。还有在裁缝培训班的小楼上夜观七夕,对李会的真情所写的那首词;在监狱急中生情为老母所写的祭词,无不体现出作者不凡的才情和创作天赋。小说最大的特点是,以小见大,以星写月,用描述天河边上的一棵小草,暗喻一个顽强不屈的人;用一个家庭历史的细小侧面,反映国家的百年变迁和整个民族兴旺的宏大社会历史画卷。从小田土出生到成长、从创业进城到出狱。描述了他执着的进取精神,反映了中华民族顽强的抗争气节和自强不息精神!

　　最使人难忘的是他组建文学社、成立作家协会、创办刊物遭嫉妒,举步维艰,虽然迷雾重重,但他酷爱文学,痴心不改,直到他钻圈入狱仍无怨无悔,不忘初心。

　　小说开篇设的"三、六、九"谜底,最后才得以解开。

文章的结尾,田土悉知母亲去世时,他心疼万般,两次昏去,痛不欲生。第一次醒来仍然讨笔要纸为母亲作赋,悼念母亲之亡灵。读到此处,让你五脏六腑如刀扎,撕心裂肺痛不休。作者为了不让天下文化人心寒,他把笔锋一转,出现了让读者满意的妙笔。第二次苏醒时,他的莫逆朋友是省级大官,为了工作,田土被接进省城去写沈浩廉公的故事,题目是"清风明月"。这样让你意想不到的结尾出现了,多少也是对读者的一个安慰。正如洪何苗教授所说的那样:"田土人生的拐弯处总是文学。"

《天河湖畔草青青》接地气,草根深,能量正,教益人,是紧扣时代脉搏的原创精品。此书值得一读,我认为是多少年来出现的以母亲文学创作的一部草根型优秀文学作品。

掩卷静思:执着的文化人啊!为了自己的向往,不惧狂风暴雨,不怕千难万险,呕心沥血捍理想,千辛万苦修文学,精神可佳,令我钦佩!

点评者点到为止,高明者画龙点睛。上面所点之处并不深邃,还有大量精彩妙笔被忽略,只是尽点师生之意尔。以上赘述暂且为序,不到之处请方家批评指正。

2017 年 11 月 10 日夜
草于北京马连道东大街

(作者曾任《半月谈》杂志总编辑、新华社副总编辑,现任《中华辞赋》杂志总编辑。)

目 录

CONTENTS

引　子

我有个莫逆朋友,姓田,名土,字里里。人皆称之为"三六九"。小人物又不是朝王见驾,哪来的"三六九"这等显贵之说呢？究竟何意？我百思不得其解,为了追根溯源,我特地找到田土,半开玩笑地说:"我的田土老弟,人皆呼你为'三六九',何也？"

田土一愣,很幽默地说:"你是问三,问六,还是问九？揣着明白装糊涂！你是问我和三个女人的故事吧？"

我哈哈大笑:"不错,我就想听你和三个女人的传奇故事,快说来我听听。"

"那不行,不付代价,随便听我的曲折经历和不为人知的传奇故事,不可能！绝对不可能！看蚂蚁上树能增强闲情逸致,喝茶谈心能释放疲惫人生,哪有空穷扯闲吹？"

我很清楚,他要"敲诈"我。为了能听到田土的七彩人生,我真的备了一桌酒,弄四个硬菜,把五粮液朝桌上一放:"这你总该能讲了吧？"

田土看到酒,心花怒放:"早该如此,常言道:大笔写大字,大人干大事。要想取之,必先予之。"他也不管三七二十一,像一只八天未食的馋猫,旁若无人地开酒自己喝起来,三杯酒过后,他深情地说:"美丽的故事一般都是从相遇开始。"

接着他情感喷发,抑扬顿挫地开始作起了长诗。

湖水清清水流长,天河湖畔好风光。风帆点点渔歌晚,鲤跳荷莲蜓蝶忙。

涂山巍巍耸云乡,禹王宫外松涛响。防风屈吟犹在耳,湖水奔淮巨波扬。

荆山坡上石榴黄,望淮楼下白乳酿。天河岸畔菊花瘦,田上草驮河边秧。

灵泉寺内银杏王，唐将拴马益生床。八公岭下仙人洞，果老骑驴奔海洋。

蝴蝶坝起红星亮，神母无奈去咸阳。莲花池内赤龙跃，精峰山麓飞凤凰。

柳珠耀眼双龙抢，汤和墓前吟诗章。翻开身前身后事，悲歌起处总向阳。

我很不耐烦地说："不要咬文嚼字，你的破诗比李杜如何？赵翼说：'李杜诗篇万口传，至今已觉不新鲜。'现在的诗歌还有谁愿读啊？何况是听呢。不客气地说，我实在不愿听当下这些胡编胡诌的烂诗，你那熊诗比酒还醉人，听之就像吃黄连，又像啃蜡，田土啊！我极想听到的不是诗，是你和三个女人的传奇故事。"

他抹了抹嘴，笑着说："说书人开篇，四句为诗，八句为纲，一十二句引断沟开。性急吃不得热豆腐，精华部分还须再弄几瓶茅台方能如愿，不然到此为止，这叫书到交关拦一板。"

"你真黑！五粮液让你喝掉半瓶了，放的都是些虚屁。别卖关子了，天不早了快说吧。"

"说完怎么办？"

我无奈，只好允他故事讲完后再搞一顿大餐，并答应给他搞瓶茅台，当面发誓绝不食言。他这才懒洋洋地说："好吧，吃人嘴软，拿人手短，就看在这瓶五粮液和后面茅台大餐的面子上，先说一段给你听听。故事从家事开始，至少你要让我先说点故乡的山水河流、历史概况、美丽景色和纯朴的人间情愫吧？你得让我理理思路再说呀！"

"烦人！办事没有××磨×的功夫多！要不你把吃进去的硬菜和半瓶五粮液吐出来？"他看我想变脸，笑了笑说，"我被你'强奸'了，天下没有卖后悔药的。"这才清了清嗓子，云山雾罩地侃起了大山。

"说书不兑水，听书嗷着嘴。"

接着他开始说起他家乡的地理风貌和美丽富饶的故乡情愫。

"白云萦绕的涂山，险峻挺拔，山峦叠翠，气势磅礴。立于山巅，风悠悠空谷来兮，雾蒙蒙涧底生烟，俯瞰云海波涛翻滚，仰望天际虚无缥缈。真可谓,人在天庭走,胸生万里云。

涂山依偎着天河,无语、无悔、无惧。静静的和谐,淡淡的孤寂,闲散的意境犹如人生,慢慢地把岁月怀念,却永不停息地为世人演绎着人间美好的风尚,记载着天河湖畔妙趣横生、极其动人的传奇故事。

涂山脚下是浩瀚无边的天河湖,湖水碧绿,清澈见底,白云朵朵,山影青青,山光水色融为一体。

真可谓:

瑟瑟西风净远天,江山如画湖中悬。
不知何处烟波瘦,日出呼儿泛钓船。

天河湖旁,是我可爱的故乡,这里蓝天白云,天高气爽,青山绿水,鸟语花香,鱼鳖虾蟹,游满河床。湖内荷花盛开,水上莲蓬昂扬,岸畔土肥地沃,五谷六畜兴旺。有赛江南形象之美称,有仿塞北特有之风光,天河湖畔千千树,无愧江淮鱼米乡。

天河起源久也,据传当年大禹治水,派自己的亲外甥防风氏去挖河,他带领部众大干数日,禹王让他上涂山汇报进度。外甥上了河岸到舅舅大帐说:"大河挖有半人多深,几十人宽。"

禹王大怒:"挖这么多天却挖出这么个小阴沟子,半人深还敢妄称大河?推出去斩了!"防风氏跪于山下,禹王立于涂山之巅拿刀行刑,像锯树一样,杀了防风氏,鲜血从山顶流下来,在山坡处冲出一道深沟,血淌到山下,染红了两个偌大的沙滩,故曰"上红""下红"。当地至今还盛传着"尸横九亩地,血淌上下红"的传说。禹王杀了防风氏,到外甥挖河工地一看懊恼万分,原来他是用自己的身体做尺度的,他挖的河并非禹王想象的小阴沟子,实际是个一望无际的大湖泊。故禹王叹道:"天啊,河。"所以这个偌大的湖泊就被命名为"天河"。

想那天上银河,处昼则潜,由昏则见,映苍山而渐出,镶积石于河源,拂远树以将低,误一苇于天际,奔注肯随于川渎,高明自贯于星辰。

看故乡之天河,积千溪而汇巨湖,绕涂山而入浩淮;辽阔水域一望无际,水鸟起落或高或低,河草青青芦花飘逸。夕阳辉映嫣红如血,晨雾笼罩水天一体。望水光山色,令人流连忘返。

天河水可口甘畅,涂山坡果园琳琅,陡壁处林木深壑,徐风吹阵阵果香。温润湖畔绿草青青,家田野土爬满青秧。

故乡的人崇尚友谊,坦诚刚爽,乐善好施,菩萨心肠。奉行孝悌,爱幼尊长。疾恶如仇,旷世豪放。

我的祖先在两千多年以前,始居在山西老鸹巷,院内有棵老槐树,树上垒满了老鸹窝,在那时祖先也是个割据一方的藩王,故君主给我们家封赐堂号,祖先就以自家院子的老槐树申报堂号,君主也就封田家为"槐树堂",祖祖辈辈相传下来。如今,田姓族人相遇,只要提出自家堂号是"槐树堂",互相之间就确认是自家人。后有一支先祖因在建康做大官,万顷封地在句容,后人在封地上繁衍生息,所以句容是老田家第二故乡。久而久之,人口众多,财源滚滚,开街建庙,广施善德,八方来聚,便成了这里有名望的大户人家。当下,这里已成为句容市。

明洪武三年,因朱元璋下迁徙令,大户人家必须带头,故太祖母随夫携子,从南京句容迁徙到涂山脚下,天河湖畔,栗山西北而定居。由于人丁兴旺,百业昌盛,祖先就在这里建学校,树家邦,建古堆庙,修筑莲花塘,唱戏开街,德布湖旁。所以,这里便形成古往今来繁华的田家街市,南商北贾都来这里贸易交流、筑巢集居,至今街市仍货物齐全,满目琳琅,真可谓:

> 十里乡邻皆拥往,买衣购食卖豆浆。
> 店铺摊贩街市满,饭馆引子伴染坊。
> 家具铁器和农具,家禽家畜与牛行。
> 八方商贾往筑巢,乡间好似小苏杭。

就在这条古老的街面上,我家有两间店铺是祖上留下来的,多少代都依仗着这两间门面养家糊口。祖父承前启后,在街上开间杂货店,每天做出几十斤米糖、山楂糕和各式各样的果子,在这两间店面中销售。有人说,我奶奶做的米糖香甜可口,有诗为证:

> 酸楂糕红满脸膛,大泡果满身雪霜。
> 小精果酥脆可口,羊角蜜满肚流糖。

这个古老的田家老铺，方圆百里都知道。人们都称这个果子铺为"亮爷果子铺"。

我小的时候这两间门面已不复存在了，听说当年国家提出公私合营而被合并了。我家的后面就是天河，有数不清的小溪通往天河，鱼虾在溪中漫游，清晰可见。溪水清清，流水潺潺，纵横交错的小溪都流向天河，汇集成无边无际的天河湖。因为我从小就跟着父亲到河里捕鱼，所以这里的沟沟岔岔都有我的足迹。我和天河支支岔岔的涓涓细流结下了不解之缘。

据说，在我家四合院的老宅里，也有一株八尺多粗的老槐树，高数丈，上面也垒满了鸟巢。每到春末季节，那绿叶掩映的枝杈上，露出串串白色浅黄、很不起眼的小花。那些姹紫嫣红的百花风骚已尽，唯槐花独具芳香，天予之物，春生秋实，儿时，每到槐果丰熟的时候，我就拨开槐果那厚厚的荚子，挑食里面的淡白色仁肉，清凉可口，淡香满腹。

为什么我家院子里有这样的大槐树？可能就是因为我家祖先怀旧不忘祖宗而栽的呀！槐树是咱田家的万世根本啊，院中之槐是田家祖上遗留下的信物和对后人的希望与寄托吧！

老槐树啊老槐树，您和田家代代相伴，在我祖祖辈辈的历史长河中，历经多少苦难沧桑，引来了多少悲欢离合，擦去了多少辛酸的眼泪，挥去了多少人间的往事，更重要的是，演绎了多少传奇动听、栩栩如生、感人肺腑的生活故事，它的曲折人生就像这天河湖的淡水，源远流长。

第一章 家 事

第一节 我的祖父

天河湖水碧涟清,岸畔悲歌低声吟。代代耕耘求黄土,春去冬来泪满襟。

家家都有辛酸事,辈辈眷恋天河情。涂山巍巍永不老,饱蘸湖水书丹青。

人世如烟,天河如梦,最痛是情,最贵是真。1985年农历五月三十日早晨,大雾迷漫,百鸟不鸣,半点风丝也没有。村子里狗不叫,鸡无声,静得特别,静得让人难受。预示着塌天大事将要发生。

这是一个永远难忘的日子。清晨,大雾仍然紧锁,六点四十八分,父亲和我们永别了。天亮了,雾散了,家人和亲邻都沉浸在无比悲痛之中。

父亲走了,每每想起他的音容笑貌、性格为人、踏实淳朴的工作作风和任劳任怨做事的诚实品格,我感到他是个平凡而伟大的父亲。

据父亲说,我的祖先是三省的巡抚,官至二品,数代都是朝廷中人。到了曾祖父这一代,因遭兵灾而破家。祖父这一辈,自力更生,艰苦创业,虽不为官,却是个百里闻名的仁义士绅。他常年做生意,在他五十岁那年,凭自己勤劳的双手经商,挣钱买了三十一亩九分地,并建造了很大的四合院,院内有四间牛房、两间马棚,家里有四头牛、两头驴、两匹马,前厅后院,内外有别。在天河畔算得上是十里八乡的中等富户。我的祖父不仅精通商贾,财源广进,而且交际很广,乐于助人。在那兵荒马乱的年代,穷人的生命财产没有保障,地方的绅士显贵都朝不保夕,常常不知不觉就搭上了性命。我家住的是四合院,在马棚的上面建一个暗厢,专门给村里有头有脸的达官权贵们躲灾避难用的,这个不大的地方,不知救了多少士绅显贵的命。因此,这些士绅和各色头领对我祖父都特别恭敬,见之都称"亮爷"。

奶奶是村里出了名的大美人，见过她的人都说奶奶年轻时长得特别漂亮。苗条的身材、匀称的个头、两道弯弯的柳眉、深深的酒窝、一双水灵灵的眼睛，在天河边的百里村庄，貌压群芳，所以，人们称她为"盖天河"。那个时候的姑娘在出生的时候就定了娃娃亲，我的奶奶出生时也和别人家的姑娘一样，和我祖父定了亲。祖父十八岁那年被抓去当兵，因曾祖父、曾祖母都双双去世，只剩下我的十多岁的小祖父无人照顾。祖父为了照顾小祖父，设法从部队偷跑出来，几经周折才回到家乡。那时祖父已二十几岁了，奶奶一直等到二十几岁才和我祖父结婚。奶奶很善良，邻居有什么困难，只要找她，她从不推托。每年冬天，在春节前，奶奶都要预备一些过年的食物送给那些过不去年的邻居家，人们呼我奶奶为"善人"。

一天夜里，奶奶和祖父正在家烀枣子做枣糕。外边碎雪飘飘，朔风带着口哨呼呼作响。就在那尖叫的风声里，突然夹杂着孩子的哭声。奶奶停下手中的活计跑去一看，是个被丢弃的女婴，本来奶奶过门时间不长，自己还没有孩子，可她没有多想，就把啼哭的孩子抱到怀里。奶奶本来就是一个善良的好人，遇到这种事她当然义不容辞地把孩子抱回来，回家后在灯光下一看，孩子已经被冻得青头紫脸了，她忙给孩子喂点热稀饭，用温水给孩子洗一洗，然后把孩子揣进自己的胸前。半夜孩子恢复正常，她开始哭了。祖父看着孩子也很兴奋，并高兴地说："老天给我们送个孩子来，真是祖上的阴德，既然苍天赐我女儿，这孩子以后就叫'天赐'吧！"奶奶一听祖父的话，知道他要留下这孩子。年轻漂亮的奶奶在这个节骨眼上却犯了难，因为她当新娘的热气还没凉，这时候就有了孩子，别人怎么看呀？尤其是封建社会，因此她为难地说："人嘴两张皮，倘若有人要说三道四的，我该怎么办呀？"

祖父看出了奶奶的心思，很干脆地说："这是一条生命，如果不把她收留，我俩都有罪啊！天理不容！"奶奶害羞地说："我刚过门就抱个小孩，外人怎么看我，在别人的嘴里我是什么人呀？知道的说我们救孩子一命，不知道的不知会弄出多少新鲜的故事呢！"祖父断然地说："别人怎么看是别人的事，推车有正主，放屁有胯骨，只要我高兴就行，在我的心里这是一桩大喜事，你新娘的衣服还未脱下，又喜得千金，这不是喜上加喜吗？管别人说什么！我的家事我知道，想说由他说去。"奶奶没有办法，她在做新娘的同时，就做起了名副其实的妈妈。我的姑姑就这样堂而皇之地进了田氏家族的门。

为了做好家里的生意,同时要养好姑姑天赐,奶奶好几年都不要孩子,并叮嘱小祖父带好天赐姑姑,可小祖父当时是十多岁的小孩子呀!在姑姑没进门的时候,他特别自由,游手好闲,从不问家事,天天在外面玩,逼他到学堂里读书他偏不去,奶奶送了几次,他在课堂上不能坐三分钟。先生劝奶奶:"不要瞎子燃灯白费蜡了,你家这小叔确实不是念书的料。"祖父也说:"不要硬逼了,一根草苗顶个露水珠子,人生来都是吃饭的,不读书也能吃饭。不念就让他把做果子的手艺学好,将来就看着这个老铺吧!"

小祖父对家里凭空出来个丫头,既高兴又讨厌,高兴的是家里本无事,天赐姑姑让小祖父增添了一个开心的把戏;讨厌的是,奶奶天天把小天赐塞给他,把他拴住,让他带孩子。因为奶奶进门以后,就发现小祖父像脱缰的野马,玩蟋蟀,喂斗鸡,后期就光顾赌场,无束无管的,她初过门想管又怕祖父不依。小祖父年纪虽小,可经常在外面惹是生非,这下却寻到了管束他的最好机会,小天赐喂饱后就让他带。小祖父烦死了,见他想翻套的时候,奶奶就用软办法把他给拴住,哄他,奖他,有时他急了就把天赐姑姑抱到赌场上。一天,他抱着天赐去推牌九,钱也输光了,小天赐号啕大哭,他又不舍得打她一巴掌,气得自罚,只有放弃赌博,安心带孩子,再不去赌博的地方。奶奶窃喜,并偷偷对祖父说:"老天为了让咱管住二叔,特地给我们送来了小天赐,苍天真有眼啊!你看咱二叔野性渐渐被改过来了。"

小天赐一天天地长大了,祖父和奶奶对姑姑视若掌上明珠,小天赐每天都被奶奶给打扮得像朵出水的芙蓉,再加上她天生丽质,美丽之名不胫而走,虽然只有十多岁,但上门提亲的络绎不绝,刚到豆蔻年华,姑姑就不敢出门了,上街就被后生们阻截。一天奶奶和祖父商量:"小天赐长得这么俊,提亲说媒的这么多,我们实在得罪不起这么多亲朋啊!就是不怕得罪人,这早晚也会出事,常言道,女大不可留,留来留去留成仇,你在外面接触面宽,看能不能拣一个好人家给亲事定下来,不就了事了吗?"那时的姑姑说婆家都是父母和长辈做主,自己是当不了家做不了主的,都是媒妁之言,父母之命。说来也巧,这天祖父刚做完生意,一个文质彬彬的中年人,戴个黑色礼帽,挂个"文明棍"来找祖父。此人长得身材魁梧,浓眉大眼,五尺多高的个头,生得一表人才。他找到门上抱拳行礼:"请问亮爷在吗?"奶奶见家里来了陌生客人,忙问:"请问先生找亮爷有事吗?"

先生忙自我介绍:"在下徐再英,是东乡一个小保长,早听说亮爷的大名,今天专程登门造访。"

奶奶忙把客人迎到客厅坐定,然后差人去请祖父。祖父回家一看,客厅里坐着一位陌生的先生,忙躬身施礼,然后分宾主坐定,没等祖父开口,徐再英先问道:"冒问先生就是亮爷吧?"

祖父笑着点点头,正要往下叙话,突然案首老爷笑哈哈地走进门:"亮爷,晚辈来讨杯酒喝。"

祖父笑着说:"你是门下堂侄,这家里的酒都是你口中之物,今天怎么变外了?哪次你遇难关不都在此度过!家中哪里有好酒,哪坛有银圆你比我摸得都清。"

"亮爷别较真,晚辈不过是和您老开个玩笑罢了。"此时,徐再英猛地站起来,双手抱着案首老爷,深情地说,"汉卿,这些年不见面,真的想死我也!"

汉卿老爷也很惊诧地说:"想不到我俩能在亮爷家见面,缘!缘!万事皆是缘啊!"三人正谈得热火朝天的时候,奶奶带着天赐姑姑朝里面走,白云无意,青山有情。就这么一走,却注定姑姑一生命运,成就一桩苦楚的婚事。真可谓:只因瞬间一掠影,成就百年苦姻缘。

徐再英眼一扫,看见我的姑姑,眼前一亮,心里一惊,人说亮爷千金如花似玉,果不虚传,说道:"没想亮爷有这样一位倾国倾城的千金,不知亮爷千金定聘否?"

祖父说:"唉!为了我这掌上明珠,也不知得罪了多少亲朋好友,如今还没有安根。"

徐再英是听说姑姑美丽,特慕名来探访的,他是有备而来,见到我天赐姑姑又听我祖父说姑姑现在没安根,心里有底了。此刻,奶奶备上来一桌热腾腾的酒菜,徐再英喜出望外,分宾主落座后,三人大杯地喝起了老酒,推杯换盏喝到尽兴时,徐再英突然仰面大哭,祖父和汉卿都不知所措,最后汉卿生气地说:"你到底想干什么?有什么伤心事说出来我给你解决。"

"汉卿啊,你虽贵为案首,却不一定帮上我的忙,你也未必愿帮这个忙。"

汉卿很自信地说:"我俩同窗数载,情同手足,只要我能办的事我决不推辞!"徐再英一拍桌子:"君子一言,快马一鞭,我把心里的事说出来,你可不能随便反悔呀!"

汉卿猛地站起来,大声地说:"大丈夫一言既出,哪有反悔之理?"徐再英重新坐下,先倒一满杯一饮而尽,然后慢条斯理地说:"徐再英喝下这杯罚酒先告罪,早听说亮爷是人中豪杰,方圆百里的出名善人,家中有一丽女,今天在下专登田府,拜见亮爷,特为犬子求婚尔,请案首老爷做个保媒,叩恳不要推辞。"

汉卿一愣,他看着亮爷不敢擅自表态,屋里的气氛异常紧张,祖父认为他俩是串通好的,汉卿觉察到自己已经上了这老东西的当,他万没想到这老东西是有备而来。徐再英来时故意让熟人去告知田汉卿自己来亮爷家了,因为他们是同窗学友,汉卿听说他来了不可能不来看看,但不知道他来的目的,他真的想不到徐再英会来这一手。虽然这老东西做事有些欠妥,但毕竟男大当婚,女大当嫁,亮爷家的千金确实没有主,两家做亲也还算门当户对,这也算一桩好事。汉卿想到这,便顺水推舟地当起了我天赐姑姑的大红媒,我奶奶想说点什么,被我祖父拦住了。在那个时代,婚姻大事,媒妁之言,父母之命,就是圣旨,本人没有选择的权利,媒人便是引线,尽管如此,祖父还是推辞说:"这样吧!男婚女嫁是必然的事,容我考虑好了,定会让汉卿回话。今天话就说到这儿,喝酒!喝酒!"三人推杯换盏都喝得酩酊大醉。

没过多久,汉卿以同学的身份,以看望徐再英老母的名义,骑着高头大马到他家喝两场酒,回府禀告:"终于摸清了他家的底细。"在汉卿的促使下,祖父、奶奶终于答应了这门亲事。徐再英一听祖父和奶奶答应了这门亲事,赶忙请汉卿前来择聘,双方递了庚帖,风风光光地送来了聘礼,就这样,天赐姑姑就成了徐家预定的媳妇。

姑姑五岁的时候,奶奶才生下我的父亲。姑姑十七岁那年徐家派出隆重的仪仗队,抬着花红彩轿娶走了我的姑姑,父亲背着面桶哭泣着给我姑姑送到徐家,姑姑成了徐家的儿媳妇,奶奶心疼得睡了两天。回门的时候姑父背着盒子枪,向田门示威,祖父实在看不下去了,就找来汉卿私底下商量教训教训他。喝酒时案首老爷乘其不备下了姑父的枪,然后斥问姑父道:"这枪是再英让你背来问罪的吗?"姑父是国民党的一个丁勇,不知天高地厚,他对案首老爷的话还有些不服,便向案首老爷伸手,案首老爷三下五除二把他撂倒,姑父灰溜溜地出了家门。从此他怀恨在心,把田氏门中的人视为仇人。徐再英是个场面人,亲自到我家来赔礼道歉,案首老爷也不客气地说:"假设天赐在你家有个三长两短,别怪我汉卿翻脸不认人。"徐再英向祖父下了保证,奶奶看到姑父那种万恶的样子,后悔莫及,尽管徐再英低首道歉,下了保证,可毕竟他是老公公呀!姑姑总不能跟他一辈子,为此,奶奶终日担心我天赐姑姑而度日如年啊!

这天奶奶跟祖父建议:"他二叔也是二十多岁的人了,现在也没安根,干脆我们给他娶个老婆,我们也安心了。天赐给婆家了,家里正缺少人手,在外面查查头绪,只要人好,我们给他做主,了却一桩心事呀!"祖父点点头。

时间不长,就有媒婆上门提亲,奶奶由于吃了徐再英上门提亲没有深查的亏,对于小祖父的亲事特别谨慎,她真的根据媒婆的介绍暗访了小奶奶的家和本人基本情况。最终奶奶对小奶奶的容貌和为人都十分满意,才决定下聘。时间不长,祖父做主,让奶奶把小祖父的婚事给办了,小奶奶过门那天,小祖父还在赌场上呢。奶奶一边操办着他的婚事,一边还亲自到赌场上把小祖父揪出来强迫回家当新郎。最后,小祖父的婚事被奶奶给办得红红火火的。

天有不测风云,人有旦夕祸福。小奶奶过门不久,我的祖父在五十三岁那年的秋天,突然胸口疼痛,找了几个郎中反复医治不见效果,奶奶追问郎中祖父得的是什么病,他们谁也答不上来。奶奶终日守在祖父的病榻旁,小祖父负责在外面请郎中,小奶奶负责操持家务。只要听说哪个郎中医术好,小祖父就拿钱去请。半个月过去了,祖父的病日益加重,奶奶终日以泪洗面,吃不下饭,导致一病不起,没过三天就病逝于祖父的病榻前。祖父看着奶奶提前倒下,一口气没上来,也病死在床上。天下小雨,如泣如诉,老槐树被风吹得呜呜作响。乌鸦在拼命地叫,整个天都暗了下来。

常言道,娘在幸福在,娘在笑脸在。没有了父母,孩子就等于没有了天,失去了温床,掉进了冰窟。可怜,两位族间公认的善人,在同一天的下午双双去世,丢下了我十二岁的父亲和八岁的小叔。

这个消息如同晴天霹雳,立刻在四邻间传开,四面八方的人都拥来看亮爷一家突如其来的悲惨情景,不由得都痛哭起来。哭声震天动地,四邻悲切万分。深秋的天气,突然天上飘起了雪花。人们望着雪花都说:"老天爷为善人吊孝的。"十里八乡的村邻都为祖父、奶奶的死而哭泣。此情此景,人们都为我十二岁的父亲和八岁的小叔心酸伤痛。塌天的祸事对于两个可怜的孩子来说,好似晴天霹雳,小叔哭着要娘,父亲哭得数日不进食,终日在墙边上呆坐,有时高喊着:"娘,娘——你们回来吧!我想你们啊!"小叔也跟在父亲后面哭喊找娘,这对可怜的孩子谁见能不掉泪啊?

姑姑回来一声不吭,她一头撞到奶奶的棺材上,发出一声惨叫:"娘啊!"

便昏过去了。小祖父和小奶奶没有遇到过大事,看到家里放着两口棺材也不知所措,半点主张也没有。后有人献策说:"汉卿老爷不在家,暂时给两位善人丘上,等汉卿老爷回来再择茔入土。"小祖父只有这样做了。

时隔不久,小叔也得了病在院子里滚着哭,小祖父慌忙去请郎中,小奶奶就把小叔搂在怀里焐,父亲眼巴巴地在一旁守着哀号的弟弟束手无策,只有跟弟弟终日啼哭。可怜的小叔仅两天的时间就死了。有人说,这是我奶奶回来带走了小叔。小叔被小祖父背到野外瞒着父亲给掩埋了。父亲拼死拼活找小叔。小奶奶苦口婆心地劝父亲,好长一段时间才劝醒父亲。可怜一个幸福美满的家庭不到一个月,只剩下我孤苦伶仃的父亲终日以泪洗面。我祖父的弟弟接管这个家。可天一亮父亲就到奶奶的坟丘上哭,久久不愿离去。白天被人拉回家,父亲就晚上去哭,他年纪虽然不大,但一点也不怕,不是哭在奶奶的坟丘上,就是哭在小叔的坟上。后来不少好心人干脆白天轮班到坟上拉回父亲。足有半年,父亲都是这样度过的。

祖父死后的那年冬天,朝思暮盼的案首老爷回来了,他回来的第一件事,就是去到安放祖父、奶奶的棺材前拜了几拜,跪在棺材前大哭一场。回到我家,看到父亲的惨状,特别难过,主动出来为我的父亲埋葬父母。他首先找到我的小祖父,说:"你哥哥嫂子长期丘在那儿也不算事,还是让他们入土为安吧!"小祖父很高兴,因为他几次要为哥嫂办理丧事,都因为茔地无法选择搁置至今,既然案首老爷出面帮忙,他觉得自己有了主心骨,办丧事前两天,小祖父当掉家里十亩好地,当得白银二百两,专门为奶奶祖父开丧送殡而用。地理先生田汉卿为祖父奶奶找到一块茔地,风水很好。有人知道这块地风水好,就不让祖父奶奶埋在这儿,西面的一个赌棍欺负小祖父年少,向我小祖父借一百两当银,小祖父当然不给,他这钱是办丧事专用的。这个赌棍看要不去钱,派人勾引小祖父进赌场,小奶奶怕小祖父被他们勾去赌钱,终日不离小祖父身旁。赌棍恼羞成怒,因此组织一帮小混混拿着棍阻在东桥湾大桥的南头,不准祖父奶奶进坟茔下葬。案首先生挺身而出,开口说道:"死者是我的恩人,我在他家马棚里避过难,谁敢阻丧就是和我过不去,敢和我过不去的人,你要想想你的后果。"阻丧的人们一听案首老爷出面了都纷纷散去,赌棍们看大事不好,也仓皇而逃。所以祖父和奶奶被先生当家葬在一块叫"抱子葬"的地里。从此,祖父和奶奶才入土为安。

朔风横扫,万物凋零,天河湖上,结下厚厚的冰层,那些失去水域的水鸟,只有在冰面上走动,农村的孩子们为了逃避家庭的管束,三五成群地来到天河湖碰运气,寻找被冻在冰窟中的水鸟。可父亲不然,他经常跑到学校门口,趴在窗外面听老师讲课。他多么想像别的孩子一样,背着书包走进教室,坐在泥台后面听老师讲课啊!

小祖父、小奶奶他们都是面朝黄土背朝天的农家子弟,他们正年轻,对于孩子的心理也是摸不透,只是南田北湖地领着父亲干活,没有让父亲读书的意识。十来岁的父亲只有跟着他叔父拾柴拔草干庄稼,好在小祖父自从办完奶奶和祖父的丧事后,从不沾赌,彻底改变了到处赶赌的恶习。街上的门面撑不起来了,只有租给别人,父亲想要上学,可小祖父不朝上想。父亲想去挣点学费上学,在冬天没有活干的时候,就到他出嫁不久的姐姐家做小生意。

我这姑父后来成为国民党的便衣稽查,每天背着个盒子枪,脾气很大,经常帮着国民党保长向村民催粮要钱。虽然没有人命债,但他在地方没干什么好事。由于他在外面横行霸道,习惯成性,所以回家后根本不把姑姑和父亲放在眼里,对我姑姑非打即骂。父亲每当看到自己姐姐被打的时候,就不顾一切地奋起反抗,因此经常也挨我的姑父毒打,父亲和我姑姑这两个苦命的姐弟,经常背着人抱头痛哭。父亲十三岁那年冬天,天降大雪,他赤脚到天河市去卖秫秸,被冻僵在雪地里,有好心人把他救回。我的姑姑心疼得以头撞树,昏倒在树下,等她醒来的时候,头上的血还在不停地流。父亲看着姑姑头上流血,抱着苦命的姐姐撕心裂肺地号哭,姑姑抱着父亲也哭个不停,四邻看着这两个苦命的姐弟无不流泪哭泣,但他们惧怕姑父的淫威不敢出手相助。狠心的姑父不但不给姑姑治疗,反而破口大骂姑姑自作自受,姑父不让我父亲在他家,并赶他滚蛋,于是姐弟俩就和姑父据理力争。

姑父是个不顾家的人,他自己在外吃喝嫖赌,从不给姑姑一分钱。父亲看着他可怜的姐姐如此伤心,就到赌场卖花生,赚几个小钱维持姐弟俩的生活开支。仅靠这点微薄的收入,还要养活一个头直摇的坏婆子。这个坏婆子,是姑父的母亲。这老婆子坏得出奇,经常挑唆姑父打我姑姑,并且还摆谱。徐再英把我姑姑的婚事办完不久就病倒了,仅二十多天的时间,就驾鹤西去了。这坏婆子没有了丈夫不但不感到孤独和伤心,反而在家里称王称霸,自命不凡,整天装出大家闺秀的风范,动不动就动用家规家法。姑姑侍候得稍不如意,她便拿锥子、剪刀残酷地折磨姑姑。父亲看到这一幕,马上和老妖婆抗争。有一天,老妖婆拿锥子把姑姑的手面锥得鲜血直流,父亲就和老妖婆打在一起。老妖婆高喊:"反了!反了!"

双方正闹得激烈的时候,姑父挎着盒子枪回来了。他第一反应是父亲和姑姑在打他的母亲,因此姑父掏出盒子枪对准姑姑面额,父亲见此一个箭步跳往姑姑的前面,为姑姑挡住了枪口。姑父持着盒子枪停了会儿,大声地骂道:"你们这两个喂不熟的野狗,滚!永远别再进我家的门!"

父亲一听,忙拉着姐姐逃离了徐家。姐弟二人一路小跑,不分沟田,是泥是坑,直奔天河,怕姑父反悔追来。二人实在跑不动了,便坐下商议往哪去,最后决定跑到奶奶的坟上去。到了坟上二人拼命地痛哭。

这时天上下起了小雨,天也好像在为伤心的姐弟二人哭泣。树上的鸟儿也在为姐弟俩悲鸣。两人哭得死去活来,自觉没有活头,便商量着怎么死,一定要跟祖父奶奶上那个世界去。姑姑说:"弟弟,你还小,你是我家唯一的根啊!你不能死,你要坚持活下去,不要再想着死了,我到母亲那里一定告诉母亲,让她保佑你。"父亲说:"姐,父母不在了,你也要走了,弟弟也不在了,这个世上谁还是我的亲人?我一定跟你去找我娘!"二人说罢又抱头痛哭。

人生最痛苦的是幼丧父母,中年丧妻,老年丧子。这一双姐弟苦到这样。人世间亲情的感应只在一念间,也许是奶奶的点化,小奶奶在家正准备做饭,忽然感到坐卧不安,她第一个想到的是她的大侄子会不会出什么事情。他到天赐家这么长时间,是不是受到什么委屈?或者还有什么更糟糕的事。她想到这,好像悟到什么,打个寒战,赶忙从家堂的抽屉里抽几张纸钱,一直往嫂子的坟上跑去,她紧跑慢跑,跑到坟前一看,两个孩子哭得像个泪人,浑身都是泥。小奶奶流着眼泪,拉起两个孩子,跪倒在奶奶坟前。

酉时的天,麻麻喳喳的,天上有无数只乌鸦叫个不停。小奶奶又对着天空说:"乌鸦乌鸦你快走,我家运气才开头,不能为说几句话,就让我家路断头。"说罢,给奶奶磕了几个头,对着荒坟说,"嫂子呀,孩子们还小,你如果再让孩子们来你坟上哭盼,我以后永远不再给你送钱来。"说罢从怀里掏出一沓纸钱烧掉,"哥,嫂子,快来领钱吧,你下次不能让孩子单独来坟上了,孩子我带走了!你们在阴间该干什么干什么,孩子们有什么委屈有我呢!你们放心吧!"小奶奶流着泪向奶奶的荒坟三叩首,硬把父亲和姑姑拉回了家。

到家后小奶奶问两个孩子怎么回事,姑姑只哭不说话,还是父亲把前后的经过说了一遍。小奶奶哭了:"我苦命的孩子,怎么摊到这一家畜生!"小祖父抽过看家的猎枪就要去和我姑父拼命,被小奶奶拦下了。小奶奶擦了擦眼泪,语重心长地说:"你去和人家拼什么命? 小女孩是菜籽命,你侄女就是这个命,她摊上了这样的畜生不如的老小,这是老天爷的安排。当年哥哥嫂子又不是愣子,怎么就看上这一家畜生了呢? 只能听天由命,慢慢朝前过吧。女孩进入人家的门,生是人家的人,死是人家的鬼,你要拼什么命哟?"

小祖父被小奶奶的一席话说软了,只有放下猎枪,掏出烟袋吧嗒吧嗒地坐在地上吃闷烟,久久地不愿起来。

外面的雨下大了,小奶奶忙里忙外,烧锅做饭,给孩子做一顿丰盛的晚餐。哪知菜饭虽好,全家人围着桌子没有一个人伸筷子,最后全家还是围着小祖父哭成一团。

屋里闷得很,大家都沉浸在痛苦之中。姑姑的哭泣声撕心裂肺,父亲听姐姐哭,他也放声痛哭,停了好大一会,还是小祖父改变了全场的局面。他磕一磕烟灰看着小奶奶,很恼火地说:"这世道怎么了? 难道他们家欺负我的孩子,就这样算了吗? 打狗还要看主人,他们这样做,就是觉得我们家善良可欺,根本就没把咱放在眼里。"

小奶奶停下手中的活计,轻声细语地说:"咱不还是亲戚吗? 怎么办呢? 被咱家碰上了,即使哥嫂在,我想也没有什么好办法。咱在家等着,让他家上门找咱们! 不来请我们天赐,咱就不回去,咱家的孩子咱养得起。"就这样,两个月后,姑父来接了,姑姑坚决不回去。

小奶奶说:"这是徐家给咱家的好看,天赐呀! 咱做女人的就是这样,嫁鸡随鸡,嫁狗随狗,你是徐家的人啊,千错万错都是我那哥嫂粗心大意弄出来的错,没看准人,找了这么个不通人性的畜生! 话说回来了,小女孩是菜籽命,天赐呀! 你就这个命啊! 千讲万讲人家请我们来了,我们要装愣就是眼子皮,常言道,光棍见血就跳,眼子棒打不回,不能错过这个机会,咱不能不去。"姑母流着泪,只有听从小奶奶的安排。小祖父又找来当年的大红媒,把家事向他说清楚,要求他教训我姑父。田汉卿到我家,指着我姑父说:"我和你死去的父亲同窗,这门亲事是你父亲亲自上门求我而促成的,你如果再给妹妹气受,谨防我派人给你送进号子里,往后他姐弟俩有一点难过,咱俩都有算不清的账! 别看咱俩是郎舅关系,我敢代表你的父亲打断你的腿!"姑父吓得再也不见当年那耀武扬威的横劲了,只是抱拳道歉,再也不敢打我姑姑了。虽然如此,姑姑再也照顾不了她苦命的弟弟,父亲虽小,但他要自己走他苦难而曲折的路。

炎夏已过,正是金秋之际,秋之状,其色惨淡,烟霏云敛,其容清凋,天高月晶,砭人肌骨,其意萧条,山川寂寥。

秋之声,凄凄切切,呼号发愤,丰草绿缛而争茂,佳木葱茏而可悦,萍拂之而色变,木遭之而叶脱。解放了,姑父就好像冬虫秋草,他摊上了这样的烈秋,就等于摊上致命的灾难,再也没有他使横的空间。

第二节　父亲一生

常言道:"老猫呼呼睡,上辈传下辈。"从古到今,每家的上人都会把自己的酸甜苦辣和他人生的各个时期的经历做一个系统的总结。无论是辉煌的还是苦难的,是天灾人祸,还是自然遭遇,得过谁人的恩情,吃过多大亏都得给后人叙一叙,让后人勤勉立志或思孝报恩,不要再走自己走过的弯路。大人物写历史巨作,记载一生的辉煌,小老百姓只有言传身教。

我小的时候父亲经常给我讲述他在中华人民共和国成立初期的亲身经历。

中华人民共和国成立了,姑父被打成"坏分子",田汉卿也被划成地主。中华人民共和国成立后,父亲扛着红缨枪参加了查路条的队伍;土地改革,他又参加了民兵,夜里就去读夜校。可喜的是,我家的土地,基本上被我小祖父卖得差不多了,所以被划为中农。父亲参加民兵后,干事出色,很快被组织吸收为积极分子。

"嘿啦啦啦!嘿啦啦啦!天上出彩霞呀!地下开红花呀!"美帝国主义联军侵略朝鲜并打过了三八线,全国动员抗美援朝,凡是血性男儿都报名参军。

父亲主动要求去参军,组织上对这个热情参军的小同志很感兴趣,报名刚三天,他就高兴地换上军装。第二天就要奔赴朝鲜前线战场了,这时来了一个紧急通知——不准父亲归队,理由是年龄太小。父亲哭天喊地要跟带兵的入队,被小祖父和小奶奶硬拦了回来。小祖父哭着说:"孩子,这是上头的安排,你自己想去,是去不成的,这是上边的规定,年龄不到是不给去的,你不去也好,我哥留下你一条根,战场上子弹不长眼,一旦去了回不来,我亏心啊！"

后来才知道，是外公找人反映他是孤儿，并且年龄也不够，故不准他归队的。原来，父亲和母亲是外公和祖父当年做生意相处得较好，两位老人给我父母定的儿女亲家，这叫娃娃亲。因为祖父母双双下世，外公怕自己的女婿上战场回不来，才设法找个借口反映他是孤儿，让组织上审核他的年龄，一查得出他的年龄太小，不准他参军而将他留下了，但组织上对他入伍参战的一腔热忱，给记下了一笔积极上进的内账。

父亲十八岁那年就光荣地加入了中国共产党，是户中最年轻的党员，从那以后他就在当地当了基层干部，那个时候，虽然村里的女青年较多，但父亲谨遵遗命，半点不改死去多年的父辈在世时所定的亲事。一九五九年秋天，外婆和外公来找小祖父、小奶奶商谈我父母婚嫁的事，小奶奶说："男婚女嫁是应该的，不过这年成这么狠，我们办不起亲，办不成事啊！"

外公说："年成狠这是事实，但也不能因为这年成狠就不办喜事了，有一个钱成一个钱的事情，我们可以把婚事简办，你们说咋办就咋办。"就这样，父亲娶母亲时只赶头小毛驴，配上红鞍轿给母亲驮回来了。在那种艰苦的环境里，按照外公的意愿草草办了婚事是明智的选择，否则家史恐怕要改写。三年严重困难时期，人都穷得没饭吃。母亲过门不久，小奶奶哭着对我父母说："孩子啊，这年头不知哪天就饿死了，为了活命，咱们分家吧，分开了负担轻些，咱各自保命吧，只要能闯过这个难关，那就是老天不收我们。唉，看自己的造化吧！"

小奶奶把家里仅有的炊具分开，我家分个西瓜坛子，小奶奶他们家住在四合院的后面，我家住在前面，这样就正式地变为两家人了。父亲为了能日日看见后院中的老槐树，在我家的后墙上打个窗户，睡到床上，就能看到那棵苍翠挺拔的老槐树，也能聆听树上的百鸟吟唱。

父亲是年轻的共产党员，在大社任副社长，母亲被父亲安排在大社推磨，他们都是社里的骨干力量。母亲在牛屎堆里埋了一坛黄豆，夜里才敢抓一把回家，用水泡后烀汤喝，第一把豆子救了我的命，我活了下来。有人说我是大命人。

1965年冬天，一则骇人听闻的消息让家乡的小镇炸开了锅，人们奔走相告，老寡汉条子上吊自尽了。还有的人说，老寡汉条子被人像勒狗一样地给害了。各种传言沸沸扬扬。我刚刚记事，反正知道人们都围在一起说老寡汉条子上吊的事,互相争执,各说各的看法。突然生产队的仓库保管员来了,他冲着杂议的人们大声说:"只要不做亏心事,半夜打门心不惊。这与你们又不相干,你们这叫咸吃萝卜淡操心!都吃饱饭撑的!在事情没弄清之前别闲扯淡,死人头上有浆子,说不定哪句话说错了公安局让你蹲班房,那才是猪八戒照镜子——自找难看呢。都回家烤火去吧!"大伙听他们这么一说都散了。

我清楚地记得,那年冬天下大雪,齐腰深的雪覆盖了整个大地,天河湖上,白茫茫一眼望不到边。房檐下的冰锥都挂着地,人们被那保管员一席话说得真不敢出来说闲话了,都钻在家里烤火。

生产队发生的凶案惊动了上面,县公安局的领导直接找到我家。"田大队长在家吗?"公安人员问。

父亲正在为这起命案犯愁,一听有人喊他,忙迎出去。还没等父亲说话,来人喝问父亲:"我是公安局局长,姓刘。田大队长,你是党员,基层干部,这么大的案子发生在这里还待在家里,我看你是稀饭锅里煮元宵——浑蛋啊。你难道想不到什么叫人命关天吗?你好像什么事都没发生,你是干部真没有责任吗?"

我吓得钻进母亲的怀里号啕大哭,母亲搂着我,嘴里小声地念道:"田土莫怕,孩子莫怕。"

我在母亲的袄襟下,就听父亲大喝道:"我是共产党员,我既不是阶级敌人,又不是杀人凶手,凭什么逮我?你这是来办案还是来乱抓无辜呀?我们的人权都是平等的,你这是在耍威风。"那公安局局长很愤怒地说:"不可思议,你是不是共产党员?!"

"是的,我是共产党员,我是基层干部,虽然我有责任,但我想让这样的事发生在这里吗?说大话、耍态度、发脾气能破案吗?要设法破案这才是正题!我的局长大人你要冷静!你不和群众同呼吸共患难,你能破案吗?只有走群众路线你才能开展工作,才能立于不败之地,否则一无所获!"

我钻进母亲的怀里,偷看县里那个刘局长,黑大个,站起来像个铁塔,他被父亲的一席话说得半个时辰没吭声,坐在那里活像泄了气的皮球,瘫坐在破板凳上,父亲再也没和他搭腔。刘局长坐在板凳上,只是自己吃着闷烟,一根接一根,板凳底下扔了一堆烟头,还有几个春秋香烟盒子。天快中午,父亲出于礼貌,冷冷地送走了那个要逮他的"黑"局长。

刘局长不声不响地走出了我家的门,从那以后,我再也没有看到那个满脸凶气的"黑"局长,就这一幕,使我一生不会忘记父亲那威严而又不卑不亢的形象。不知为啥,往后再也没有人提起这桩案件。当地老百姓也不谈这个话题了。

时隔两年,父亲配合"四清"工作队查清了这起凶杀案。长大的我才知道,这是个争风吃醋所导致的情杀案。生产队里的保管员和那个老寡汉条子是情敌,两人早有摩擦,双方因都爱上一个寡妇,数次"顶簧",双方产生了仇恨。时间长了,由于双方争风吃醋的戏越演越烈,寡妇摆不平,最后偏向保管员。为了不受干扰,保管员提出弄死情敌,于是保管员和情妇制订了弄死老寡汉条子的具体方案。

要想捣蛋,碰上蒋干。他们决心刚下,正好赶上下大雪。老寡汉条子因数日被寡妇冷落没吃禁果,正在家长嘘短叹,风雪交加的夜更使他寂寞难耐。万没料到寡妇找来了,约他到野外一处孤零零的炕房里去做爱,老寡汉条子一听有些疑虑,说:"风雪大,不便去。"寡妇说:"在家干不方便,怕保管员找来顶上火。到野外炕房里安全。"老寡汉条子一听有理,欣然前往,他走到一片树林边上,有乌鸦在大树上叫了两声,使老寡汉条子毛骨悚然,他停住了脚步。老寡妇央求道:"快到地点了,一声鸟叫就坏了我们的好事?"老寡汉条子这才跟着她走进炕房。他只是想能满足自己的欲望,万没想到,这是圈套,这一去让他走上不归路。

老寡妇把老寡汉条子哄到自己身上,潮正起,老寡妇搂住不放,保管员突然出现,用事先准备好的檀绳套住脖子,老寡汉条子在兴头上,一声没吭地死于非命。两个奸人勒死了碍眼的情敌,最后毁了现场,把老寡汉条子吊上了炕房的梁头。

天苍苍,雪茫茫,三天过去了,老寡汉条子仍吊在炕房的木梁上。逮兔子的后生们,为追一只野兔而追进了炕房,后生们猛见吊在房梁上的死人惊恐万状,也不找里面的猎物,齐声高喊:"有人上吊自杀了!"

自杀的人悬在梁上,也没有人敢随便解下,是真自杀还是假象人们无法弄清。外面的现场被大雪覆盖,死者是一人吃饱全家都安的人。他是贫农,生产队年年分红他都得钱,每天都吹着口哨,唱着小调,生活得很乐观,他没有理由自杀。因此,案件变得扑朔迷离。

公安局暗访了半年,也没有理出一点头绪。没多久,保管员像往常一样又去和寡妇幽会,推门进去,借微光细瞧,她身上骑着一个熟悉的男人,仔细一看是个小队长,保管员醋意大发,情急之下,手持木棒大打出手,那男人被他打倒在地。此事惊动了四邻,保管员蹿出寡妇的家门,被四邻看得一清二楚。当夜小队长就住进了合作医疗室。第二天早晨,生产队召开批斗保管员的大会,社员批判他腐化的犯罪事实,他知道罪孽深重,当天夜里,他把身上所有的钱掏出来打酒买肉猛吃一顿,然后自己上吊自尽,结束了他短暂的一生。那件炕房凶杀案件,就这样悬在那里,搁置下来。

那个小队长也被撤销了职务。

两年后,父亲配合工作队,经认真的摸排,查清了这起因争风吃醋而导致的凶杀案,侦破了搁置多年扑朔迷离的凶杀奇案。

过去的生产队靠工分吃饭,我家姊妹六个,都是挨肩的,是队里最难的软腿户,全靠父亲和母亲挣工分。父亲是干部,一天到晚要么开会,要么就忙公事,家里的重担都落在母亲的头上,父母经常为家庭琐事吵闹,不管母亲怎么闹,他还是一心扑在工作上。母亲为了多弄点工分,在生产队干活休息时,还去砍牛草,人们说我母亲跌倒还要抓把土,是一个特能劳作的人。尽管如此,每到年底分红的时候就透支,队里分红账要是四六开,我家就稍好些,如三七开,那透支得就更多了。为了减轻家里的负担,我六岁就去给生产队放牛,每天能挣三个工分,由于人小没有力气,牛头一摆,我就会摔在地上,经常哭着去抓牛绳,队里规定只要牛吃生产队的庄稼被发现,三个工分就没了。那年我右胳膊上长个疮,家里没有钱治,父亲就到地里逮一只碗口大的癞蛤蟆,把肚子剖开,贴在我的疮上,然后包上。就这样我仍然每天还拉一头牛,从早放到晚。六岁孩子带病放牛,就为那可怜的三个工分。

过去收粮食要趁天气,最怕收割打场遇到雨天。为了争取时间,一般都是白天收割,晚上打场,打场时,打头场的领队用的都是最有力气的大老犍。为了提精神,不停地打着哈嗨,并且不停地和牛转圈。为了搞点工分,父亲说:"田土,你也去拉一条牛,在最后面,只要能跟得上就行了。"

打场,头磙最主要,头磙在前面均匀地放磙子朝外延伸,后面的磙子随便怎么打都行。这天是月亮头,六盘磙子在前面,父亲让我套盘磙子,在最后面。父亲正在头磙上精神振奋地打哈嗨,鼓士气。谁料,我拉的磙子不听使唤,它不朝里转硬往外跑,上去便和六个磙子斗起了头,把六盘磙子都搞乱了,还有的磙子压了牛腿,我的腿也被磙架碰出了血,整个场上弄得一团糟。父亲打我两巴掌："你都六岁了怎么一点不长记性？你把磙子套反了能不斗头吗？今天晚上的工分不给你记了。"我哭着跑回家，母亲十分心疼，便拉着我，在不停地空骂父亲，目的是给我解气，我知道母亲是在哄我。

父亲回家后，母亲说："家里有两条绞丝网，让田土到河里下网，一晚上逮几条鲫鱼，也比去挣那三个工分强。"我听从母亲的吩咐，天天去天河的浅水里下绞丝网，天天都能得十几条大鲫鱼。

有一天，我的脚被划烂了，伤口发炎，发了一夜高烧。离我家不远处有个小药铺子，铺子的主人是新来的，姓王，户中老少都称呼他为王先生。母亲提几条大鲫鱼，把我带到王先生家，称王先生道："他姑父，孩子的脚被划破了，你给他看看。"王先生说："这点小口子，没有大问题，在我手里小事一桩，等会给你上点药面子就会好的。"王先生真的给我的伤口上点药面子，简单地包扎一下。第二天母亲又提几条鲫鱼去谢他。哪知王先生又给疮口上点药面子，夜里又疼又痒，第三天，我又去上药，母亲又从缸里给我拿几条鱼，进了药铺子，里面是善嫂在那抓药，王先生不在，善嫂一看伤口不对，忙问："昨天的药是谁上的？"我说是王先生，善嫂好像心中有数，伸手从旁边的药柜里拿出另外一种药面，上着药还骂着："这个老畜生！没有人性！"虽然善嫂没指名骂王先生，但意思尽显。我的脚上过善嫂的药就干了水头，渐渐好了。

第四天，母亲说："田土不能好了伤疤忘了痛！"然后硬逼着我再送几条鱼去，我去的时候，王先生正好和善嫂在吵架，从半掩着的门里传出了王先生的大嗓门："你这婆娘，硬是把塘里的水往外放，要不是你多手多脚的，田土的大鲫鱼今天又该送来了吧！"

善嫂毫不示弱地说："老匹夫，心太黑，你怎么行医，你怎么为人，天知道。你坑孩子会遭报应的！"

王先生高声地叫道："臭娘们，吃里爬外的东西，大鲫鱼你吃够了吧！想吃拳头了可是？"我怕他真的打善嫂，故推开门把大鲫鱼摔进了门里头，转身走了。

我家是老透支户，但是只要家里喂头肥猪就有人帮着兑账。因为有肥猪抵着，少不了钱，还做个人情。如果哪年没喂出来猪或者猪病死了，便没有人敢说大话给我家兑账了。这个时候，只有小祖父站出来慢腾腾地把长长的旱烟袋在鞋底上敲了敲说："用我家的余款给田土家的透支账兑了。"小祖父说罢,习惯地头也不回就走了。

父亲经常在夜里背着渔网打着电筒到天河的支汊里去捕鱼,我每天早晨起床的时候都能看到母亲在拾掇鱼,然后上街去卖。用卖掉鱼的钱来支付一家人的生活用度,剩下的部分就留作填补透支款。母亲担心父亲捕鱼时会出什么问题,就让我跟着去背鱼篓。每逢月色天父亲让我去,黑夜时不让我去,因黑夜阴气大,他怕在黑夜里我沾上阴气生病。

父亲每天捕鱼到家以后,没有时间睡觉,总是三扒两咽地吃罢早饭,接着就做上工的准备。我家门前有棵老柳树,上工的铃就挂在这棵老柳树上,铃一响,社员们就扛着工具上工。父亲时常一手拿着杂面馍,一手拿着铃锤敲铃,然后喝半瓢凉水,拿着农具就下地。他每天都是第一个到田头,最后一个回家。母亲埋怨道:"别人当干部都在田埂上指手画脚,你倒好,什么事都跑在最前面,你就不能多长点儿心眼?你干得再多还是十工分。你这样把身体干坏了,我们娘几个怎么办?"母亲的话他总不往心里去,但也不反驳,有时候母亲说着说着就哭了,现在回想起来母亲的泪水大多是心疼父亲而流的。

记得有一年母亲认真闹着不让父亲当干部了,她真的闹到公社,公社书记语重心长地给母亲讲道理,并且阐明共产党员就是群众的杰出代表,况且这片只有他一个共产党员,最后说道:"你不让他当干部,这不是要取消党的领导吗?你说他不干能行吗?"母亲说:"我只说咱孩子多,他当干部处处要带头,一点私心也没有,家里负担这么重,六张嘴要吃饭呀!"书记耐心地说:"当干部就要起个带头作用,否则要干部何用?我们共产党员就要吃苦在前,享受在后,党章上面说得很清楚。"母亲说:"我不是党员不懂党章,反正这样下去我们没法活了。"父亲听到母亲的唠叨,很不耐烦地说:"队里这么多社员都活得好好的,难道就我家被饿死?我看孩子们不健壮得很吗?穷人的孩子天养活,况且还有共产党。"母亲被公社书记左劝右说得终于被说软了,仍然像往常那样支持父亲。

我家的菜没有油,小奶奶家过得较为富裕,我每端起碗就往后跑找小奶奶要菜吃,小奶奶总是把炒得香喷喷的咸菜端给我吃。时间长了,我便习惯地在小奶奶家找菜。他们家的姑姑叔叔们还时常拿我取乐。

一天,后面的小叔找对象了。母亲逗我说:"快去看看你花婶子在干什么。"小奶奶也说:"快去厨房看看你花婶婶。"我受大人们的指使,若无其事地进了厨房,只见叔叔给一个陌生的花姑姑在灶口续柴,她拿着火棍在锅门前拨火,红红的脸膛在炉火的照映下,光彩夺目。叔叔和她都不说话,双方都带着特有的羞涩,半个小时过去了,锅盖被热气顶得老高,叔叔费了好大的劲才从牙缝里蹦出几个字:"你可干?"拨火的姑姑停住手中的火棍,锅底的火苗熄了,从锅门窜出了缕缕浓烟。对着烟雾姑姑开口道:"你可干?"

"你干我也干。"

姑姑说:"干就干。"

我跑出了厨房,大人们聚拢来讨稀奇,都异口同声地说:"他们怎么谈的?"我被问急了就实话实说:"就说,你干我也干!"

大伙哈哈大笑,把这句经典恋爱对话编成了歌。生产队推车打号子用语,推车合力用劲的时候都领唱:"你干我也干呀!唉嗨哟!"

婶婶过门后,就不喜欢我,原因就是我放了她和叔叔的鸽子。我还一如既往地去小奶奶那扒菜,开始婶婶拉脸子,往后就直接干预,不阴不阳地说:"田土,你奶奶炒的菜太咸,不要扒那么多!"再后来我去就找不到菜了,小奶奶看我端着白饭要走,就给我送来眼色,告诉我婶婶藏菜的地方,然后我扒着菜就走了。慈祥的小奶奶,看到我扒过菜,端着碗走了才露出满意的笑容。

我有个邻居家的小伙伴叫田化,他比我大四岁,很顽劣。早晨他父亲让他起床拾粪,他虽然被喊起来了,但是困得像晕头鸭子,拾了几泡猪屎牛粪便跑到草堆头前睡觉去了,到吃早饭的时候背着粪箕回家。有一天他只拾得两泡牛粪就回家吃早饭,他父亲发现,认为田化准定偷懒了,就不给他饭吃,让他站在那儿,训道:"你看你,一早晨拾了几泡牛粪,可该给你饭吃?"田化很顽皮地冲着父亲说:"你说我粪拘少了,我看你吃不了。"此话一出,他父亲夺过他的粪铲耙把他痛打一顿。有次田化父亲在挖小园地,他母亲让他去喊他父亲吃早饭,父亲不理他,他问田潘:"我爸爸为什么不理我?"田潘说:"你喊他老大他保证理你。"田化真的对着他父亲高喊:"老大回家吃早饭!"他父亲提着锹跑回家给田化打一顿。

此事在天河边的小镇上传为掌故。

一天早晨,田化到我家说:"田土,我带你念书去。"我说:"没有书包。"田化从地上找一块塑料布,用针很快地给我缝了一个书包并递到我手里。"这不是书包吗?""也没有书呀!""学校有书,我带你到学校报名领书,回家再来问大人要五毛钱就行了。"我不想去,田化说:"你怎搞的？走！"就这样,我被田化稀里糊涂地拉到大队部学校,正式报名读书了。可是很长一段时间,学校的五毛钱学费给不起,大人又没有钱。当时很为难,几次想不念了,都被田化硬找去上学。这天我跟田化说:"我没有钱,五毛钱的学费交不起怎么读书？老师都点名了。"田化是个会操青皮的厚脸人。这天他带我到上海下放学生的屋里,对那个漂亮的女下放学生陈玉芳说:"田土交不起五毛钱学费。你就给他五毛钱吧！"陈玉芳伸手掏五毛钱给我,一下子被进门办事的父亲看到了,父亲拿着鞭子要打我,说我给他丢人。陈玉芳说:"大队长,你太不像话了,你应该支持孩子读书,不该要那些假面子。"田化小声地说:"五毛钱都掏不出来还打人呢！"父亲被田化小声的一句话羞得脸通红走了。我和田化拿着五毛钱高兴地又走进了学校。

一天,田化和我打皮卡迟到了,进不去教室。他说:"我俩干脆等下课再进去,进不去教室就干脆打卡片吧。"我俩就在学校门口打起了卡片,谁知被父亲在公社开会散会时碰上了,他气得把皮卡塞到我嘴里,命令我吃了,并气愤地说:"小小年纪就逃学,我看着你把皮卡给吃了！"

我不吃,父亲就用柳条打我。田化忙上前拦着父亲挡住我,很义气地说:"是我不让他进教室的,要吃皮卡我吃,你别打他。"田化真的把皮卡吃掉了。时事造就人,那个时候大人们为挣工分也顾不得管孩子,这叫穷人的孩子早当家。从那以后,我和田化再也不敢旷课了。

一天,田化说:"为了咱们下一年的学费,我俩拾粪搞点工分。"工分就是钱。我当时七岁,没啥心眼,田化说啥就是啥。我们说干就干,当天晚上就去拾粪。当时生产队每年都积肥,按斤数折成工分,私人家有粪,生产队积累后,按着级别和重量给你算工分,积多了粪,就能多换点工分,为家里也能抵一点账。我个头小,背着粪箕走不动,因为粪箕碰屁股,田化从家里给我找小粪箕,特别合适。田化说:"这粪箕就留给你吧。"

那是月色天,月亮被乌云蒙着,我和田化来到村东头一家小姓人家门前,田化朝着篱笆门上踹一脚,并将着下巴大声地说:"吭！老子要吃面糊子(稀面疙瘩用油炸)！"不想在旁边的粪堆上蹲厕的中年男子猛地蹿出来,这人个头不高,很结实,对准田化的屁股踹一脚,把田化踹倒在地下嘴啃泥,并气愤地说:"屙头大的小狗崽子,还敢充老子？"

我哪见过这种场面,吓得在旁边直哆嗦,便喊:"田化快跑！"那个矮个子大人一听踩的是自己的内侄，忙拉起田化很内疚地说："乖乖，这不是田化吗？这是你姑父家门，你也敢踩？你们家长期不朝我家来，也不认识我家的门才弄出这个误会，万万也想不到是你呀！快起来吧，姑父对不住你。"

我一场虚惊，这才放下悬着的心。这时的田化，土地爷放屁——神气来了，他爬起来背着粪箕大声地说："再朝我家去，砸断你的狗腿！"他说过撒腿就跑，害怕那矮个大人追上来再给他踩个嘴啃泥。我也跟在后面飞跑。我俩跑到一个大粪堆旁，田化说："这是东队的粪堆，咱俩把粪箕耙满回家。"我不敢下手，田化见我不耙粪，自己耙满后，又来给我的粪箕耙满，满嘴还责怪地说："这是东队的大粪堆，没有事的，就是被逮着，我姑父是队长，他能把咱怎的，这你看到了吧？我踢他家的门、骂他，不也没有事吗？"我这才恍然大悟，那个打他的人是他的姑父，并且是东队的队长。

由于田化姑父告密，我和田化的劣迹被父亲知道了，父亲狠狠地教训我一顿，说："拾粪是你们这样干的吗？这是偷粪，这是丢人的事，你懂吗？这样下去，今天偷集体的牛屎，以后长大了你可能去偷国家的飞机呢！永远不准再干这样丢脸的丑事。"

吃水不忘挖井人，吃鱼当思阻缺人。我亲眼看见父亲舍身堵缺那一幕。记得最清楚的是一次下大雨，生产队的鱼塘坝子被涨断，为了保住集体财产，父亲不顾一切率先跳下缺口筑坝保鱼。在父亲的带动下，十几个群众也跟着一起跳下水，终了保住了鱼塘。这事被母亲知道了，啰唆父亲："你这是愣头青！当干部重在指挥，你应该站在岸上指挥社员们下去。在战场上，哪个指挥官不躲在指挥部里？"父亲很恼火地说："你别敲山震虎、敲棒当锣，我有我的指挥方法，用不着你使歪点子！"

这年八月十五中秋节，全体社员每家都分得几十斤鲜鱼，社员们分鱼的时候都说："多亏大队长身先士卒跳到水里，否则哪有鲜鱼过节呢？"

我常想：长大了我也当个共产党员，就像父亲一样的共产党员。

我们姊妹多，十天半个月也吃不上一顿红烧肉，每次家里烧肉，母亲总是心疼父亲藏上半碗给父亲吃，可是父亲对母亲的做法很生气，就冲着母亲说："你把肉藏起来不给孩子吃，让我吃了能撑天？把孩子养大了什么都会有的。"他把母亲藏的半碗肉倒进大碗里，还站在我们的身后笑眯眯地看着我们狼吞虎咽夹肉吃。母亲总说："田土，你是老大，也该让你大大（父亲的称呼）吃两块肉呀！"我比二弟大两岁，可我也是个孩子呀！每听母亲这样一说，我就很不情愿地退到后面来。母亲就推着父亲上前夹两块肉，这事父亲就是不听母亲的。为了我们这群孩子，父亲总是拗着母亲，先让孩子吃好，然后自己才吃。

提起红烧肉，我想起了二弟精心演绎的一段有趣的小故事。我家一个表叔，长得浓眉大眼，故他的小名叫大眼，我们就喊他大眼表叔。他常说我家穷，来走亲戚只到小祖父家吃饭。母亲每次留他到我家做客，他总是不肯上门，母亲很难堪，那个年代亲戚不登你家的门，就预示着你家穷得没人沾了。一天，二弟到小祖父家玩，那个大眼表叔来了，他对我小祖父说："前面表嫂留我到她家吃饭，我不会去的，你看他家穷得叮当响，还敢来喊我吃饭？"弟弟记下这句话，并记得很深。

有一天，母亲真的把表叔留来家吃饭了，并烧了一碗特别香的红烧肉。母亲恭恭敬敬地把表叔推到上首坐定，心里有一种自豪感，心想：我家虽穷，来我家不也有红烧肉上餐桌吗？不料从中间杀出个黑马。二弟从外边进来，根据正常的惯例，老二是没有资格上桌子的。我是家里的长子，不管家里来多尊贵的客人，我都在桌上，因为我是家里的门面啊。今天二弟非上桌子不可，并且坐到桌前就一刻不停地吃起了红烧肉。母亲说："二子，这是招待你表叔的，吃两块下来吧！"哪知二弟坚决不下来，把母亲的话当耳旁风，并且一块一块地把一碗红烧肉都吃了。母亲失去了自豪感，同时也失去了尊严，觉得脸上实在挂不住，就啰唆我父亲："你个大人在桌子上就由着孩子！"父亲只笑不语，母亲又转过来对着二弟说："一碗肉只剩汤了，看你怎么办？"二子拿碗凉水冲着把肉汤也喝了。二弟喝完肉汤一句话也没说，抹抹嘴就出去了。母亲脸红得像黑夜的灯笼，一句话也说不出来，表叔哭笑不得，只得假惺惺地说："我们大人什么没吃过？应该让孩子多吃点。"后来才知二弟在报复表叔。

在那个年代，生产队的牛、马、驴都算是大牲口，只要队里的大牲口死了，社员们都很难过。生产队拉磨的老驴死了，这是社员最痛苦的一件事，这意味着各家要抱着磨棍推磨了。有它在，家家都能按号磨面。父亲是干部，接报后，到现场验明正身，让饲养员给剥掉皮，烀一烀分给社员吃，饲养员掉着泪剥着驴皮哽咽着说："驴死了，社员们都要抱磨棍子。"

为了不让饲养员过分伤心，父亲便陪着饲养员烀驴肉。夜深人静之时，几个每天都和我一起拾粪的小伙伴将我喊醒，我忙穿上衣服，背着粪箕就走,田化却把我的粪箕夺了下来:"今天喊你又不是去拾粪,你背这干啥?"我问:"那起这么早干啥?"田化说:"牛房那边在炸驴肉,看能不能搞点儿下水吃吃。"我们到了牛房看见父亲坐在锅边疲惫地睡着了,饲养员在草锅下被烟熏得看不见。我的任务是障目,田化负责提驴腿,田潘负责传递,一人在墙头外接货,四人分工负责进入岗位。我站在那儿挡住了饲养员的视线,负责提驴腿的田化真不含糊,也没看他是怎么搞的,便从大锅里提了一只驴腿传给了田潘,墙头外边专门接货的小伙伴抱着驴腿跑回了家。回头来又和饲养员瞒天过海地说几句话,表明我们都是空手走的,我们把驴腿弄到小伙伴家,将驴肉切成块,烩上粉丝,美美地吃了一顿大餐。在那年代,能这样吃上一顿,简直比吃国宴还快活,就像大烟鬼抽上几口烟炮,真过瘾,实在的香啊!只有那一刻才能真正体味到"天上龙肉、地下驴肉"的真正内涵!

这锅里少了条驴腿能不追吗?田化是一个很老练的家伙,在我们四人中间算是"老江湖",他真老练,首先找到我谈话:"田土,这生产队不见了驴腿肯定要追的,你大大是干部,并且昨晚还在场,肯定要审问你的,不准你承认,打死都不能承认昨晚偷驴腿的事。这事关我们四人的名誉问题,只要你一承认,这一罐尿就倒掉了。不但要赔驴肉,可能还要被批斗,那我们只图一时嘴快活,以后怎么抬头呢?"我的心像敲鼓一样地在上下翻腾,恐怕父亲审问这件事。可是父亲一直没有问我驴腿的事,这样一来把我想好的一大堆对词都给泡汤了。

第二天父亲和饲养员找驴腿,还上哪儿找去,驴腿已进入我们的皮囊。饲养员自责,表示自己有责任,父亲说:"昨晚上有什么人来过?"饲养员说:"来过的人很多,最后是几个小孩,其中还有你家田土。"父亲沉思了片刻,长长地叹一口气。他心里有底了,知道这些孩子是长时间被生活压抑得吃不上肉而出现了这样的事。他对饲养员说:"别说了,就是追到又能怎样?恐怕驴肉早就下了他们的肉皮囊。"最后饲养员说:"是我没看好驴腿,分驴肉时我家不要了。"

父亲很谦和地说:"你的母亲正在病中,你必须分点回家孝敬你的母亲,驴腿丢了我在场,责任应该由我负。"饲养员哽咽地说:"是的,我母亲是在病中,但你家孩子多,五六个小孩眼巴巴地等驴肉,你又拿什么来安抚几个孩子呀?"上午,生产队分驴肉了,母亲在家等着父亲分驴肉回家给孩子们加餐,可中午父亲快快地回家,母亲问驴肉的事,父亲说:"驴肉分得太少,被我当时给吃了。"母亲虽然满腹疑团,但张了几下嘴还是把话收了回去,母亲知道父亲绝不会这样做,其中一定有隐情,当着孩子的面,母亲也不好朝下问。父亲看着几个像小鸟候食似的孩子,脸上的表情实在无法形容,此刻我的心像针刺的一般,明明父亲在自罚,没分一块驴肉,可他偏偏说自己吃了,使我更纳闷的是,父亲对驴腿的事为什么不审不问。难道他真的不知驴腿飞哪去了? 难道他真的是个糊涂官? 都不是,所有事情他都知道,他心里太清楚了,只是佯装不知不说而已。更让我不解的是,父亲睡着了,驴腿被盗他一概不知,为什么丢驴腿的责任硬往自己身上揽呢? 我的心在流血,恨不能把自己吃的驴肉吐出来,只有内疚,很想上前把我们偷驴腿的事全盘托出,但想起田化的叮嘱,就失去了这个坦白的勇气。因为田化像我们的头,如果真的全盘托出,恐怕往后他再也不带我玩了,所以不敢向父亲坦白是自己伙同几个伙伴偷走了驴腿,怕祸及几个亲密的伙伴啊!

父亲有一件最心爱的宝物,那就是挂在我家北墙上的两条渔网,他每天干活回来都要把渔网提到门前迎着亮光补一补,哪怕是一个小洞也不放过,总是把所有的网洞找出来慢慢地给补上,然后用猪血浸泡,晾干把网放到锅里蒸上半个时辰,才把网提出来晾在树上,必须经过这个程序才能撒网捕鱼。

我家的东西都不在父亲的心中占据位置,除了几个孩子,还有那两条渔网了。邻居来我家借什么东西,父亲都不假思索地借给他们,唯独那两条渔网,再亲密的邻居和朋友来借渔网,父亲都犹豫半天才很不情愿地答应借,并一再嘱托:"不要把网剐烂了,小心一点,用好了就送回来!"有一年初冬,塘水刺骨地凉,那天父亲蒸过网,到一个大塘里试网,一网撒下去,网套在一棵死树根上,父亲拎着网绳拽了几下,他知道要把网拽上来网肯定要被撕烂,为了网的安全,父亲不惧凉水刺骨,跳下水钻个猛子,把网提出水面,网完好无损,可父亲却冻得浑身直打哆嗦。

父亲是个铁骨铮铮的汉子,不管遇到什么样的艰难险阻,总是坦然面对从不退缩,乐呵呵地出现在人前。唯有一次,也是我记事到如今仅见的一次。

我五岁那年,也就是 1965 年冬天,凛冽的西北风呼啸着,嘶吼着,狂舞的碎雪夹在刺骨的寒风中,寻找缝隙肆意乱钻。由于天河市人口多了,吃水成了该城市的重中之重,天河被立为该市的饮用水保护基地,要增加蓄水量,因此天河的水位提高，天河边上的土地长年被淹没于水中，河道被天河市的政府管理着，我们的土地都被他们养鱼提升了几米高的水位而淹没，可是他们不补不赔，老百姓去讨个说法，还被公社办学习班。土地被淹了，鱼也不准逮了，地也种不成了。这可苦了当地的八十多户农民，他们怨声载道。可也无人过问这些受灾的百姓啊！有少数的农民被逼得拖着个打狗棍，讨饭去了。

父亲经常对着退役的渔网发呆，闲搁的渔网在北墙上落满了灰尘。父亲两眼直勾勾地望着沉睡的渔网在想事情，有时候自言自语，不知道他在说什么。每见到父亲这种形态，我的心就在颤抖，原来他在想着天河湖畔社员的生活出路。自己打蒲包有了生计，全队社员怎么办？让全队社员都打蒲包肯定不行，因为塘少，蒲草少，同时使用对象也不多。为了全生产队社员的生计，父亲真的是寝食难安。他通过联系朋友，为全队社员找到一条活路，经过挑选和自愿报名，由他带队，把一部分身强体壮的社员领到板桥干铁路工，又呼之为铁路大修队。开始几个月社员们都分了不少钱，工作虽然累一点，但人们都干得一头劲。

天有不测风云，人有旦夕祸福。谁知干了五个多月的民工们刚尝到甜头，正在争先恐后地干着路工，大修队里发生了暗流涌动的变故。

上级领导给铁路大修队安排个会计，这个人长得獐头鼠目，一脸的阴险。父亲坚持用自己的会计就是不要他，僵持足有两个多月，大修队的领导来火了，把父亲找去很果断地说："田大队长，换会计的事你同意不同意都毫无意义。同意也得同意，不同意也得同意，这就是命令，自己想去吧！不换思想就换人！"

"如今的世道，说你行你就行，说你不行就不行，行也不行。"父亲从牙缝里蹦出几个字，就像几个扎人的铁钉："既然是这样，你们干啥和我说这些？"

又过了一会，上面领导又加重语气地说："我们这样做是对你田大队长的关心啊！难道一点感觉没有？你应该表示感激才是。你看你的表情，怎能让上级领导放心呢？上级主管部门对大修工人的经济严格管控，也就是让你少犯错误啊！"

大修队的全体队员们都来劝父亲："人家是上级，你是下属，既然他们下决心要换会计，你就让他们换吧！否则我们都得回去。"大队长为了顾全大局，只有听从上级的安排和工友们的劝慰。谁知这家伙一来，又招来不少的民工加入到父亲领导的大队，指挥部怕父亲不收，特地派领导来协调，父亲只有把新来的几十个人也编进各组。每天作息、伙食一如既往，就是工资一拖再拖，每次催会计发工资，他都以钱没到账而搪塞。一直拖了五个月，民工们"造反"了，父亲斥令会计："今天必须把工资发了，这都五个月了，难道还没到账？再拖别怪我不客气！"哪知他阳奉阴违，对父亲说："需要到板桥信用社去才能提到钱，其他信用社都没有这么大数额的资金。到那提钱回来迟点，晚些给民工开工资，大队长你要做好解释工作。"

父亲为了安全，给提钱的会计派保镖，他坚决不要，并保证出不了半点差错。民工们怀着期待的心情，在大修队里等着会计回来开工资，等到太阳偏西了，也不见会计回来。父亲忙派人去打探，一调查才知道：他把五万元工人工资给提走了，父亲派人到处去找，音讯皆无。父亲又去找大修队那个领导，那个领导说我父亲管理不善，应该承担领导责任！几十口工人五个月的工资啊！通通成了泡影。父亲是带工的领导，民工的钱被卷走，当家的应该负有责任。因此，五十多口民工逼着父亲要工资，可父亲也和民工们一样被骗得身无分文。即使如此，但父亲也不装"孬熊"，到处去借钱来抵消工资，可是在那个年代大家都穷得叮当响，到哪也借不到一文钱。民工们逼债一日紧似一日，派出找会计的民工陆续回来，那会计仍然杳无音信。我们生产队的社员都表态不要了，可那些新来的民工故意起哄，坚决不同意，盯着父亲不放。后来才知道，这些新民工都是上级安排进来的，专门来拆父亲台的，所以要钱往死里逼。最后父亲被逼到尽头，就想到了死。父亲准备了五毛钱，到街上买包老鼠药，被盯梢的民工看见了，回来一琢磨，不对！民工棚里从来就没有老鼠出没，他买老鼠药肯定是想一死了之。民工们出于好心偷走了他买的老鼠药，父亲才幸免一死。

好心的成英富主动站出来给民工们开会，因为他是地方上的一条汉子，德高望重，他说："民工弟兄，我们都是上有老下有小的人，大队长不是'孬熊'人，同是受害者，自己也被骗得身无分文，咱们昧着良心把他逼死了，我们自己也亏心啊！弟兄们，是铁路大修队安排来的会计，我们应该找大修队领导赔钱。"

大伙都异口同声地说："会计是他们派来的，应该让他们负责！"

"对！我们不分青红皂白地找大队长，人被逼死了，我们更拿不到一文钱，以我看，找不到那孬种会计，咱的钱都算了吧！大伙同意不同意？"

"同意！下次再不向大队长讨债了！"

有个特别俊的小丫头片子带着童腔问大伙："你们说话算数吗？"民工们都笑着对小丫头说："我们向老富爷的千金表态，坚决算数！"

成英富的话真管用，民工们真的不再提要工资。走投无路被逼要自尽的父亲得救了。

父亲感激地对成英富说："大哥！我一穷二白，只有一个聪明的儿子，他是我全部的家当和希望，其他几个孩子都小，干脆就把田土给你做干儿子吧！"

成英富说："我这不是逼你，你是自愿把儿子送给我的。"从此，我便成了别人的干儿子了。

时间不长，因这件事父亲被免职。原来和父亲同甘共苦的民工们听说换领导了都一哄而散离开了大修队。

父亲带人去干工，没有挣到钱，反而把自己的儿子也"卖"给了别人，虽然后来没归真，但这段历史还是存在的。父亲经历了一场虚惊，垂头丧气地从工地上回到了家。母亲说："人只要平安地回来比什么都好。""儿子也卖给人家做干儿子了，好在自己没被卖掉。"

母亲风趣地说："给人家一个，这不还有几个吗？我们有的是孩子，古人说，有儿不为穷嘛！"父亲为了养家糊口，赶忙在自留地里栽种上大白菜。我们每天都吃菜，园里有青菜萝卜就能填饱肚子。谁知大白菜越长越好，全家不但有了主食，还能卖点钱。自留地里的一棵棵肥硕大白菜长得十分喜人，但惹眼啊！常言道，菜无百日青，花无百日红，别有用心的人告发我父亲："他是党员，是全村的头，可他是党内死不悔改的走资派，专在自留地里下功夫。他家自留地盖村子，白菜长得像草凳子。"

公社虽然没处分父亲，可怜的大白菜却无故地遭了殃，被群专队拿着花棍劈头盖顶地打得粉碎，没留一棵完整的大白菜，可谓白菜地上长，祸从天上降。

一番浩劫后，我家又断炊了。父亲艰难地找着生活的路，这天他看到在马庄的水沟里有一片蒲草，他给割掉，决定重操旧业，再打蒲包。父亲让我们把打蒲包当作家庭的主要副业，当时父亲规定，我们四个大姊妹每天每人编五个蒲包，多编一个奖励一分钱，全家就数二弟和大妹编得快，他们每天都能得到奖金。我一天只编五个，剩下来的时间读书，所以，得不到一分钱的奖金。母亲说我有力不出，父亲说读书比奖金更重要，让我专心地读书。从那时起，我家在父亲的带领下经济开始好转，比别人家钱多了，一时变成了全队的首富。当全家都全心全意投入以经济建设为中心的浪潮中时，却又来事了。

有人将情况告发到了公社，要求撤父亲的职开除父亲的党籍，理由是打蒲包，私自当头。

父亲改变策略，要我们上半夜睡觉，下半夜起来打蒲包，卖蒲包的销售活动也放到夜间进行。大人熬夜还行，我们小孩熬夜哪熬得住呢？妹妹太小，她编蒲包时却眼闭上睡觉。

深秋的晚上，天上没有星星，乌云随东风飘往西方的天际，老槐树上的乌鸦不停地在啼叫，猪圈里的猪也在骚动，这些前兆都没引起家人的注意，突然，东北风刮得好好的，突然调成西北风，风越刮越大，越刮越猛……可怕的西北风中带着哨子，吹得让人心慌。

我打着蒲包困得实在受不了，一下子把煤油灯给碰倒了，蒲草是易燃品，很快火借风势，风助火威，火苗从窗户里蹿出一丈多远，长长的火舌伸进了后层住房，火龙瞬间钻进了小祖父的家，我们都被大火围在家里，父亲冒着大火一趟一趟地把我们打蒲包的姊妹四人救出来，然后又钻进小祖父家救人。家里所有的东西都被卷进火海，由于水远风大，我们眼睁睁地看着房子变成了火山，万恶的火龙顷刻间把家中的所有家当吞尽。火龙绕着院中的老槐树左盘右旋，树上的鸟儿都怪叫着飞向四方。顷刻间老槐树也被大火烧焦了"头发"，厚厚的树皮也千疮百孔。

全家上无片瓦，下无立锥之地，无一件能穿之衣，无一粒可食之粮，咱姊妹六人围着父亲母亲哭成一团。第二天，二弟打死不愿上学了，我呢，刚刚报名上高中的第三天也被迫辍了学，我们就像落魂一样，没有了安身之地。小祖父家也被烧得不剩一根草，整个四合大院被烧得尽光。两家都穷得囊无分文，瓮无粒粮，大麦去掉壳——净人（仁）了。全家面对苍天号啕大哭，母亲哭泣两天不止，也不愿进食，凄苦到了极点。

父亲到东边的邻居家借两间破厨房，让全家有个暂时避风的地方，破厨房里面都是灰，上面攀满了蜘蛛网，昆虫遍地，老鼠横行，凄楚不堪，俩小妹哭着不愿进去，老是要回家。母亲哭着说："孩子啊，大火夺去我们的家，能有这破厨房遮风挡雨不错了！"小奶奶全家住进了生产队的炕房。好心的亲友都伸出援助之手捐衣、帮食,田化和田番两个来看我,田番从怀里掏出个烀熟的大山芋,田化从口袋里掏出一块热腾腾的细面馍,并递到我手里轻声地说:"田土,你快吃吧。"田番说:"你试试,这山芋肯定比那条驴腿还香呢!"田化打了田番一拳:"这都什么时候了?还说这熊话!"

我大舅给我家挑来两口袋米,并给了母亲二十块钱。有了大米,可父亲不舍得给我们吃,第二天把一口袋米挑到河溜换了四口袋高粱面,其目的是让全家迟点断炊,能多撑几天呀!

为了减轻家里的负担,同时也能让我极早地有个好前程,虽然我才十五岁,父亲还是报名让我参军,我特别高兴地参加体检,我的身体素质比较好,体检结果全部合格。全家都很高兴,亲友都在做着送我上部队的准备。有人说:"别高兴得太早了,大队书记不让你走,你验上也是白搭。"

父亲为了我去当兵,在家里凑了几块钱,买了几包果子,带上我到天河村支部书记家探情况。通往书记家的路上有一条窄窄的小路,父亲轻轻地敲开书记家的门。书记是个四十岁左右的教师型男人,表面有几分儒风,当我送上四包果子的时候,他的脸色有些不对,原来的热情全淡下来了。他开门见山地说:"你家田土年龄这么小,虚岁才十六岁,高中不念,你凭什么要走兵呀?你虽然是共产党员,但你姐夫是国民党便衣稽查,这段历史你是去不掉的。现在参军凭的就是家庭的社会背景,要严格把好政治关,这就是政审。"

父亲说:"我姐夫和我不能扯到一块,他是他,我是我,我在十八岁入党时就和他断绝往来了,如今,我的党龄都快二十年了。当了这二十年的基层干部,难道孩子当兵还会有什么政治问题吗?"

"共产党员就应先人后己,就算你是党员干部,总不能跟着普通百姓争名额吧!别说了,你家田土年龄小,你要发扬党员干部的高姿态,让贫下中农家的孩子去吧!"

父亲一听黄了,不做任何解释,闷不作声地带着我退出了大队书记家的门。

此刻天上的乌云蔽去了满天的星星,父亲一句话也不说,在黑色的夜幕下,高一脚低一脚地摸着回家的路。

父亲本来去找书记,认为自己是大队长,想走个近路卖个人情,做梦也没想到是这个结局,所以,闷了三天没说一句话。我参军的事就这样泡汤了,果真应了别人的话。

参军不成,我报名到天河水库度汛工程工地去干工,那儿不管年龄大小,只要指挥部接收,都算民工数字。按照我当时的年龄和体力,在生产队干一天活,只给记五工分,算半劳力,我到了工地,就能拿到十工分。不料天河水库报到处负责登记民工的领导见我太小,不愿收。说这么小的人怎么来干工的,车子不能拉,抬子不能抬,只能顶一个民工数。我哭着给指挥部的领导汇报了家庭的真实情况,并表示了自己积极肯干的决心和信心。一旁站着一个穿军大衣的中年领导,高高个,白皙的脸庞英俊威严,像个大军官。他一直在听着我的哭诉,一句话也不说。那负责接待的领导,朝旁边站着的领导看了看,只见那个大领导点了点头,负责接待的领导当时拍板:"小同志,基于你的家庭状况,我们总指挥决定留下你。"我忙转过来感谢那位大领导:"谢谢总指挥!"那总指挥笑着说:"你很机灵,我没看错!出苦力你不行的,你干脆来指挥部,给我们办《战地工报》,收发文件,看电话,你可同意?"我一听要到指挥部办差,连忙点头称谢。

我回到工棚,高兴得一夜没合眼。觉得这事应该向咱村带工的大队书记具体汇报,免得将来怪罪我。

通过当兵我清楚书记就是村里的负责人,什么事没有他同意都得泡汤。我高高兴兴地在村级工棚里找到我们村的大队书记,他正在修板车。我来到他的跟前想和他说话,可他好像根本没有看到我,我呆呆地站了有十分钟,他仍然不睬我,我实在憋不住了,就主动说:"书记,指挥部决定让我去办《战地工报》,我是来向你提前报个喜的。"

本指望能得到书记的同情和支持,万没想到,这位书记却阴阳怪气地说:"田土,你小小年纪怎么想出这样的歪点子?办《战地工报》,真的吗?这个差事,万岁爷茅厕——有你的份(粪)吗?就是有这样的好事,我也让朱兵(下放知青)去,你家大人平常都不教你吗?我告诉你,神仙自有神仙做,哪有凡人做神仙?人家朱兵是城里人,论年龄比你大十岁,论个头比你高五寸,你是谁呀?从哪方面讲,也轮不到你啊!你这叫半截空中吹喇叭——空响(想),指挥部不通过我怎可能让你去指挥部呢?"

我很恼火,便顶撞了一句:"个子大、年龄大就是选拔的标准?下放学生也有被判刑的。你又不是皇帝,指挥部选用人为什么要你同意呢?"

大队书记恼羞成怒:"你生来就是拉车出苦力的,山里红是猴吃的,老母猪吃了要倒牙的。从现在起,你必须老老实实地拉你的车,干你的活,否则别怪我不讲究,你从哪来还回到哪去,这个地方不欢迎你,滚蛋!"

我愣愣地站在那儿半步也挪不动,伤痛的心在流血,像一个木头人笔直地站着。

此刻,阴沉沉的天飘下了零零星星的碎雪,刺骨的寒风也由小到大地刮起来,我在风雪中失去了知觉,书记见下雪了头也不回地钻进了工棚。

半个时辰过去了,风越刮越猛,雪越下越大,转眼间,鹅毛雪片纷纷扬扬地搂着刺骨的朔风向我无情地灌来,我抱着山坡上的一棵歪脖子石榴树,在风雪交加的野外大声地号哭,山崖的深处传来我痛哭的回音,十分凄惨。水库中的野鸭也扇着翅膀迎着飞雪大声地怪叫,好像在对着苍天为我鸣不平。

西北风夹着冰雹,在无情地敲击着大地,敲击着我这颗受伤的心。我在雪地里狂奔,在风雪中期盼,愿苍天可怜我这个无助的孩子。风雪中没有一个人,我冰冷的心几乎凝固了,脉搏似乎也停止了跳动,我的泪已经哭干了,外面的衣服淋湿了,内衣也湿透了。我仰首问天:难道老鼠的儿子就该打洞,农民的儿子永远就该是农民吗?我回到工棚痛心疾首,失望,彷徨,心灰意冷到极点。突然心里闪出一个念想:何不去指挥部找那个大领导呢?转念一思,就是到指挥部找那个大领导,怕也是嘴上抹石灰——白说。

果不出所料,大队书记连夜找到指挥部,极力推荐朱兵并陈述:"朱兵是下放学生,是高中毕业生,政治条件优越,田土读三天高中,目前还是小玩孩,怎能胜任这么重要的工作呢?我建议应该用朱兵。"

"既然田土是小玩孩,你们为什么让他来顶一个民工数?你们选民工的时候为什么不把关?"大队书记被坚决不同意我进指挥部的领导问得张口结舌,忙表态:"明天就把田土退回去。"那指挥部的领导直言不讳地说:"晚了,总指挥已选中田土。"

指挥部的领导面对新的难题决定考试录用,公平竞争,那个大领导亲自出题,组织考试。

苍天有眼,最后我在指挥部领导的关注下,通过面试、笔试。大我十岁的朱兵被我考下去了,我终于被指挥部选中了。我接到通知的时候,热泪盈眶,怀着万分喜悦的心情,走进了指挥部。那领导笑容可掬地拉着我:"田土好好干,我知道你是个苦孩子,受了不少委屈,但你要以此为动力,争取把《战地工报》办得有声有色。"

第一章 家事

035

在工地上，我夜以继日地写稿子、办墙报、执勤、随领导到工地检查。当查到我们大队工地的时候，那个大队书记的脸像死猪肝一样，并且还带着怒气，目露凶光。我知道，只要他在，我这一辈子恐怕再没有出头之日。我搞不清我家上辈子在哪恼过他，他或者和父亲有矛盾，或者是压根就和我一个小孩子有什么仇，也许他压根就怕我出头啊！

我在指挥部白天处理公文，晚上写文章出墙报，办《战地公报》。经过一夜的劳作，第二天一千份油印的《战地工报》便分发到各大队的工作台上。虽然我累，但累得高兴，心里有说不出的愉快。我的工作每天都被领导表扬。工程结束了，领导让我在大会上做经验介绍，并给我颁发了一个大奖状。

我工作成绩显著，经区武装部推荐，被天河县人武部选用。县人武部选我去部里当特约通讯员，专门写通讯报道和新闻稿件。我做梦也没想到，一个农村的苦孩子，能成为人武部一位特聘的新闻工作者。

原指挥部的大领导送我上任的那天，春风吹拂，阳光明媚。我站在敞篷吉普车上放眼望去，绿色原野，阳气升腾，路边野花怒放，天上鸟儿飞翔，远山近水，尽收眼底。

吉普车飞速到了天河县城，指挥部那个大领导把我介绍给分管宣传工作的人武部政委，吃罢中饭，我像一个出嫁的姑姑，依依不舍地送走了那位大领导。我看着慢慢缩为圆点的吉普车，眼里闪烁出惜别的泪花。

在天河县人武部，政委拿我当掌上明珠。为不辜负政委的垂爱，我勤奋写稿，任劳任怨。我的文章经常在《人民前线》《东海民兵》《天河日报》《天河通讯》上发表，每年刊登至少有三百篇。其中包括新闻稿件、散文、随笔、故事等各类文章。虽然是豆腐块子，但心里的快慰难以言表。特别是县广播站，每天都在大喇叭上播放"据田土来稿……"。部里拿我当一颗闪亮的明珠，我也打心眼里高兴。

一天，政委找我谈话说："小田，部里研究决定让你担任天河县人武部宣传干事，昨天部里开过会了，你现在就到人秘科拿表填，部里等着要上报。"

我万分高兴地拿张表填上姓名、年龄等，按要求填好后把表交给组织干事，那时的我浑身轻松得不得了。那是多么光荣和自豪啊！我全身有用不完的劲。不久又被军分区抽去嘉山县搞军训工作队，真是春风得意。那时的我，确实有些飘飘然，有些膨胀，认为贵人提携，前途无量。我在顺风顺水的路上前进,那是多么快活啊!每天的新闻、通讯、故事和其他文学稿件像雪片一样飞到各家编辑部,那些稿件百分之八十都变成了铅字,采用率高得惊人。

一天,我在嘉山军训工作岗位上,突然收到邮递员送来的一封信,我拆开一看是我一个老师寄来的信,我这老师是一个出名的琴师,他的二胡、京胡拉得特好,在几十万人的大县城,他拉京胡的技艺首屈一指,人们都佩服他精湛的技艺,同时投来敬佩的目光。

我急忙拆开老师的信,信中的内容很简单。

田土:

　　师与汝数月不见,念!吾汝虽以师徒之称,但无师徒之实,忘年之交称兄道弟为宜。吾汝好比当年的蔡琰与曹操,今寄书札,思之再三,不好启齿;可吕相有瓦窑之难,苏武有牧羊之艰,面垢不得于泉水,衣垢不遇于溪浣,吾今囊空如洗,涩于人间,家无颗粒之谷,灶缺劈柴升烟,望贤弟雪中送炭。

　　语不累诉,事不言穿,贤弟接札既往,不可迟延,速速慰我之念,解吾之悬。

　　致弟

假师草书

✕年✕月✕日

不见书信万事皆休,只因这封平信,惹出百年相思,千载倥偬的奇缘。

诗曰:

　　一封书札出师手,槐牵红丝系两头。
　　阴差阳错千古恨,三进园林空聚首。

第三节　初遇情侣

我向军分区司令部请了三天假,回到天河县城。因思师心切,也没有拖延,便直奔师居之处。我当时的工资是每月八块钱,是人武部的临时津贴补助。我给老师准备了五十斤粮票和二十块钱(在当时这是很大的数目)。我刚刚把粮票和钱递到老师手里,突然从屏风后面跳出一个漂亮的姑姑。

老师看我愣住了,忙解释道:"田土,我不是少钱缺粮,实为给你介绍对象。这丫头叫成霞,今年十七岁了,艺术天赋特别高,基于她这一表人才,将来做个名演员不成问题。她现住在我家,是跟我学戏的,准备今冬明春报考艺校。我觉得你俩郎才女貌,特别般配。不说她如何贤淑可爱,就眼前这样的少女,年龄、相貌、待人接物、知识水平都和你般配,你就是董永,她就是七仙女,我就是那棵为董永扯红丝线的老槐树。为了成就这桩特别姻缘,才诓你回来的。"

我听了老师的一番介绍,这才敢回视一下这位貌美的小姑姑。只见她生就一张俊秀的瓜子脸、两道重重的弯眉、一张樱桃口、一双水灵灵的大眼睛,体态轻盈,让人一看就是一个古典美女,不亚于古代的丽质佳人。古语云:才子配佳人。我真的给自己命名为才子了,配眼前的佳人还是不缺料的。没等我说话,她蹲下给我系皮鞋带子,并且嘴里还说:"都在工作岗位上了,你千万要把自己打扮整洁再出门。"

顷刻间,我的心湿润了。情思万缕,心徜肺徉。脸也红了,腼腆了。虽然我比她大四岁,但她一点也不觉得我比她大,反而比我更成熟,这充分体现相爱没有年龄界限的俗语。虽然是第一次见面,可她好像就是我命中注定的意中人,她在言谈举止上比我老练得多。

我和成霞被老师带到山上林园里玩。那里林壑深秀,鸟语花香,苍松翠柏,藤蔓包墙,当时这里是天河县城唯一的游玩之所。

我们在一棵像雨伞一样的槐树下的一块长条石上坐下,老师假装有事走了,我和成霞在槐树下谈理想,谈人生,两条身影倒映在旁边清澈的水塘里,水塘虽然不大,但深不见底,槐树的枝杈上,一串串槐果垂在下面,顷刻间也倒映在池水之中,使我触景生情,为了表明爱慕成霞的心迹,我出口吟道:

> 水中鸳鸯岸上情,槐媒天地合人心。
> 他日若有异心在,身葬鱼腹进园陵。

成霞怕我再发毒誓,忙捂住我的嘴笑着说:"咱不会作诗,也弄不好海誓山盟的关键词。但我对着槐树的面说句心里话,就算我对天发誓了,请田土先生不要见笑,我真的是班门弄斧了。"

顶上太阳塘中水,槐树为咱做红媒。

相亲相爱心不变,白头到老永相随。

我二人对着槐树表了心迹,叙了心声,相互也表述发了海誓山盟,经过老师的媒妁之言,双方自愿私订了终身。这年头谈婚论嫁的年轻人,都是如此草率,中国的婚姻就是要按传统的老套路运行,否则都是竹篮打水。从古到今,人们的婚姻有几个是自己做主的? 虽然有媒妁之言,还得有父母之命。

我和成霞商量了很长时间,决定在嘉山军训结束后,回去见我父母,然后再去见她父母。

三个月的军训很快结束了,我回来的第一件事就是要把我和成霞的事告知父母,让双方父母都认可才能心安。

这天天气暖和,满天飞满了成双成对的蝴蝶,我和成霞特别高兴地去了老家。天河湖畔,全家人的眼睛都发出异样的光芒,当我把关系向全家说清楚时,全家才心花怒放。

按照惯例,这种大事家里要把姑与姨都请到家,提提意见,说说看法。父亲忙着杀鸡捕鱼,母亲忙着给成霞做衣裳,买戒指、手镯,全家欢天喜地。发觉父母对我们相爱没有意见,我和成霞也很高兴,唯有我的姑姑脸带不悦之色。

吃饭期间,父亲好像发现了什么,忙问成霞:"你大大是不是叫成英富?"

成霞说:"不是!"母亲忙打岔道:"做公公的别多问。"

姑姑小声对我母亲说:"田土娘,我觉得不行。常言道:'婊子无情,戏子无义。'她是个唱戏的。说不定哪天她不顾礼义廉耻和咱田土闹翻了怎么办? 我觉得这种人给咱做儿媳妇,不合适。"

母亲笑了笑,没有表态。姑姑见我母亲不表态也不愿再往下讲,不想白恼人,万一亲事做成了,不好上门回娘家,只有顺水推舟地不说反对的话了。第二天,我和成霞到岗集舅爷家,二舅母硬留我俩过夜,我知道二舅母特别叫鸡（说话俏皮的意思），我硬要走，哪知成霞说："舅母这么热心，这样走了不合适，干脆明天走吧！"就她这句话成就了一桩有缘无分、想扯又扯不断的相思结。真可谓：

　　三进林园度百年，遗憾终身错姻缘，
　　早知不能成正果，何必当初见红颜。

　　晚上舅母有心撮合，把我和成霞锁在一间单间屋里，我看着成霞，成霞看着我，我俩本来是正儿八经地谈恋爱，根本没有其他的想法。舅母用这样粗俗的民间常用伎俩，就等于是催化剂，把我和成霞硬生生地绑在一起，也就是农村常说的那句老话，叫生米做成熟饭。那一刻，我和成霞虽然觉得二舅母的做法欠妥，可还是从心底里表示感谢！那天晚上就这样，在这间不大的屋里发生了百年姻缘第一回，这短短的一夜，弄出终身的遗憾和永久的思念。真可谓：

　　初进林园槐花香，
　　弱冠年华第一桩。
　　不是舅母施妙计，
　　哪得终身相思赏？

　　万事皆因一念间，
　　错对都是前世缘。
　　只因强迈半步路，
　　一生该进三次园。

　　天有不测之风云，地有草木之无情，人有旦夕之祸福，树有秋霜之飘零。
　　我和成霞正在一日不见如隔三秋的热恋中，突然一个不愿听到的消息还是传到了我的耳畔，省军区下个文件，"地方不准换军装"，也就是说，不是军队编制的，不准转干。对我来说，填的是一张废表。人武部研究决定的文件，变成一纸空文。与此同时，成霞考上了艺校，她走得很急，走的时候我们既没有窃窃私语，也没有相互祝福。她既不让我靠近相送也不对我有什么暗示，就这样相互遥望，默默地送行。当时也弄不清成霞是不愿见我，还是听说我换不了军装而不愿再和我继续相处下去。前途无量变成前途无望，世事故意捉弄我啊！她进了艺校就是国家的人了，俗话说，人往高处走，水往低处流，她站在高枝上还能看上我吗？换位思考，她既然变成了非农业，还愿跟你到农村去踩稀泥？她在去上艺校的前夕，真的一反常态，视我如陌生人，可能也就是这个原因吧！转念一想不对呀？她真的是这种人吗？我实在想得受不了，决心要弄个水落石出，便打听她考取的艺校的地址，决心去看她，同时也想弄清其中的奥秘。我向单位请几天假提前跑回来，准备了吃的用的和其他物品，心急火燎地来到成霞所在的艺校。这所艺校像一个大监狱，每天大铁门紧锁着，出入的人很少，有个出来买菜的，你问他情况，他一概不知，你打听里面的人，他说："这是纪律，不准透露。"我在校外等三天，其目的是能奇迹般地碰到她，门卫看我不走，来问找谁，我说找成霞，门卫说："这是封闭式管理，学员是不准见外人的。"他伸手拿出一张校规条款。哪知艺校里出台一个要命的规定：念艺校的学生不准谈恋爱，更不准见亲友和家人，封闭式管理，全天学习。那一刻，我才知道我写的信为什么石沉大海。从此人分两地，天各一方，情意正浓的热恋情人变成了牛郎织女。我不甘心，又去了几次，校长发现后，还派人出来审问我，其目的是想套出我和哪个学生在谈恋爱，我知道说实话的后果。我很失望，同时也知道了校内的具体规定，又怕影响她的前途，为了她而默默地返回。

我回到县人武部，失去了往日的工作热情，双重的打击使我觉得在人武部往后也没有什么大作为了。成霞离开了，这座古城也没有什么可留恋的了，于是我毅然决然地离开了县人武部。

我背着军用黄帆布包，坐上去天河的班车。路上，我看着路边的小树都沾满了灰尘，一点没有往日的精神。路上的行人没有朝气，沟边的小草都耷拉着头。我复杂的心情像一堆乱麻。回家怎么向父母交代？怎么向亲朋父老交代？想着想着，不由得泪流满面。真可谓：去如虎添翼，回似皮球泄气；上时豪情满满，下时一步一泣。

回到家里，院中复活的老槐树也垂着头，往日回家，给家里看门的那条小黑狗头动尾巴摇地迎上来，今天它趴在那儿一动也不动，好像没有发现我回来。我坐在家里专心地读书写文章。这时，西沉的太阳还露着半个脸，婶婶大摇大摆地走过来："哎哟，田土在家坐着不急吧？"我忙迎上去热情地喊：

"婶婶好,不急,婶婶你有事吗?"婶婶阴阳怪气地说:"我来看我家的鸡,每天都飞在树上,不知咋的,今天都钻进了黑咕隆咚的鸡圈。这树上得风得雨的,站在高处一眼望不到边,干吗要钻这黑窟窿呢? 真是鸡眼,不往远处看。"我听着婶婶说的话,心里难过呀! 婶婶是在借鸡说人啊!

父亲见我回来的神态和往日不一样,已预感到结果,特别愁闷。平常自豪地说儿子在县人武部工作,现在一切都变成泡影,这叫猪尿泡掉到刺棵里——消肿带出气了。在乡邻亲友面前怎么解释? 父亲感到很没面子,虽然没有说三道四,但他的内心还是在无声地斥怪我。母亲沉不住气了,她冲着脸拉得老长的父亲:"你这副脸子拉给谁看的? 孩子回来就好,这天河边上这么多人,上不在省、下不在县的人都该饿死了? 人生来就是吃饭的,一根草苗顶一个露水珠,有什么可愁的? 应该高兴才是。"

我破碎的心像被针挑的一般,万万没想到我变成了家庭最大的负担。

我离开县人武部的消息传开了,引起县广播电台的注意。为了照顾我立志报答家乡的热情,成全我的孝心,立足于家乡发挥我的专长,广电局领导决定在我所在的天河乡建一所全省一流的广播站,县局出工资,让我进到站里搞采编,乡政府领导特别高兴,并且还让我跟乡政府签订了用人合同。

常言道:"人心昼夜转,天变一时辰。"广播站很快建好了,县局通知我于1984年2月18日到乡广播站去上班。不料,乡长第一个反对:"不行,绝对不行!"县局据理力争:"我们三方是签订过用人合同的,乡里怎么能不守信用呢?"乡长说:"这乡广播站是我天河乡的,我乡用人当然择优而用,不一定非用田土不可。"

我百思不得其解,这是天河乡党委会研究决定的事,怎么说变就变了呢? 人们都不知其故,都好奇地寻找答案,然而世事难料,想找答案还就是找不到,当人冷静下来甚至把它遗忘时,嘿,答案自动出来了! 原来乡长把这个位子配给了一个漂亮的女人。其中的"奥妙"除乡长和那个女人没有人能讲得清楚,只有苍天知道。

县局一把手听说不用我而弄来一个花枝招展的女人时,特别恼火,于是向天河乡发出了强烈警告:"天河乡广播站采编除了田土之外,不准配其他任何人,否则责任自负!"就这样我被撂置在家。

常言道:"东方不亮西方亮,粪堆总有发热时。"

随后,乡镇企业局认为我是基层的一块料,经考核并下发了红头文件,让我于 1984 年 4 月 24 日任区综合厂厂长。正好天河乡的乡长升任天河区副区长,并分管乡镇企业,他以我只会写文章,没搞过企业为由,武断地"枪毙"了县乡镇企业局的这份红头文件。我真的不知道自己命为什么这么苦,靠山山倒,靠树树断,全家人也为我的前程捏着一把汗,尤其是父亲。

常言道:"物以类聚,人以群分。"

后来,一个偶然的机会,我被滁州报社聘去当特约记者,父亲的脸上才出现了笑容,愁闷的心结终于解除了。

后来有人问那个乡长,为什么这样对田土,这个领导也很坦率地说:"神仙自有神仙做,哪有凡人做神仙? 他家连请客的钱都没有,他田土凭什么出来做事?"

这天天河城里来个加急电报,要我立即到天河首届小说创作学习班参加培训。我太兴奋了,立即向报社领导请假,乘车驰往培训班。

清晨,霞光初露,朵朵白云都变得嫣红,我乘上去省城的班车,透过车窗,细瞧沿路,风景如画,一望无际的原野,风光无限,微风吹拂,麦浪滚滚,整个旷野泛着绿波,呈现一派欣欣向荣的繁茂景象。

一路上我想入非非,天河首届小说创作学习班,这是多么吸引人的题目啊! 我虽然在读书时就写长篇小说,但没发表过,连中篇小说也没发表出来,怎么找到我的呢? 后来才知道,是文联主席郭瑞年的特别推荐。我到学习班里一看,觉得自己是沧海一粟,参加学习的都是省市的著名作家和领导:江流、曹玉模、刘祖慈、肖马、鲁彦周等等。陈登科是头,贾梦雷和郭瑞年分管内勤。紧张的培训,使我感到特别收效,但两个多月过去了,我仍然没有写出像样的作品,三个月了,眼看培训班就要结束了,我着急了,经两夜构思,写出两篇自己认为可以的短篇小说《天河边》《张老三揭瓦》。没过多久,南京《青春》编辑部来选稿,在上千件的稿件中,选了十一篇稿件,其中竟然有我的《天河边》、天长陈源斌的《巴根草》。

三个月的培训很快结束了,我揣着一颗赤子之心回到了天河边。姚功、田化、田番、田欣等一大批爱好文学的青年围着我问长问短,让我叙述在小说创作学习班的情况,为了渲染和炫耀,我像讲传奇故事一样,他们听得有滋有味。

我赶到报社,把培训的情况向领导做了具体的汇报,刚刚坐班,县里决定开第二次文代会,我作为特邀代表,被县文化局领导通知来开会,并让我在会上讲话,主要让我将参加首届小说创作学习班的培训精神传达一下,并谈一谈文学创作的感受。我没有在大的场合说过话,不愿上台献丑,实在推辞不掉,只好从命。我登上主席台,说了几句大实话。我并没说什么有损于别人的话,哪知却恼了青年诗人韩义和。

散会时他带领几个爱好文学的青年,把我阻在巷子里,要对我施暴。我真的不知道做错了什么,为何惹得他们这样兴师动众地和我翻脸。我抱拳拱手,很谦逊地对韩义和几个文学青年说:"各位文友,不知田土做错了什么,得罪了各位方家?"韩义和指着我说:"你这不知天高地厚的东西,敢在我们面前班门弄斧? 看你在台子上面多风光啊! 尤其你那傲气十足的样子,不可一世,现在为什么称我们是方家了?"

我这才弄清他们动怒的根源。于是,我忙将手中刚买的一本《美学散步》送给他们,并谦和地说:"田土乃井底之蛙,请各位方家见谅。"韩义和拿着《美学散步》点着我说:"小田土,你算是个懂事的人,以后咱们就是朋友了。"

就这样才算解决了争端。

我回到天河边,我家的四合院恢复了旧貌,只是上盖换了新颜,老墙未动,全家又住进了老宅,这里乡音未改,涛声依旧,唯有那棵被大火烧焦的老槐树,又发出新芽,焕发出青春的活力。

慕名的文学青年都来了,我们常聚在一起,谈文学,谈理想,谈人生,欲何往,立新志,有时通宵达旦地谈笑风生,真的开心。我们凭着一股热情和田化、田番、田欣、姚功等十几位爱好文学的青年,组织在一起,自发性地成立"天河文学社"。为了增加气氛,我们还搞了一台节目,并邀请了省作协秘书长贾梦雷、市文联和报社的领导参加了成立仪式。为了打造文学园地,十几个骨干文学青年,七手八脚地创办起了《绿叶》杂志。当时我是社长,并任《绿叶》杂志主编,几个人用钢板和油印机,把一期期《绿叶》杂志刊印出来,先尝试性地散发到江淮流域,杂志流传甚广,无声无息地飞到全省各个角落。

一时反响特别大,名声大噪,大江南北,谁不知道《绿叶》杂志和天河文学社啊!

世事人皆知,盛情总有时。天河区一个领导为了把这点小成绩占为己有,首先把天河文学社收编,然后把《绿叶》变成了其他刊名,同时取代了天河文学社。文学社的文学青年们愤愤不平,纷纷找我出来主持公道。我亲自找到区分管宣传工作的领导,他不但没给合理的说法,反而说我不服从领导并说道:"这是领导的决定,你也敢来说三道四?"就这样,二十六位天河岸边的文学青年解散了,从此,各奔东西,再也没有整体相聚过。

福无双至,祸不单行。时隔不久,有人告我不安分,翻起了陈年旧账:田土既然是农民了,为什么还聚拢一些青年在一起通宵达旦,是不是图谋不轨?区里的领导明明知道我们在办天河文学社,但还佯装不知地找我谈话:"田土,有人告你非法结社,这并不是危言耸听,上面的事说大就大,说小就小,望你好自为之吧!"

我被区里找去谈话的事本来是保密的,谁知没过三天,在天河湖畔传得沸沸扬扬,天河文学社也不复存在了,报社也让我停一停再去上班,我又走进人生的低谷。

山重水复疑无路,柳暗花明又一村。打倒"四人帮",松了阶级纲,结束大呼隆,全国学小岗。十一届三中全会制定了改革开放的新政策全面放开,农业实行了"大包干"责任制,我家分了 31.9 亩地(和当年祖父买时的土地一样多),我们全家也像全天河人民一样,跟着父亲建起了自己的家园。我虽然在外边基本没有参加过家庭的劳动,但每年我家收的粮食都超出"大呼隆"时期全队收的粮食两倍,我们真的翻身了。包产到户,前帮后顾,发展自我,有力就出。

父亲为了让全家过得好一点,自己跑到南山上办了一个石粉厂。由于当时自己没有多少本钱,就拼命地自己干,既当老板又当伙计,自收石头,自己加工,自己出售,他的劳动强度大得惊人。

那时滁州报社又恢复了我特约记者的名头,我在各个场合都是以记者的身份出现,人们都称我为小记者。随工作之便,回老家去看父亲,只见他在老虎机那儿喂石头,浑身都落满了石头粉,父亲按过按钮把机子停掉,站在机子旁,扶着个大铁锹,除下口罩,吐了那么多的石头粉,他干咳的时候憋得满脸都是泪。

我把父亲拉过来央求道:"大大,现在包产到户,家庭生活又不像过去那么困难,你为什么要这样累?"父亲特别认真地说:"你们姊妹六人谁都要办事,哪个不需要成千上万的钱才能成家呀?"

我心疼地看着父亲那疲惫的样子,当场就落下了泪。父亲太累了!我抹着泪,央求父亲:"大大,这活不能再干了,否则会生大病的!"父亲对我的央求没有回应,也顾不上和我说话便按开电钮,抢着大铁锨拼命地向空转的老虎机喂起了石头。我忙抢过铁锨帮父亲干活,可父亲把我推过去:"你没有口罩不能上机!你别在这碍我的事,你来公干别耽误公事!"我含着泪默默地离开父亲的石粉厂,我一步一回头地看着父亲,只见父亲笼罩在烟雾之中,仍然在挥舞着铁锨干他自己的事。

他整整干了三年零四个月,最后真的被石粉呛出了病。父亲病得都不能吃饭了,却仍然没离开他的石粉厂,我硬是把他弄回家,送进了医院做了全面检查,检查结果让全家人都慌了神,原来父亲得的是贲门癌。这样一来,全家的主要精力都放在给父亲治病上,我被滁州报社聘用当特约记者不到一年,因父亲的病只有丢了远大的抱负和刚刚走上正轨的工作。当时母亲才四十多岁,弟弟妹妹的年龄都很小,只有我回家四处凑钱给父亲治病。

父亲在天河三院住院后,医生给他精心治疗他也配合,后来他突然说自己好了,坚决要回家,医生和家人都劝,他强行地离开了医院,全家人都莫名其妙。后来才知道,他算出了家里没钱了,他偷偷地给母亲讲:"这住一天院花这么多钱,家里有多少米面我心里有数,如果这样住下去,弄得屁股上绑筛子——到处都是窟窿,让几个孩子今后怎么办?我们回家在小医院里吊吊水,我也能给家里干点儿活。"母亲拗不过他,父亲还是强行出了院。

天河湖畔涛声依旧,自从改革开放了村里才有明显的变化,破旧的瓦房逐渐变成了小洋楼。人们的生活理念也无声地转变。父亲回到老家医院,每个星期去吊一次水,他顽强地和病魔做斗争,是的,父亲太精明了,家里真被他治病花尽了所有的积蓄,但无论如何病不能不治呀!因此,我就千方百计地想办法赚钱给父亲治病。

一天,我到天河供销社找朋友,开后门买了三桶平价煤油,由老二负责拉到我舅舅家去卖高价,煤油卖掉了,老舅对二弟说:"东边有赌钱的,我俩到那儿干两把,推几锅子,以这钱做本钱。我干得特别精,你帮我看堆,我来推,多赢一点钱,回去给你大大治病。"

常言道:病汉听不得鬼叫唤。二弟把卖煤油的钱拿去做赌资,最后输得一钱不剩。老舅也慌了神,二弟两手空空。他知道这是什么后果,捶胸跺脚地仰天大哭,老舅觉得实在愧疚,自己背着家人从邻居家借了钱给二弟,假装说:"小二,你别哭了,老舅到赌场上赌几把给你的钱翻回来了。快拿去家给你大大治病去吧！"二弟见到钱才拉着空油桶回家。二弟到家的时候，两只眼睛像两盏红灯笼，被我一再追问，二弟才说出实情。母亲一看二弟那狼狈的样子心疼得哭了。

父亲的病越来越重，他吃药时要看药瓶子，他不相信全家的善意谎言了，所以我们再也瞒不住他的病情了。当他知道自己真实的病情时，把我叫到面前，很坦然地说："田土，我得的是不治之症，病历上写的是贲门癌，你们别白费心思了，不能再这样浪费钱了。况且我们家没有钱，我现在最遗憾的是，你姊妹六个有五个都是不懂事的孩子，只有你和二子稍大些，二子不识字，只有你了，恐怕你挑不动家庭这副重担啊！"

我哭着说："大大，你放心，我想什么办法都把您的病治好。我不相信好人会死，好人会有好报的！"

"人生自古谁无死，只要摊上这种病就别想活多久，好人也罢，坏人也好，根本逃不了这个劫难。"

父亲看得很开，最后不愿吃药了，他坚持带病挖地锻炼、搞菜园供全家享用，他锻炼期间，身体反而没有什么异样。他利用这点空余时间去找媒人给我提亲，让我半年之内成亲。我哭着对父亲说："成霞去念艺校去了，她毕业以后就回来了，这么急干什么？咱在家找其他人，她回来怎么办？"

父亲很肯定地说："你别这么想了，她念艺校就是非农业，她是国家的人了，你在人武部又没扎住根，如今在报社还没有真正安根，为了我的病你又不愿去上班。我反正就这样了，你死活不舍得我，不愿回去，将来再想得到这个机会比登天还难。都是我拖了你的后腿。对于成霞，你就死了这条心吧。你就是等她回来，肩膀也不一样高，她也不会和你结婚的。"

"大大，话不能这么说，假设她回来找我该怎么办？我们理亏呀！"

父亲生气地说："人家出了校门，就是国家干部，可能再来找你吗？你别自作多情，你想想人家是天，咱是地，天上的仙女能到凡间找你放牛郎吗？《天仙配》是人编出来的，没有戏上演得那么邪乎！"

"大大，我不一定就永远是放牛郎。"

哪知父亲严肃地说："不听老人言，吃亏在眼前！"

我被父亲的一席话说得哑口无言。尤其他在病中又不敢惹他生气，只有搪塞地说："这找对象又不是买青菜，目前没有合适的，就是成霞不行也得慢慢找啊，哪能这么快呢？"

父亲说："你不要多问,我心里有数!"

我也不知道父亲有什么数。没过三天,母亲买了四块布,把布装到皮包里,叫我到邻村李某家去订婚,我哈哈大笑:"娘,怎么回事呀?你们这不是把人家当傻子吗?人家还不知道我是谁,是红的是黑的,怎么突然就去订婚呢?按农村的规矩应该先看对象再订婚呀!"

母亲说:"我和你大大早就弄好了,人家早都认得你,你去吧,如果你不去,你大大生气了你可担待不起啊!"我心里虽然犯疑,但为了父亲顺心高兴,我不敢怠慢,背起四块布顺从地去订婚了。我背着布心乱如麻,在前面走又怕父亲跟在我后面监视,最后我想出一个办法,把布背到车站一个熟人家,不说里面装的是啥,过两天再把它背回来,对父母谎称人家不同意,把布给退回来了,父母也不知道内情,对方也不知情由。这样两头不照应,父母也不得生气了,这样也躲了一劫。自认为耍这小聪明天衣无缝,忘却了孔明在葫芦谷说过的一句名言:谋事在人,成事在天。

常言道:万般皆是命,半点不由人。这个大姑姑,从十八岁开始,家里就没断过媒婆,求婚的小伙子和信件接连不断,可她总是不分青红皂白地通通拒绝,到底她是姻缘没到,还是另有隐情,这只有她自己知道。总之,她二十六岁了,家人已经犯愁了,她仍然扫去所有求婚的信件,推却各色求婚的后生,凡来给她介绍对象的媒婆,她都很不客气地给人家难看,赶人家走。对我为什么不反感呢?这大概就是天定姻缘,限期已至,不可欺瞒。天都到西时了,我慌慌张张地朝车站走,正好在车站西边的大坝上迎头碰到那位女青年。大限来时不由人,空想之事弄不成。命中有时终须有,命中无时想煞人。

原来事有前兆,她正在培训班给学生讲裁剪技艺的课程,突然觉得烦躁不安、心乱如麻,总觉得家里有事,并感觉还不是小事,所以,她慌慌张张地离开教室往家赶。芝麻弹到针眼里——就这么巧!原来我们认识,父亲来她家提过亲事,以前知道对方的底细,她对自己的婚事和目前的心上人也提前知道,所以她早有准备。当我们碰到一起的时候都惊讶地望着对方,相互站在对面,一句话也说不出来,我俩僵持了一会儿,还是对方先开了口。

"天都快黑了,你往哪里去的?"

我张口结舌说不出话来,她又说:"走吧,时间不早了,干脆到我家过夜去吧!"

我愣了愣神,不知所措,心想:为什么她不说到她家吃晚饭去,而说到她家过夜呢?看来晚上有情况啊!我正在想入非非。她风趣地说:"看你大包袱小行李的难道是到车站接对象的吗?看你这神态,就是去会对象或见情人,不然的话为何不愿到我家去呢?"

我赶忙否认,但又语无伦次地说不出个子丑寅卯。这时的我,思想在激烈地斗争,如果不去,人已经碰上了,假设被父母知道碰上了她我没去,那后果是什么样的,我不敢往下想;如果真的去了,这一生就这样定格了,这个时候思想乱得真的没法形容呀!对方看我在发愣,很搞笑地摸摸我的额头:"没发烧呀!怎么不正常呢?"

我在对方的再三催促下,像吞下一把迷魂药,乖乖地跟她走进了岳父家的大门。我一个小屁孩,到了岳父家,他们当着大事来办的,晚上拉开桌子当贵宾招待我,晚餐摆设得很丰盛,岳母和岳父欢天喜地地招待他们第一次过门的娇客。聪明的对象在吃饭中间用引导的口气问我的来意,我本不想讲,但万事都怕抵得没有路,父亲的病就像一把尚方宝剑,只有顺从,不得有半点违逆,只好把父母交代的真实来意说一下,但是中间把内容加以篡改,把"订婚"说成"定期"。岳母一听来火了:"你们家都没有办过事吗?你父母亲都是什么人呀?八字没见一撇,你家凭什么择期?难道欺我家无能人吗?"

我一听心里高兴,只要事情搞糟了,父母就没有话说。人家不同意我又不能强逼,事情黄了总不能怪我吧。万没料到沉稳的岳父开了腔,他冲着岳母很坚定地说:"这孩子来家了,就坐在我们面前,这门亲事你想不想做?想做就不能说二话,男家择期讲究很大,人家肯定是请了先生,按生辰八字推算准了才来的,他父母讲哪天办事就哪天,你别起哄乱改人家择好的日期,改期是犯大忌的,假设出了问题你担得起这个责任吗?"

岳母打火不吃烟——闷枪了,我犯了难,本来父母让我来订婚,我却歪打正着,岳父全家统一思想,啥也不要,爱好结亲,就这样我指着空把婚期定了。

第二天我回家后把昨晚的情况告知父母,父母高兴啊!特别是父亲,他知道自己的时间不多了,一步把事情办了他都感到迟了。1984年农历十月初十,我胡乱择下的日期,却变成了不变的婚期。快要办喜事了,我提出家里没有钱,喜事不办了,以后有钱再办。父亲大声说:"谁说没有钱?有!办事的钱我早准备好了!"

当天夜里,父亲扶着病躯到朋友家借了600元钱,强打精神,拖着病体把喜事给办了。全家看着父亲办事的精神状态,都认为喜事把父亲的病冲好了,全村的人也都对父亲充满着这种幻想。

父亲的心事太重了,1984年农历十月初十,刚草草地办了婚事,他又生出新的想法。这种幻想来得太快了。时隔不久,父亲要见隔代人,常言道,百善孝为先,我和妻子就按照父亲的要求办,1985年五月初八早晨,我们生下了大女儿,时间不长,父亲就病得不能吃饭了。

我相信老天是公道的,他绝不会灭好人的,为了把父亲从生死线上拉回来,我想尽一切办法挣钱给父亲治病,结果都枉费了一片苦心。

1985年3月上旬,父亲把落满灰尘的渔网从墙上提下来挂在院中的老槐树上,用织渔网的梳子一点一点地补着网槽上的小洞,我问父亲:"这破网补它干什么?况且现在塘枯了,无水哪来的鱼?"

父亲特别深情地说:"饮水思源,我们家能活到现在它是有功的。千万要记住报恩!报恩啊!"我开玩笑地说:"大大,那天夜里这网要不是被人借去,想补也没有了。""是的,吉人自有天相,家中遇难它却在外面。"

我恍然大悟,父亲借故在教导我受滴水之恩必当涌泉相报。这种教诲太深刻了,我终身思而效之。

为父治病家里所有能卖的东西都卖了,最后家里只剩下半袋稻谷,债台高筑。

"田土,我的日子不多了,虽然你没读完高中,但是一直在基层摔打,没有走出天河湖,最后我给你交代几句话,你要记得。一是忠厚传家业,你不能忘掉,做人不要过分地追逐奢华、攀比,吃再大的亏一定要相信朋友。二是不与长者论长短,不与俗人论高低。三是与人相处要用生命换取别人的真心。四是你大大是个孤儿,一生吃尽人间苦,尝遍天下艰,要不是挂念家庭和你几个孩子,我是不会这么坚强地活到现在的!今天这一大家人热热闹闹,吃水不能忘记挖井人!有恩必报。五是不孝有三,无后为大,虽然我是共产党员,但在农村,家中不能没有男孩。这五条你千万不能忘啊!"

父亲的五条里只有第五条我心里想不通:什么叫无后为大?女儿也是传后人嘛!

深夜,我家院中的老槐树在夜风的吹拂下沙沙作响,树上的乌鸦在不停地叫,鸟儿在悲鸣。那张破渔网在门缝的夜风中也在左右摇摆,网角的碰击声好像在有节奏地哽咽着。

父亲为心疼我们已绝食两天,他已经说不出话了,在他生命的最后一刻,打着手势比画着要一样东西,全家都忙得分头去找,不管拿什么来他都摇头。

母亲说:"他是看路的,是在找他的魂,别给他找了。"

我不甘心,父亲临终时的最后一个心愿必须要做到,不能成为终身的遗憾。最后我从一个小盒子里找出一个红壳子的党章,他终于点了点头。我把党章拿来送到他手上,他拿着鲜红的党章,看着母亲,看着我和几个弟弟妹妹,于1985年农历三月三十日六点四十八分,紧握党章离开了人世,享年53岁。

当天,我哭着用破棉花絮做成的一杆毛笔,蘸着墨汁,在白布上给父亲写下了一副挽联:

幼丧父母,苦度终身,艰辛自强,忠厚为人,儿女满堂福后报;
英年早逝,魂归天庭,一身正气,两袖清风,鞠躬尽瘁追党魂。

我深深理解父亲热爱党、忠于党的程度,并且也深知他为啥忠贞地热爱党。

我敬爱的父亲,揣着满腔的遗憾,永远地离开了我们! 永远离开了这个世界。父亲虽然走了,但他所做的一切都被铭记在全家人的心里,他的一言一行足能影响我家数代人,我永远也忘不了我可亲、可敬的父亲。

破屋专遭连阴雨,漏船专遇顶头风。刚把父亲送下地,千疮百孔的家又遇上了意想不到的大事。

第二章　创　　业

第一节　初踏生意行

创业难难似上青天，
创业苦苦似老黄连。
创业累累似躬耕牛，
创业艰艰似爬雪山。

父亲虽然被全家平安地送走了，可一波未平一波又起，母亲又倒下不省人事了。送走了父亲，这意味着今生不可能再见到他。所以，母亲哭得死去活来，数日不愿进食。由于悲伤过度，昏迷数日不醒而住进了医院。我半跪在母亲的病床前，心里在盘算：奶奶和祖父一起走的，母亲比父亲小一岁，总不能也一起走吧！想到这里，打了个寒战，不由得想起了祖父和奶奶以及那些苦难的往事⋯⋯

为了平安，我赶忙喊来医生，细问母亲的病情。医生说："只是悲伤过度，因长时间不进食而造成的，总的来说无大碍，你放心吧！"听了医生的一席话，这才把一颗悬着的心放下来。

全家十来口人债台高筑，家里无一粒可食之粮，无一文可用之金，怎么办？母亲因怕多花医药费，病刚好转一点，便强行出了院。母亲对我说："你父亲走了，他到那世逃安去了，你就是家里的顶梁柱，可苦了你和这帮弟弟妹妹了。现在家里里里外外都是债，担子都放在你一个人身上，这往后怎么过呀？可怜的孩子，你怎么泥平家里这堵墙啊？"

我说："娘，过去你说我有力不出，现在是我该出力的时候了，我保证顶起家庭这片天，完成父亲没办完的事。"

娘艰难地说："家里空得这个样，几个弟弟妹妹还不懂事，你一龙能治几江水啊?"是的,我下学就到了人武部办报,写新闻材料,现在被家里的各种磨难折磨得像个呆子,怎样才能挣到钱来缓解家庭的困难,我茫然不知。我从没做过生意,对于挣钱是擀面杖吹火——一窍不通,怎么挣钱让全家富起来,今后全家向何处去,路怎么走? 我确实像只无头苍蝇。

看人世,瞧人间:

有钱的藏金储银,无钱的孤苦伶仃;
有钱的就敢任性,无钱的体重言轻;
有钱的花天酒地,无钱的哀号呻吟;
有钱的翻手为雨,无钱的唯命是听。

钱! 钱! 钱! 今天才知道,人世间处处都离不开钱哪! 我困顿、我悲叹,这芸芸众生,钱海茫茫,到哪去挣属于我自己的一份钱啊? 谁能帮我挣到宽裕的钱来维持这个家呀? 我转了多少天,还是母亲点了一句:"你过去在县里干这么长时间,处了这么多朋友,还有领导,难道不能找他们想想点子吗?"蚌壳里难找金钱豹,棺材里哪有虎啸龙吟? 只因母亲一席话,突然惊醒梦中人。

我返回县城,找到一个朋友,谈到我家里目前的情况,朋友一听,很仗义地说:"我一个月几十块钱的工资,家里还有高堂和膝下两个孩子,实在没有闲钱,别的办法也没有,这还有一辆永久牌自行车,这是凭票新买回来的,才月把时间,还是个新车子,你把它推回家卖掉作本钱,做点小生意养家糊口吧。"我非常感激,但觉得这样做不合适,就不愿推车,在朋友的再三催促下,我万分感激地推着车子慢慢地走出门,然后回头朝门上看,门的两边贴着一副对联:

上联写"日进千条腿",下联配"夜夜不落空"。

后来才知道,出入他家的朋友很多,他乐于助人,只要有大事小事都来找他帮忙,因他老婆住单位,好多人来了就住在这儿过夜,所以人家送他这样的对联。

朋友站在门前目送我走远,并大声说:"田土,困难人人有,咬牙过五关,不经苦中苦,哪有日后甜,挺住,一定要挺住啊!"我回头答道:"放心吧! 我会咬牙挺住的!"我骑着崭新的自行车,在回家的路上,碰到一个医院的朋友,他说:"你家的事我们听说了,朋友一场,我也没有钱支持你,上次我在厂里赊了几口袋胶布,你先来拉去卖吧,卖点儿钱暂作资本。如果你能卖得多,我给厂里打声招呼,让厂里赊给你,我做担保。等周转开了,再把钱还给厂里。"

我真的感谢朋友们对我的关怀和体贴,我还真的用这辆车子到朋友家推出了几口袋胶布,很高兴地把胶布推回家。母亲很迷茫地问:"这是怎么回事?"我把情况跟母亲一说。母亲说:"这胶布只有医院用得上,你有个堂舅在怀远县卫生局当局长,大概是管医院的吧,你去找他看看,能不能帮点儿忙。"

我根据母亲的吩咐,找到了在怀远县卫生局当局长的舅舅,先说家里困境,后说来意,并打着母亲的招牌说:"胶布必须要卖掉,否则家里就断炊了。"

舅舅说:"这亲戚长时间不走,我也才听说你家的困境,正好你来一说情况对上了,好吧,我给你写几封信,找基层医院的几个朋友,给你处理一下。"我第一次走进生意领域,拿着舅舅的条子,心里不知有多高兴。

舅舅给我写了几张条子,先到怀远县西边的几个卫生院,把几口袋胶布给卖了。真的赚了一笔小钱,我拿着赚到的散碎银子,初次尝到了做生意的甜头。同时也试出了舅舅写条子的分量。回来和母亲商量后,决定再次进胶布。我把进来的几口袋胶布全部放到车子上,开始西行。当我的自行车骑到肖家湖时,突然自行车"打炮"了,这时我在肖家湖的漫天野湖里,上不着村,下不挨店,我瘫坐在地上,心问口,口问心,怎么办?正赶上正中午时,朝四面看,都是长满蒿草的旧坟和新坟。新坟上球幡林立,满目都是破烂花圈。陡然间,儿时母亲给我讲述的鬼故事一幕幕出现在脑际。我恐惧了,我真的恐惧了,心想这儿一人没有,会不会像《聊斋志异》里面说的那样,有女鬼缓缓而来,首先对你温存,然后挖开你的脑子,让你一命呜呼……

想到这,我毛骨悚然,觉得带哨的风是阵阵妖风,甚至觉得是鬼魂所致,可巧,一个旋风飞旋而来,我的心慌得像敲鼓一般,咚咚作响。我避开旋风,直到没有发现什么才放下心来。可人不能走,车子不能骑,怎么办?正在最艰难的紧要关头,一看正东方真的缓缓地驶来一辆马车,我心里怕得不行,难道这就是那些鬼怪赶着马车跑来了吗?不管是不是,我要做好防范的准备。

这时,我机警地趴到沟坡上,做好和"来敌"战斗的准备,这叫"打防并举"。好在我的车和胶布放在路心拦住了去路,赶车人老远就放慢了车速,近前一看,特别爽朗地笑了,他见我趴在沟坡上,做出鬼子来了的防御架势,便到跟前勒住马头,马上停住车问道:"你趴到沟坡上准备袭击我实施抢劫吗?"我赶紧跳出大沟,很坦然地告诉赶车人:"害人之心不可有,防人之心不可无啊!我为什么这样,你是聪明人,难道还不理解其中的奥妙?"

赶车人哈哈大笑:"我看你像个读书人,识得风水。你趴的那个地方就是一块风水宝地,背靠涂山,脚蹬天河,对岸平坦开阔,脚前细流潺潺,坐北面南,一马平川,宝地,宝地啊!"我说:"《聊斋志异》里写的不都是鬼怪吗?"赶车人毫不客气地说:"你哪像个读圣贤书的人?好像读书读得走火入魔了。蒲松龄写鬼神,全部写的是形形色色的人,把你给迷住了,可笑!你把我当成蒲松龄笔下的牛鬼蛇神了!"

我被赶车人的一席话弄得无地自容,然后赶车人问清我的去向,很慷慨地冲我说:"这上不着村下不挨店的野湖里,又没有修车铺,你赶快把打炮的车子和胶布都搬到我马车上来,我就朝前方的常家坟方向去的,顺便给你捎过去。"

我千恩万谢地把胶布和自行车都搬到他的马车上。

赶车人是个中年汉子,身材微胖,脸膛白皙,鼻直口方,相貌举止像个厚道人,他很幽默,说起话来像个小品演员。

他用马鞭打了一鞭枣红马,那马四蹄翻开,快速往前赶路。他点了一支烟,吐了两个烟圈,开始说话了:"现在的社会,以经济建设为中心,万事都要听号召。"

我一听这家伙出口就一套一套的,就问他:"谁不想富呢,到底怎样才能致富呢?"

"这白猫黑猫论讲得很明白,你的脑子只要动一动,就知道啥意思了,同时也能知道如何致富。不吃透精神,你永远富不了。"

我被他讲得一头雾水,本来对金钱的许多论点持怀疑态度,对所谓的致富理念茫然不解,我想问他几个不解的问题。那赶车人继续说评书:

"以次充好,以假乱真,不偷不抢,不信鬼神,绕着红灯走,踩着红线行,擦边把球抢,不要坑好人。"

他吐口唾沫接着说:"赚到钱能摸着天,浑身上下都是电;手里没有烂头子,浑身上下淌虚汗;赚到钱吃、喝、玩;腰里没有碎银子,办事都比登天难!"

我愣愣地听着他满口的词,心里很开心,还没等我回过神,他又说:

"你那榆木脑袋应该开化了,只要人莫闲,脑子加根弦,国家给政策,必须冲在前!"

他在半空"咔嚓"一鞭子,到站了,下来吧!我入迷地听他胡侃乱道,觉得他侃的都是致富的经验之谈,看来这个人还真有两把刷子。到了目的地,他停车让我卸货,我要给他运费,他笑着说:"我是做大买卖的,不收散碎银子。"

我下了车卸了货,千恩万谢赶车人,赶车人乐呵呵地说:"只要你动脑子,大钱等着你赚呢!"

赶车人走了,也没问他姓啥名谁,他走远了,我仍然沉浸在迷雾之中,总觉得这赶车人真的像讲书中点化众生的铁拐李。

我让面前的修车师傅帮忙把自行车胎补好,才把胶布推到常家坟区医院。拿出舅舅的条子,首先解决了两口袋。然后把另外两口袋胶布驮向唐集,院长见了条子二话没说,让会计算账给我钱。虽然西行艰难,但我这几口袋胶布也赚了四百多块钱,确实能解决家庭的燃眉之急。

回家后,我留二十五块钱零花,其余都交给母亲,这次的行动打开了我做生意的心结。

我卖了胶布尝到了甜头,觉得堂舅的条子在他管辖的医院很有效果。所以根据朋友的介绍,我直接找到制胶布的厂里,赊了大批的胶布,送到怀远及其他几个区卫生院,又赚了几千元,从此我真的走上了创业路。

这次成功使我扬眉吐气,真得到馆子里消费一番。我预想:先到个茶馆里,泡杯上等龙井好茶,然后再搞点酒,整几个硬菜,好好地享受一番。打定主意,我找了一家干净的茶馆,只见茶馆门上写了一副对联:

静饮修心,枯枝新翠纯天然;
入舍君子,出门贤达品自高。

我觉得这家茶馆的品位不错,就进去让老板泡一壶黄山毛峰,我坐在茶桌的正中,抬头看,墙上有一张山水名画,两边配一副对联:

没有江南千千树，

哪得清茶缕缕香。

　　我正在品尝着刚泡好的茗茶，突然走进一个熟人，他进门就牛哄哄地高喊："老板，你真是撅屁股看天——有眼无珠。我老常来了，怎么没有人接待啊？"

　　他一眼瞅着我，忙跑过来："哎呀！老朋友啊！缘分缘分。若说没缘分，今天怎么又见面了？"我也感到很高兴，忙央他就座，喝茶。他坐下喝一口茶，问："朋友，那天咱们走一路也没问你的家乡居住，姓啥名谁，抱歉！抱歉！"我也很兴奋地说："不是吗？你帮我这么大的忙，我也没询问你的尊姓大名，今天为了报答那天的深情厚谊，我请你喝茶，然后请你喝两杯！"他谦和地说："你先说贵府，后讲年轮。"我给他说是天河岸边的人，姓田名土。他很慷慨地说："我也经常朝你们那儿去，就凭有这份情缘，走，咱们换个地方搞两杯水酒。"他又重新找一家小酒馆，很爽朗地说："在家靠父母，出门靠朋友，只有千里的朋友，没有千里的威风，咱交个朋友有多好呢！"我真的被他的热情所感动，随着他走进一家酒馆，咱俩分宾主落座。只见在酒桌的中间，有一幅《杜康醉酒图》，下边有一首歪诗：

杜康造下万家春，

刘伶三年筹酒魂；

三杯方能和万事，

无酒哪得人上人。

　　不一会，店家拿出一壶醉三秋，四个菜上来了，他开始介绍自己："我叫常国荣，外人称我是常家坟小镇名人，牛皮不是吹的，火车不是推的。我国荣是这里远近闻名的擀烟大户，东乡所有的'嘴团结'都出自我手。"我瞅着他心里想，这是怎么了？我今天怎么又碰到这个牛人呢？他说这"嘴团结"是目前东海烟厂生产的一个最流行品种的畅销烟，怎么出自他手，这不睁着两眼说瞎话吗？我虽没有说出口，但用轻蔑的眼光扫了他一眼。他似乎看出了我的不满，马上举例说明，他说："你家乡的小丽小店、二蛋批发部、三毛商店，都是我供应的烟。"随后拿出了样品，"这就是我家烟厂做的烟。"我拿过团结烟一看，一点儿不假，就是"嘴团结"。"你猜猜我一包'嘴团结'给他们什么价，只是两毛五分钱啊！他们每包卖一块五毛钱，这利润大不大？"

我突然想起他那天所说的一席话，真有些神奇了。我转念一想，他是不是在下套呢？为什么这烟有这么大的市场呢？差价的空间太大了他那天讲的话又在我耳边回荡，难道这就是所说的绕红灯，踩红线吗？是的，别人敢死，你不敢埋吗？胆小如鼠，这还算男人吗？

烟的利润也太大了，他看我有点儿心动，就对我说："我俩拜个把兄弟吧，有福同享，有难同当，我把烟放在你家，你往外批发，包你几个月家里就变了样。"常言道，饥不择食，病重乱投医，我带着卖胶布的钱不分青红皂白买了两箱"嘴团结"，并乐滋滋地想回家卖掉就能赚个千把块。我把两箱烟钱付清后，兴高采烈地回来了。只想着挣钱的美梦，其他一概不管。这边烟到家，我就开始自我宣传"嘴团结"如何好，物美价廉的"嘴团结"，都快来买。可我家不开店，人们对我的"嘴团结"持怀疑态度，故难出手。我当时很纳闷，都是一家货，为什么他们的烟都那么好卖，我却一包也卖不掉？后来才知道别人开店只要三条五条，卖掉后再要，一是怕烟霉，二是怕掉价，可我像买不到似的，一下子就买两箱子，这两箱就是一百条呀！

五月的天气，梅雨茫茫，由于这批烟不经复烤程序，尤其是香烟吸湿功能特别强，烟丝本身就夹杂着大量的水分，再加上霉季，没过一个月，我的"嘴团结"里面都生了轻度的霉。卖不掉就卖不掉吧！干脆送给吃烟的邻居，邻居有的千恩万谢说客套话，我还觉得很欣慰，不管怎么说还能派上一点用场。

田番找到一个有钱的岳父，他老丈人给他买辆江淮车，在外面拉货跑运输，手里弄几个碎银子，一听我也回来做生意，特地请我到小吃部弄两杯。见面时少不得亲热一番。

我说："这么多年都没见到你，现在干得不错吧？"

"大哥，这些年你在官场上，文章发得那么多，随便摸张报纸上面都有你的名字，真牛。自从离开天河文学社，为生计在外面奔波，现在的文学对我来说太陌生，我都变成大老粗了，只有出苦力，我按揭一辆车在外面挣点辛苦钱，只能保住家庭的正常用度，没有结余。"

"不听说车是你岳父给你买的吗？怎么变成按揭了呢？"

"大哥,不能这么说,外人听了不说我吃软饭吗?来快坐,先搞几杯,不谈这个。"

"虚伪的家伙!"

没过多时一桌小菜上来了,我端起酒杯一饮而尽,觉得很惭愧,我混到现在,反而搞得这么烂,确实觉得不怎么敞亮。田番和我连碰三杯说:"哥,你搞的那些烟别再往外送了,我从桥上走听到有人说你,破'嘴团结'到处送,别觉得不要钱,让我们白吃就高兴,实际上他在害人,那霉烟有害,毒性如烟土。你是好心,他们却说这话难道你不寒心吗?"

我被羞得无地自容,自己的好心遭到邻居如此羞辱,实在不能忍受,但又没有任何理由为自己辩解或找台阶下,一气之下把一大杯酒给喝了。我和田番很快地结束了酒局,回家把所有的霉烟都投到粪坑里,再也不送人了。

我折掉了所有生意上的本钱。

这天,国荣来了,我又气又恨,真想把他告到乡政府去,让他蹲几天黑屋。反过来一想,是自己想巧弄出来的问题,这叫周瑜打黄盖——一个愿打,一个愿挨。自己劝自己,算了吧!得饶人处且饶人嘛!我憋着一肚子气,虽然想表现出来,但也没有过去那种热情劲了。国荣是个场面人,当他知道情况后,很慷慨地要把烟钱退给我,我坚决不要。

他说:"我们是朋友,你不要我的钱这说明你在记恨!"

我笑了笑,向他解释道:"穷不靠亲,冷不靠灯,就是拿你那点钱就能解决我家目前的问题吗?"

国荣愣了好大一会,端起酒杯一饮而尽:"够朋友,好!我的眼没有看错人,人非草木,孰能无情?"

他自己抢过酒瓶,自酌一杯,他站起来深情地说:"常言道:鸭子吃稻,一还一报。咱家有台大型冰棒机,我家没人干,况且那边的冰棒机太多,我把它拉来给你装好,挣到钱给我个本钱,挣不到钱,就当废铁送给你。"说罢又把那杯酒一口喝下。

我对他的表演已经看惯了,根本不相信了,所以没往心里去。原来我敬重他是觉得他是一个很有文化底蕴的人,那一套一套的陈词滥调,弄得我把他当人物待,却原来是这么个东西,分明就是个酒鬼。瓶里倒不出酒了,妻子出来拉场:"出门嫂子没交代?少喝酒,多吃菜,够不到站起来,吃点饭吧。"

母亲看出我的心思,她转身到店里赊了一桌酒菜,又重新摆上,并且亲自坐到上岗子,推杯换盏地和国荣又喝起来,我不理解母亲的心意。

知子不过母,母亲把我拉到一旁,严肃地说:"朋友到家了,一定要善待!是鬼是神,送走是福,待客要诚,脸色要温。"

我听从母亲教诲,从此便真心地善待国荣。母亲借故出去了,我俩推杯换盏,喝得酩酊大醉。国荣走的时候我以礼相送,我们全家的热情感动了朋友,换来了朋友的真情。国荣回家后真的把冰棒机用大汽车给拉来了。我一看,差点迎头骂他一顿:什么冰棒机,简直就是一堆废铁。

他见我不高兴,便诚恳地说:"帮人帮到底,救人救个活,虽然现在不好看,装起你就笑了。"

他把冰棒机一点一点地给安装起来,一滴酒不沾,埋头装修机子,半点不闲。我想:这就怪了,这么好酒的家伙,怎么立起贞节牌坊了?我被他的诚意所打动,所以给他当"徒弟",他叫我干啥就干啥。三天的苦干,机器装起来了,我仍然心里有疑虑,反正心里有结,总是被假烟的阴影所笼罩。母亲毕竟是母亲,她真称得上是老江湖,她对国荣说:"田土是个不懂江湖的小子,凡事你要让着他,不管怎么说,你为兄啊!你一定要好好地帮他。"

国荣为了证明自己,忍着气,十天后冰棒机轰轰作响,并把可口的冰棒制作出来了。他很仗义地说:"我把你家的生意做起来我才离开。"真的,半个月过去了,冰棒真的打开了销路,这时我们全家都感激他,国荣看着全家喜悦的心情又喝酒了。

这个牛人,牛皮又吹起来了:"田土,我的好兄弟,哥这个人只要认准朋友,就要相处到永远,开弓哪有回头箭?从此,你就是我,我就是你,永不言弃!"我们深情地拥抱在一起,久久不愿分开。

冰棒的质量超过了天河供销社冰棒厂的产品质量。摇冰棒的小商贩就都纷纷地上门了,冰棒供不应求,我靠诚信找到一条致富之路。就在冰棒厂要开业的时候,国荣有急事要回家,全家都挽留他,他说回家一趟,把家里事处理一下就回来。我感激地流着泪说:"国荣大哥,目前冰棒机的本钱还无法还你,等缓过气来才能给你。"国荣挺着胸脯说:"我们是弟兄啊!我支持你,就是在帮我自己呀!一定让我们共同富起来!"

"哥,我好长时间没有听你讲评书了,今天我俩到街上小吃部里弄两杯,再听你唱弹词,谈屌精。"

"你这个家伙,脸好比六月的天,刚才还穷得哭鼻子,转脸要下馆子,别穷大方了,还是让弟妹整几个小菜,在家里喝几杯多温馨呀!"

"是的,在家温馨不假,但在家你绝不会放荡不羁地竖着嘴扯了。"

国荣照我的前胸就是一拳:"我要不看在弟妹的分上,早揍扁你了!"我俩这才开怀大笑不止。

妻子的手艺不错。我和国荣在欢乐的气氛中彰显出弟兄的深情厚谊,虽然妻子没做多少硬菜,但几道可口的家常菜,我俩也喝得天昏地暗。

国荣走了一个多月没回来,冰棒机出故障也无法处理,母亲说:"田土,快把国荣请回来,他不来冰棒机转不起来了,看着钱不挣怎么办?"

我说:"娘啊!冰棒机安装成功他就走了,眼看一棵摇钱树就长起来了,咱不能忘本啊!冰棒机的本钱也该给人家了,手里没有一个子儿,您让我怎么去见他呀?"

母亲愣了愣神,艰难地说:"家里有没有钱,你太清楚了。为请国荣全家人急得团团转,我知道家里空空如也,上哪整钱去呢?"母亲算了一下账,父亲去世前,该借的亲邻已经借遍了,并且都没还上,怎么有脸再去张嘴借钱呢?我说:"家里还有一个值钱的东西。"

母亲不解地问:"家里哪有什么值钱的东西?"

"那辆大型交通工具还在家里放养着呢,暂给它卖掉抵一下有何不可呢?"母亲疑惑地看着我没吭声,我解释道,"不就是朋友的那辆自行车吗?我推去给卖了,然后再请国荣,问题不就解决了吗?"

母亲这才恍然大悟,她斥怪地说:"你和谁都能开玩笑,我疑是什么大型工具呢!"

不去卖车万事皆休,这一去卖车,却引出了一场姐夫战郎舅的可笑战争。妻子根据当时"战争"情景,写出一首歪诗:

打炮车子引祸殃,郎舅混战起仓皇;
钱飞币舞似蝴蝶,留与后人说短长。

卖车请人这是我决定的思路。我把自行车推到岳父家,走娘家的妻子问明来意说:"我三叔早就让咱们给他购一辆自行车了,我只是没告诉你,正好问他可要。"

妻子把自行车推给她三叔,三叔指派他儿子送了三百五十元钱来。小舅头子把车子骑到外边去兜风,轮胎被钉子戳得打了通炮,他去补胎一看里面还有疤子,本来回去就怕叔丈人骂他而无法交代,这下可抓到了理由,便把邪火朝我身上发,这个愣头愣脑的小舅头子出口伤人:

"田土!你个浑蛋!给我出来!什么亲戚你敢骗我?车子没骑,胎就爆了,把钱掏出来,不然我砸断你的狗腿!"

我哪受过这样的谩骂,我掏出钱对准小舅头子的脸砸去。钱飞得满地都是,小舅头子随即和我动起了拳脚,你来我往混战在一起,妻子不知其中的原委,不分青红皂白,帮着打我,当时的场面特别精彩。

岳父出来一看,大喝一声:"都给我住手!"岳父这一声断喝,小舅子转头吓跑了,岳父既没问原因,也没说我什么,可我自觉没趣。

妻子把钱拾起来,送给她的三叔,然后推着车子催我回家。路上妻子拉我手,我气不打一处来,很恼火地说:"你厉害,竟然帮你家堂弟打我!"妻子像哄孩子一样笑着说:"在我娘家,我能帮着你打我娘家人?以后我还要走娘家呀!再说咱比他大些,他是个不懂啥的小毛孩,我们和他一般见识只有丢咱的人。况且你的车子去常家坟的路上打了炮,你忘了交代这是你的错,你这举动出现在这种场合光彩吗?"

回到家我倒头便睡。天亮了,乡里的大广播唱起了《创业难》歌曲,我聚精会神地听完了这首创业歌:

> 创业难,创业难,
> 需知手中有几钱,
> 哪块铜板用喝水,
> 哪块铜板用过年。
> 哪块铜板育妻小,
> 哪块铜板用种田。
> ……

是的,哪块铜板留喝水,哪块铜板留过年,现在全家都没有一块铜板,因给父亲看病债台高筑,造成如此困境,我该怎么办?今年的年到底该怎么过？

可巧田化带着他妻子来找我，他的家属是我亲表妹，他家开个贸易货栈。表妹说："哥，我家生意上缺人扛包，你家现在这么困难，就到我家帮我们干活吧。每天按件记工，保证每天能挣几个钱，你看家里都穷成这个样子，在家闲着干什么？你一定去，钱好挣。"

我当时有点犹豫，田化看我答应得不干脆，来火了："这几年你在外面见这么多大世面，看不惯咱穷哥们了？请你记住，咱们是到哪山砍哪柴，不能太牛气了，记得当年吕蒙正为生计还抱瓢要饭呢，别说咱还是个凡夫俗子，认时吧！"

我知道，当年的小伙伴是不含糊的，我真的想跟田化去出苦力，我苦笑着对田化说："让我想一想。"

在一旁站着的表妹发起了邪火："这是亲戚才来找你的，还想写你的破文章？作家贬值了，在报纸上登一篇文章，稿费买不到半包烟，我真不知道你是怎么想的！"

我一听脸沉下来了，想说点什么，但又说不出口。田化觉得不对劲，他看了看我的脸，便不分青红皂白对着表妹的嘴就是一拳："能帮则帮，不准说屁话！"

表妹是个要强的女人，当即和田化打起来，我忙把他们拉开，便对田化说："谢谢你们的好心，我扛不动包，这辈子也挣不到扛包的钱。"田化很尴尬，他真的没想到，自己的一片好心能弄成这个样子。田化怏怏地带着老婆走了。表妹的一席话使我下定决心挣钱，但不是去给田化扛包，而是立志要干大事，挣大钱。

第二天，我把钱凑了一部分去常家坟请国荣，我到常家坟，国荣正在病中，他看到我像见到久别重逢的恋人，一骨碌从床上爬起来，上来抱着我，好像久旱逢甘霖，又如他乡遇故知。

"弟弟呀，想死哥哥了，你这一来，我的病全好了，我今生交到你这个文雅的小老弟，足也！我荣幸啊，比找到一个漂亮的老婆还满足！"

他老婆沏壶龙井茶正好来到客厅，笑容可掬地说："你就是田土？我看你不是美女啊！为什么我家老公夜夜在梦中呼喊你的名字，在病床上把你在报刊上发的文章一看再看，要么你俩就是同性恋，他真是得相思病了，你来了，他百病消除了，他在思念你啊！有你我都是多余的了。"

"嫂子,你真会开玩笑。"

国荣端过茶杯笑着说:"真的,见到你啥病都没有了。"

国荣让妻子准备一桌酒菜,盛情地招待我,我们酒后寸步不离,夜间他把嫂子赶到偏房睡,我俩睡在一张床上。嫂子半真半假地说:"你们'夫妻'见面好好在一起温存吧!"

第二天吃罢早饭,国荣便随我回到天河边,冰棒机的毛病他手到病除。他又手把手地把冰棒机常见的故障如何排除技术,仔细地教给我,他真的兑现了自己的承诺。

冬天来了,青青的麦苗顶着冻霜,准备迎接更酷的严寒。农家粮食归仓柴归垛,这是农闲之时,冰棒机的事被人们抛至脑后。我松了一口气,这才腾出一点时间到城里转了两天,并没找到适合做的事情。

斗转星移,转眼春节到了,过去的债主上门催要债务,一年的积蓄又被讨要一空。

过了春节,冰棒生意随着气温的回升,开始小批量地生产,可家里没有钱,逮鸽子也需要小红豆引呀!虽然万事俱备,可是仍没有周转资金,冰棒机开不起来了,全家人为启动资金而急得乱转圈。为了尽快地使冰棒厂开门,胸有成竹的妻子说:"我来想个办法,或许能解家中燃眉之急。"这个点子一出台,虽解了家之急难,却引出了人生的百年奇遇,又翻出一桩旧的姻缘。

第二节　培训班奇遇

正月十五闹元宵,狮舞龙灯浪潮高。

农民欢乐全自娱,灯笼火把照天烧。

田家一条黄龙、一条青龙乃皇上所赐,逢年过节都自发性地舞龙,虽然是自娱自乐,可其中也包含着田家人的自我炫耀和陶醉。皇上御赐的双龙田家每年都拉出来亮亮,今年也不例外。双龙舞起来了,前面是几只小船开道。

兰花踩着鼓点喝道:

艄公摇橹走得忙,小船前行两边晃,
兰花卖俏戏观众,绣球引龙四海扬。

一个老者手持羽扇,走到前面载歌载舞,也亮起嗓子:

> 小小花船水上漂,花船对着天河梢。
> 田家龙灯皇家赐,龙舞春雨润禾苗。
> 改革开放除陋弊,千家增收万户谣。
> 双龙戏珠吐蕊瑞,锣鼓声声催情歌。

这是农民自发性开展的元宵节娱乐活动,我也参与其中。母亲说:"别人没有事去寻开心,家里这么多事要你办呀! 没有钱冰棒厂开不了门怎么办呀?"

当天夜里我翻来覆去睡不着,在为如何筹划冰棒厂启动资金而忧虑。妻子呼呼睡得特熟。我翻身看了看酣睡中的妻子,暗思:她真是吃得饱睡得着的主! 第二天,我准备出门去筹集资金,老婆胸有成竹地说:"办裁缝培训班我是轻车熟路,我们去岗集办个裁缝培训班,不要本钱,靠的是技艺,我在娘家就办过四五期,这是极好的资源! 这么好的资源,不用是浪费啊!"我觉得这也是一个可取的路子。老婆被我送到岗集舅舅家,通过宣传,招收了六十多名学员,都是女学员,有大姑娘,小媳妇,当时外婆给她们烧锅做饭,我给她们搞后勤保障,很快培训班走红了。

培训班费用哗哗地装进了我的腰包,高兴啊! 原来钱这么容易赚到,真可谓:踏破铁鞋无觅处,得来全不费工夫。我把这笔钱拿回家,做周转资金,让姊妹们在家把冰棒机启动起来,我仍然回到岗集裁缝培训班服务,为妻子办班做好奠基石。

春意盎然,花香四溢,蜜蜂在花间嬉戏酿蜜,还有的忙于交配,蝴蝶也双双穿梭于叶缝花间。尤其是春天这迷人的时节,人们都沉浸在激情飞扬的状态中。

培训班的少妇们说话也比较粗糙,二舅母也是班里的学员,她的嘴不停地在胡扯:"弟妹们好好干,等培训班结束了,老娘每(美)人给你们配个小情哥,丑人没有,让你们都实实在在地快活快活!"未婚的姑娘们都羞得低下头。只有小少妇们都笑着回应:"我们都长得丑,还是老娘你长得美,你跑前跑后的为咱都操碎了心,你应该先快活呀! 只有老娘你才可配小情哥呢!"

二舅母没有讨到便宜,笑骂道:"你们这些小蹄子敢和老娘斗嘴? 看我不撕烂你们的屁股!"

下课时学员们互相说笑,像一群山雀,叽叽喳喳地叫个不停。唯有一人独自坐在里面,论长相在培训班里鹤立鸡群,她始终在班里不说话。我仔细一瞧,大吃一惊,当时就乱了方寸,心里想:办班这么长时间,自己很少朝班里来,今个进班不会这么巧吧? 她怎么现在还没出门呢? 不可能,不可能!也许她是……我不相信自己的眼睛,慢慢地走到她的跟前,仔细一看,原来真是她! 我惊诧、我彷徨,脑子里马上浮现出当年的往事。

我上初中的时候,就在报刊上发表文章,并且立志写长篇小说。上初三那年放假,我到舅舅家过暑假,一是不需要干活,二是吃得比家里好,所以放假就来舅舅家。外婆不舍得让我干活,让我就坐在屋里看书,我用这个闲暇开始试写我的长篇小说《银河传》。舅舅很高兴,并且还特别支持,我整整坐了一个假期,大舅给我买钢笔和纸,让我尽情地发挥。二舅和二舅母就不是这样的了,他们恨不得一下让我结婚成家,干活做事生孩子。

这天,二舅母有目的地带一个女孩来见我,并介绍说:"这是你的表妹。"然后做个鬼脸暗示我,当时根本搞不清二舅母想干什么。等了一会儿,她故意说:

"别写了,这是李会,今年才十六岁,你们好好谈谈,以后交个朋友。"

我抬头一看,面前站着个女孩,年龄不大,长得引人瞩目。高高的个头,身材匀称,漂亮的脸蛋让人一步三回头,她是初中毕业后家里无钱再供念书而被迫失学的。可她有个显著的特点,就是酷爱文学。经过二舅母的介绍,她每天都来找我谈论文学,探讨如何创作。我为了抓紧时间赶我的稿子,也没有时间陪她谈天说地,十天过去了,二舅母问我:"田土,你和李会谈得怎么样了?"我很吃惊地说:"什么谈得怎么样? 我们谈的都是文学方面的事,其他的没谈什么。"二舅母嘴一咧:"我不信。"

"不信你问李会去,她每天来看我写作,我哪有闲空和她谈情说爱呢?"二舅母一听,生气地说:"你这狗东西,老娘费功费力地引你们在一起,不是让你谈书写字的。你就这样把时间给白费了,真没谈那事吗?"

我很不高兴地说:"舅母,本身我和李会啥都没有,你说谈啥事呀? 到底是啥事呀?""我的乖哟! 你别装愣,我讲的是你们恋爱谈得怎么样了?"

"我的二舅母呀,你让我怎么说呢! 人家看我写作,我就和人家谈恋爱,这叫什么事呀?"当时我的脸羞涨得像猪肝。二舅母看我不朝上面认,特别生气地指着我的鼻子骂:"龟孙东西!我倒要看看你为啥把脸气得像猴子屁股一样。跑气,跑慢气!脑子写书写进水了,我看你是不能再写了,再这样写下去,可能要得痴呆症了。"

二舅母虽然这样骂我,但我总觉得她是一番好意,也没有计较,更没有恨她。每天我还是那样写我的《银河传》,可是我的二舅母她从没消停。她见我米水不进,改变了进攻的战略战术,翻来覆去地做李会工作,让李会主动点。李会是个温顺的女孩子,她怎么好主动呢?可是在二舅母的撮合下,也开始动心了,但她没有表露,又不好意思直说,怎么好在一个男孩跟前开口呢?她仍然像往常一样来看我写作,做点表面文章给二舅母看。

二舅母见做李会的工作又没有进展,她急了,又和李会单独谈话:"李会,我家这外甥真好,你怎么不追呢?"李会说:"他天天写作不和我说题外话,我一个女孩子能怎么办呢?"

李会的话引起了二舅母的重视,她很神秘地说:"写信呀!电影,书上,戏上不都有吗?传信捎书就干这个事的,你也学学写信谈恋爱,不好说就写信呀!我负责把你的信送给他,保证给你们当一名合格的红娘。"李会红着脸点了点头。

第二天,李会真的拿一封信来交给二舅母。二舅母想看里面的内容,可是打不开,封得太严实了,拆开又怕引起注意,所以她把信件原原本本地交给我。她还神秘地给我说:"田土,人家开始追求你了,你可要抓住时机,不要装愣,过了这个村就没有这个店了。你家这么穷,错过机会,你上哪找这样漂亮的人?这知根知底的多好呀!小田土老娘再说一遍,过了这个村就没有这店了!记好了,小子。"

我哭笑不得,诚恳地对二舅母说:"二舅母,我还小?初中还没毕业怎么能谈恋爱呢?"二舅母生气地说:"你还小?罗成十二岁就夜打登州了,我照你这么大就生你表弟了。你家这么穷,书你念这么长时间了,识得几个字好了,让你弟弟妹妹们也念几天,老写那书,能写出什么道道?你能写出钱来吗?依我说你赶紧谈恋爱,早早地打个兔子别到腰里,给我抱个外孙,也给家里面减轻点负担。那信你一定要拆开看一看,不拆不行哦!"

二舅母走了,我把信往那一丢,根本没拆开,二舅母第二天又来了,并神秘地说:"里面写的都是好的吧!看了像吃了蜜枣一样吧!"我实在受不了,就把信拿出来:"蜜在里面,你自己拆。"

二舅母看我没拆信很恼火,也不分青红皂白,伸手就把信拆开了。意外的是,里面没有啥,只有一张白纸,包着一片鲜艾叶。二舅母不懂,她把信一摔:"这小蹄子,一个字不写,这算什么信? 还包着片艾,这是什么意思呀? 昨天我们说好的,怎么就变卦了呢? 这是什么信,实在是尻倒人! 我找她算账去!"我拦也拦不住,她像风一样地走了,回头还狠狠地瞪我两眼。

二舅母第二天找到李会,也不拐弯地直问:"我听人说,写情书都写些肉麻的话,我爱你不会写吗? 你不但不写一个字,还包着片艾叶,是什么意思呀? 我俩说好的为啥骗我?"李会被二舅母问得脸红得像个赤红的山楂,她越不讲,二舅母越说她没有诚意,最后才带着责怪的口吻说:"二婶呀! 那艾叶不就象征着爱吗? 你不懂怎么老在里面掺和呢?"

二舅母愣了好一会,好像真正懂得了其中的奥妙,深深地吸了口气:"我的乖哟! 原来是这样的呀! 哈! 哈! 把老娘蒙在鼓里打转转,差点误了你们的终身大事! 怪我脑子跑慢气。"说罢,仰面大笑跑出门,"好! 好! 太好了!"

我的假期快结束了,还有三天就要到学校上课了。自从那天拆信后,二舅母预计我们已经谈得热火朝天了,但她经过细细的观察,发现一点儿动静也没有,特别生气。二舅母真的急了,她决定赤膊上阵了。不知怎么的,也不知李会是从心底喜欢我还是天缘,她就吃二舅母的"药"。她就听从二舅母的摆布,更奇怪的是还百依百顺。二舅母把李会喊来,到我写作的那间单屋里,乱扯一段闲话后走了。走就走吧,可更使人生气的是,她把门也从外边给锁上了。李会看着我,我看着李会,只有坐在屋里,既不敢喊,又不能吵闹,只有等着二舅母开恩前来开门,我坐在那儿写作,李会在后面看。可笑的是,二舅母一会蹑手蹑脚地来偷听,然后又走了,直到中午她才把门打开,她进来,翻翻这里,看看那里,一会儿把我的被子掀起来,看来看去没有发现什么异常。在她判断什么情况都没有发生的时候,她很失望,滑稽地看着李会,又转头看着我,特别遗憾地说:"瞎子点灯——白费蜡。"说罢,甩手走了。

李会走了,二舅母又进屋来,摸摸我的额头:"没有烧呀!"然后又指着我的脑壳说:"呆子,呆子! 你比梁呆子还呆子! 放着鲜包子不吃,愣熊! 你叫我怎么说你呢! 天下没见过你这样的愣种,脑子跑气,我不想看到你! 滚蛋！别让老娘生气！"

我实在受不了二舅母这种善意的折磨,提前两天离开了老娘舅的家。

回到家里,我把二十多万字的长篇小说《银河传》拿给我的老师,让他指教修改。老师是省《艺谈》总编室主任,他被打成右派分到农村一所学校喂猪时我们相识,只因他学识渊博,我经常去讨教而拜他为师。

老师原为团省委书记,由于大肆议论,故被打成右派。当时他很穷,为了生计在院子里喂了几只鸡,靠鸡生蛋维持生活。

一天夜里,小偷光顾他的院子里,他正在煤油灯下读书,他头也不抬地说:"朋友,你摸错门了,我家什么都没有,只有几只生蛋的鸡你逮去吧,但你要给我留两只,否则我明天买盐没有钱啊!"小偷也很讲究,真就给他留两只生蛋的老母鸡。事后,别人问他为什么这样善待小偷,他满含深情地说:"小偷是没有生活门路了,否则谁愿当小偷啊?"

他看到我抱去的长篇小说很高兴,并鼓励道:"孩子,你的雄心和抱负我很满意,但怕你小小年纪驾驭不住二十多万字的长篇! 不管怎么说,这是个大的飞跃,我一定让出版社的编辑给你认真地看一看。"

我住在老师家一个星期,和老师吃住在一起。几天后结果出来了,出版社的编辑认真地给我提二十条修改意见。我高兴得都能蹦上天了,根据编辑的二十条意见在家做了认真的修改。我信心百倍地又把书稿捧到省城去找老师,老师把那个编辑喊到自己的办公室。来的那个男编辑个头不高,只有二十七八岁,长得很清秀,高兴地再次接下我的稿子,可他随手丢下一叠自己的书稿,要求老师在《艺坛》上给他发表。老师接过稿子很认真地看了一遍,最后很败兴地说:"狗屁稿子!《艺坛》是大刊,怎么能登载这样的文章呢?"老师把看后的结果通知那个编辑,并语出不弯,不计后果。那个编辑一声不吭地挂了电话。

我离开了老师回家等消息,两个月后,我的书稿被寄回来,可这次编辑对后改的稿子一个字的意见也没提。我很伤心地又找老师,老师语重心长地对我说:"孩子,你不要急于求成,心急吃不得热豆腐。我建议你回家把这部长篇拆开,慢慢地在报纸、杂志上发,哪怕是豆腐块子,只要变成铅字,就是成果。老师能帮你的也就这些了。"

后来我根据老师的教诲,真的把这部长篇小说拆成无数个"豆腐块",长期发表于各家报纸和杂志上,才引得人们对我刮目相看,社会知名度才有所提高,才有人称我是"小镇名人"。

想到这,我猛地惊醒,再看看眼前的李会,虽然不在亮处,但我仍发现她比过去更丰满,更漂亮,更引人瞩目了。我的心像塞进一头小鹿。怎么办?是装着不认识还是大方一点?停了一会儿,经一番思想波折才悟出:做人应该像个男子汉,要光明磊落,要洒脱大方,伪装既不能逃过,也不是自己的性格。最后,我决定壮着胆子走过去,主动和李会打招呼,她也彬彬有礼地和我握了手。刹那间,一股暖流涌遍全身。我们对望了足有一分钟,李会的眼圈湿润了。

情这个东西特别怪,原来没谈过恋爱就像一张白纸,只要有过爱情的历史,它就永远忘不了。所谓斩断的情丝只是流于形式,挂在嘴上,内心深处埋藏的都是那杂乱如麻的情枝爱叶,到死都不会萎缩,相互都在无声地等待复活,不能沾,不能连,只要一见面,那掴不住的情缕就会无限延伸,好似缠树的藤蔓,不分昼夜紧紧地缠着对方,丝丝入扣,永远扯不清,一生斩不断。

嘴上说:"双方都有家庭不能想,要理智。"可那等待的情丝却不听你的话,它无休止地伸向亲爱的对方,无论闲暇还是梦中,是年还是月,每刻每时……

妻子走到我的身后拍了拍我的肩膀,我才从迷雾中醒来,李会也"悄悄"地转身走了。

七月七是七夕节,大人藏在树荫下,小孩避在草丛中,都在准备偷看牛郎如何和织女接吻的。这晚人们都很忙,刚结婚的小媳妇不离床,在家等待着。她们等的是,后生们在辣椒地里偷来冬瓜,然后画成个男孩藏到被窝里,据传说能得到冬瓜画娃的小媳妇,头胎就一定能生个男孩。可今年的七夕节不比往常,因在此遇到了李会。诗曰:

> 这夜西风凋碧树,浮云半遮两星宿。
> 为窥牛郎亲织女,只身独居破别墅。

老婆因我与李会不正常会面而和我拌嘴,暂时负气回娘家,借故把培训班的学员放假三天。夜静了,我的心情特别糟糕,迎着灯亮,见案头上放了一封信,拆开一看,是李会的一篇文章。字迹工整,寓意深刻:

七夕夜

（附情郎）

好久没有与你在夜空下絮语了,好久没有和你在梦中相见了,曾经别离,也曾盼念着在七夕重逢,但时间的音符悄悄地散落。我彷徨,我哭泣。

那日黄昏,那日午后,那冬日的絮语,那夏日的别离,全藏在我生命四季的风景里,我思念,我回忆。

从此,这相融相聚的甜蜜,伴随着涩涩的记忆,和鲜花一样艳丽。从此,纯净的心灵抵住了世俗的浮华。秋夜,喜鹊架满金桥的七夕夜,我在静静地等待,是想和你在这鹊桥上见上一面,能有个拥抱,能有个温存,能有个甜蜜的吻。

时光飞速,白隙不等,情谊太浓,思念太深,在很多很多的时候,和无数闭上眼睛的瞬间,寻觅的思念在那天边的海洋上,在那辽阔的旷野里徘徊。

常以泪为你写诗,常以风为你歌唱,这风掀不起胸中喜悦的浪花,这泪载不动沉甸甸的往事,笔墨诉不完数年来的忧伤和思念。

七夕夜,是牛郎织女朝思暮想的重逢时,而你我的相思情愫,却在盼顾守望的年岁中,相约相逢永远隔着一个美妙的梦,永远隔着千里银河的浣纱。

七夕前夜

李会草书

我翻来覆去地看着这篇文章,心潮起伏,思绪万千。七夕夜,我在大舅家那栋破落的小楼上,推开窗户眼望银河,想那牛郎织女,泪水夺眶而出。

回想当年,不知历史的做派是对还是错,今天的重逢是命还是缘。为了让李会有个念想,我情不自禁地写道:

赠李会:

情丝起处皆是缘,错是苦,对是甜;

欲拉光阴再回头,只管想,难上难。

李会贤妹:岁月如梭,转眼数年,今日重逢,好似梦间,阴差阳错,解释因缘,七夕之夜,银河岸边,我想摆渡,王母不怜,只有赠歪词一首,附《贺新郎》,留作鸿爪。

蜂狂蝶舞菊花天,文君更娇艳。

七夕夜作求凰曲,无意中情思绵绵。

有心栽花花不开,无心插柳柳遮天。

银河岸畔锁婵娟,咫尺远如天。

红娘不寄张生信,西厢事只能虚传。

小楼望鹊泪涟涟,天河永流思涓。

田土草就

七夕夜

我把信递给李会,李会双手捧信,泪雨绵绵,我怕被人发现说三道四,赶忙离开。

第三天,妻子回到了培训班,学员们也都按时来上课了,李会夹在学员中,虽然我们见面彼此都不说什么,但是星星之火虽不可燎原,却正以飞快的速度,在恣意地复燃。盼复燃怕还原,终日心中似麻团,叶公好龙情不定,愁绪满怀日如年。

女人在爱情方面的嗅觉比警犬还精,妻子是个透精透精的女人,她觉得自从和我闹气以来,有不对劲的地方,她除了忙于教学,还暗中坐审我的各项事务,她把和李会相见的事前前后后做了全面的分析,并且每天干什么,干哪些事她都做了具体的了解。功夫不负有心人,终于有一天她看出了破绽,同时也弄清了当年二舅妈锁门的恶作剧及前后的情况。可聪明的妻子一边对我加紧地温存,一边趁我不在的空闲,回家向母亲告我"黑状",她把我和李会的事情秘密地状告给母亲,自己却像无事人一样对我温存,对我好的程度超过往常,后期才知道妻子是在打心理战。李会的姑母亲自来了,我有些纳闷:家里正忙,冰棒厂正干得红红火火,她不在厂里挣钱,来这干什么?

母亲的到来,使我想起这样一句话:一个吕字两个口,一样颜色水和酒。不知哪口用喝水,不知哪口用喝酒。我虽弄不清母亲的来意,但知道她无事不登三宝殿。估计送来的不是甜水,而是苦酒啊!

母亲到培训班首先沉默不语,只说来看看我们,可家里这么忙她三天都没离开培训班。母亲经过细心的观察，找准切入点，最后秘密地对我正面教训，特别严厉地给我难堪，并用家法制裁我。母亲规矩严啊！李会是母亲家侄女，她嗅出姑姑的火药味和确切的来意，主动让开了。李会和我离别后就没有再见，她到底后来去了哪里，我一探再探不得而知，无由再见。

第三节　再闯生意路

人世间最自私的是什么？最苦的是什么？最令人伤痛的又是什么？我的回答都是："情！"真的，李会走了我心里空落落的，我假装赌气也提出要离开培训班。母亲很生气地说："我看你在这里是年三十晚上杀个鳖——有你也过年，无你也过节。你在这女人堆里只有捣蛋，除了捣蛋你还能干什么？去吧，我看你哪好玩到哪玩去吧！这培训班不少你！"

我被母亲打击得一分钱也不值，窝了一肚熊气，一跺脚真的离开了培训班。我走的时候，妻子对我嘘寒问暖。我知道妻子是个人精，她太难对付了，明明知道是她搬来的母亲，我绞尽脑汁撕不到她的欠皮。那个时候的我，满肚子的苦水却无法倾诉，欲哭无泪，泄又泄不出来，想发疯也找不到准确的对象。在母亲跟前屁也不敢放，对于李会想见又不能见，对于妻子不想见还必须见，见了还烦，怕见母亲不见还不管。这个时候的我身上都是刺，但又找不到引火点，故无法引爆，只有选择打道回府。

第二天黎明，满天的晨雾，路上的行人只能闻其声，对面不见其人，我极不高兴地早起不辞而别，很不爽快地离开了妻子，离开了难忘的培训班。

雾散了，走累了，压抑的心也解放了。正好路过我堂二姑家门口，我就厚着脸皮到二姑家去讨中饭，二姑见他侄子来了，特别高兴把我当客待，打酒买肉，还杀一只大公鸡。吃饭时请来地方上的族长陪我喝酒，至少也是个体面的招待。

这族长一米八五的个头，长脸，有点口吃，但一说话满脸都是笑，他叫赵静。因为我心里老想着李会，所以喝闷酒，二姑好像看出点什么，就说："兰子在那办培训班，你为什么回家？"二姑哪壶不开提哪壶，她一句话问到我的痛处了，我搪塞二姑说："都在看这培训班能行吗？我准备回去做生意。为了家能兴旺发达，必须要好好挣钱啊！"二姑笑着说："好样的，知道过日子了。不过你要不省心，我嫂子是不放过你的！"

赵静是这里的支部书记,他诚恳地说:"现在是经济社会,年轻人做生意的想法是对的,你看我们这儿脚踩垫地的都是山芋干,你只要能找头卖得掉,我保证不让你拿本钱,干无本生利的农贸生意,保证挣大钱。"

听了赵静的话,我动心了,这几年所做的一切失败的原因就是钱短喘不出粗气。既然有这样的好事,我为何不抓住这个机会呢? 转念一想:天下哪有无本生利的好事? 天上不会掉馅饼,因此不愿朝上面多费口舌。

二姑看出了我的心思,故加重语气说:"田土,老书记说的是真话,你要愿意干这个生意,就别愁本钱的事,真的不需要拿本钱。"我没做过大生意,卖点胶布赚几个碎银子还被风刮了,干这么大生意风险太大了,我在犹豫中。二姑看出我的心思,就让老书记带我到各家看看货源。赵书记草草地把酒干了,带着我到村中转一圈,真的,家家户户脚踩垫地都是山芋干。我和老书记跑一趟回到原来的位子上,重新倒上斜牌酒猛喝两口,劲头来了:"只要你愿干,山芋干有地方销,什么事都包在我身上!"我就冲着老书记这番话,一股激情地倒一满杯和老书记一口"炸"了:"好! 有赵书记这句话,这个生意我干定了! 二姑、赵书记你们等着吧!"

我回家后没有耽搁,马上到天河联系果糖厂和酒精厂,经过实地考察,天河果糖厂和酒精厂都需要山芋干,并且还确定了销售价格、质量要求及收购事项。

我回来后用自家的山芋干卖出去做铺底,并借了一百条麻袋,拉到了二姑家,挑个双头日子,找个炕房当仓库,放一挂鞭炮,向周围的农户宣告:这里收购山芋干了。就这样立足黑土地,开辟新市场,坐镇收起了山芋干。因为有赵书记担保,村中所有的山芋干都卖给了我,人人手中都拿着我打的白条,只两天,大炕房就收满了。收购的山芋干在大场上堆得像座山,由于没有防雨设备,我赶紧让生意搭档杨祖德去找车运货,不想他是见赌不要命的人,他去找车的第二天晚上,他老婆梨花找来了,说家里的孩子发烧,让他马上回去,可那时农村没有电话,也没有手机,到哪找他呢? 为此梨花艰难地哭了:"只说和你一起做生意,说好的不再进赌场,谁想到他又趁机赌钱去了。"梨花哭着回去了。

我听了梨花的哭诉又气又恨,叫你找车怎么能去赌钱呢? 这么多山芋干如果下雨怎么办? 我的心快急烂了,一夜没合眼。赵书记看天不好忙到大场来看是怎么防雨的,一听说祖德两天都没找回来火冒三丈:

"吃屎狗是离不了茅厕的,他肯定又去赌钱了!"赵书记陪我在高山一样的山芋干旁坐了一夜。第二天早晨,杨祖德垂头丧气地回来了,后来才知他在伪装。他走到我跟前,像个受气的童养媳,首先检讨:"我对不起哥哥,没有本事找不到车。"

我狠狠地瞪了他一眼,但没说半个字,他蹲在那吃着闷烟,见我什么都不说反而自己沉不住气了,他站起来反问我:"你怎么不骂我呢?我犯了这么大的错误!"

我反而平静了,淡淡地说:"我怎么知道你犯了什么错误?难道你并没去找车而去赌钱了?难道你根本就没把这生意当自己的事情做?"

"没有,没有,确实没找到车,我没有本事找车,你骂我吧!是我无能。"

"那你错在哪里呢?你这两天干什么去了?"杨祖德张口结舌,说不出话来。

天上起了黑云,天气燥得很,秋蝉也在树上不停地叫,叫得让人心烦意乱。虽然是秋天,风却没有凉爽气息。

我看着天,望着山芋干,心里不安。"祖德呀!假设昨晚老天爷来一阵雨,这几十万斤的山芋干就会变成一堆烂泥,这责任你我能负得起吗?这个天你能保证今晚不下雨?"

"我的哥哥,真的是找不到车!"

"找不到车你昨天为什么不回来?你昨晚到底干什么去了?你家孩子有病,梨花找到这儿艰难地哭,你是什么人?我不想再和你啰唆,现在我自己去找车!"

他实在瞒不过去了,才开口说了实话:"大哥,我去找四杰来运山芋干,被他们硬拉去赌钱,我是病汉子听不得鬼叫唤,直到我把他们的钱都扒完了,趁他们不备我才偷跑回来的。"杨祖德说完一席话,抱着头蹲在山芋干旁假装哭了。

正准备去找车,突然从大路上开来四辆江淮单挂货车,我想上去给他截下来,不料四辆车直奔大场上来了,我高兴得不得了,忙上前迎接车主,回头喊:"祖德,快倒茶!"谁知祖德已经不见了。我询问是不是来运山芋干的,没等我打招呼,四人下来齐声高喊:"杨祖德呢?快给我滚出来!"我赶忙给他们拉两条大板凳,让他们坐下说明来意,几个人自报家门:"我叫尤大,外号大懒。""我叫田双,外号万恶。""我叫杨三,外号杨毛。""我叫田五,外号矮脚虎。不知老板听说过天河四杰否?"随后四人齐声高叫:"我们就是天河四杰!"

尤大叫尤翻,因生来就是翻嘴唇,人们又叫他"翻嘴",二十来岁,一米八的黑大个,粗粗的眉毛,大大的眼睛,不管从哪方面看,他都像个社会上的黑老大。

老二叫田双,是个细高挑子,小时候特别会恶作剧,外人称他"万恶"。他为什么用这个破名呢? 根源是他家男丁稀少,家里男苗金贵,父母都是面朝黄土背朝天的粗人,四十多岁才得一子,故给他起名叫"万恶",和人送的外号一样。地方的风俗,名字越赖成活率越大,这个乳名只限于家庭内部知道。送奶糖那天,外婆家一听外甥起这破名,坚决不同意,所以,没有继续延用。外人怎么能知道呢? 可他的作派真的很万恶,故人们给他送的号和他乳名重合了,他自己为了吓人,自我介绍他外号叫"万恶",来引起我的注意。我看了他一眼,心想不用介绍,看他那长相,他名字一出口,就知道他不是个安分过日子的人,是个专干邪事的烂货。

据传,万恶懂事后,做事就和他的外号是一模一样的,真是人如其名。那年田双才五岁,村中一个寡妇在家烧锅,他跑到厨房上面,用一块砖头把烟囱堵上,正在烧锅的寡妇被呛得泪流满面,呛得往外跑,别人都不知道怎么回事,直到他看到寡妇被呛的那可笑滑稽相时,才开怀嘲笑。那刻,人们才知道,这桩缺德事是他干的。类似的恶作剧他做得多了,故万恶之名,他是当之无愧。左右街坊不知道他的大号,只喊他乳名"万恶"。

杨三,叫杨毛,是个白面书生,虽然长得文质彬彬,但能看得出来他不是正人君子,两只色眯眯的眼睛左右乱瞅,绝对是个色狼加恶棍。

田四个子矮,生就两只大眼,两条短腿,所以外人送号"矮脚虎"。人虽矮,但长得不惹人讨厌,做事说话特别精神,像个练功的武生。

尤大说话有点儿口吃,他很不友好地对我说:"你快把杨祖德交……交出来,否则,让……让我们找到他,必……必须打断他的狗……狗腿!"

"杨祖德是我生意上的合伙人,他怎么惹你们了? 请你们说来听听! 你们这样不说个为什么,不分青红皂白地这样犯粗你们觉得合适吗?"

尤大一跺脚,发狠地说:"他……他太不规……规矩了!"田双抢接话题:"你讲话太费劲,我来说,杨祖德他不地道,前晚和我们赌钱,输了八百块钱,昨天晚上他给我们来阴的,玩老千,推起了假牌九,把玩红黑的绝招拿出来了,咱弟兄几个的钱都被他连锅给端了。这个兔崽子还毒,兔子敢枕着狗蛋睡觉——胆子太大了。他也该弄几斤棉花纺一纺——咱弟兄四人在天河镇可不是省油的灯!他必须把吞下的钱原原本本地吐出来,否则今天找到他,就打断他的狗腿!"

我笑了笑:"你们干的都不是正事,他吞你们的钱,你们也玩假吞他的钱呀!你们扒他的锅子有没有玩假儿,摸摸良心实话实说,杨祖德和你们是同道,你找他初一,他也敢找你们十五,常言道:忍一时风平浪静,退一步海阔天空。冤家宜解不宜结,结下梁子是要付出代价的。"

三个人异口同声地说:"我们是汉子,怎么会玩假呢?他玩阴的还让我们退一步?我们都是不过日子的人,谁怕结梁子呀?"

尤大蹦起来说:"你……你这人怎么……这么说……说话?我看你欠……欠揍!"

说着几个人同时站起来,摆出三英战吕布的架势,把我团团围住。我坐在那儿一动不动,并严厉地说:"这不是撒野的地方。朋友,把招子擦亮些,看清我是谁!"

几个人在那儿被我一声断喝,都吓呆了,我们僵持好一会,谁也不敢近前,我这才慢慢地站起来,重新打量着几个来人,谦和地说:"你们都不会玩假,怎能测试他在玩假呢?"

几个人无言以对,谈话陷入僵局,我看四人对了对眼色,好像有什么新的预谋,这时我才把话锋一转,问道:"你们这车可给人运货,做生意挣钱比搞这些黑事强万倍,你们每人手里一台车,干吗要这样呢?"

田四说:"买车就是搞运输的,当然给人运货。玩黑的是我们的嗜好,怎么,不服吗?"

杨毛抢着说:"别把话题乱转!我们说东门楼高,你扯马屁股骚。我们讲杨祖德玩假牌九坑我们的钱,你却说我们可搞运输,抓钩剃头一两道。这两者之间有关联吗?不搞运输买车留着看吗?你到底想说什么?想干什么?"

我笑着说:"你们的嗜好,在这个社会靠不住啊!要听我的良言,来个折中互不伤皮胃,来个两全其美。"杨毛说:"愿闻其详。"

"你们也别找祖德了,把这场上的山芋干给我运到天河酒精厂去,你们输给杨祖德的钱我全部给你们,但是输给杨祖德的钱,你们必须如实地报个数,不准你们乱加码,开空头支票,摊你们的运费我一分不欠地照样付给你们,怎么样?"

尤大猛地地站起来:"你说话可……可算数?"

"我说话绝对算数!"

狗头军师田双把脸一变:"说大话,使小钱,这不是牛气的事,说过话不算数是要付代价的。"

我知道他们有所顾虑,便拿过一根竹竿,一折两半:"君子一言快马一鞭,霉干菜炒肉——有'盐'在先。有半句虚言,就像这根竹竿。"

四条汉子齐声说:"爽!"

"我不管你们是哪条道上的朋友,为人讲个'义'字,做事讲个'诚'字,做生意讲个'信'字。成交后不准你们动杨祖德一根毫毛,这堆山芋干必须运完,否则,那六个虱子丢在盘子里——随你们拣!"

四条汉子齐声说:"老板放心,我们懂道上的规矩,不守道义就如那根竹竿!"

四个人觉得我说话落地有声,当场表态:"开始运货!"

我的心里乐滋滋的,没想到歪打正着,有了运货的主。

杨毛风趣地说:"杨祖德找车惹祸当老鼠,田老板一席话得来四头牛。"

田四说:"四条汉子八条腿,同心同德不反水。"

四兄弟异口同声地说:"好,绝不食言。干吧!"

四挂车就地给我装起了山芋干,几天之后,四挂车将我的山芋干统统运进了天河酒精厂。我高兴地说:

"千谢地,万谢天,再谢祖德赌假钱;

错是缺,对是圆,无心插柳蔽蓝天。"

看着空荡荡的大场,心里轻松多了,否则,这几十万斤山芋干遇到雨季就变成稀泥。我按照约定,真的把承诺兑现了。四兄弟感激得五体投地,四人主动要求和我拜把子,推我为老大,从此他们都尊我为老大,见面就喊大哥。那四个就变成了尤二、田三、杨四、田五了。

常言道,驴肚知道驴肚病,那天杨祖德看四人来了,早吓得从后门溜掉了,也不敢和我在一起做生意了。他听说问题早被我解决了,才带着梨花来收购点上探个究竟,听我把实情叙出来,感激得痛哭流涕。

梨花说:"大哥,要不是你护着他,不知会闹出什么样的乱子呢!"

杨祖德把干假牌赚的钱统统吐出来,通过核对,那四个家伙说的数字点点相对,经我调和,大家都成了好朋友。

我高兴地对着几个朋友说:"一个朋字两个月,一样颜色霜和雪;不知哪月下寒霜,不知哪月能下雪。"

时隔不久,大场上又堆满了山芋干,我又派人找"天河四杰"来拖运山芋干,拟定晚上装车。那天晚上,乌云密布,眼看就有下大雨的可能。根据推算,几台车早都该装上货了,可是半夜了,几台车都没有来,他们统统违约了。我又气又急,还联系不上。巧的是虽然真的下雨了,可雨带就走到我收山芋干的场边一扫而过。我心里盘算,深秋的雨,一般都是普雨,在这个季节,很少见有这种下法的雨。我认定是祖宗积德,才有今天这种幸运的结果,如果不是天意山芋干就全完了,我这气呀!正准备连夜去痛骂这四个家伙。

天刚亮,突然田五来了,我迎头痛骂:"你这几个狗东西,纯粹不是货!算我瞎了眼,交你们这帮不守信用的家伙,假若不是老天保佑,我被你们坑到泥里爬不起来了!"

田五下车并不去理会我的大骂,同时不提山芋干和货运的事情,跑到我的跟前,滚倒便哭,并且哭得很伤心。我怒不可遏地问:"昨天让你们来运货,你几个不守信的家伙到哪去了?山芋干淋掉是谁的责任,你们打算怎么赔?"

他不回答我,反跪到我的跟前,大声哭喊:"老大,丢人,不能启齿,我不能说,我要杀人!大哥救我!我要杀人!"

我见到这一幕,气全消了,他为什么要杀人?要我救他,里面肯定隐藏着天大的祸事,毕竟人命为大呀!我把他扶起来问他到底发生了什么事,他就像小孩见了娘,滚到地下,断断续续没说出个子丑寅卯,便昏过去了。

人常说:藤有根,树有皮,头顶绿帽不如驴。大千世界,乱性、杂欲多得是,为此出现的人命血案也多如牛毛,田五为什么要杀人?我估计因为老婆被别人睡了,田地老婆不让人嘛。

田五一口怨气没上来晕倒在地,我忙给他掐人中,捶他的后心,二十分钟后,他慢慢地醒过来,我问他什么事,他痛苦地摇头:"你不说我也不问了,个人隐私别人不知情比知情好得多,既然你不说我就不再问起。"

"老大,你必须给我做主,我要杀人,我要杀人!"

我看他狼狈的样子，心急如焚，还是大声地问："到底发生什么事了？你看你这个样子，多吓人，你给我细细道来，我才能帮你呀！你说不清我该怎么给你出主意呀？我也无法给你做主呀！"

田五怨气冲天，他只说要杀人，翻来覆去很多次，他不说原因，最后我耐心地说："五弟，你既然来找我，就应该对我说实话，否则我怎么给你做主呀？我走了！"

田五听我说要走了，这才擦干眼泪，很详细地把他遭受的奇耻大辱原原本本地说出来。田五和弟兄们到山里赌钱，杨毛说："老大让我们去装货，天有点儿毛，我们不能耽误老大的事情，一旦一场雨下来，山芋干被雨淋了，我们怎么向老大交代？"

万恶拦着我们一定要到山里干几茬牌九："过把瘾就走，说不定到那就能拾到个金娃娃呢！赢到钱我们从那出发，去给老大装货。"尤大说："我家里有事，你们三人去吧！"田三、杨毛、田五三弟兄开着车直奔山里赌场。

三人到了赌场上又拿出"天河四杰"的派头，一把没干就给开赌场的老板顶上了火，他们说推一锅走路，说者无意，听者有心。开赌场的像偷人的一样，最怕进进出出，所以，开赌场的说："都是些小毛虫，上不得大牌面，你们不输才怪呢。"

田三说："我们赌钱还真没输过，不信出上条子，我们试一试。"谁知三个人钱朝堆上一放被天门的熟客一把喝掉，三人要走，那熟客把手一扬："你们三人纯粹是小草鲲，哪有赌钱的资格？"

三个称杰的家伙从没在赌场上受过这等鸟气，田三喊："田五回家拿钱，不把这几个家伙砸倒，他们还认为我们是病猫呢！快去，本钱拿大些，我们不发威，他们就不认为咱们是虎！往后谁还认识咱天河四杰？必须把这口气给争回来！"

杨毛也命令道："田五快回去把钱背来，用烂头子给场子端了！"

田五随声答道："两个哥哥稍等片刻，小弟取钱就是了！"田五说罢，开车一溜烟地跑回家取钱。这田五不回来取钱，万事皆休，他这一回，却引出了传奇的段子来。

他回到家，也不看家里什么情况，门没上锁也没上闩，田五一推门飞快进家，忙到床头摸箱子，准备拿钱便走，一看床上一男一女，正在干得热火朝天。

他仔细一看，在上面的是自己的姐夫，再往下一看，正是自己的老婆。真可谓：

> 三桂草帽已无边，
> 眼前大戏未卷帘。
> 事是他人开口笑，
> 遇到自己翻了天。

田五眼见自己的老婆赤条条地在跟姐夫睡觉，怒火中烧，慌乱中抽出腰间皮带，上去就打，不料他姐夫伙同他老婆，双双激战矮脚虎。

双方一来一往战在一处，这边是一丝不挂的假夫妇，那方是怒气万丈的矮脚虎，双方都闪转腾挪，打得难解难分，好不热闹。田五虽然少年时跟着师傅学过几招武术，可这个时候一点儿也用不上了，他最大的弱点是手里的武器太不架势了，打着打着，不但自己没有主动权，反而被妻子和他姐夫联手打得大败，慌乱之中因裤子没有裤带而掉到腿弯子，他一蹲下来提裤子，被二人按倒在地，打得像堆烂泥。他妻子和姐夫把田五推出大院，这时的田五被二人连打带气瘫在地上，那两人心花怒放，得胜而回，两人商量好对策在等着田五报复，同时做好了各方面的准备。田五爬起来后，走投无路，突然想到了我。

二十七、八、九，月亮出来扭一扭。天边一弯冷月已经落入西方的天际。田五的新闻惊动了四邻，人们一听是这等事，只有蹲在暗处准备看更大的笑话。

夜，特别清冷，不知谁家的公鸡跳上了屋顶"咯！咯！咯"这么一叫，霎时，引起了全镇的鸡鸣，禽猪受惊蹿出了栏，哼哼叽叽地乱咆，家前屋后的人们躲在暗处在窃窃私语。

这一夜，人们都没睡好觉，田五在走投无路的时候，这才顶着夜幕跑我这儿来，让我给他出谋划策出这口恶气。

我一听，这倒是一个难事，他是家鬼闹家神，如果不妥善处理，几个家都受到牵连，同时都要破。我倒一杯茶给田五，让他喝几口，然后我换掉工作服，让田五开车，穿尘破雾一块来到田五家。田五的父母、姐姐都在田五家堂屋坐着。田五进家就蹿去打他老婆，我忙拦住田五，他父母也不让他撒野。全家闹成一锅粥，他姐姐也哭得像个泪人，她见到狼狈的弟弟，抱着田五号啕大哭。我把田五的父母喊到一边，分析这个事件的发生和结果。"事情发展下去只有两个结果，一个是双方都离婚，吃亏的是你的一双儿女，他俩弄到这个地步，你的媳妇和你的女婿肯定要离婚，你们的一双儿女怎么办？破家的只是你一双儿女了。以我看，屎不搅不臭，我建议双方都要冷静，当着家事处理，千万不能再闹下去了，本着肥水不流外人田的原则，克制自我，昨天删去，今天重启，明天补齐。不然的话，你们都会家破人亡的。"

田五的父母听我说得有道理，马上问我："下一步该怎么办？"

我说："让你女婿跪倒给你儿子磕头认错，保证永不再犯，让你儿媳给你女儿赔个礼，道个歉，保证永不再犯，这门亲戚不准互相往来，路让孩子自己走吧！"

田五的父母觉得这样做不但能遮丑，还能救几个家庭，保住儿子的性命，于是老两口在我的催促下，还真的这样做了，他们死活缠着儿子做工作，哪个不同意将此事罢休，老两口就死给谁看。终于双方达成了共识，把一场人命关天的特大纠纷案件，拦在家庭的大门之内。后有诗为证：

> 乌龟头上顶朵花，
> 立刻牵动你我他。
> 肥水不流外人田，
> 再乱终归是一家。

田五吃了闷亏，心里难以平复，由于他对我比较服，故他跟在我后面做生意，就是不愿回家。我把运货的生意基本偏到他一个人身上，所以他吃住在我的身边。

有一天，田五神秘地给我说："老大，我要离婚，现在有个高中毕业的小女孩，我'挂'上了，相互感情特别好，我准备和她结婚，和那个破货离了，也让我出出胸中这口恶气，报复一下那个没脸没皮的妖婆！"

我一听知道田五"戴绿帽子"的阴影仍然没除，还节外生枝，情况特别严重。我特别严肃地说："你的老婆，将来你们要相依相伴走过这一生的，你怎么能这样对你老婆呢？"

"路是她自己走的,这叫鸭子吃稻,一还一报!"

"我的五弟,错完全在你,如果你不是不分昼夜地在外面赌,会有这样的事吗?"

我为了保全这个家,马上通知他老婆过来和他一起开车跑业务,寸步不离,让田五没有和外人接触的机会。时间一天天地过去了,他老婆一点闲空不给他。不管他老婆怎么温存他,他都不愿和老婆睡在一起,最后我采取坐地劝导的办法,田五终于断了邪念,和他妻子重归于好,相互抵消了婚外情债,谁也不再追究谁,终于消除了过去的阴影。

这天,杨毛、万恶找来了,很生气地说:"老大什么意思?我们同样是弟兄,你为什么老偏矮脚虎呢?什么生意都让他给垄断了,我们没有生意做,在家吃咸菜你也不关心!"

"还不是你们几个干的好事?他心里压抑,不愿回家,让他多干点活消消火,上次这矮鬼窝气还出轨呢,我忙让他妻子来看着,现在才合拍,你们咬什么油呀?!"

两人一听都异口同声地说:"老大想得周到。"

"杨毛,别娶媳妇放铁炮——说快活腔,今天你们二人就给我拉货到合肥去。"

杨毛特别高兴地装一车山芋干。万恶因车子正在保养,没有去。杨毛临出发的时候,他说:"老大,我有个四川的小表妹,要搭便车到合肥走亲戚,可否带一下?"

我心里想:你又没有四川的亲戚,哪来的小表妹呢?分明又是"撇子"。虽然反感,但又不能表露出来,只能应允。

不大一会,一位四川妹子提着个香包缓缓地走来。我眼瞟来者,只见玲珑的个子,身材匀称,再矮半分有点儿短,再高半分有点儿长,少一两有点儿瘦,多一两有点儿胖,柳叶眉,俊脸庞,杏核眼,俏乳房,是一个人间难寻的秀丽娇娘。那气质,横扫华夏淑女;那体态,气死三笑秋香。瓜子俊脸,好比宋代潘金莲;描金手,赛过唐初武媚娘。

看得出,杨毛对此女垂涎三尺,他喊她川妹,她喊他毛哥。互呼号,叫得口干舌燥,听着就像猫号。

说来也蹊跷,自从川妹子上到车上后,他的拖挂车老是打炮,一天打了四炮,有时在漫天野湖里,车子一打炮,简直难死人。如果是咱两个大男人还好,可中间还夹杂着个川妹子。亏他工具齐全,一打炮他就自己用千斤顶扒轮胎,扒掉后还要搞到修车铺去补胎。他把川妹子丢下又不放心,每次修车补胎都带着川妹子去老远的修车铺,好像一对刚结婚的小夫妻,"亲如豺狈"寸步不离。我担心啊!因为杨毛是有家室和孩子的人了。我作为老大又不好说,车子又连连打炮,逼得我只有干上火。车子在路上躺着,夜间杨毛借修车之便,真的带川妹子去开房了。我生气,我发狂,真想去把这对狗男女捉到痛打一顿,可是,这山芋干也得有人看着呀!我看货他们去快活,我受清风他们睡热被窝,想到这里,我的脑子嗡的一下,像手榴弹爆炸一般,我特别恼火地说:"憋气,真是憋气,都是这两个狗男女带来的晦气。"

第二天早晨,杨毛和川妹子向我走来,我怒发冲冠:"杨毛,你这破车扔了吧,别再丢人现眼!我拦辆空车来转包吧!"杨毛自知理亏,卑躬屈膝地说:"老大,你是贵人,贵人自有贵人的肚量,遭这点挫折算什么?你千万不能动怒,怒则伤身体!车我马上就修好,很快就能到合肥。"

我被他一席话说得哑口无言。他也好意思,看我没有气了,本来抢时间车能到目的地,可他又借故带着川妹子去附近的小旅社开房去了。我实在无语了,遇到这样的好色无赖,我是一点办法也没有了,只有瞎子放驴——由他去吧!

天下万事同一理,闲中生事,乐极生悲,第二天车子又打炮了,我又在看车子,他和川妹子再去补胎。我看着快要冒烟的山芋干,气不打一处来,眼看这车山芋干就成了霉团子,这轮胎打炮还能打多久啊?我的嘴上都起了水疱,实在没有好办法,这叫秀才遇到兵——有理说不清。我被气得想把货物扔到车上,随你怎么打炮去吧。反正这车连本带利没有指望了,我正要拦车转包,突然一辆黑色丰田小车驶过来,从车里钻出一个六十岁左右的男人,只见他油头粉面,西装革履,大背头往后梳,昂着头,提着包,身高在一米七八的样子,嘴里叼着金叶牌香烟,腕上戴块罗马金表,特别牛气。他见到我就好像发现新大陆,啥也不说就直奔主题:

"你在这儿,杨毛和川妹子呢?"

我不知深浅,不敢露底,只有装憨卖傻不答正题,他是专门来找杨毛的,我明明认识他,却故意问他:"你是……"

"我你也不认识了,你装什么傻?"

我再次问:"老板,你是……"他有点动怒了,特别狂傲地说:"我是杨毛的老师,我来教训杨毛的,川妹子是他带来的吧?"

我一听,完全弄清了他的来意,不敢说真话,只有问他找杨毛干什么,故意打岔,他愤怒地说:"这个浑蛋,太不像话了,我是他老师,那川妹子是他师娘,我到外面办个事,杨毛给我的娇娥带跑了,这无耻的浑蛋!竟然把他师娘带走了。这个狗东西,明明知道那是老子的菜,连他老师的碗都敢端!真是吃熊心豹子胆了,敢吃老子的菜,今天逮住他们,定叫他……"

"你老人家讲话我怎么听不懂呢?你老年过花甲,川妹才十七八岁,她怎么是你的……"

"男人结婚,年龄不是问题,主要看你手里的'烂头'(人民币)可足。"

我听了他厚颜无耻的话,觉得此人太不要脸了,他绝不是善类,从他的口中能断定,见到杨毛可能要发生一场血战。那老家伙不时地朝他的小包里摸,我想,他包里装的难道是手枪?我故意靠近这老家伙,趁他不注意,一摸他的小包,心里一惊,包里装的还真是那家伙,这不是闹着玩的,这个时候如果碰面,杨毛肯定要吃枪子。同时也觉得这个六十岁的老头子却霸占一个十七八岁的漂亮川妹子,天理不容,太不公平,这老东西太不道德,所以我要帮着杨毛对付这个骚老头,让杨毛躲过这一劫。于是便恭恭敬敬地喊道:"老师,你息怒,杨毛确实带个漂亮的姐,并不知她和你是这层关系,我对他们的行为恨之入骨,杨毛和川妹子一起到正西那个店里去买车配件去啦!"

那老家伙紧跟一句:"川妹子真与他同行?"

"一点也不假,已去多时了,不知怎么到现在还没回来。"

他听我说杨毛和川妹子往西面去了,两眼喷火,咬牙切齿,恨不能一把逮住杨毛把他弄死。于是他忙开车往西追,我趁机跑到东面修车铺把情况告诉杨毛,他和川妹子连车轱辘也不要了撒腿就跑,这一车山芋干和他的车通通抛却了。我看到他和川妹逃跑的背影,心里特别好笑,这"情"字怎么有这么大的魔力?既然爱,为什么要像狗一样地逃跑?真可谓:

色字头上一把刀,乱性终在刀中绞。

偷情不顾羞与耻,笑看川妹和杨毛。

我把车辘辘扛回来在那装腔作势地修车子,那老家伙找回来了,怒气冲天地说:"你怎么骗我? 西边几个修车铺都说没见到,这到底是怎么回事? 你快说呀!"

我说:"是杨毛带川妹,又不是我带川妹子,你和我发什么火呀? 他是活人,他在不在与我有关系吗?"

那老家伙像一头疯牛,声嘶力竭地喊:"杨毛! 你这浑蛋到底哪去了? 敢出来见老子吗? 有种给我出来!"他转头冲我,"你不可能不知道! 你是故意在耍我!"

我觉得杨毛已经走远了,这才放开胆子:"你几十岁的人了怎么说话的? 你给多少钱让我给你看杨毛的?"说罢我埋头假装修我的车。老家伙看在我这儿搞不出什么头绪,像疯牛一样,开车乱追杨毛去了。

山芋干有点儿湿润,三天也没到合肥,等我找人把货转运到合肥酒厂,山芋干冒烟了,收购人员想都没想就把我这车货打下来。

我央求收购人员说:"我卸下来晒一晒可行?"

收购人员很恼火地说:"你真是梁山军师——吴用。全厂的货车有哪辆车大冒狼烟的? 这发高烧的山芋干收下有何用? 领导发现我收你的霉货,恐怕等不到明天早晨我的饭碗就被砸了。拉到垃圾堆里造粪去吧!"

我这一车货,损失一万多块。那个时候的一万多块钱是什么概念啊? 我这气呀,从头到脚都是汗。

"杨毛,我不可能放过你,我要让你加倍地赔偿! 回去就找你算账!"

杨毛带着川妹子逃到了深圳,一去就没回头。我的生意一度陷入了困境,山芋干的收购暂时告一段落。

大概人就是这样,一波三折,山芋干的风波刚平息,又引来了新的灾祸,我的命怎么比黄连还苦呀? 我的天呀!

第四节　售药风波

万事只因一念间,真假都能引祸端;

不是老天少公道,只因命运显前缘。

我闷闷不乐在家待了半个月,田三开着车要我到外面看看行情,我待了这么多天也想朝外跑一跑散散心,于是就和田三一起出门了。

1986年稻飞虱横行,到处买不到农药,其价格飞涨,我和田三商议到永康去找一找商机,看一看有没有农药,想走个俏步。刚到定远县永康街道上,见一家门前炮声隆隆,经久不息。我凑近一看,一个美男子身穿军服,头戴军帽,神采飞扬,站在礼炮的背后,在指挥放炮。这家喜事办得很隆重,礼炮过后,一帮吹鼓手抱着唢呐登台表演,一曲《百鸟朝凤》的拿手曲调过后,又上来几个跳舞的,这年头真是百花齐放,办事都唱。

我弄不清这家办事的题目,办的是什么名堂的喜事,他在庆祝什么。我好奇地凑上前去看看热闹,仔细一看,门上贴着一副对联:

塞翁失马非是福　福祸难定
贱内负气喝假药　药假人安

我不解这个场面到底是怎么回事,喜事的种类多种多样,但从未见过办喜事配这种不伦不类的对联,我问田三:"喜事场上你见过东家配这样的对联吗?"田双说:"没有,从未见过。"

我问当地一家卖农药的店老板,这个小老板很开心,而且幸灾乐祸地指着对面的一家农药商店阴阳怪气地说:"那家卖假药,这家放鞭炮,赚了黑心钱,高额来回报。"

我递了一根烟给这个小老板,很谦和地说:"老板,你说得像首诗,我听不懂。可能给我们解释一下这其中的奥妙?"

小老板接过烟,用火柴点着,指着办喜事的那家,说:"那个穿军装的人就是办喜事的主,因他老婆喝药,才发生这场轰轰烈烈的庆典盛况。故事是这样的,这家办事的,是老婆和丈夫闹气,就买了那家的农药回家寻短见,喝了半瓶没有事。丈夫回家看老婆喝掉半瓶药惊恐万状,全家老少哭作一团,把老婆拉到医院,然后提着剩下的药去化验,化验结果显示,里面农药成分极少,不足以伤人,一场虚惊,所以这家觉得是天大的喜事,才高兴地举行仪式进行庆贺。他在仪式上说:'这是祖宗的阴德,这是家行善举的结果,这是苍天佑护的结果!'你没看门上的对联吗? 付给卖农药的药钱不算,还要请他大块地吃肉,大碗地喝酒,今天办事这家又送去谢金,听说那家店的老板不承认,拒收谢金,大概是怕工商局打假办封他的店。但办喜事的这家,硬把卖假药的老板请去喝喜酒,你说这酒香还是辣?"真可谓:

> 真亦假,假亦真。
> 真货不可卖假人,
> 不是假货威力大,
> 哪得今朝喜临门。

"大千世界,无奇不有,这种庆祝方式太滑稽了。"我看着风趣的小老板说,"你家有假药吗?"

"现在的农药走俏,我家只剩五十箱甲胺磷了,哪有假药呢?"

"怎么甲胺磷就不管造假?"

那老板很不友好地说:"你既不零买,也不整兑,你打什么屌差的? 甲胺磷是新药,没有事去这家看看热闹,唠唠闲嗑,或许还能混杯酒喝。你在这干扯啥呀?"

"现在造假来得快,甲胺磷为什么没有假?"

"你真不懂还是假不懂。新药销路都成问题,吃饱了撑的去造假? 你懂吗? 你既不买,又不卖,你这叫闲(咸) 吃萝卜淡(蛋) 操心。"

"老板,你又不知我是干啥的,你怎知道我不买药?"

"你买药要怕假的话,可先买一瓶,喝半瓶试一试!"

我对老板说:"你开什么玩笑? 我真的想买你的甲胺磷。"老板上下打量着我,还是不相信,见我迟迟不离开店铺,豪爽地说:"你要真买我的药,就把价钱放到底!"

我看看田三,田三看看我,我问:"这甲胺磷整兑多少钱一瓶?"

老板很干脆地说:"十八块钱一瓶。"

"货要一下子走是什么价?"

"一下走的话也是这个价,还价不卖,现在的农药不愁卖呀!"

"既然不愁卖你店里怎么能存这么多农药呢？进价低走得快，进价高走得慢，这批货夜里才进到，整走我再进，零买绝不是这个价，我也不会卖的。"

我又磨蹭了一会，和田三商量一下，田三说："这批货管拿，咱那儿五十块钱一瓶也买不到这药啊！咱拉回去正赶上。"

经田三这么一讲，我决定拿下这批货，田三把车开过来，以每瓶十六元的价格，吃掉五十箱甲胺磷。

商机无限，瞬息万变，昨日高山流水，今日万丈深渊，万事同一理，不信试试看。接着便发生了啼笑皆非的闹心事。

晚霞辉映，村庄的上空袅袅炊烟在升腾，劳作的人们陆续返回了村庄，天色渐渐地暗淡下来。

我和田三拉着农药，一路上心花怒放，盘算着这车农药回家不管怎么卖，一瓶也能赚他三瓶，这利润也太大了，苍天让我们碰上个好运气，心里有说不出的高兴。田三知道这批农药能挣多少钱，他是个透精的人，为了体现兄弟感情，不让他过于眼热，我决定给他算份子。

"田三，这批农药利润给你一半。"

田三很惊讶地说："老大，真的要白分银子给我？我又没拿一分本钱，这叫空手拿白鱼。"

"过去在路上拾到银子，同路人见财还要分一半呢！何况是在一起玩的弟兄呢。三弟，杨角哀舍命全交，这个故事你听过吗？"

"我念书识的几个字当小菜吃掉了，哪知道杨角哀是什么？为了打掉我的闲意说段老古董我听听也不错。"

"好吧，我讲给你听，反正也没有事，你开车当心点，我讲故事给你打气提神！"

我清了清嗓子，用说评书的口吻开始表演节目："话说当年，左伯桃和杨角哀去赶考，路上遇上了大雪，路落荒野，两人所剩的干粮一人吃能活，两人吃都死，左伯桃为了杨角哀能活下去完成考上状元的心愿，便把干粮留给杨角哀而自尽。角哀拾柴回来一看哥哥死了，含泪埋葬左伯桃，取了干粮，得了性命。后考上武状元，不久便提升为领兵大元帅。

"有话则长，无话则短。一天夜里，角哀在油灯下看书，灯光异常昏暗，不知不觉在昏眩中睡去，只见左伯桃悲切地从外面来，凄苦地说：'角哀贤弟,你把我埋到荆轲的坟旁,那厮特别凶暴,每日都来骂阵,说我侵占了他的陵地,要赶我滚蛋,荆轲势大我无法抗拒,特请角哀贤弟为我报仇啊!'伯桃说罢缓缓涕泣而去。角哀醒来发现乃是南柯一梦,断定哥哥在阴间受外鬼的欺凌,因而立志不独活于人间,为了给伯桃申冤报仇,到伯桃墓上拔剑自刎。当天夜里,伯桃的坟上人欢马炸,杀声震天。第二天人们到伯桃坟上一看,见荆轲的白骨被抛在坟外。你说古代弟兄都能这样,我俩关系如此,这点儿钱算啥?

"古往今来,处弟兄情义为重。刘、关、张桃园三结义,只求同死不求同生,这就是:古往今来情为重,一个'义'字传万冬。这钱算什么呀?只要能挣到,就应该有福同享,有难同当。"

田三说:"有难同当应该,应该呀!比方说,如果这车农药掉价了,折本了,那我义无反顾地拿出钱来赔本!况且这趟生意车翻到河里都能挣钱!我觉得老大你为人处事'义'字当头,兄弟们有谁不佩服你呢?"

我觉得田三说"车翻到河里"有点儿不吉利,赶忙叮嘱他:"别扯下线了,开好你的车吧!"田三也知自己说漏了嘴,低头开车一声也不吭。

农药在天黑的时候才敢拉进庄,第一怕被农民疯抢购买,第二怕在本村内要价高,对乡亲们不好交代,同时良心也过意不去,要低价了,实不甘心,百年不遇的一次挣钱机会就这样给糟掉了,对不起自己。田三问:"这农药放到你家卖吗?"我说:"不行,我思之再三,觉得在家卖不合适。"接着说出了我的顾虑和观点。

田三说:"这好办,就到梅市、石门山那边卖高价去,因为那边早就大面积种植水稻,农药的需求量特大,那里我有个姨夫当乡长,干脆我们把农药拉到梅市,不吭声也能卖个好价钱。常言道,生意要狠,这老天赐给的钱咱不挣白不挣,问谁要情去?把农药往我姨娘家一放,高兴咋卖就咋卖,别夜长梦多。"我一想是的,在家赚父老乡亲的钱赚得不心安理得,到外面不偷不抢赚钱理直气壮。

于是我和田三趁天黑把农药往他姨娘家送。由于路不太熟,到了梅市,我们下了一个小山坡,路就有些难行了,车驶到一个鱼塘边上,田三仍然没有减速。因他高兴得太早,老是想着能赚多少钱,脑子开小差了,前面突然出现一只白兔子,田三心一慌,方向盘一跑偏,江淮车一头开进了鱼塘里。

农药都是玻璃瓶,车这样一翻到塘里面,农药瓶就像鸡蛋筐砸进了无数个秤砣,噼里啪啦地爆响,紧接着阵阵刺鼻的农药味刹那间弥漫在整个鱼塘的上空,鱼塘里起先响声一片,不一会儿塘面上静悄悄的。为什么先前好似炒黄豆,现在这么静?仔细观察才发现,从塘底深处漂出白花花的一片,原来塘里所有的鱼都翻了白肚子,水面上好像铺上一层洁白的纸。

这时的田三拼命地号啕大哭:"大哥呀!我的腿断了!"

我的心如刀割般地痛。为了救人我把田三从驾驶室拖出水面,放到塘埂上,看到翻在塘里面的车和五十箱破碎的农药、满塘的死鱼,欲哭无泪。听着田三不停地号叫,刺心炸肺,这场面,这气氛,让我终生难忘,哭笑不得。那一刻,我真想喝几口农药,也像死鱼一样漂到水面上,不需再理这些扯不清的破事,风吹浮云,万事皆休。

这个时候脑际中老是浮现永康喝假药办喜事的那一幕:这农药为什么是真的呢?为什么是真的呢?这个熊老板,为什么不给我装五十箱假药呢?假设这车是假药,我也写副对联搞个庆祝活动,不幸的是五十箱农药都是真的啊!农药连本带利没有了,这满塘的死鱼要赔多少钱啊?这家的账还没还清,怎么办,怎么办?苍天啊,这到底该怎么办呀?

偏偏田三还在不停地号叫腿疼:"大哥呀!我的腿断了,你给我背到医院里去吧!那里安全。"我气愤地说:"事情都糟成这样了你还想着安全,想安全你早干什么来?"这时看鱼塘的人来了,一看满塘的死鱼和漫天农药味,愤怒得像头狮子,提着短棍冲过来,恶狠狠地朝我腰上就是一棍,田三一看这阵势他号得更凶,紧接着村中来一帮人,都喊着:"打!打!打!"其中有个明白人说:"他也不是故意的,这么大的事情打死人也不中用,还是把断腿的人送到乡里医院,免得弄出人命。没受伤的家伙给他送到乡里,看看乡里的领导怎么处理。"

因此,我被塘主送到乡里的治安办,田三被送进了医院。诗曰:

> 一车农药塘里掀,全是白兔制的冤。
> 人算不如老天算,未赚分文进了"监"。

治安办的小头目是一个三十来岁的年轻人,黑瘦的脸庞,中等个,右手的拇指前面发了个叉，身穿公安服，上衣口袋里还挂着一支钢笔，手里捧着一个茶杯，在我的眼前阴森森地走了十几趟，一句话也不说，时不时地看我几眼。我虽然见过大世面，但在这种特殊环境里也有说不出来的恐惧和难过。这个治安办的小头目，他到底要干什么，至少案件出来了，要做问话笔录吧。首先要问当事人姓啥叫啥，哪方人氏，当事人的基本信息，简略的生平，可是他该做的一件也不做，半个字也不写，老是这样捧着茶杯晃来晃去，他到底想干什么？为什么老抱着闷葫芦不说话？

半个多小时后，这家伙把茶杯猛地朝桌子上一放："你想蹲班房吗？"我被他这突如其来的一吼弄得不知所措。"怎么不说话？你这是在默认吗？"

我被他的吼声惊醒了，理直气壮地说："这是一起特殊交通事故，我们纯属过失，这五十箱农药是多少钱，我们有必要给这些钱往塘里抛吗？"

这头儿一拍桌子："你把人家鱼塘的鱼毒死了，还强词夺理，我看你不但没有悔过的表现，反而还拒不认错！好吧，你等着进班房吧！"

"凭什么要我坐班房？你应该让当事人和我见面，具体对塘里的鱼怎么个赔偿，协商一下，把问题解决掉，你难道就想让我去蹲班房？你张口蹲班房，闭口蹲班房，什么意思？"

"你犯下投毒的滔天罪行，还敢用这种口气跟我说话？你真的准备不要命了！"这个黑不溜秋的治安办小头目怪声怪气地说。

"这是过失，并不是故意，怎么能定为投毒呢？你不懂法律怎么乱说呢？你既然处理不好这件事，你就别磨道里跑出个黄鼠狼——冒充大尾巴驴了。放我出去咱们到乡政府说。"

我真的转身要走，突然，从门旁蹿出几条大汉，手拿红白水火棍，挡住我的去路，我很恼火地问："你们是干什么的？是群专队吗？这是政府机关，不是渣滓洞。"

那个头儿转到我的面前伸着脑袋："你犯下药鱼的滔天大罪，想走，往哪儿走？通天大道你不走，你偏要走这鬼门关。迟了，太迟了！老老实实地等着坐你的班房吧！"

常言道：强龙不压地头蛇。我知道自己弄到这偏僻的地方绝对没有理讲了，说不定这些像野狗一样的治安员，打我一顿只是小孩摸鸡鸡——手到擒来的。所以暗暗地告诫自己，不要激动，免受皮肉之苦。秀才遇到兵，有理说不清啊！为了自己的平安，好汉不吃眼前亏啊！在这个时候只有任凭他们摆布吧。

他们把我关到一间黑屋里，我看着漆黑的墙壁，仰天长叹。我这才想起，天不逢时，日月不明；地不逢雨，草木不生；人不逢时，银化灰烬。能挣大钱的农药，如今变成赔大钱的毒药。人啊！时也，命也，运也！我感到自己时运不济，命运不佳。我觉得目前的我，喝凉水塞牙，放屁砸脚后跟。

第二天早晨，一阵嘈杂声由远而近。"你们把我大哥搞哪去了？如果掉一根汗毛，我必须让你们竖根旗杆！"

我一听是田三的声音，这就怪了：昨天田三住进了医院，他鬼号腿断了，怎么会跑出来撒野呢？

"快打开门，我哥哥掉根头发，我都找你们算账！"

门哗啦一声开了，田三见我蹲在黑屋里，特别恨治安队："你们这些有眼无珠的家伙，你知道我大哥是什么人吗？你们怎么能把他关在这个鬼地方呢，你们真的不想过日子了？"

田三冲进黑屋，一把抱着我，像个孩子，大声地痛哭起来，嘴里还说："他们打你没有？打你没有？"

我疑惑地看着他应道："没有。"

"大哥，他们这是控制你的人身自由，我要控告他们！"

我不解地问："田三，话题别扯得太远，你不是腿断了吗？怎么不在医院治病，你来这干什么？"

田三破涕为笑："大哥，我知道后果严重，如果我不这样装，难道我俩都进这破烂的黑屋受他们的鸟气？这人生地不熟的，都关到这儿连个通风报信的都没有，谁去找人来救我们？昨晚我刚进了医院，我就打姨夫的传呼机，姨夫接到传呼就回电话了。好在他刚知道情况就来了，他是这个乡的乡长，我把情况向姨夫说了，姨夫到村里三下五除二地把事情摆平了。走吧！咱们回家。"

"真的摆平了？出了这样的大事说平就平了，你是热烧的吧？"

"大哥，这又不是人命关天的事，死了几条鱼有什么了不得的？这事在我姨夫手里算个屁！走，咱们回家。"

出了黑屋子，让我想起他在鱼塘埂号叫的那句话："哪里平安？哪里平安啊?"此刻我如梦初醒,才真正领悟到田三老弟的良苦用心,什么叫"哪里平安"? 同时我也在想,他姨夫仅是个乡长,我们又没掏一分钱,这么大的事摆平了。我摸着田三的额头:"三弟呀,你头上没有烧呀,不是说胡话的吧? 这么大的事摆平了,究竟是怎么摆平的? 你应该让我知道呀!"

"大哥,天高皇帝远,摆平就摆平了,无须多问,他们不是放行了吗? 治安队敢放屁了吗? 走,咱回家。"

我不好再朝下问,半信半疑地跟着田三出了关押室,真的没有人敢拦,我们真的没赔一分钱,就这样糊里糊涂地出了治安办的大门。具体是怎么摆平的,田三也不说。他姨夫长得什么样,我连个影子也没见,连酬谢都摸不到门,只有闷不作声地跟着田三打道回府。

所有的本钱给折尽了,没坐班房这是在我预料中的事,最大的幸运是没有赔偿鱼款,田三姨夫到底怎么将此事摆平的,至今对我来说还是个谜。从那以后,田三被他姨夫搞到外地干事去了,多少年都没有他的音讯,因而再没有机会问清这桩事的来龙去脉。

我一声不吭地被田三送到家里,一头栽倒在被窝里,三天反插上门,一口水没喝。家里人都害怕了,母亲连哭带闹地硬让我开门,我怕母亲出问题,硬撑着把门打开。母亲心疼地坐到我的床前,语重心长地说:"媳妇去大河北,你不要这样,眼下不能叫她回来,为了咱老田家的下一代,你大大临终前要抱孙子。他尸骨未寒你不好好掌家理事你能对得起你死去的大大吗? 你这样下去,我们都没有希望了,你要跟你死去的父亲学一学,他一生遇到再大的困难从没有孬过,不就是五十箱农药吗? 古人说,财去人安乐。全家紧紧裤腰带,一咬牙就过去了,起来吧! 全家十多口人,你是顶梁柱啊! 你倒下了,全家都趴下了,这个家就没法过了,你一定要挺住,还有这么多家人呢! 冰棒厂还在转着,钱不是问题。"

我哭着对娘说:"我为什么这么倒霉? 喝凉水都噎住,我的天啊!"

母亲说:"万般皆由命,半点不由人。这都是命呀! 命中有时终须有,命中无时莫强求啊!"

我强词夺理地说:"我不认命。"

母亲说:"别嘴硬了,你想这么紧俏的货,在哪个拐头上都卖个好价钱,你鬼使神差一样地朝梅市钻,这怎能不霉呢? 梅(霉)市,梅(霉)市,就得倒霉！你虽然不是犯星宿的大人物，可这生意犯地名了，你喝了这么多墨水，应该懂得这个道理。在生意行当里，你还是要跟国荣学一学。"

我琢磨着母亲的话，似乎悟出了很多的道理，我真的闷啊！母亲这一提，我突然想国荣了，并且想得很厉害。

夜，灰蒙蒙的天，见不到一个星星，老槐树上串串槐果已经发黄了，在金风的吹拂下沙沙作响，乌鸦连连地叫了三声，我觉得心里特别惊悚。

第二天，我骑着永久车，西行去找莫逆朋友常国荣。正好骑到去年打炮的地点，我停下一看特别惊诧，怎么国荣说的那块风水宝地上有一座新坟立在路旁，各种祭品还崭新地堆放在坟旁。花圈被风吹得七零八落地躺在坟前，球幡林立，丧棒还没经雨，新坟堆上没有一棵新出的小草，坟前立块石碑，中间是"常大公国荣之墓"。我瞪大双眼再看，碑上仍然是国荣之墓。是不是同名的人呢？我打听一下来往行人说："死者就是常国荣，因得急病而亡。死前嘱咐他家人，让家人将他埋葬于此处，并且说等他一个最好的朋友。"

我又辨认一下碑文，发现碑的下方有一张很模糊的遗像，经多方确定，这就是我情同手足的莫逆挚友——常国荣的新墓。我把车子朝坟前一摔，跪倒在坟前放声大哭。仅在刹那间，头上生出了白发，天昏地暗，身体飘摇。

"兄长啊！你因何这样匆匆而亡？你为何不带莫逆之友而往！何日再叙兄弟盛情，何时斗酒再说短长？

"兄长啊！初遇贤兄在这地方，萍水相逢帮弟大忙，谈笑风生阔论古今，意气风发彰显阳光。

"兄长啊！日前弟兄多莫切，昼游夜叙在一床，今日对面不说话，知音断弦分阴阳。

"兄长啊！吾年未三十，视而茫茫，见兄坟茔，发而苍苍。心疼哥哥齿牙松动，痛念知音，首摇而晃。

"惜哉，汝病吾不知时，汝殁吾不知日，生不能同舟共济，殁不能扶汝尽哀。痛哉！哀哉！"

天色将晚，我哭罢国荣快快而回。虽然离家只有五十里路，可我骑了八个小时也未到家，鸡叫头遍，我忙去敲门，母亲惊诧："你怎么这个时候回来呢，我的儿呀？出事了？"

我进屋愣愣地坐在那儿,母亲不停地追问:"是怎么了?到底怎么了!国荣处你难过了?"

我实在受不了内心的痛楚,这才把国荣暴病而亡的事说出。母亲一听国荣死了,也心疼得痛哭流涕。

人生善变,世路难行。叹岁月之沉浮,感人生之瞬转。天有风云之横,人有祸福之变。该来的一定来,该去的必须去,去的是知音,留的是哭泣。

昨天谈古论今,今日阴阳各异,人生残酷短暂,世事有何非议?唉!万丈红尘三杯酒,千秋伟业一壶茶。争权夺利太愚昧,逞强斗狠是傻瓜。

我看着漆黑的窗外,也不想拉灯,只是瞪大双眼呆呆地看着天花板,反复想着和国荣在一起的点点滴滴,雄鸡报晓了我才慢慢地闭上疲惫的双眼。

一场灾难把我弄得昏睡三天,晕头转向,睡眼蒙眬。数日之内,都没有一点精神,对什么都感到失望,我正沉浸在无助的岁月里,为了平息内心的苦楚,去看好朋友;目的是看国荣能否打开自己的心结想出高招,再闯出人生的新路子。没想到莫逆朋友就这样突然走了,我的身心又受到严重的摧残,我好无助啊!一桩桩、一件件伤心的破事,都接二连三地发生。我真的伤心透了。这使我想起了古人的名言:福无双至,祸不单行。

我痛定思痛,睡在床上,思绪万千,父亲走了,工作没了。回想着半生的遭遇和苦楚,辗转周折,不能入眠。刚遇到一个莫逆朋友,又丢我而去,如果不是母亲,我真的不想活在这个世界上。我痛心疾首地在默默地流泪,刹那间老树上的鸟叫了,我预感到事情来了,又是让我伤心透顶的破事。万没料到,一件不该发生的事情突然而至,迫使我终生心烦意乱。

真可谓:

老槐树上鸟声急,大事该来躲不及。

是祸是福苍天定,哪容人力能更移。

第五节　二诉槐情

糊涂心思糊涂人,拾根草棒当根针。

母亲明智剖事理,只有躯壳不见魂。

自从梅市回来后,我基本上就没离开过床,当家人都来劝我的时候,我没有什么大的反应,甚至有些烦,母亲怕我钻牛角尖硬给我喊起来,劝我到外边散散心,没想到去找莫逆朋友诉诉衷肠,却碰到朋友去世,使我终日忧虑而彷徨。

　　早晨,我还没下床,在我家院里的老槐树上,一群喜鹊不停地在叫,我心想:这老槐树有乌鸦窝,经常有乌鸦在叫,今天哪来的喜鹊在枝头叫? 难道我要时来运转了? 又一想,我这破命,只会带来厄运。

　　母亲进门就激动地说:"田土你看谁来了,快起来吧! 成霞来了。"

　　我一听成霞,脑子嗡的一声,嘴里还叽咕着:"不可能,不可能!"当我说第三遍不可能的时候,就听一个银铃般且无比熟悉的声音响在我的耳畔:

　　"怎么不可能? 我这不是站在你面前了吗? 我真的是成霞啊!"

　　我一看呆住了,过去那个还带着泥土味的小丫头,现在变得那么苗条,那么漂亮,那么有气质,一股暖流像触电一样传遍全身,我也不避全家人的眼睛,上去一下搂住成霞,像个受了千般委屈的孩子哭了,真的哭了!

　　刹那间,我的脑海里闪烁着一个念头:田土呀,你要理智! 你已是有妇之夫了,她还是个没出嫁的大姑娘,因此把手松开。

　　成霞见我松手,当时就蒙了,她似乎体会到其中的奥妙,于是,很大方地顺水推舟地说:"全家老少都在场,动作应该文明嘛! 走,咱到屋里坐一坐吧。"

　　我刚刚进屋把门带上,成霞疯狂地扑到我的怀里放声大哭:"你个狠心的东西,才几年呀,你就等不及了! 你看你现在被糟蹋成什么样了,你当年那英俊潇洒的气质都哪去了? 你的胡子也不剃,皮鞋也不擦,你为何现在这么堕落? 从今天起,我不让你自己糟蹋自己,三年前你是什么样的,你今天又是什么样的。我要你重新打造你自己! 我要把你打造成首次在林园相见的那个人,我心目中的白马王子!"

　　我对她的关心和宠爱,是发自肺腑的,从心底感激,我心里明白:我有家室,我不能从面上宠她呀! 我要给她说明情况,把事情的真相全倒出来。成霞呀! 你这些年在艺校书不捎,信不通,有一次深夜,我跑到你家旁边的老人桥上,真想一头栽进河里,日日想你黄昏后,天天思你泪不收,想你想得茶不饮,想你想得人消瘦。

　　"我也想你呀!我有过这样的经历,可那是我外婆要包办婚姻,为了抗争,我被迫到城东中学去代课,直到刘小兰离开我家我才回家,我们互相一点感情都没有,全村人都知道这件事,这些好事者怎么能这样说话呢!""开始不见你是因为你有个家,你哥来说,你结过婚,那女人叫刘小兰,在你家待了八个月,后来刘小兰回娘家了。当时我深信不疑,决心这辈子不再见你。一个星期后,我考上艺校,在那段时间里我心里很矛盾,总觉得不对呀!这事应问清楚呀。正准备找个时间见你,可巧来招生的老师像幽灵一样在调查录取的新生,谈恋爱的学生一律不收。我被找去谈话:'听说你有对象,是真的吗?'招生的老师很有把握地问。我特别果断地回答:'没有!绝对没有。'为了录取,我咬紧牙关忍痛割爱地说了谎话,为了避嫌我把爱深深地埋在心底。"

　　"那也该传书捎信给我说明呀!"

　　"那时,我不敢见你呀!我怕你闯来,只要感情一冲动,一切都完了。咬牙熬到录取,哪知进了学校还是不准谈恋爱,不准有书信往来,管得更严,只有遥相思念,我实在没有办法呀!"

　　"成霞呀!那个时候,我思念,我彷徨,我呐喊,我心伤。

　　天天哭泣无宁日,日日徘徊在桥上。

　　数日不愿回家转,备与古桥共存亡。

　　多亏好心马大娘!劝我反省离桥上。

　　回来心存相思疾,脱离单位转回乡。

　　为父治病奔东西,父命难违孝为上。

　　提亲三波无法阻,变节也未把你忘。

　　为盼父病能好转,才与他人上了床。

　　今生相见再无望,相思苦楚自己尝。

　　黎明喜鹊叫得狂,不知何事闹胸膛。

　　只说那,槐树不再系红线,万没想,与你又会在故乡。"

　　我说着便哭得泣不成声了。成霞搂着我不愿松手:

　　"当年也和你一样,每天思你进梦乡。"

　　她擦了擦泪:

"鬼艺校,一天到晚把功练,书信不准出校院。

终日不准打电话,学生不准到外边。

隔绝社会三年整,没有半刻不想田。

相思只能藏心底,哪敢出口半句言。

早知今天有此结,打死不愿进艺院。"

我把她抱到板凳上坐定,认真地对她说:"我已经有孩子了,再和你在一起是害你,你懂吗?你还是个大姑娘。"

"田土呀!我从艺校刚毕业,就分配到天河泗州戏剧团,人没到工作岗位,第一件事就是要见你。遗憾的是,刚到天河边,别人给我说你已经结了婚。我问人家那女人是不是叫刘小兰。那人说:'就叫什么兰吧!'当时我根本不相信,又走了几步正好碰上在艺训班培训的同学,他证实你结过婚。我怒发冲冠,想冲到你家拿刀砍你几下,把那个女人赶走,坚决把你夺回来。别人劝慰道:'人家是名正言顺地被你娶进门的,属于明媒正娶,是合法夫妻,我这一去不是疤痢眼照镜子——自找难看吗?'我呼天天不应,喊地地不灵,我心痛,我彷徨,我无助,我心凉。怪我自己太粗心,怪我自己不深想,总觉得你永远不会变,你永远是我的白马王子,没承想……"

她哭了会又接着说:"多亏几个同学的竭力劝导,我才没有酿成大祸。回家后母亲流着热泪说:'婚姻大事,有的有缘而无分,有的有分而无缘。你和田土实属有缘无分啊!是你的,终究还会来到你身边;不是你的,强扭的瓜不甜。认命吧!'我在家人的力劝下才离开家园,走上了工作岗位。

"昨天,我在淮南演出回来的路上,听说你老婆长年不归家,我才趁机下车找你的,来看绝不来占。你放心,我们只是续旧缘,不影响你的家庭,不占你的鳌窝!"

我听她这么一说,这才一块石头落地了,总算知道她的心迹了。"老祖宗,我谢谢你,毕竟我是有家室的人了。"

成霞很不高兴地说:"爱情这东西绝不是你说的那样,再优秀的人也会有人对你不屑一顾,再不堪的人,也会有人把你视为生命。况且我俩立过海誓山盟。不管怎么说,现在我不能再和你结婚,咱们就做个异性兄妹不也很好吗?"

"好!这就对了,感谢你的好心和大度。"我话一出口觉得气氛有些反常,成霞的脸色就变了。

果不其然,成霞一反常态:"在岗集时你我都是怎么说的?林园里你是怎么发誓的?我今天来就是重温旧梦的。你看着办吧!"

我看她真的来劲了,赶忙掉转话头:"我是考验你的,我认为你爱我是假的,所以试试你,反正她在外面,一年半载的又回不来,我们就是做过一点出格的事,她也不能喝瓢凉水把我咽了!不过有什么事情好说。这里是家,我们要从长计议。"

就这样,我和成霞形影不离地待在家里,她不提长短,也不谈回去上班。最大的遗憾是,每天晚上睡觉时母亲总是把成霞弄到她屋里,我几度想和成霞再行"巫山雨云",母亲在关键时刻就出现了,让我和成霞都扫兴。

日复一日,三天过去了,外边的风声起来了,母亲看在眼里急在心里,这事怎么办呀?全家人急得团团转,狗咬刺猬——无从下口。

坏话行千里,好话不出门。雪里埋不住死尸,我被母亲控制得心生怨气,成霞也对母亲心生不满。这天晚上我准备出去开房,可母亲拦着成霞不让走。第四天,我和成霞对好了点子,准备白天在家里反锁上门看母亲还有什么招。吃罢早饭我对母亲说:"成霞来这几天每天菜还是这么多,今天你能上街买几个硬菜来家吃吗?"母亲挎着篮子刚上街我们就开始着手落实我们的计划,我刚脱掉上衣,外面有人高喊:"田土,你老丈母娘来走亲戚了。"

我一听这声音,脑门就像被手榴弹炸了一般,幸亏我提前知道,否则大事就要临头了。我快速地出了大门搪塞一下岳母,从后门把成霞带到舅舅家避风去了。岳母是来问罪的,但未发现什么破绽,母亲买了这么多硬菜正好招待岳母了,她吃罢中饭就走了,全家都捏着一把汗。

这天早晨,房上有淡淡的微白,桑叶也染上一层盐霜,各种小草都低下了头。晨风轻轻地吹拂,黄色的树叶慢慢离开树枝往下飘落。

我和成霞来到第一次见面的老地方——林园里,并且首先找到那棵枝叶茂盛的槐树。经过初霜的洗礼,槐叶梢黄了,我和成霞静静地站在槐树下,重温旧梦,我情不自禁地吟道:

弯弯槐树影子长,别离三年转故乡。
三方今日重相会,谁能让我不断肠。

我到舅母家,二舅母故技重演:"乖!我说田土呀,老娘是干啥的?不是我吹,蚊子从我面前飞我一定能看出来它是公是母。你俩现在一个是干柴,一个是烈火,老娘再给你们倒点汽油,擦根火柴点上。"虽然不承认她的做派,但她的行为也正合我和成霞这时的心意,她真的又给我和成霞关进一间漂亮的卧室里。二舅母关门时已黄昏。我看着成霞吟道:

> 有限春光剩几何,王台金屋弃脂多。
> 莫夸挚爱能倾城,毕竟前番委屈波。
> 栩栩只留花里蝶,依依犹恋雨中柯。
> 羡她仙极无边种,银霄边上汉与河。

我刚刚把床铺开,成霞已按捺不住了,"别搞这些虚情,这都什么时候了,还诗呀词呀的!"她把我紧紧搂在怀里,慢慢地揉到床上。诗曰:

> 东风吹开俏枝头,不与凡花问风流;
> 风飘青色孤芳逊,待月黄昏瘦影浮。

我们正准备心安理得地办事。突然,门外吵架,"你这个叫鸡的女人!你把两个孩子朝火坑里推!告诉我,你把他们藏哪儿去了?"

"别怕,有后门。"母亲被二舅这句没头没脑的话给弄蒙了。

"大姐啊!我这是在救火,怎么是害他们呢?你那死脑筋,这都什么年代了,你难道是木头人,多大的事值得你追到娘家和我吵架?小孩熬得嘴里都淌水了,你完全看不到,你母亲做得太失败了,跑慢气!"

"我弟弟不知怎么能看上你这败家头!"

"呸!你弟弟跟我转八圈,我还不想同意呢!你不败家,孩子怎专奔我来,为什么逃避你呢?"

"你还强词夺理,这关乎孩子一生的幸福,你懂吗?"正好一只大公鸡追着一只母鸡打踩(交配的意思)。二舅母指着发情的鸡说:"你看看,你看看!我是个大老粗,不知道孩子的今后,眼前只知道让孩子快活!""你这个叫鸡的女人,我走了!"

二舅母笑着说:"今天我也没打算留你!"

母亲问:"孩子呢?"

"从后门跑了。"二舅母说。

我一听母亲走了,才和成霞像偷人似的避开看热闹的人群从后门逃走。真可谓:

> 舅母设计正中肠,织女狠摇呆牛郎;
>
> 上得巫山未行雨,一声断喝逃回乡。

母亲知道我们回家了,绕到我们前面在家等着成霞。母亲真行,她针对我们的情况,开始给我们上课了:

"你们两个人的心迹娘都知道,可你们阴差阳错有缘无分啊!由于你去念艺校就是干部,站在高处,况且你走时也没留下只言片语,田土离开人武部就是个农民,是在低处,我们认为他想你是想不上的,他大大死前逼着他结婚生孩子,娶了刘家的姑娘,这对你二人来说,是天公不作美,才切断了你们的关系,毁了你们情缘。虽然对你不公,但这是天定,当初只说你是非农业,田土是农民,不可能再结亲,才操办他婚事的。他是老大,积压底下的弟弟妹妹的婚事也不能办。孩子,不是娘心狠,你真的不能怪他。你上艺校期间,哪怕来个只言片语,怎么也不会有今天这个结果呀!娘阻止你们是对你们负责,田土现在是有老婆孩子的人了,万一将来就是走到那一步,大人可给离了,这孩子怎么办呀?你是个姑娘家,总不能进门就带着孩子吧!这对你也极不公平呀!我们在家这样做,确实对不起天啊!话就说到这儿,你俩还是想一想,这事到底该怎么办!是去是留你们商量着办。"

母亲的摊牌明确了观点。我看了看成霞,成霞看了看我,我俩转来转去找不到好办法,更没有应对的说辞。我不敢下决心,而成霞又没有好主张,又不说决断的话,从天黑转到半夜,最后还是成霞让步了。

那一夜太短暂了,不知不觉金鸡报晓了,成霞整整哭了一夜,我也不知这一夜是怎么过来的。第二天黎明,成霞流着泪收拾随身用品:"田土,我走了,我实在不想离开你,如果光阴能倒流,我愿抛弃一切,跟你浪迹天涯,天长地久,永不分离!"说罢又哭了。

我伤心地说:"田土欠你的等来生当牛做马报答你吧!"

成霞真的要走了,我的脑袋一片空白,真是喊天天不应,叫地地不灵。她出门的时候,一步只能挪四指,走三步退四步,能看得出她想让我拿出勇气把她留下来,再做打算。然而,抛子别妻不敢为,母亲之训不敢违,父亲遗令不敢违。我只有愧疚地放声痛哭。

这是一个充满阴霾的天气,空中弥漫着灰蒙蒙的雨雾。

我把成霞送到长途汽车站,成霞缓缓地挪着碎步,凄楚地抹着泪眼,看着呆若木鸡的我,慢慢地上了长途汽车。她坐在车窗口,不停地看着我啼哭。车开了,成霞用她沙哑的嗓门高声喊:"田土! 保重,保重啊!"车已经走得看不见了,我猛地蹲下,不怕别人笑话,哭得泣不成声。眼望渐渐变小的汽车,掏出金星牌钢笔写道:

雾满天河情满晨,泪水送走心上人。

车载挚爱渐渐小,断肠人赐断肠人。

送走了成霞,我心里空落落的,睡了两天,觉得良心受到谴责,由于事务繁杂一时也脱不开身。后来还是在母亲的催促下,我才连夜去了河北,专程去看远在百里外的妻子和女儿,我到地点的时候,已是夜里十二点了,我很急切地敲门,里面没有回应,我把门弄开,里面是空的,老婆孩子都不在,当时心惊胆战,肚里老犯嘀咕,她们会去哪呢?

我转身叫醒了干叔一家,问及妻子的情况,因不住一屋,他们也不知她和孩子到哪去了。干叔令他全家也起来到处去找,我也跟在干婶的后面不停地找。最后在一个小药铺里找到了妻子,看到我也不顾医生在旁,趴在我肩上就哭起来了。

干婶责怪道:"孩子你来药铺,该向我们说一声,这三更半夜的你让我们担心啊!"妻子说:"干婶,我来这么长时间,你们已经被打搅得够狠的了,你们白天忙一天够累了,孩子发烧我自己背来瞧瞧就行了,实在不忍心惊动你们啊!"

我到干叔家就开始找妻子女儿,找到她们已是夜里一点多钟了。我付完医生的医药费,转头看到老婆背着孩子,挺着个大肚子,心酸腹痛,泪洒腮帮的妻子疲惫不堪。我心里有说不出的酸楚,肝肠寸断。妻子刚出小药铺,我赶忙冲上去接过孩子,哪知妻子瘫在地上放声大哭,我赶紧一手抱着孩子一手拉起她,干婶也疼爱地说:"孩子,你在我家受委屈了,都是干婶不好!别哭了。这半夜三更的不能哭,在野外啼哭容易招邪气。"

我拉着妻子,催促道:"快回家吧!走。"我和妻子到了家,怕打搅干叔一家人睡觉,便安静地洗一洗睡了。

第二天早晨,干叔干婶起早做了早饭,我们草草地吃了早餐,带着妻小回家了,干婶说:"那边计划生育风头紧,时间还没到,再过半个月才走吧!"

妻子说:"干婶,自己的事自己知道,不能再等了,快临月了,我们回去了,谢谢你们对我娘俩大半年的照顾,谢谢干婶全家!"

我们离开了干婶家,坐上南去的汽车,妻子那凄楚的脸开始挂上了笑容。我对着妻子表态:"不管雨打风吹,今生今世不分离。"

我的思想完全服从慈母之命,服从父亲临终之遗愿。我和妻子刚到医院,已是夜里十二点了。

雪越下越大,风越刮越猛,风雪交加,雨雪交融,全家都无助、无奈地等待着手术室的消息。

妻子正准备做手术,手术台上,一个男婴呱呱坠地。我一听孩子出世了,高兴得手舞足蹈。我这才想起:行善之家必有厚福,作恶之人必有余殃。

母亲一听她有孙子了,破涕为笑:"我讲咱家是行善之人,孙子不请自来,苍天呀,感谢您,感谢神!"

在寒气逼人的手术室里,妻子出血不止,大汗淋漓,刹那间昏迷过去,我又忙孩子又忙大人,看到妻子的症状,泪流满面,浑身的冷汗像瓢泼的一般,汗水和泪水交织在一起,大声呼救。多亏值班的医生薛华,她是老妇科医生,有临床经验,她忙跑到妻子的跟前,先打止血针,然后用针扎了妻子穴位,又狠狠地掐妻子的人中,妻子半个时辰才醒过来,使一场大祸转危为安。真可谓:

祸福本是苍天成,
逆转轮回默无声。

福是祸来祸是福，

祸福无情捉弄人。

　　母亲高兴地抱着孙子，我用板车拉着老婆，喜忧参半地回家了，全家对这场灾难都付出了心灵上的代价，可坏事变成了喜事，因此，老少都兴高采烈，心花怒放。我给孩子起名叫"田海峰"。

　　母亲说："我们家过去是大户人家，不能乱了祖训，按祖上定下的班辈起名，中间不能没有辈分。"

　　我妻子说："这孩子的名字应该叫'催命'，我为了怀他吃尽了人间的苦，受尽了世间的罪，生他差点要了我的命，所以叫'催命'。"

　　我妹妹说："嫂子，你不能站在你自己的立场上，我给小孩起的名字叫……叫，叫'家荣'，这孩子是咱家的脸面，也是咱家祖上的善举带来的光环，是咱全家的光荣。"

　　他二叔不慌不忙地说："孩子的名字我来起，叫'田守巧'，孩子真巧，因为上手术台才降生，你们说巧不巧呀？'守'是辈分。"

　　她二婶说："我说这孩子命大，就叫天留。"

　　母亲说："你怎么给他起这个名字呢？这不行，他姑奶奶叫'天赐'，他叫'天留'，欺祖。"

　　这个命大的孩子本来是泥牛入海了，谁承想，浩海之中突出奇峰，所以叫海峰。我这一说，全家都说有道理，最后就定名叫"田海峰"。

　　根据地方的风俗习惯，全家为此事隆重地办起了奶糖礼。为办好这桩大喜事，全家都各负其责地忙开喽。

　　这天阳光普照，秋高气爽，老槐树上的鸟儿在不停地叫着，好像也在为田家添了个孩子在欢呼，在歌唱。

　　常言道，十月天短，无风就暖。虽然是初冬的天气，但我家的四合院里暖洋洋的，老槐树上的果子在微风的吹拂下沙沙作响，好像一种特殊的音符，在为家中的喜事伴奏。

　　我们在温暖的气氛中搭上天棚，大张旗鼓地宴请了宾朋，母亲从里笑到外，从我记事到现在，从未见到母亲如此高兴过。全家老少都高兴地忙上忙下，虽然累，但都兴高采烈，喜气洋洋。

全家刚送走参加奶糖喜宴的亲友,正在收拾东西,母亲美滋滋地往椅子上一坐,兴奋地喊:"田土,快把孙子抱来我亲一亲!"妻子刚把孩子递到母亲的怀里,突然,一个高音传来:"不好了!出事了,出事了!出大事了!"

到底出什么大事了,全家慌作一团⋯⋯

第三章 进 城

第一节 洪水后的劫难

小海峰出世第 12 天的早晨,四弟用电船到天河捕鱼,准备给奶糖礼增添光彩,其目的是在这个家庭露一手。万万没想到他的船下天河的时候管理人员来了,他划船掉头就跑。他的时速和汽艇相比就好像水牛和火车赛跑,他为了不被抓,忙丢掉渔船拼命地往玉米地里逃跑。管理人员持枪乱射,子弹打在四弟的棉裤上,把棉花打出来,如果不是子弹擦身而过,子弹就会穿透他的屁股进入他的前小腹,伤及性命。所以他一气之下,跑到族间的人群里,说天河管理人员野蛮执勤,随便开枪打人。由于族人们被淹没土地又得不到赔偿,早就憋着一肚子火无处发。在自己的水淹地上捕鱼也不行,早积怨颇深而怒火中烧,所以一看四弟被枪打,立刻群情激愤,蜂拥而攻之,族间的老百姓联合起来,把天河看管人员痛打一顿。那看管人员仗着是公职人员,到天河县公安局报案,说四弟到天河湖里电鱼又打人。天河县公安局把四弟暂时抓了起来。

全村因为四弟被抓都慌得不行,纷纷要组织群众到县里喊冤,人们都聚拢在我家门前,自发性地要游行,要向天河公安局讨个公道,就等我母亲说句话。

母亲一边安抚乡邻,一边问我怎么办。她焦急地说:"田土啊,你要想想办法啊!人多势乱,这样都拥到县里去会出大事的。"

我遵循母命,首先感谢乡亲们的热心关照,然后对大伙说:"父老乡亲们,我代表全家老少感谢你们了,不过你们现在去县里还有点早,等我去县城找我在县里当公安局局长的朋友,他如果处理不好我们再组织人去,大伙在家等我消息!"我这一说大伙都散了。

我到了县城,朋友正好在一个戏剧小品创作会上演讲。我心里纳闷,他是公安局局长,怎么有空来搞这玩意儿呢?难道他调到文化局来了?我找到课堂,他正好演讲结束,走下主席台和我亲密地握了握手:"当年在报纸杂志上,你的大名屡屡出现,这么多年我都见不到你,今天找我干什么,可有大事?"

我把我的来意说了一遍。他笑着说:"老弟的名字,我只知道他叫小洋蛋,谁知道他的大号呀?你说的如果没有水分,这不是大事。"他随手写了一封信让我拿着去找天河湖派出所,并嘱咐道:"不要怕,没有什么大事,走个程序直接放人。"

我拿着信心急如焚,马上要走。朋友说:"天都中午了,会议招待,我们一起吃罢饭再走。"

我才猛然想起他当年给我自行车做本钱的事,我忙掏出三百元钱给他算作车钱。

朋友很慷慨地说:"这是哪年的事了?这钱我不可能要的,说什么也不能收。"

我很内疚地说:"这几年在家忙着养家糊口,这车子卖三百元你怎能不要呢?"

朋友很客气地说:"快,先吃饭,吃过饭再说。"

我和朋友在一桌上吃罢中饭,又提起自行车退钱的事情。

朋友开玩笑地说:"你知道今天在此吃饭的都是什么人,你吃的是什么饭?他们都是编剧,我虽然是拿枪的,可这次省首届小品大奖赛是省直国企琅琊山铜矿赞助的,在天河大剧院搞调演的。这是一次特殊活动,我是咱县的组织者……"

我打断他的话:"局长大人,少来这一套,在下班的时候咱是弟兄。你兼文化局局长吗?不然你的公安事务多如牛毛,怎么来凑这个热闹呢?"

朋友笑着说:"说来话长,自从当年陪领导参加你组织的天河文学社的那一次活动后,就和文学结下不解之缘,正好上次县里开会,文化局局长有病住院,这事时间太紧,要求很严,我自告奋勇接了这桩棘手的事,这也是为县领导分忧嘛。不过,你把今天的饭吃了,是要付出代价的,你必须要拿出一个小品进市里面参赛,否则,你把今天中午吃的饭给我吐出来。"局长笑得前仰后合。

虽然他是开玩笑的,可我却拾根草棒当根针了,为了朋友的深情厚谊,我回家把信交给了派出所，四弟被放以后，我一直在家构思创作小品《婆婆的节日》。我来交稿的时候，别人的本子都已找定演员在排练中。

可我的本子没有人排，我把本子拿给我的朋友，朋友看着本子很高兴："不管怎么说，那顿饭我没白管。这个本子很好，我这就找人排。"朋友把我的本子往天河省主办机关寄一份，给市里寄一份。

1991年5月中旬一个难忘的夜，一个钩子闪扫过来，通红的闪电，如巨龙吐舌，在空中伸缩无常，整个天河湖畔亮如白昼，紧跟着几个炸雷，把熟睡的人们惊醒。接着狂风大作，暴雨滂沱，一连三天下个不停，正阳关的凶猛洪水飞流直下，外洪内涝。天河发生了百年罕见的洪灾，岸畔的麦子成堆地被洪水卷走，所有的庄稼和村庄都变成了鱼的天下，人们为避洪灾四处逃难。

真是：

> 天河发洪遍汪洋，淹没万物及村庄。
> 灾民四处逃危难，悲声阵阵遍八方。

大水来得太急，国家的赈灾队伍还没有上来，灾民就像蚂蚁搬家一样，车拉人挑，背的背，扛的扛，搬床的搬床，运粮的运粮，牵猪的牵猪，赶羊的赶羊，各奔东西，逃往四方。

我家也随着逃难的人们搬迁到高岗的亲戚家，冰棒机和各种设施来不及搬运，厂房和所有的冰棒原材料，一夜之间都和鱼虾沉睡于水底。全家像落汤鸡一样奔往高岗亲戚家，搬到高岗上的老母猪只要绳子一断，便逃往故乡。

家，不仅人思恋，猪也忘不了，忘不了生长的故乡。家，是聚人的地方，也是人生活劳作归宿的地方；家，是人们休息闲聊的温床，也是躲雨避风的安港。这百里天河湖一片汪洋，家在哪里？家在何方？家呀！家让逃难的人尽情思念，苦思冥想。全家虽然有栖身的地方，但心情极度凄凉。真可谓：

> 人居矮檐心倍伤，昼夜面西思故乡。
> 只因洪水吞家园，无奈异地话凄凉。

朋友把我的本子交给几个演员自己抗洪去了,几个演员没人过问也搁置未排。市里指定县里排了,领导也没具体安排,省里来彩排的时候,他们专门点着要我的本子,可县里顿觉措手不及。离调演还有 10 天,省里组委会焦急地把本子带回了省城。

我在被洪水驱赶最狼狈的时候,突然接到一个通知:"田土先生,请你于6 月 10 日上午,前往天河大剧院,实地观摩你的参赛小品《婆婆的节日》。"

我不相信,我知道我的本子没有人排,怎么可能让我去观摩呢?同时我的本子叫《婆婆的节日》,我认为他们找错人了,所以我不愿意去。就在我犹豫不决的时候,又接到一份加急电报,我才确认《婆婆的节日》就是我的本子。

我虽然在苦难的洪灾中挣扎,但一听是这事,欣然地如约而至。

我到了天河大剧院,已是早上九点了,走进剧院,我创作的小品已演完。我站在大厅里,没有一个演员认识我,有的演员看着我还绕道走,我知道自己的狼狈相是不受人欢迎的。人们都在剧院大厅里,不时地回头看着我,我被弄得很不好意思了。

县泗州戏剧团徐团长对着一个貌若天仙的漂亮少妇说:"马兰,你演的剧本谁是编剧?"

那漂亮的演员迅速地答道:"田土。"

徐团长问:"你可认识田土吗?""我不认识。"徐团长直率地说:"你不认识编剧,为何演人家的本子?"

马兰很干脆地说:"这是省委宣传部领导的指示,领导分配我演这个本子。"

徐团长停了一会:"你想见编剧吗?"马兰说:"你是文艺前辈,你见过不愿见编剧的演员吗?"

徐团长用手一指,很风趣地说:"我爱编剧,因为他是我的学生,我就不收中介费了,来!来!来!这就是编剧。"

马兰随着徐团长的手指看来,把目光落在我身上,两只水灵灵的大眼睛,朝我直直地看,那杏眼带着重重疑问,反复看了我好大一会,像伯乐选马一样,围着我左顾右盼转了几圈,仍然不相信。因为我被洪水欺凌得太狼狈,穿双皮鞋,没穿袜子,头发蓬蓬松松的,西服上衣两个扣子在两根线上打悠,穿条普通的裤子斑斑点点,裤角挽起来一只,放下来一只,从哪看也不像个编剧。马兰打死也不相信我是编剧,她停住了旋转的脚步,想说什么,这时徐团长大声地说:"马兰,你看不起人吗? 他是我老乡,又是我的学生,他就是你想见的《婆婆的节日》的编剧——田土啊!"

马兰这才慢悠悠地把藕节一样的巧手伸过来。这时的我,特别尴尬,伸手不是,不伸手也不是,正在犹豫不决之时,徐团长喊:"田土,马团长给你握手呢。"我这才把手伸出来。"编剧老师您好!""马团长您好。"我也很不自然地说。那一刻,我全身像着火一样热血沸腾,这一握,使我一生铭刻于心,胜喝半生美酒,胜谈十年恋爱。

演出结束了,裁判在主席台上公布:"《婆婆的节日》获创作一等奖、导演一等奖、演员一等奖……"

上台领奖的时候,领导喊我三次名字我不敢上台。我最担心的是自己的仪表,最后鼓足勇气,终于在天河大剧院的主席台上和马兰并排抱着奖状亮相。

那一刻,我很自豪,全场掌声雷动。马兰被人们拥抱着,我纳闷地想:为什么没有人拥抱我啊? 剧场内掌声如雷,我也沉浸在万分高兴的气氛里。在会场上,主持人宣布结果的同时,也用洪亮的嗓门宣布:"这就是《婆婆的节日》的编剧,田土同志。"可是没有人来拥抱我,那时的我才知道:我和马兰同台才引来的掌声,原来是小秃跟着月亮走哇。这时的我,才弄清为何不被别人看重,是我这不伦不类的仪表,给人以不敢或不愿靠前的感觉。我这才体会到什么叫"人靠衣装马靠鞍"。

全省首届小品大奖赛结束了,我抱着荣誉证书,依依不舍地离开了天河大剧院,离开了马兰,离开了徐团长,几经迂回来到了搬家的地方,暂住在太平桥旁。这天雨停了,天刚露出太阳我又回到天河畔,家乡啊! 不管她遇到多大的灾难,毕竟是生我养的地方啊! 我站在高处抬眼四顾,仍然是一片汪洋,只有乡政府坐落在土山头上像一座孤岛。

我抬头环视一下四方,白茫茫无边无际,满眼是水,满脑是伤。

我含着泪,注视着被淹没的家和整个村庄,心里像针挑一样痛,村庄的大树还在无边无际的洪水中招着手,好像在呼唤着让我快去救它们。冰棒厂的厂房只露出几块脊瓦。虽然是七月的天气,可西风吹来透心凉。眼望洪灾之后的家乡,觉得风凉水冷,人情更冷啊! 这就是我久久不愿遗忘的家乡!

天河无坝,村庄无房,族人不见,各奔四方。凄凉!凄凉!凄凉啊!

晚霞辉映,水成红嫣,我正要离开家乡回暂住的太平桥,突然,迎着霞光,从南边飞来一叶小舟,上面一个艄公,船舱里放满了渔网,活赛水泊梁山中的阮小二,我朝前凑凑,仔细一看,正是田番。

我高兴地喊:"田番,你看看我是谁。"

艄公高喊:"田土,你怎么在这儿?"

"我是回来看看水可下落的。"

"水停头了,不然我怎么能来下网呢?"

"你有吃的吗?"

"有,不带夜宵饿了又不能喝水。"

"快拿来给我吃。"

田番说:"你快上船,我俩在船上吃着聊着好不快活。"

刹那间小船靠岸,我跳进舱里,拿着烙馍,狼吞虎咽地吃个痛快。田番说:"我早知你来带点酒,弄点菜到湖心,喝着聊着别有一番风味。"

我说:"这洪水淹没了我们的土地,吞食了我们的家园,你还有闲心喝酒?"

"农业损失副业补嘛,我这不是织这么多渔网捕鱼了嘛。"

"你是个鱼鹰子。"

"你不也一样吗?你忘了我俩小时候在天河边上下网,半夜湖水猛涨,差点被湖水淹死的事了吗?"

田番的话引起了我对童年的追忆。我八岁那年,晚上和田番到湖边下绞丝网,淡淡的月色,我们借着微光,抱着丝网在天河齐腰深的浅水里,把网做成迷魂阵的布局,避开丛生的水草下在湖里边,专等第二天早晨收网时能捕到白花花的鲜鱼。下好网以后,为了保护渔网不被别人偷去,我便和田番在一个泥坑里铺上塑料布,倒头便睡。小孩子睡觉特别熟,我俩睡到半夜,湖水陡涨,我俩睡觉的泥坑突然被水漫了。等我在睡梦中醒来的时候,田番还在水里酣睡,我把田番打醒拉着他就朝岸上跑,网和被都不见了。那时我和田番穿着湿透的衣服,活赛两只落汤鸡,在夜风的吹拂下真的是透心凉。每想起这件事,大有死里逃生的感觉。

小舟被田番划得飞快,没有半个时辰,前面出现一个偌大的麦秸堆,上面蒙着一块大塑料布,中间铺放一个红色被单,最上面是一床被子散放着。田番吐掉口中的烟蒂,指着那麦秸堆说:"我每天夜里下好网以后都睡在上面。"

我说:"你吃这么多烟干什么?"

"我吃烟是为了驱除蛇、虫、蚂蚁。它们只要嗅到我这身烟味,逃得比兔子还快。这样吧,你先到上面睡一会,下好网我俩就在上面聊上一夜,也学学古人秉烛夜游,通宵畅谈。"

我随着他刚落的话音,爬上了麦秸堆,我把被一掀,大叫一声,一头栽到河里。田番被我的举动和叫声弄蒙了,他不顾一切地来救我,嘴里不时喊叫:"田土你怎么了?到底怎么了?!"

原来掀开被一看,里面盘着一条巨蟒,那条熟睡中的巨蟒,见有来犯之敌,昂起头,吐着红色的芯子,准备攻击我们。田番弄清我为什么这样,他急忙举着木桨想打死它,可他一见我还闷在水里,只有丢开巨蟒,把我救上来。我瘫软在船舱里,心里既恐惧又难过。望一叶孤舟,荡于湖心,天苍苍,水茫茫,人寥寥,蟒逞强。此时的田番也不下网了,抛弃被子,掉转船头,飞奔上岸。

我从天河湖畔告别了田番,依依不舍地离开生我养我的家乡,回到不堪入目的新住地。眼见被洪水驱赶到别人屋檐下的家人,和离开家乡异常愁闷的家禽家畜们,心里更加难过,突发奇想,决定进城闯一闯!

1991年6月18日夜,我想了半夜,决定到天河县城里打拼去,只要能养家糊口就行。天亮就走!至少城里还有我多年在一起相处的好朋友,有那个让我创作《婆婆的节日》的公安局局长啊!

宁静的夜,昏暗的灯,在我的眼前,徐徐地变得暗黄,我慢慢地进入了梦乡:我来到城里,突然碰到成霞,被一个男人追打着,他嘴里还骂:"贱女人,你和别人睡觉,却到我家生孩子,现在你又在外面偷嘴,孩子是别人的,我一定要除掉这个小杂种。"

我上去拦住那妖里妖气的男人,哪知那家伙很疯狂,那男人对我脸上打了一巴掌。我特别恼火地打了他几拳,他拾个木棍当头一棒将我打得眼前一黑,我翻身醒来,原来是个梦。我披衣坐起,心里久久不能平静,不知这个梦是真是假,是福是祸。

早晨我来到城里,找到过去的熟人帮忙,在一个古老的街道上,租两间草房,后面带个小厨房。房子脏得出奇,因为隔壁就是公共厕所,若有一线之路的人,打死也不愿租这样的房子。我例外,我以每月六十元的租价租下了这处房子,太便宜了。

1991年7月1日,到处礼炮齐鸣,这是中国共产党成立七十周年的喜庆日子,人们都沉浸在欢乐之中,我也沾上了这满天的喜气。

就在这天上午,骄阳似火,气温高达三十九摄氏度,知了开始在树梢上有节奏地鸣叫了,举国上下都在开展迎党成立七十周年大型庆典活动,人们沉浸在欢乐的气氛之中。

我选择在1991年7月1日搬进新的住地——天河县城,我真的进城了。

一辆江淮汽车装载我所有的家当奔往天河县城。

车厢里,一个妻子陪嫁的破皮箱、一张破床和十三蛇皮袋书,还有妻子的缝纫机、锁边机,再无其他物品了。身上仅有一百二十元钱,带着老婆孩子住进了租下的这处房子,然后搬下了书和所有的家当,付完八十元车费,几口人只剩四十元。可怜的四十元啊! 平均每人合不到十元钱,它够几口人生活几天? 我真的不知道自己哪来这么大的胆,怎么办? 面对着巨大的生活压力,我想起母亲的教诲:"在家千日好,出外处处难。因为你是拖家带口,几口人是要生活的呀!"

我当着母亲的面,立下凌云壮志:"母亲放心,我不混出人样来,坚决不丢脸再回到天河湖畔,重见家乡的父老!"君子一言,快马一鞭,可今天出现了这种尴尬的局面,怎么办? 苍天啊! 我到底该怎么办呀!

朝前走,如履薄冰难上难;往后退,使得乡亲笑翻天。开弓哪有回头箭,进城怎能再回还?

真可谓:

> 来时难,回更难,身边只有四十元。
>
> 大人哭,孩子喊,前面生活苦无边。

实指望进城能过上好日子,没承想,前面还有更大的艰难险阻在等着咱! 但我相信:世间没有笔直的路,人生没有拐不过的弯,挺着胸膛往前走,穿过雾雨是晴天。

第二节　进城后的尴尬

初到城里,孩子哭着要回家,家具床铺,坛坛罐罐,生活炊具,米面油盐,一无所有。中午买了几块馍给孩子吃,两个大人看着孩子而难过。当天晚上,朋友送来了旧火炉、火剪、茶瓶、钢精锅及其他生活用具,我和妻子感激涕零。

晚上,厚厚的云层掩盖了满天的星星,窄窄的街道上,来往行人络绎不绝,虽然市井繁华,可这对我来说真的叫心烦意乱。晚饭只有两碗稀粥填进肚里,真饿得心慌。

妻子说:"我们既然来了,就不能装孬熊,可在此没有能填饱肚子的食物,不干点事怎么活下去?"

我听了妻子的忠告,便到朋友家借点钱,到天河市里贩两蛇皮袋青辣椒回来卖,因为没有秤,只卖掉一半,剩下的全烂掉了,这离厕所近,那些烂货都进了厕所。晚上妻子用钢精锅烧点稀饭,大女儿静静饿了忙去扒锅,一下子把钢精锅给扒翻了,滚烫的稀饭浇到孩子的腿上、脚上,仅几分钟时间,孩子被烫伤的部位起了疮,孩子撕心裂肺地号哭,我们大人也跟着哭,进医院还没有钱,我和妻子急得团团转。

妻子哭着说:"田土呀!你快想想办法呀!不能眼睁睁地看着孩子这样受罪啊!"

顷刻间,我头上的汗珠像清晨麦苗上的露珠,从脸上滴下来,老天不负苦难人,隔壁王叔家专门治烫伤的。王医师一听我家的孩子被烫了,马上送了几张治疗烫伤的膏药和洗伤口的小药,还有敷伤口的药面。经过一番医治,孩子才停止了哭。

妻子看着安静的孩子,艰难地说:"王叔,我现在没有钱,等两个月有钱了再给你治疗费。"

王医生笑着说:"我们现在已是近邻了,这点小事不要钱,等两天我再来给孩子看看烫伤,包治包好不要钱,直到治好孩子的伤口。"

我默默地把王叔送走,什么话也说不出来。

第二天,妻子说:"我们兑点馍在门口卖,也能赚几个馍吃,暂时凑合着,糊口大似天,等渡过难关就好了。"

这本来就是在危难之中找点活路，才在门前摆个馍摊子。谁知一个无赖很不友好地到我家门上，把妻子的馍篓给踢翻了，并恶狠狠地说："我家卖馍你看不见？谁批准你在此卖馍的？再看见你的馍摊出现在街上别怪我翻脸，哼！那就不是踢你馍的事情了。初来城里混穷的土包子不懂道上的规矩。"

妻子也不知这城里卖馍还有什么规矩，什么叫"道"，无奈地把打翻在地上的馍拾起来捧回家。我回家一听怒发冲冠，就要出去找这无赖理论，妻子怕出大事，阻止我不准我出门，并奉劝我说："人在屋檐下，不得不低头啊！对方是个无赖，邻居说，他连父母都打骂，还是人吗？他是畜生，不要和他一般见识，秀才遇到兵，有理说不清啊！常言道，人贫志短，马瘦毛长，我们穷得连饭都吃不起，还能和人打架吗？咱忍着，穷是暂时的，让他横去，路不平有人踩。"

馍也卖不成了，只有烧锅做饭，我在街边引炉子，在钢精锅里煮点稀饭，因天黑了，孩子饿得哭。为加快进度，我用破扇子在扇炉子，突然，从西边来辆自行车，一头撞在炉子上，一锅稀饭泼了一地，破炉子也被撞翻了，炉心被撞出来离开了炉身，煤球也滚了一地，炉的两边被撞出两道裂缝，滚烫的稀饭洒落在我的脚上。我被烫得忙捂脚呻吟，顾不上其他，撞炉的骑车人一句客气话没讲，趁我捂脚之际，骑车逃之夭夭。

我瘫坐在地上，看着快成两半的破炉子仰天长叹："天啊！天啊！我的苍天啊！"

天无绝人之路，妻子找来一根铁条，把炉子重新扶起，用铁条捆上，然后买个炉心泥上，炉子还能将就用。这场事故虽然不大，但对我来说也是致命的一击。我困惑，我彷徨，不知路在何方，怎么办？怎么办？

我睡在一张破板床上，思前想后没有办法。但再难也不能这样坐吃山空呀！目前找生意也找不到，找到了也干不好，怎么办？我整夜整夜不能入眠，妻子看我这样，怕我愁出病来，便安慰我说："我有现成的锁边机、缝纫机，我是做衣服出身，帮人加工衣服，收点加工费，也不会吃不上饭，你干吗整天愁眉苦脸的？我明天就把机子装起来，看着门面干啥不行？有什么可愁的！"

我说："城里人挑剔，他们可看不上我们农村人的手艺呢？"

妻子听我这么一说，流泪了："天无绝人之路，为了生活，只能试试吧！

反正这是无本生利的手艺,绝不会掏钱给人家。"

妻子擦擦泪,给锁边机擦擦油。第二天,妻子把锁边机装上,缝纫机架起来,开始了新的生意。天道酬勤,妻子一开张,就有不少客户,每天做几件衣服,加工费任凭客户自己给,热情的近邻有时还多给呢,几天下来,觉得生意可以,能维持一家人的生活。

子不教,父之过,再苦也不能苦孩子。小海峰四岁了。妻子说:"田土啊! 我们所有的拼搏都是为了孩子,小海峰到上学的年龄了,不能不让孩子上学呀! 你快想办法让两个孩子入学啊。"

清晨,太阳刚露出半个头,便染红了满天的朝霞。

9 月 1 日这天,我高高兴兴地带着孩子去排队入学。按照老师的要求,先交报名费、书费、学费、杂费等。当时囊空如洗,就是带几个碎银子,一样费用也不够,只有答应老师回家筹措。我被这一连串的费用弄得喘不过气来,凑来凑去终于凑齐了学校所要的费用。

第二天,我又带着孩子把上述费用全部交掉,可孩子仍然进不了教室。我焦急地追问老师为什么。老师不慌不忙地说:"你们是农村来的,户口不在这里,在城里哪所学校报名都要交户口费! 如果有什么想法,你交的费用马上退给你。"

"不退,不退,我这就回去想办法。"

出了学校没回家,我就厚着脸皮借了几家没借到,实在是没有路了,我苦思冥想了一夜,突然,想起这儿还有个远房的表舅,他是我二舅母的弟弟,在这里混得不错,这点小钱对他来说是毛毛雨,我这才宽心地进入梦乡。

第二天一大早,我信心百倍地找到表舅家,进门也不看脸色,开门见山地阐明来意,张口要借八十块钱给孩子交户口费。哪知,生活特别殷实的舅母说:"家里哪来的钱? 你舅在厂里当会计,公款谁敢动? 这家里弄个蛋糕机,做点蛋糕只够维持一家的生活,哪有闲钱借给你呢?"

舅母的话就像一个炸雷,我愣愣地呆站了好一会,闷声不响地回家了。妻子问我可借到钱,我又怕她知道我没借到钱,担心孩子读不上书而难过,随口说:"这不借来了吗?"

"既然借到钱,干吗朝家来? 快去给孩子送进教室吧!"

我说:"忙啥? 还得几天才能上课呢!"

回家以后,心里特别难过,这笔户口费大大超过上述几种费用,在这泥潭之中,我再也找不到借钱的路了! 该借的已经借过了,不能再张嘴了,又不能问生人借钱,我想了一夜,最后决定亲自去找校长。

校长的个子不高,四十岁左右,长得挺敦实,看上去不像个奸诈的人。由于我和校长没有见过面,更没有其他关系,故见我找他显得很冷漠,尽管如此但也不失礼数。我很恭敬地走到跟前,轻声地问:"校长,我在城里既没有亲戚,又没三兄四弟,只有一个朋友,我们能进城混穷,全是奔他来的,你看……"

校长打断我的话问:"你在城里有朋友,那你的朋友是谁? 可能给你做个担保?"

首先我保持沉默,装出不愿道破的样子,然后,大胆地说:"我的朋友和你要的户口有关。"

"什么意思? 你的朋友到底是谁?"

"你想了解吗?"

"你一大早来找我到底想说什么? 难道就是来介绍你朋友的吗? 我不想了解! 缴费读书,不缴费走人。"

"这个朋友与你们收户口费有关。"

"收费是收费,朋友是朋友,可笑! 你说有什么关联?"

"那好,请问校长先生,我的朋友是公安局局长,他到北京开会了,他把我家办好的户口簿带到北京去了,本身咱有户口簿,只因户口簿有点儿毛病,他拿去纠正,因到北京开会走得急,户口簿没留下来,这种情况该收费吗?"

校长是个有社会经验的场面人,他宁可信其有,绝不信其无。在这座城市里,公安局局长的分量,他太清楚了,多个朋友多条路啊! 三个月后等弄清不是这回事再把他孩子弄走也不迟,所以他恳切地问:"户口簿什么时候能拿回来?"

"三个月后。"

"可一定?"

"一定。"

"好! 我信,明天就让孩子进教室。如果三个月后拿不出户口簿,你也不能怪学校对你狠!"

还没等我谢过校长,一个很熟悉的声音响彻耳畔:"校长别听他的,这是个骗子。"我心里一怔,这林子大,什么鸟都有,大多数人都以助人为乐而乐,送人玫瑰,手留余香,我怎么这么倒霉?这天下万分之一的恶人又被我碰到了。

我猛地回头一看,大吃一惊。说我是骗子的不是别人,正是过去天河文学社的骨干朋友。他叫姚功,后来考取了教师,进修后就分到这所学校。我早就听说,只是未得一见。在这个节骨眼上,好似见到了救星,我激动地上去拥抱着姚功,久久不愿松开。姚功松开我,转身对着校长说:"这是我天河文学社的社长——田土。他的孩子就是我的孩子,他的事我全权担保,有什么事全部由我负责。"

"就现在必须让我的孩子进班上课。"我恳切地跟校长说。

校长也高兴地说:"有姚功老师在,这啥也不说了,现在学校都没开课,孩子明天就进教室上课。"

我和姚功出了校门,到一家小吃部吃了两碗饺子,姚功抢着把钱付了。我心想你不抢也是你付,因为交了孩子的各种费用,我身上分文没有。姚功和我叙了从文学社分开以后的点点滴滴。

上班的时间到了,他慌慌张张地离开我,走时还高喊:"田土,有困难找我,孩子明天早晨找我就行了。"

我望着姚功远去的影子,心里特别高兴,是从来没有过的轻松和高兴。

就这样,我的两个孩子走进了学校,正式上课了。从小学到初中,到高中毕业,然后到上大学,都是姚功在操办。

这天,家乡来个朋友说:"我家开个酱品厂,我给你一车子酱菜,并且给你配置好酱菜罐子和盛菜的大缸,以及卖酱菜的工具和其他该用的东西。虽然不能赚钱,但维持一家人吃饭不成问题。放在你这儿卖掉做本钱支持你扩大经营。"

我听从朋友的建议,在窗台上摆上了咸菜小缸,哪知大水过后的咸菜生意还不错,所以我就变成了卖咸菜的了。

我小时候的伙伴田化,自从那次在我家打了他老婆,回去后两口子经常吵架,一气之下把粮食生意收了,生意的钱当本积攒起来,经朋友的介绍,在天河县城东郊开个批发部,生意干得还不错。当他知道我在这儿时,便上门来造访,他见到我混得如此狼狈,搂着我哭了。

"只说你在老家干得不错,谁承想弄得如此辛酸。可巧你有个门面,我回去把自己店里的货物装一车,放到你店里卖了当本钱,不行我再想其他办法。"

田化真的把货拉来了,并把进价和售价列成一个单子,亲自送到我家,用亲切的口吻说:"这十几罐酱菜太单薄了,必须配置百货,店才能兴旺。"

我特别感激地说:"你拉这么多东西,我哪有钱给你?"

"这不说好了吗?我拉来给你做本钱的,等你发达了再还我本钱。砸了本钱算我的。"

受到朋友的赞助,很快店开起来了,妻子的裁缝生意也做起来了。

天无绝人之路,地无绝草之土。

古今同一道理,善者天人相助。

为了扩大店里的经营范围,还需大量的本钱,正在为难的时候,我家来了一个人,她身穿蓝色素雅的连衣裙,高高的个子,是个三十岁左右的漂亮女子。

她怒气冲冲地说:"田土,给我出来!"

妻子一看是个出众的漂亮女子,认为我又在外边惹是生非了呢。她忙拉着来人,央求客人先进屋里来坐下再说。我听到外边的嘈杂声,便从厨房出来。我一见来人,心花怒放,脱口笑道:"田主任你好,是什么风把你吹来了?"

"别这么虚伪,什么田主任?都是一家人叫我田欣好了。田土啊!你怎么来城里这么长时间不找我呀?"

"你现在调哪去了?"

田欣说:"自从我们从天河文学社分手以后,我就调到东城信用社当出纳,现在是东城信用社的主任了。你到这儿为什么不找我?如果不是我到你表舅家加工蛋糕,鬼知道你也进城了。"

我笑着说:"我舅母跟你说什么了,能把你气成这样?"

"你舅母在给我加工蛋糕时问我姓什么,我说姓田。"

她惊诧地说:"我有个外甥也姓田,叫田土,好写文章,现在穷得很,上次因孩子读书交不起学费,八十块钱还来借呢。我就根据她说的方位找到这儿来了,我俩是本家,有事找亲戚朋友,哪如找本家呢?你说说为什么不找我呀!"

"你到东城我也不知道,这些年生活的担子压得我喘不过气来,也不知道这天河文学社的社员们都在什么岗位上,具体干些什么。我舅母说得一点也不假,我确实一穷二白,这刚刚被朋友拉扯得有点儿起色,不管怎样,现在吃饭没有问题了,谢谢你的关心,田主任。"

"别和我贫嘴了,我给你贷五千元来,给你用!"

我一听这么大的数字,忙说:"不需要,不需要!"

田欣生气地说:"我真的找过来帮你的,你如果再这样虚伪我生气了。"

我不得不收下田欣的钱。"利息怎么算?"我不好意思地问。

"我给你办的是无息贷款,用两年的,到期才还,到期没有钱我还! 明天你把私章拿去给手续补了。"

初冬的天,还带着深秋的痕迹,树上还有几片稀稀落落的黄叶在微风中慢慢地晃荡,小鸟蹲在树上没有春天那欢快的叫声,风平浪静的天,到夜半纷纷扬扬地下起了雪,这也是这轮鸡年的第一场雪。

早晨,我们还没起床,一个文友冒着零星的碎雪,敲门:"田土快开门!"

我认为是买货的,刚开门一见是个文友,忙问:"这雪天雪地的起这么早,有事吗?"

他一进门就哭着说:"田土呀! 我们是文友,家里揭不开锅了,老婆要和我离婚,你总不能看着我家破人亡吧!"

我忙搬个椅子让他坐下:"别哭,你想让我怎么做?"

他擦了擦泪说:"请你借给我三百块钱,暂时维持着家庭生活,挽救一下我这个将要破碎的家。"

妻子一听忙把我拉到厨房,小声问:"这是谁呀? 口气这么大,我们负担这么重,哪有钱借给他呢?"

我忙把妻子拉出来,冲着来人介绍道:"这是我的文友,姓章,叫章仁,当年我从省小说创作学习班回来的时候给他讲过课,他是教师。"我又转身说,"小章,这是你嫂子。"章仁忙起身道:"嫂子,救救我这个家吧!"

这时的我很为难,家里没有钱是实,可昨天田欣拿来五千块钱还没动,这钱要借给章仁妻子肯定不乐意,如果不借,章仁面临的就是家破人亡。由此我想起到表舅家借钱的尴尬场景和痛苦的心情,随即决定把田欣送来的五千元拆开,借三百元给他。章仁拿着三百元千恩万谢地走出了门。

可这狼心狗肺的东西,一去就没回过这个门。

改革开放,做事敞亮,天河城里,百业兴旺,店中生意也走向正常。当时的"孬烟"特别走俏,东城有个门下表侄在那边开个大批发部,我拿着借的几千元钱到城东表侄批发部进烟,自觉是亲戚,很仗义地说:"这是亲戚,我来这进货很踏实。"

常言道,病从口入,祸从口出,一点也不假,我上面的这句不顶屁用的废话却引来了要命的横祸。真可谓:

> 天有风云之幻,人有祸福之变。
> 该来神挡不住,该去无法阻拦。

这个远房的表侄很龌龊,他站起来指着我说:"你说亲戚,我们是什么亲戚? 看你那穷酸样子,我有你这门亲戚,全城的人不都笑掉大牙? 出去! 出去! 这儿不是你该来的地方!"有个朋友拉场,说:"你是做生意的,人家来送钱,你这是什么态度?""他能掏出几个破钱?"

我羞愧得张口结舌,忙退出他的批发部,进货的人们都哈哈大笑。那笑声就好像魔窟中众妖的嘲笑,此起彼伏的奸笑声在刺脑撼胸。我的脑子嗡地一下什么都不知道了,眼前一片茫然。这一奇耻大辱使我彻底崩溃了,觉得自己再无立锥之地,人生已走到尽头,因此,坚决不想再活下去。

我定了定神退出批发部,愣愣地走在路上,天旋地转,腿像不生根一样,出门刚走了二十米,便呕吐起来,吐的都是黄水,我知道吐的是黄疸呀!

我昏昏沉沉地挪着碎步,耳边又响起乌鸦的叫声,我默默地抬头看了一下天空,只见一群乌鸦在我头顶上盘旋,这预示着不祥的前兆,心想:可能自己要大难临头了,难道苍天要我了吗?

我迷迷糊糊地走到家,妻子问:"进的烟呢?"

我只是摇了摇头。妻子连问:"怎么了? 你到底怎么了?"

我仍然没有回答。我回家后倒头就睡,刚上床就失去了知觉。夜深了,我梦见死去的父亲和好多过世的人,我心里明白,我不能再活在这人世间了,这么多故人都来和我结伴同行了。这时,国荣向我缓缓走来,我忙上前去拥抱他,可他闪身而过又速速而去。只听歌曰:

"达人识盈虚之机,智者明阴阳之理;司马刑而著《史记》,韩信胯下辱而掌三齐;勿以片言而弃,人生如月,时圆时缺;知耻而变,知辱而立。"

我不顾一切地追上去,脚下一块石头将我绊倒,我猛地醒来,翻身坐起,梦境仍清楚地在我眼前萦绕。我知道国荣是来带我走的,于是准备夜里趁人不备,自杀算了。

正要去自尽的时候,脑海突现梦中的那首歌,自尽的念头慢慢在缩小,直至缩成一个小圆点。

妻子丈二和尚——摸不着头脑。问我也不说,只是昏睡,她知道我受到奇耻大辱后,才理解我为何如此的。同时看出我的内心世界,她看着我绝望的神态,哭着劝道:"在我的记忆中,你不是一个孬熊的人,你是一个死都不怕的刚强铁汉,今天怎么被个草屁就打倒了呢? 你要像个男人,我在电视里看到韩信钻人家裤裆都没像你这样熊,后来当了领兵元帅。他钻过裤裆就自尽了还有后来的三齐王吗? 你还记得我们结婚前你给我读的一篇文章吗?"

"文章盖世,孔子厄于陈帮,武艺超群,太公钓于渭水,伍员乞食于吴市,韩信受辱于胯下,及时运通,腰悬三齐王印……这些不是你经常读给我听的吗? 你怎么都忘了? 你连几句话都受不了,你还有什么出息? 你还算男人吗? 你就是死了,不但老婆孩子受辱,别人也骂,后人千秋万代都会指着你的脊梁骂的,我家老少这么多人都受你连累。你死了,一走了之,我们老少怎么活呀? 难道你让我们全家都跟着你去见阎王吗? 你别忘了,你做梦都想当作家,你这样的心胸还写文章,想当作家,就是个梦吧!""过去他父亲当面介绍你是他表叔,他表现得很不尽如人意,你回家还给我叙过这段闲话,怎么转脸就忘了呢? 真是狗眼看人低呀!"

蒙在鼓里全不知,一语惊醒梦中人。妻子几次提到韩信胯下之辱,我又想起梦中的歌。终于想开了,我要坚强地活下去,有尊严地活着,要活得像个人样,我拿着钱到蚌埠市购货进烟。"妈的! 离开你东城批发部,难道就进不到烟了,不开店了? 离开你那庙,照样有烧香的地方。"我到天河市太平街进两箱坤湖牌香烟。心想这两箱烟进回家卖了,至少能赚五百元,我身上还剩三百元,我把烟放到那家门面上,让老板看一下,我去进点小货,哪知回来以后,两箱烟不见了,我找那个老板,那个老板也不见了,门面上是一个女人。我质问她:"我的两箱坤湖烟呢?"

她说:"刚刚那个人把烟搬走了,我以为你和他是一起来的呢。"

我说:"我的烟放到你家的门上,交给刚才那个男老板的,你要负责!"

那女人很泼辣地说:"我到邻居家去拿个东西,你又没有把烟交给我。

我是寡妇,谁是我家的男老板?你说那男老板是来我家进货的,那搬你烟的人就是他。因我店里没有他要的货,我才到邻居家去转货的,他不是我店的老板,刚才他慌慌张张地付了钱,搬着两箱烟就走了,我可不能负你这个责!"

我一听便说那是你的熟人!她把脸一变,说:"你怎么说话的?难道我是合谋搞你两箱烟的?念你初来我店,否则我要打折你的腿,别在这影响我的生意,滚!再不走我要喊人了!"

我万般无奈报了警。警察来了,问了问情况,说:"你报案也没有用,这天河市太平街上发生的类似案件多如牛毛,这大海捞针找谁去?回去吧,傻瓜!"

这是田欣给我的钱啊!就这样出手给砸了,我该怎么办?我垂头丧气地回到家,把这件事告知妻子,妻子仍不生气,还笑着说:"破船专遇顶风雨,漏屋尽遭龙卷风。我看电视上哪个成功的男人都会遭到各种磨难,这钱买个教训,两年以后才还呢,怕啥?财去人安,别心疼!"

开朗的妻子不但没有怪我,反而说出这样一番话,这番暖人心肺的话语,我铭刻于心,心里踏实了。真可谓:妻贤夫祸少,家和万事兴。

第三节　走上工作岗位

号咕树上哭凄凄,别笑穷人穿破衣。

粪堆发热来得快,十年河东转河西。

我那拉京胡的老师被平反昭雪后分到天河司法局,他听别人说了我的遭遇,特来安慰我,并对我说:"在社会上漂泊终究不算个职业,并且受不到社会的尊重,现在司法部门缺人,马上要考试,你进到政府机关,别人是不敢欺负你的,我给你要个名额,你到司法局报名,只要考试过关,考核我来活动,包你过关。"

我听从老师的安排,报名考取了乡镇招聘的司法助理员。妻子听说我考取了乡镇司法助理员,高兴地到街上买了几样可口的小菜,弄一壶酒,说:"田土,时来运转值得庆贺,咱俩今天一醉方休。"

我不胜酒力,被妻子几盅酒灌醉了。我在醉梦中看到宽宽的天河,波涛

翻滚,再看看天河两旁的点点滴滴和那密集的繁星,提笔写道:

> 喜鹊架桥忙得欢,只见老牛喘气难。
> 抬头未见美织女,只有牛郎望眼穿。
> 云雾之中飘异彩,缓缓来位女神仙。
> 莲步轻移鹊桥上,疾步如飞迎娟婵。
> 随着彩光仔细瞧,这个女人不简单。
> 披银纱,戴花环,长长飘带拖后面。
> 手搭凉棚仔细瞧:仙女怎么太熟娴?
> 高高鼻梁瓜子脸,短短秀发分两边。
> 穿着一件紫棉袄,满脸红光笑得甜。

我心里一惊:这哪是什么仙女啊!这不是成霞吗?我忙喊喜鹊快架桥,我要和成霞桥上见。我在梦中高喊:"成霞……"此刻脸上被重重打了一拳:"半夜三更你喊什么?我知道你在喊你心上人!"老婆一拳打醒了我,我回到了原点。

政策规定,标准镇司法所,凡是考取的司法助理员都要到省政法干校进修,实际上就是基层(司法)政法工作集训班,全天不停地教授法律知识。

妻子听说我要到省政法干校进修,夜以继日加工三件棉袄,连连积攒一个星期,才攒了二百元钱给我当学费带走了。可怜的二百元啊!二百元钱交掉学费、书费、培训费、住宿费,手里只剩下四十元,我只有在生活费上苛待自己了,并且自我安慰:当年在县人武部每天伙食不才五毛钱吗?现在每天吃六角钱,我勒紧裤腰带坚持到中秋节。

平常看不出来也感觉不到,人到中秋思亲人,他乡之客更清冷。有钱赏月可掩饰,囊空如洗如断魂。第二天就是中秋节了,晚上,我出了校园,迎着晚风,仰望天空,月亮悄悄地上来了,就像一轮银盘,镶嵌在深蓝的夜空,整个世界都沉浸在银色的海洋里。幽幽的月夜啊!你使我几多遐想,这无尽的苍穹和苍穹中的明月,思绪便如脱缰的野马,飞驰在天际的原野上!这时我想到远在家乡的妻子和母亲,出口吟道:

> 明月千里照九州,淡淡愁思系两头。

天涯此时共婵娟,因缺思圆泪不收。

中秋节学校放假不准回家,别人都在食堂里猜拳行令,我却装两包方便面躲在大蜀山的林子里,当我看到"明月几时有,把酒问青天",才想起当年苏东坡在黄州,为朝廷命官,在菊花黄晚的中秋之夜不能与家人团聚的悲凉心情。此刻,我也昂首问天:"妻小在家可好?母亲远在故乡中秋如何过,你想儿子吗?"

两包方便面只舍得吃一包,自觉可怜。正在悲叹之际,突然,又想起吕蒙正的《破窑赋》中的片段:"日求僧食,夜宿破窑,思衣不能遮其体,思食不能充其饥,冻天避冷费尽炉中之火,夏日求瓜失手落于桥下。"

我虽潦倒,但比吕蒙正当时的处境好多了,于是我的心情渐渐地好起来,这才想起袋中剩下的那袋方便面。我啃着方便面,在温习课本,背书出声,同学们顺着我的背读书声找进了后山的林子,他们看到我的时候,我正嚼着方便面,高声背诵苏东坡的《水调歌头》:"明月几时有,把酒问青天……"

太不好意思了,中秋节在树林里吃方便面,这不给同学们留个话柄吗?几个同学把我拉回去,要我和他们一块过节。我乘人不备,将手中未吃了的半袋方便面悄悄地塞进衣袋里。回到学校,同学们又重新买了一桌好菜,拿两瓶包公酒,再过中秋。

我感激同学们,因为他们知道我没有钱,在过节的时候,看唯独我不在,于是才到处找我的。同学们为了挑起气氛,让我高兴,都来敬我酒,可他们越这样,我心里越难过,为了不让同学看出我的内心世界,最后我借着酒劲放声唱起了"滚滚长江东逝水……"。

在场的人都在凝神静听,最后在座的人每人唱一首,把中秋的节日气氛调到了极致。最后,同学们在欢乐的气氛中共同去赏月了。

光阴似箭,日月如梭,这是对有钱人或得意兴奋之人而言。我苦熬了50天,实在没有办法撑下去了,留下最后的六元钱到汽车站买了一张回家的汽车票。两天没吃饭,去干校办公室,谎称家里有特殊事情要提前回家。干校领导准了我的假。我如释重负,虽然肚里饥饿但心情特好,因为明天就能和家人团聚了。

早晨,雨雾弥漫,我坐上回家的汽车,人似出笼之鹄,心如卷海之浪,恨不能一步跨入家门，不管怎样，马上就会到家了，就能见孩子了。

有道是："人逢难处思故友，久居其外想亲人。"我太想家了，这下好了，我买的是十一点的车票，汽车开到郊东，驾驶员把所有的旅客都带进饭店，车中不准坐人，都到饭店吃饭，不吃看着别人吃也必须坐在饭店里。我两天没吃饭，能不想吃饭吗？然而囊空如洗，只有坐在那看别人吃，自己求食的欲望虽然强烈，但只能在腹中隐藏，怎么好启齿呀？更不能在这时乞讨。

坐在我对面的是一家三口人，男的是一个大腹便便的中年人，女的长得很娇气，孩子像个小熊猫，他们都不愿在外面吃饭，但不行啊！为摆阔，那男的不情愿地喊："老板，给我们烧一盆猪蹄肘子炖豆芽，必须要味道好。"

全家三人，一人吃一口，便把筷子摔掉了，气愤地说："走！这他妈烧的什么菜？"

三口人出了饭店的门，我却沉不住气了，我不顾外人的冷眼，快速地凑上去，拿起筷子吃了起来，并没有考虑到他一家三口的筷子上有什么不干净的地方，有没有细菌。我狼吞虎咽地把一盆猪蹄炖豆芽吃个精光，比吃山珍海味还香。

我抹了抹嘴，想起了小时候父亲问我："田土，什么好吃？什么好玩？"

"肉好吃，皮卡好玩！"

父亲说："还记得我让你玩皮卡吗？你答错了，饥好吃，爱好玩。"

当时我不理解饥和爱是什么含义，也没去多想，今天猛地明白了父亲所说的"饥好吃，爱好玩"的深刻寓意。

人逢喜事精神爽，恼闷惆怅瞌睡多。我刚上车，便呼呼大睡，刚到定水县城，车子一打旋，差点栽到沟里，我被满车旅客的怪叫声惊醒，坐在我旁边的一个中年男子深情地说："你真是一个'圣人'！这车子都这样了，你还在梦中，如果车子翻了，你却死在梦中，多快活呀！多么心宽的人啊！"

我看着惊恐万状的乘客，听着身旁乘客的教诲和讲述，哭笑不得。随后驾驶员吼道："快下车，这车不行了，抛大锚了，车后轱辘掉了！换车吧！"

我随着旅客下了车。我问："还有这么长的路程，请你退我的票钱。"

那驾驶员说："我开车不收钱，哪有钱退给你呢？旅客只有重新买票，我既无钱，又无票，不好意思，旅客只有自认倒霉！"

有的旅客被这场车祸吓得下车就跑，好像这个开车的就是催命判官，没有一个人出来理论要钱的事。单丝不成线，独树不成林，我一个人再讲司机和售票员也不掏一分钱,无奈,我只好离开这倒霉的汽车了。凡车上的乘客,哪个也不想再见这个鬼地方,早跑得没影了。我独自前行,走在路上,心里实在难过,心想:我的霉还要倒多久? 世事怎么就这样怪呢? 烂眼专碰辣椒雨,没裤偏遇亲家公。

我实在没有路走了,这才想起当年在小说创作学习班里有个同学叫吴习华,他现在是定水县委宣传部部长,我这是在急难中去找他帮忙,想他不会推辞,我通过询问在县委宿舍找到了吴习华的家,太阳正飞速西下,我站在门外足有半个小时,腿像绑了水磨子一样迈不开步,进门就是一步之遥,但走不动,我站在那儿想:进去叙旧尚可,借钱,什么理由? 遇难了来借钱。十多年不见找到人家门上就说这个? 人家如不信,会怎么看你? 想到这里,所有借钱的念头荡然无存。最后一转身回到马路上,决定自己想办法。

太阳即将落山了,晚霞已缓缓地开始升腾,好几辆驶向家乡的公共汽车怎么阻拦都不停,我打算走回,转念一想:这一百八十里路,走一夜未必能到家,这一段时间身体搞成这个样,万一走到半路上走不动了,说不定会死在路上。

可巧,在晚霞的照映下,又来了一辆回乡的班车,我怕它又像前面那些车辆,不屑一顾地开跑了,这才装得像个疯子在路心左右徘徊,班车驶到跟前,驾驶员跳下车气愤地说:"你脑子进水了还是精神错乱? 想死你也不能尻倒我呀! 滚开!"

"我是政法干校的学生,我要回家,怕你不停车才出此下策,你别生气。"

驾驶员听我这么一说,闷不作声地上下打量我好一会说:"你是学生? 你是什么学校的学生?"

我又说一遍,驾驶员气愤地说:"谎言,你的腰上都埋土了,还是学生呢! 说话不怕泥粘牙,骗子! 骗子! 不带!"

我被迫拿出政法干校的学生证,驾驶员也不看,我站在车前不让行,他也不让我上车,他喊嗓子我回口,抓住车门就是不松,装着听不见。我和司机僵持了好一会,那些旅客齐声对司机说:"你这开车的也太倔了,他要回家为何不带呢? 这是公家车子,又不是你自家的私车,同时又不让你背着,为何不让他上车!?"

开车的一听旅客的呼声,无可奈何地说:"上车吧!"

我高兴地上了班车,售票员催促我买票。我很坦然地说:"我真的身无分文了。"

驾驶员一拍大腿:"好了,好了,算我们倒霉!"

我跟着回家的班车顺利地到了天河镇,三步并着两步跑回家。进门一看,妻子趴在缝纫机上正在哭泣。妻子一见我回来了,惊诧地望着我,把所有的委屈都倒了出来,猛地扑到我的怀里,放声大哭。我劝也劝不住,她痛哭的时间很长,通过我的细心劝导这才停止哭泣。

"我这不是回来了吗?有什么事不能好好说吗?哭啥呀?"

妻子这才擦掉眼角边上的泪,娓娓道来:"西边小刘放一箱酒在我家厨房里,说是三天后来取,我觉得是熟人就没拒绝,可三天后来拿酒的不是他,而是公安局打假办的人。他们也不听我辩解,不但提走了酒,并且把田化送来的货也顺手拉走了,还通知我明天上午去工商局接受处理,要三倍罚款呢。家里像水洗的一样,没有钱拿什么去接受罚款呀?"

我一听为这事在哭泣,忙劝慰道:"这事不要你担心了,明天我去,这样的事情以后坚决不让你再受到惊吓,别难过了,天塌有长汉顶着。"

第二天,我提着三球锁边机线和半包卖咸菜的分角子,来到县工商局,并自报家门,说出自己是天河镇司法助理员,并阐明自己的来意。

工商局的同志说:"搞司法工作的同志就是不一样,你的态度特别诚恳,值得表扬。好吧,为了你这种积极的态度,三倍就免了,用罚款的最低限度处理吧!"

"田土同志,你们家窝藏假酒,问题很严重啊!造假、售假、窝假性质是一样的,为什么处理你们不必多说,想必你妻子早跟你说了,我们工商局基于这一类的案件处理的罚款底线是八十元,那你先把八十元的罚款交掉,然后从轻处理。"

我想和他们辩解也没有用,于是把一分、两分和五分的零钱朝桌子上一倒,工商局的同志一见头炸了,大声训斥:"你这叫我怎么数?"

"家里实在没钱了,还有几球线也值几十元钱,给你们抵押罚款吧!"

"我们工商局要你这线给谁,怎么变现?去吧!你把票给我,不罚了!不罚了!去吧!碰到这样的穷鬼,真叫人哭笑不得。不罚了,去吧!去吧!"

我高兴地把分角子装起来,提着三球线回家,钱不罚了,酒和拉去的货怎么办。我又去找公安局的朋友,说那是朋友送给我喝的,真酒假酒是朋友的心意。

朋友说:"别说废话,我打电话把你的货要回来还不行吗?干吗要说那些不靠谱的废话呢。"

朋友一个电话,公安局的人通知打假办,把那箱酒及搬去的货都送回了,妻子这才露出满意的笑容。

第二天,我到办公室上班。办公室的门紧锁着,锁也变成了新的,只有我原来趴的办公桌静静地躺在院子里,抽屉已经不知去向了,材料也不翼而飞,两枚公章只有法律服务所的公章,还在一个小孩的手里当作小轱辘玩,一会儿滚到泥里,一会儿滚到水里,一会儿摔在尿窝里,顽皮的孩子又对着公章撒泡尿。我的眼直冒火星,实在受不了这种直接的刺激。脑子嗡的一声,失去了原有的理智,伸手从孩子手里抢过公章,把孩子吓哭了,一个瘦男人出来,他用轻蔑的眼光瞅着我:"是你把孩子弄哭的吧!"

"这是公章,怎么能给孩子玩呢?"

那男人只有二十七八岁的年龄,穿一套全毛西服,白皙的脸上没有肉,个子在一米七二左右,他是天河镇的一个小职员,那种傲慢和尖刻的声调让人实在受不了,他上下打量我一番,才把嘴一撇。

"你那叫公章?只有孩子不懂事才拿到手里玩,这破玩意送给别人,必须倒找人家钱,否则还不定有人要呢!只有你这样的人,才把那破玩意当个宝贝看呢!念你初来乍到,不懂镇里的规矩,我不和你计较,换了别人弄哭孩子,拴上太阳也说不好,我是绝对不会放过他的。"

他又转身拉着小孩:"走,那破玩意脏,咱不玩了,让他拿去骗人去吧!"

我很恼火地说:"这是公章,它代表着一个单位的行为,怎么是骗人呢?"

他猛地回头:"既然是公章,怎么能跑到孩子手里当轱辘滚呢?不知羞耻,办公桌都被老熊给你摔出来了,还公章呢,你是谁呀?你还真拿鸡毛当令箭了呢!呸!"说完,抱着孩子转身就走。

我的心像被掏空一般。我问:"别走,那司法所的公章呢?"那人对着墙说:"要问司法所的公章,去找清理你桌子的人!有种找去!摔你桌子的人就是老熊,找去呀!你敢吗?劝你还是做个知趣的人吧!"

我窝着一腔怒火,回家一夜也没睡觉,那瘦男人的话老在脑子里转悠,老熊难道长三头六臂了,老干部就该横行不讲道理吗?

第二天清晨,我到办公室,把胆子壮足,找到摔我桌子的民政助理员老熊,直言不讳地问:"你为什么摔我的桌子?公章摔不见了,资料摔没有了,如果出问题你承担得起吗?"

这个老家伙皮笑肉不笑地说:"你们连部门就要被撤销了,就像一棵小树连根给拔了,正在烈日下暴晒呢,你'撕'哪门子法呀?"

"老熊,别说那些不着边的话? 我问你为什么摔我的桌子! 我们有仇吗?"

"你这么大人怎么听不懂话? 跟你直说了吧,现在撤区并乡,司法部门马上要被撤并了,你还要办公室干什么? 你上级部门都没有了,你还来找桌子找公章,是不是想把人大牙笑掉?"

我对这个老民政助理员一番既刺心又刺耳的话,半信半疑:难道两个月的时光机构就变了? 我们乡镇司法助理员就成了被精减的对象了?

"不管怎样你也不能摔我的桌子呀!"

老熊嘴一咧轻蔑地说:"你也真不知道什么叫羞耻,我要是你早该把包撂起来了,竟然抛头露面自找没趣,太可笑了,没有资格进办公室还留桌子干什么?"

我半信半疑地退出了老熊的办公室,抬头望了望混混沌沌的天觉得特别闷,转眼间抖落下蒙蒙的细雨,古人云雨不大湿衣裳,话不急伤心肠。老熊不紧不慢的风凉话,句句像钢针刺着伤透了我的心,我才真的体会到什么叫痛心疾首。

我不服,找到司法局准备问个究竟。司法局牌子都挂得好好的,上班的职员涛声依旧,心想这老家伙说的难道是托词吗? 如果没有风他哪来的破胆敢这么疯狂? 我来到局长室,局长见到我就惊诧地问:"学习班没结束你怎么就回来了?"

我怨气十足地说:"窝都被人戳了,学还有什么用?"

局长笑着对我说:"别这么悲观嘛! 咱司法部门减与不减还未定下来,直到现在还未发文,不过乡镇司法助理员已纳入财政的仍在工作岗位上,凡招聘的已定格为自收自支,县财政不拨款了!"

我问:"我们待在司法部门以后还有事做吗?"

局长说:"只有义务,没有权力,愿干就干,不干就散。但你不行,因为你是行政干部,是吃财政的,在家慢慢地熬吧,看下一步对你们这批人怎么安排。"

天本来好好地下着细雨,一个钩子闪一绕,刹那间下起了大雨。

我回到家,衣服全被淋湿了,心里透心凉,朝思暮想,日求夜盼进政府机关,现在看来又变成了泡影,一腔热血又被冰水浇了透顶凉。我双眼模糊,看不清前面的路。

老师来了,他是天河县司法局的宣传科科长,并让我征订《法制导刊》,我说:"老师,这司法局都要散了还订什么杂志啊?"

老师很肯定地说:"遇事要动脑子,你仔细地想,这司法局是撤不掉的,国家要和国际并轨,外国都是大司法,中国撤并司法这不可能。你记住我的话,千万别丢掉这份工作,坚持数年必有好处,司法是很有前途的,老师希望你在司法部门做出一番事业,司法工作绝对前途无量!"

我听从老师的教诲,对这份工作没有一丝一毫的懈怠,所有的工作资料装在蛇皮口袋里,公章随身携带,就这样,义务征订《法制导刊》,开展法制宣传,上法制课,到中小学给青少年学生上警示教育课。我把基层司法工作开展得有声有色,受到市、县、镇领导的一致好评。

1992 年冬天,机关该拆的拆并了,该下岗的下岗了,该下海的下海了,该买断的买断了,但司法部门没有撤,我依然在基层司法这个部门辛勤地耕耘着。老师的话讲得对,坚持数年必有好处,我坚定了工作信念。

我在天河镇开展"二五"普法的宣传工作干得一身劲。有一天,我到友邻镇调解婚姻纠纷,调解得很顺利,在返回的途中,突然刮起了大风,在风里几百张百元票面的钱,还有几十张绿色 50 元一张的钱飘在空中。我以为是老天又下"宝石雨"了呢?谁承想,这是一起与我有着千丝万缕的劫难横祸。

公路被阻塞了,我下车到前面去看原因,还没等到跟前,从大伙的口中传来一个不幸的噩耗——小神仙一命呜呼了。

我也出于同情,随着人流拥向死者出事的地方。死者躺在公路旁,是一个芦席盖上的,旁边一个女人在哭泣,为什么这哭泣女人的声音这么熟悉呢?仔细一看,她不是别人,正是我朝思暮想的李会。我的脑子嗡的一下像炸弹炸了一样,眼前一黑蹲在地上起不来了,过了好一会,脑子稍微清醒一点,一连串的疑问像连珠炮一样向我袭来。

这死者是小神仙吗?小神仙是谁?他和李会是什么关系?李会何时下嫁到天河城关的?她现在干什么工作?

我强打精神挪到李会的身边,目的是劝她节哀,哪知在此时见到她实在太敏感了。她"啊"的一声昏过去了,我忙掐她的人中口中喊着:"李会醒来!

李会醒来……"

好一会,她才慢慢地醒过来,对着死尸大声地骂道:"小神仙你个不守信用的东西,你没有良心吗?你撒手人寰,我娘俩被你坑死了,你不得超度,你上撤八旬的老爹,下撤五岁的小女,你把我坑到这种地步,你猪狗不如,你个狼心狗肺的东西,你死了也进不去天堂,你下到地狱的水牢里,永世不得翻身。"

通过她的哭诉我才彻底弄清,死者是她丈夫,原是乡镇赤脚医生,因医术高明而治病很有造诣,他让四邻给他造势,称他"小神仙",所以十里八乡都找他看病,"小神仙"之名很快就传开了,因此外人都喊他"小神仙",根本不喊他姓氏和大名。李会骂的就是出车祸的死者。

他怎么在这儿出车祸的呢?原来他是到城里来存钱的,因大货车和客车相撞,才造成这种悲惨的局面。

说也奇怪,撞车时还风平浪静,昏暗的日头还在西边的天际挂着。车毁人亡了,突然,乌云盖上太阳的脸,大风骤起,飞沙走石,神仙被撞散的钱,像雪片一样在漫空乱飞,活赛红绿蝴蝶会,让人眼花缭乱。

看着这幕惨景,我问了一个不该问的话题,在这种悲凉场面问得虽然不合适,但出于心切还是脱口问出来:"你和小神仙怎么结婚的呢?什么时候结婚的呢?可是媒妁之言?"

李会痛哭不止,哭泣了很长时间才带着哭声说:"从培训班走了以后,生活走到了尽头,只有苦苦地挣扎着,母亲说:'你都二十六岁了,还不愿找婆家,想做家国佬吗?'自己的低沉和家人的烦厌,让我觉得天都是灰暗的。媒人把我介绍给了'小神仙',母亲强硬做主草率地把我嫁了,我们只见一面,便糊里糊涂地结婚了。他有个亲戚在县里做事,时隔不久,便给我安排成乡里的文化站副站长。结婚三年也没有孩子,我们通过家人抱个女孩,现在孩子已经五岁了。福无双至,祸不单行,我上个月被乡里弄下海自谋职业,去年'小神仙'还叫我辞职,彻底买断呢,并牛气冲天地说养不起女人孩子,也不是男人呀!现在小神仙撒手西去,暴尸于此,我的命运怎么苦到这种地步呢?我该怎么走呀?"

她叙着哭着,我听懂了她大概的人生轨迹,为她的遭遇感到悲伤,我的情绪特别混乱,为李会的前途和命运而彷徨,怎么办?怎么办?摆在眼前的苦人,不帮良心受天谴,帮了将来的后果是什么样的,谁能预料得到?

"田土呀！我知道你来城里特别清苦，有几次，我想去找你，想拿给你几千元钱帮你做生意，但一直不敢去，哪承想我俩能在这样的场合见面，天意不可违呀！"

"你和小神仙婚后感情怎么样？"面对死者，我知道自己不该问这个话题。

"你是文人，难道不知道吗？有情人无法随缘，注定让你忍痛割爱地燕飞东西，无情无爱却有缘，让你绑在一块变成合法夫妻，撕不开也拽不烂。有情对石头，心苦诉苍天，不愿随缘竟有分，随缘之人又无心肝，我和小神仙也属捆绑之类，虽然说没有什么感情，但绑在一起了，只有凑合着过，这下可怎么办呀？想随也无法随了。"

这时的我，心在跳动，心在流血，大有罪恶之感，基于此情我该怎么办？不管怎样，出于人道也要帮，必须帮！

小神仙的灵棚搭在露天地里。根据风俗他死在外面是不能进厅堂的，灵堂里跪着李会和他抱养的几岁小女孩，见到这场景，在哀乐声中，我流下两行伤心的泪。

我送去三千元钱让她办丧事，李会坚决不要。

她说："我知道你现在特别困难，还有几个孩子要上学。"

我说："现在好多了，目前在司法部门，我会越来越好的。"

李会说："目前我虽然遇到这样的大事，但钱我有，不需要！只要你心里还记得我这个人，我就十分满足了。不管怎么说，遇到大事我在这儿两眼一抹黑，无依无靠，剩下孤儿寡母不找你又找谁呢？只有……找你啊！"

她成了我心中难以割舍的心病。她说着又哭得泣不成声了，我把三千块钱硬塞到她的手里说："你不能说假话，你家的钱都被神仙给放飞了，那天风刮得这么大，钱在风中到处飘舞。我亲眼看见，你哪还有钱呢？这点钱只能算我表示一下心意，随个份子吧！现在你也下海了，丈夫也死了，你就收下吧！"李会迫于情感勉强收下了。

丧事办完之后，痛定思痛，她下海了，自己也不知所措。司法部门也摇摆不定，上班不上班无所谓，为了弥补当年的心灵亏空，让她解愁开心，我决定往外跑一跑，看能不能找到生意上的路子。

无巧不成书。一天妻子说："现在香烟太紧张，你到外地看一看能否搞到成批的香烟。"我想出门正没有借口，妻子的"圣旨"正中心怀，我满口答应妻子要我外出采购香烟的命令,这促使我和李会真的下海,联手奔赴砀山,做起购销香烟的生意。

李会拿足本钱,买好车票,当晚带着随身行李就走。站台上,月光如昼,满天的星斗在月光的掩映下显得有些灰暗,宽宽的银河仍然挂在天际,嫦娥仍在老树下嬉戏。一声长鸣,火车缓缓地进了站,我们上了火车,心情格外敞亮,好比小鸟刚出了笼子,又好比久困的蛟龙回归了大海。

一夜的旅途,我们敞开心扉地在火车上谈个通宵,到了砀山已经天亮了。进了砀山县城,大街上已走满了人,马路上满是装载水果的车辆,集市上偌大的苹果和雪梨塞满了眼球,由此我才想起"怀远石榴砀山梨"的谚语。

我们打的(就是木制的小翻头车三个胶胎轮子)来到砀山烟厂找准厂长办公室,很不客气地进了阎厂长办公室。刚坐下,阎厂长很温和地问了我们的来意,我和李会见厂长没有反感便单刀直入地与厂长谈起了生意,阎厂长约法三章:购货必须在一百箱以上,销货不准在砀山县内,货款概不拖欠。李会便来个一切照办,不破规矩。她使出全身解数和阎厂长谈数量,谈价格,生意经一套一套的,活赛一位生意场上的老手,终于把一笔大生意搞定。真可谓:

巾帼不须男士眉,攻坚克难赛吹灰。
下海方觉知识重,合力拔山似拔葵。

阎厂长让供销科给我们开了提货清单和通行证。我与李会旗开得胜,马到成功,那喜悦的心情难以言表。常言道,人逢喜事精神爽,我高兴地和李会到一家敞亮的饭馆,找一张小圆桌坐下来,要了四个菜:一盘麻酱拌豆角、一盘烧牛肉、一盘萝卜皮,最后一盘是当地的特色菜——精炸蚂猴。老板上一瓶当地好酒,我俩推杯换盏,一瓶好酒很快下肚。当我喊老板再上酒时,突然发现李会哭起来了,我知道她借酒宣泄,我只有安慰和劝解,草草地结束饭局,打的到烟厂。烟厂开了派车单,我们跟车当天傍晚回到了天河。

烟拉回来了,妻子很惊诧,没想到这么快就拉一车香烟回来,她一看烟盒子和烟丝高兴地连声说:"好卖,绝对好卖。"接着她盘问我哪来的本钱。我以朋友担保赊欠而来,销后还本而搪塞。

一车烟能赚两三千元,我虽然和李会一起出入于生意场上,但我们很开心,很天真,并保持着当年的童心。我俩所挣的生意钱,李会分文不要,我太不忍心了,变着法子给她买了一条黄金项链,她看到项链激动地流泪了,并很天真地让我亲自给她戴上。我很纳闷地问:"这是我们共同赚的钱,这根项链就能抵消吗?"

她说:"小神仙活着的时候,他给我存了不少钱,不然,购烟本钱从哪来啊?你现在还在困难中,能给我买条项链足矣,你现在还有几个孩子要花钱,等你将来成大腕了,这笔钱连本带息都要还我!"

我笑着说:"一定还你高利。"

时间不长,中央下了红头文件,基层司法工作人员力量只准加强,不准削弱,各乡镇必须恢复司法建制,成立司法所和法律服务所。1994年4月20日,我被正式任命为天河镇司法助理员兼法律服务所主任,繁重的普法宣传工作由上而下铺天盖地压下来。我担任辖区十八所大、中、小学的法律顾问,整天到学校去上法制课,我累得不想吃饭,就想睡觉。"三五"普法开始了,我作为基层司法所负责人,又要接受新的考验,要站在风口浪尖上迎接新的挑战。

"三五"普法主要使用老百姓喜闻乐见的形式,深入开展普法工作。为了完成上级交给的任务,我夜以继日地创作法制剧本、小品、戏剧。

李会下海的时间到期了,通过统一考试,她又回到了工作岗位当文化站站长了。我利用李会文化站的平台,开展普法活动。真是天赐良机啊!

一天,我去喊李会商量如何开展普法活动,正好李会拉着孩子去上学,我紧走慢走跟不上,突然孩子不走了,她看到路边的狗在发情,孩子问李会:"这两条狗在干什么?"

童真的孩子不懂,李会也不愿意说,她不说孩子就不走,非讨个说法,否则坚决不走。我走到身后孩子仍说:"妈妈,你不说我就不走。"

李会为了哄孩子,很随便地说:"它们是在抬杠。"

孩子又问:"什么是抬杠?"

李会生气地说:"抬杠就是抬杠。走!再不走我要打你了!"我在身后听到李会要打孩子忙说:"你怎么能用这种态度对孩子呢?教育孩子为什么说假话?这怎么叫抬杠呢?"

李会一转身看是我,生气地说:"你什么意思啊?这大清早的,你怎么就想和我抬杠呢?"

我哭笑不得，李会也觉得说漏了嘴，不好意思地拉着孩子走了。

走了一段路，李会才转身风趣地问我："你找我有事吗？总不是找我抬杠的吧！"

我赶忙说："不是！不是！我是找你排练节目的，'三五'普法上面有规定，必须采用文艺的形式开展。"

李会说："你说让我怎么做。"

"我把写好的本子交给你，马上就找人排。"

她欣然地接受了任务。说干就干，她把人召集到文化站，通过一段时间的排练，便把十四个普法节目搬上了舞台。

虽然普法节目到处演，工作干得很出色，但总是达不到让老百姓喜闻乐见的程度，只是搪塞上级交给的宣传任务。

为了让辖区的老百姓都能喜闻乐见地接受法律内容，我把自己创作的法制小品《大盖帽》《杨白劳选镇长》《婆婆的节日》《严老二赶集》等剧本，变换形式又重新搬上了舞台。可不管我们怎么做，节目都不能达到炉火纯青的地步，收不到想要的效果。

有个行家看过我们的普法节目，直言不讳地说："这样的好本子被糟蹋了，如果有好演员，这些节目个个都能达到顶呱呱的效果。"

为使辖区百姓喜闻乐见、家喻户晓，我也努力过，但仍达不到预期的效果。怎样才能寓教于乐，让老百姓记住宣传的法律条文？有位戏剧行家指点我说："要想得到最佳效果，你们就要不惜一切代价地去找专业演员，我保证能在百姓中造成好的影响。我想《婆婆的节日》为什么能得奖，因为马兰是著名演员嘛。"

我也知道专业演员能演出效果，但我没有路啊，更没有钱。具体怎么办，我陷入深深的思考中。

第四节　伤心的诉讼案

春光明媚，野外油菜花阵阵飘香，蜜蜂穿梭于桃花中间，洁白的梨花也在微风的吹拂下尽情地怒放。

我迎着朝阳，怀着愉悦的心情来到办公室。一居民状告辖区居委会，传票下达居委会，居委会主任把传票拿到天河镇政府，要求镇里支持，镇党委书记给我打电话:"田土,快到我办公室来!"

书记见我到来,忙给我搬个凳子:"田土你先坐下。"然后拿出传票给我看,很坦率地跟我说:"你是镇司法部门的负责人,就是我们依法行政的保障,现在居委会被人推上公堂,应诉必须你去。"

我接过案件才知道,这是一起长达二十多年的房产纠纷的案件,我进城才几天,这么大的历史案件交给我,这不是把我推到火上烤吗? 我只有硬着头皮接下了这起马拉松式的民事诉讼案件。

当年金寒家房子被城关小学占用了,为了体现对金寒家的补偿,上面责令居委会把私改的房子补两间给金家。曹家大院西有三间草房,因长期失修而显得破烂不堪,居委会对几间房子进行了修缮,让金寒家搬进去,金家在此一住就是二十多年。

改革开放后《民法通则》颁发并实施。重新恢复私有财产,金家到处问策,最终决定通过诉讼,要回曹家这三间老宅。

曹家认真地把金家送上了被告席。

由于历经时间太长,法院把此案搁置了半年,后在曹家再三追讼下,法院迫于程序,一审判决曹家胜诉。金家辩称自家的房子是被学校占用了,后调换给金家的,以此为由,提起上诉。法院以曹家所诉事实不清、证据不足裁定发回重审。

曹家不服,又重整旗鼓,追加城关小学为被告。一审庭审中,学校推说金家房子是学校花800元买曹家的,钱给了当时的居委会主任。因此,一审法院判决金家退房。城关小学买房给金家证据不足,应该承担赔偿的连带责任。

金家不服提起上诉。我是学校的诉讼代理人,在二审法庭上,我提出此房金家实际已住二十三年了,已经超过诉讼时效。二审法院采纳了我的代理意见,不久下了裁定:以超过诉效的理由结束了这起历经三年、四个轮回的诉讼。

这个案子虽然暂时被"盖棺",但我断定曹家肯定要重新提起诉讼。

这天,在城关居委会后院里三四班喇叭搭台对吹,哀乐齐鸣,小巷里挤满了奔丧的人,我觉得死者绝不是一个简单的人。第二天早晨,满大街都是送葬的人。我打听死者是谁,有人告诉我,这是城关居委会的老主任,这个人是人们公认的大善人,是人民真正的公仆,他真正为民办实事不计私利,辖区居民不管哪家有难他都从自己口袋里掏钱去接济,好人啊!

老主任死了,金曹二家的案子与他有绝对的关系,他这一死这场官司可能要重新开始。

果不出所料,老主任死了刚刚三周,诉讼的风波重新开始了。居委会和学校重要的证据锁链断了,永远没有证人能证明这个历史事实。各种可以证明事实真相的有效证据都没有,聪明的曹家又通过法院精心运作,把诉讼时效变成合法化。

曹家再次提起诉讼,一个星期后又开始启动了这起案件的诉讼程序。

原告诉称,曹家没有得到学校和居委会的一分钱,金家属于非法占有。

这次曹家进行诉讼,稳操胜券,志在必得。原因是老居委会主任已故,文字资料居委会一无所有,所有知情人都相继离开人世,金家无法找到有效证据来推翻曹家的诉讼请求。因此,一审庭审中,金家、学校都处于劣势。

法院根据金家的申请,将居委会立为有利害关系的第三人参加诉讼。

一审法院第二次开庭又启动了,我受镇政府的指派又变成了居委会的诉讼代理人。在这轮的庭审辩论中,我的核心辩词是:当年老居委会主任已故,无法佐证出资买房的事实,并且无法确定老主任是否拿了这笔钱。所有居委会的人员都是新上任的,摸不清那段历史事实。

法院采纳了我的辩论意见,以事实不清、证据不足去掉了居委会的责任。

一审判决:学校败诉,学校应该退房给曹家。

当时学校的人权、财权都隶属地方政府,所以学校又去找镇里。

学校新任校长是个女同志,她虽然是四十多岁的人,但看上去像个三十出头的小少妇,说话特别利落,语锋强硬,原则性很强,她找到镇党委书记强烈要求镇里出面,实行行政干预。

书记说:"法院审判不受行政干预,主要看法院有没有公正审判,公正执法。这起案件是田土代办的,他清楚。这事把田土请来商量商量,看他有没有好的办法。"

女校长一见到我,毫不客气地埋怨道:"开庭的时候就是你提出学校拿出八百元钱买房调换证据不足的,你到底为哪头的?"

我笑着说:"校长息怒,我作为代理人,应该依法为委托人主张权利,我接受镇领导的委托,应该为居委会全力服务,最大限度地维护居委会的合法权益。"

"好！学校的官司就交给你了！"

书记笑着说："你俩别争了。田土，这学校也是我们的下辖单位，你必须二审要给学校代理，推不掉学校的责任，这个官司等于没赢。"

"那居委会怎么办？"

书记很认真地说："也是你代理！两个单位都是我们的孩子，都不能败诉，否则看我怎么整治你！"

我走出办公室心情特别沉重，领导说话的方法不太温柔，但我知道，这是领导对我的重托。怎样打好这场官司我忧心忡忡，但我坚信，事实应该能恢复原貌。我揣着一颗正义之心和忠于事实、忠于法律的态度，认真地调查这起案件的历史原貌，收集有利的可用证据。

早晨，我骑着自行车提前去上班，一辆黑色轿车直对我撞来，我本能地弃车倒在南面的路崖上，裤子被蹭个大口子，胳膊也被刮了一个血口子。

开车的是个光头，戴副墨镜，他下车不等我说话，便像机关枪一样满口喷"粪"，不是道歉，而是骂骂咧咧地说："你找死也应该选个好日子，你不是律师吗？你有种！天天去整材料，不信老子今天就弄死你，且留你一命，让你长个记性，有种的我们法庭上见！"说罢便钻进驾驶室。我忙到路边店里打电话报警，突然，车飞快地开走了，瞬间就甩开了人们的视线，并且是没有牌照的车，那岗亭警察都没上班，路边也没有监控。

我扶起自行车压了压惊，清楚这是一起蓄谋的恐吓案件。但时间、工具、陌生人都卡在点上，并且旁边也没有证人，想破案难上难，万一破了案又没造成影响，也怎么不了他。这就告诉我，手里的案子再办下去就要你的命。

我回家换衣服，妻子问我是怎么回事。我把发生的一切说给她听，她吓得央求道："田土呀！别再打这官司了，让我们过点安稳日子吧！"

"我相信邪不压正，乌云不能遮住太阳！你不让我活得像个男人吗？男人为自己的事业死而无憾！"妻子听我态度坚决，不再往下说了。

通过深思熟虑，我在天河县教育局的档案里找到了 1962 年教委拨给城关小学的 800 元单据和小学的申请报告，又在小学的档案堆里找到了老居委会主任的领条，条据上写得清清楚楚：

今领到无厘头小学修房款 800 元整,用于修房。

城关居委会:×××

1962 年 4 月 10 日

其他有效证据无法收集,上述条据未经鉴定。二审判决金寒败诉,学校的责任又被推掉。

金寒来到家里,痛哭不止。不久法院拿着生效的判决书,到金家下强制执行通知书,金家拒不签收法律文书,所以,公告贴满了金寒家的门上和所有的外墙。金寒是一个年过半百的老人,瘦弱的身体,一阵风就能吹倒。自己三间房子换了三间破草房,多年来,一下雨里外都漏。天晴了,外面不下里面还滴着水;现在又遇到官司,长达八年马拉松式的诉讼,弄得她身心憔悴,弱不禁风。就在这节骨眼上,丈夫一病不起,不久去世,执行问题暂时搁置。

第二年春天官司刚开始,曹家老母也被这场官司拖得奔往瑶池。

曹家前赴后继,接过诉讼的接力棒。两个月过后,曹家又向法院递交了申请强制执行申请书,曹家主动进攻了,这场官司重新拉开序幕。法院又来下执行通知书了,金寒想起丈夫的死亡,自己面临着这样的处境,跑到药店里买了一瓶安眠药,闷不作声地回到家,反锁上门,放声大哭,邻居都慌得拼命砸门,她死也不开,为了捍卫自己唯一的祖业,准备一次把药吞下,在这三间屋里一死了之。

可她的儿媳妇了解她,激道:"活到几十岁却活糊涂了?丢人现眼!你死了又能怎样,谁在意你的死活?你若死了,曹家拍手称快,不如再找高人,看看官司能不能再打,我不相信没有天!"

金寒听了儿媳妇的话,就像得到神灵的点化,她停止了哭声,没二十分钟后门开了,她捧着药跟跟跄跄地走到我家,特别伤心地说:"田土律师,你要不问我的事,我就吞药自尽了。"

我忙拿下她的药,解释她家的案情:"金寒大娘,我不是律师,我是法律工作者,你家这案子已经进入执行程序,现只有一条路可走,那就是申请再审,也就是所谓的'申诉'。"

"你就是有良心、有本事的好律师,我相信你,哪怕有一线希望,你也要为我打最后一场官司。"

我说:"金大娘,这条路想走通难度太大了,在申诉期间仍然不停止执行,申诉成功才能有执行回转的余地,你要做好有当无的思想准备。"

金寒扑通跪下,"既然有路,你必须要帮我走,哪怕是鬼门关,你也要带我闯一闯,这个忙你必须帮,你要不帮我,我就长跪不起,要不我就去阴间见我死去的丈夫!"她痛哭流涕不愿起来。

我忙跪下,把她搀扶起来,并表示帮她这个忙,结果如何,能不能峰回路转,我不敢保证。

她说:"田土呀!这个案子你最熟,路走尽了,我死也瞑目了!"

我肩扛天平,带着神圣的使命,把她所收藏的相关资料拿来,专心细致地通看一遍,觉得申诉理由充足,便随即给她写了份申诉状。第二天金寒要求带她到高院交申诉状,我看她病得那样,不敢带她去,别人去她又不放心,我根据她的身体状况,怕她死在申诉的路上。她看出了我的心思,便让她几个儿子来,在她写的保证书上签字,自己也签字按了手印,大意是如果母亲金寒死在路上,与田土律师无关。

金寒的决心太大了,她打着吊针,让医生护士送到了天河省高院。申诉状刚交到法官手中,负责再审的法官看一遍申诉状和相关材料,拍案而起:"这案子怎么能这样判呢?"随即拿出意见,交给高院院长复审。院长审罢,装一封缄件,并封存好让我交给中院。到了中院,拆开一看,是一份裁定。

裁定的具体内容是:证据不足,事实不清,发回重审。这对于曹家来说是煮熟的鸭子又被弄飞了。

案子又回到原点。曹家对我恨之入骨,便到处造谣中伤,说我和某某某有关系。

一个晚上,外边下着小雨,我家来了一个不速之客,穿一身黑衣服,个头一米八以上,年龄二十四五岁,满头黄发,脸长一块疤痕,看上去特别吓人,他不说话,直接走到我跟前,不分青红皂白,趁我不备,劈脸就是一拳,打过就跑。我愤怒地拿两个空酒瓶,追出家门,满街都是泥水,但我奋不顾身地把他追到一个死胡同里,他原形毕露,从怀里掏出刀。我猛地扑上去夺下他的刀,他赶忙转到我身后,我转身就砸,他乘机窜出了胡同,消失在雨雾之中。

我被激怒了,回家后左思右想,到底是谁在下黑手。有人让我报案,有人让我调查,我全没有这样做,我清楚,我在城里没有仇家。我决心对所卷进去的这场官司负责,一定要主张正义,我相信,正气一定能压倒邪气! 我在明处,邪气在暗处,这个官司我非打到底不可,这次的暗算更增强了自己对这起案件的责任感和必胜的信心。

曹家又开始起诉了,被告仍然是学校、居委会、金寒,这次我下决心彻底搞清这起案件的真相。我把这起案件的卷宗重新统览一遍,这才找出彻底让曹家败诉的关键地方。

原来曹家大院是弟兄三人的,在家打官司的是曹家老大,老二在山东铁路局,这三间房子原来是曹家老二的,只有搞清楚曹家老二的具体工作和生活的情况,才能摸清这处房产历史的本来面目。

大年初六,我和学校的副校长牺牲了假期,去调查曹家老二真实的历史档案。这位出色的副校长长得比我年轻漂亮,两只大眼,双眼皮,她比我大几岁,可是她总称我为哥,因为我长得自来熟,头发掉落得早,虽然才三十多岁,但我称自己五十岁别人都相信。这位校长虽然年轻,但正义感特别强。她说:"如果真是曹家的房子,我们没有话说,曹家硬赖这房子,官司打到猴年马月,我都陪着,直把事实弄清楚为止,弄不清楚事实真相决不罢休,你是代理人,我们学校和居委会都听你的。"

我到了火车站来个小吃便草草奔上站台。上车前还是太阳当头照,校长打趣地说:"这太阳都能照出油来,你带这么厚的大衣干什么? 走路抱着它你不嫌累吗?"我笑着说:"妻子临出门的时候交代,北方冷,让我穿上大衣,她还俏皮地说:

'出门时是男人的天,老婆就该丢一边。

路边的野花顺便采,千万别撞刀枪尖。'"

"既然老婆让你采野花,你就应该搞俏一点,我建议你把大衣丢下。"在笑声中我真把大衣放在车站亲戚的办公室里了。然而,天有不测风云,一点儿不假,上车不久,天上纷纷扬扬地下了大雪,等我们到济南的时候,房檐上长着触地的冰锥,大雪下得齐腰深。校长要给我钱买衣服,我拒绝了,我说,那是公款不能乱花。为了取暖我俩一人下一碗热面,我在面里放了半碗辣椒,一会儿工夫吃出一身汗来。我打趣地说:

"雪大冰寒气温低,半碗辣椒换件衣。

吃苦耐寒都不怕,唯恐档案查不齐。"

第二天我们拿出公函,找到山东铁路局,向管理档案人员说明来意,要调查曹家老二的档案资料。办公室领导很谦和地接待了我们,并让办事员通知保管档案工作的人员把曹家老二的档案找出来,让我们查找所需的资料。拿到资料,没翻几页,我一眼看出,曹家老二履历写得特别清楚,家里原有曹家大院分得三间草房,已于1962年私改了,后居委会主任又把这几间房屋调换给金寒⋯⋯

我把材料复印后装好,那心情不知有多高兴,校长看我高兴,刚走出办公室就拽一下我衣襟,悄声地说:"管去采野花了。"我打趣地说:"人都冻僵了,这雪地里哪来的花呀?"我和校长正在说笑,雪地里来了一帮不明身份的人,我和校长赶忙打辆出租车返回,这帮人不分青红皂白拿着铁锨对准车头劈了下来,开车的是个老司机,他一打方向盘,猛踩油门才逃离济南。

最后一轮的诉讼开始了,曹家把居委会、学校和金家再次告上法庭。法院根据原、被告双方的证词、证言,公开开庭审理了这起长达十年的房产诉讼案,最后法院根据审理结果,判决如下:

> 原、被告双方争议的标的物是曹家老二父亲在分家时分的,在抗战时期,曹家老二父亲在湖北干铁路工,后被留下当铁路工人,解放初期,曹家分家虽然曹家老二不在老家,但也给他分三间房子。1956年国家搞土改,这三间房子因无人居住而被政府私改,私改后此房也没有人具体管理,房子仍由曹家代管。1962年因城关学校扩建,金寒的房屋被收掉变成了学生的教室。为了让金家有房住,才把曹家老二家这三间房屋修复后,让金家住进去,形成合理调换。
>
> 曹家老二家在济南铁路局分房时,铁路局的干部来调查过,如果曹家老二家有房子,单位是不给分房的,当时曹家老二家根据家庭的人口,分得三间草房,这一事实在调取的当年调查材料中写得清清楚楚,并附有曹家老二家当时分得草房的图片,故判决曹家败诉。

案情很快真相大白了,我和曹家结下了深深的结,我也因为这场官司出了名。我虽然是司法所负责人,但在代理案件时的身份明明是法律工作者,外人却把我吹成大名鼎鼎的田律师,天河镇里的所有疑难杂症都推到我的头上。我变成全镇处理复杂纠纷的"万金油",终日为工作忙碌,无一刻安宁之时,虽然身体累,但心情特别舒畅。

结束了这起复杂而伤心的诉讼案,还没喘气,又一起大的纠纷案件发生了。

第五节　曲折的调解情

> 淫为万恶首,和为百事先;
> 为让邻里睦,泪调苦也甜。

我提着半旧公文包,两只脚踏踏实实地走在家乡的小路上,眼望着静静的天河湖,沐浴在刚刚升起的太阳的光下,心情特别舒畅。我正往农村去调解一起土地纠纷案件,顺便到老家去看看我的慈母。突然,我的电话铃响了:"田主任,我是镇党委办公室,书记指示,请你立即回来。"

接到电话后,我揣着一颗忐忑不安的心,啥事能这样紧急呢? 难道……我仔细地思考着,猜测着可能发生的各种事情。我慌忙赶到书记办公室,已经是上午十点多钟了。没等我说话,书记就笑着说:"田土啊,镇里出大事了,你必须慎重地解决好这件事。我考虑再三,给这件事画句号的人非你莫属。"

"什么事能让书记你如此惊慌?"

"是一件极为棘手的事,我来把案情说给你听一听。"

我听罢书记简略的介绍,然后又通过调查询问,才弄清案件的基本情况,原来这起纠纷的案情是这样的:

前几年,上级要求居委会办"五小企业",为了完成上级交给的任务,把别人办的企业算在自己的名下,居委会给昌盛贸易公司注册担保栏里盖了一枚公章。公司属私营独资企业,自负盈亏,是独立法人,它和居委会没有任何经济关系,只是为了应付上面来检查,算是居委会的企业。居委会还对昌盛贸易公司千恩万谢,有了昌盛贸易公司,他们就有了"五小企业"这一发展经济的硬指标,还能得到上级的表扬。两年后,昌盛贸易公司法人因资不抵债逃往河北,债主起诉昌盛贸易公司。立案后,法院根据法定程序,去查封昌盛贸易公司,传唤法定代表人王东昌,可是昌盛贸易公司早已"铁将军把门",王东昌又逃往东北。债主追诉担保人而把居委会告上法庭,追究其担保责任。

居委会主任以没参与经营,公司与居委会没有一毛钱关系为由,坚决不愿承担责任,拒不接受法院的传票,她特别倔强,拒不出庭。她没有法律知识,只有一肚子怒火,逢人便说:"我们只是挂个假号,又不管经营,更不管他的账目,他开他的公司,他借谁的钱,居委会又不知道,为什么告居委会? 他真拿棒槌当针用了呢! 我看借钱的人想钱想疯了,他们互相弄出债务纠纷凭什么来告我们居委会? 这个庭我不开,这个诉我不应!"

一审判决,让居委会承担相应的连带责任,居委会主任不服。理由还是那些:"那公司是自负盈亏、独立核算的私营企业,我居委会又没想他半文钱的好处,我们有什么连带责任? 坚决不理他,法院也得讲理。"

担保栏里10万元注册资金是居委会盖的章,居委会不服法院一审判决,并且拒收法律文书。

当时有好心人指点女主任说:"为了维护居委会的合法权利,你们应该在法定的期限内提起上诉,或许还有一线希望。"居委会虽听了别人的建议,但拒不提供任何新的证据给法院,因此,天河市中级人民法院维持原判。

居委会拿到终审判决后仍然不服,去法院专门理论此事,诉说冤枉。但胳膊拧不过大腿,法院走的是法定程序,哪管你居委会的诉说? 最终的解释是,合法不合理,合理不合法,法院只有维护法律的尊严。

居委会女主任委屈得痛哭流涕,到处诉苦诉冤,见人就哭,逢官就诉,倾吐居委会冤枉。法院真的要执行了,主任有些紧张了,她去找我问到底怎么办。我跟她解释说:"如今的法律制度仍不健全,在某些地方合法不合理,合理不合法。你们账户上又没有钱,只有执行你们的商业办公楼。如果执行了,钱弄到法院手里,连一点弹性都没有了,不如你把楼卖了还他钱。我去协调,说服当事人,说不定还能少要一点,至少利息给你免掉,同时你的楼也能卖个好价钱,如果真的让法院强制执行了,楼的价格绝对不是你想的数目,还是自己卖楼合适。"

没过三天,法院真的要封存商业楼。无奈之下,主任要自己卖楼还钱,法院碍于领导的情面答应了。

消息一公布,买楼的客户纷纷而至,居委会选定一家出价最高的客户,收了定金,然后搬家进行交付。

世事就像六月的天,瞬息万变,刚刚还是阳光明媚,转眼就来暴风骤雨。买楼购楼双方昨天还是四平八稳,今天房子无法交付了,真可谓:

人间世事测不全,顷刻之间有千变。

昨日千厦蔽碧日,今朝楼倾见青天。

为何变了?原因是中间杀出一条黑牛。售房款不能到位,法院执行要逮人,女主任急得像热锅上的蚂蚁,她找了好多领导为她解围都无济于事,最后她来找我。

这女主任个子不高,但长得匀称,本来一说话就笑,可她今天见到我,首先就是泪流满面,哭得泣不成声。

我劝慰道:"有事说事,哭有什么用? 你有什么委屈说出来,看我能不能帮你解决。"

于是她擦了擦泪,轻声慢语地说:"我听你的话,把楼卖了,人家交了定金,可我们房子交不掉。邻居牛雄霸着不准我卖,要卖必须卖给他,他这个人一天到晚吃、拿、卡、要,谁能缠得过他呀? 况且定金已交付,不守信用,买房的客户能放过居委会吗? 这头官司没结,又出来一个告我们的,这不难死我了嘛!"

牛雄这个人很赖,他仗着在工商部门当个小头目,吃、拿、卡、要,五毒俱全,再加上他脸上长了一层癞皮,给人一种讨厌的感觉。听说一次在市场上见一个卖王八的,他伸手拿人家一个王八,啥话不说,就嬉皮笑脸地走了,人家问他要钱,他还口出狂言:"我吃王八从来不给钱,你来这里做生意也不打听打听我是谁! 下次再这样跟我说话,这里的生意你不要做了。"

卖王八的不知他是哪路神仙,真的不敢再要钱了。

"这事是真的吗?"我问。女主任点点头:"是真的。这算什么? 他去年在牛瞎饭店吃饭,赊账一万八千多元,一文也没还。"接着她形象地叙述了一个饭店老板向牛雄讨债的经典故事:

牛雄在饭店吃饭从不付现,总是嘴一抹签单走人。去年,牛瞎饭店老板问他要账,他一拖再拖,老板气得到他办公室去要。牛雄大怒:"这办公室是要账的地方吗?"

老板眼不好使,晚上跌跌撞撞地摸到他家要账。他说:"公事干吗找到家里来? 这是私宅,又不办公,家里欠你钱吗?"老板气得直跺脚。

一天,牛雄走在大街上,顶头碰到老板,老板又从包里掏出账本逼他还钱。他强词夺理地说："大街上是要账的地方吗？你这人怎么这么不懂事呢？你做生意的人，要学着会来事呀！"

老板怒发冲冠："牛雄，你欺人太甚！家里不能要，办公室不能要，这大街上又不来事，你告诉我，哪儿才是要你账的地方？天上，地下，丰都城还是阎王殿？呸！牛雄呀牛雄！你吃饭比爷大，签字像冬瓜，推磨不蒙脸，还装活王八！你真是个无赖孬熊！老子不要了！"

店老板在大街上把饭单撕成碎片撒在人群里。牛雄看账本被撕掉了，却还大言不惭地说："笑话，阎王能少你小鬼的钱？不可理喻！"

女主任一口气说完牛雄赖账的故事，把我笑得前仰后合，泪水都被笑出来了。

她又接着说："田所长啊！你说我能把楼卖给这样一个孬熊无赖吗？卖给他，哪里是要账的地方？楼已卖了，我们正在屡行买卖手续，牛雄知道了，要我立即把楼卖给她。全居委会的同志都反对，坚决不卖给他。他恼羞成怒，为了达到目的，就整顿兵马，赤膊上阵，把买楼客户打得住院。这件事闹得特别大，派出所也只是敷衍了事，不敢认真处理。天河镇党委书记新到任，摸不准情况，书记出面处理，也没有结果，事情越搞越乱，现在已收不了场了，居委会也弄得走投无路，大家都推荐找你处理。"

"你来找我，镇党委书记知道吗？"

"就是书记让我来找你的。"

话音刚落，镇党委书记又打来电话："是田土吗？居委会卖楼的案件你要认真地处理一下，这是全镇当前稳定的头等大事，你务必要处理好这件事，这是任务，这是镇党委的重托！"

我大声地说："田土决不辜负镇党委的希望与重托，尽我所能，全力承办这起案件！"

我是基层法律工作者，又是镇司法部门的负责人。当时司法部门是有义务没有权力，我虽然是所长，但在别人眼里，是人重言轻的摆设，尤其是这样有权有势的人家，他们怎么也看不起我这个无根无靠的小办事员，更不可能处理好这样的事情呀。况且县里、镇里不少部门的领导都出面协调过，问题依然没有解决，我何德何能，能处理好这件事？可书记指示了，镇党委的重托、女主任的期盼，我只有无条件地服从，尽力吧。

当天夜里，我无法入眠，披衣下床，仰望天空，繁星点点，我仰面看着亮晶晶的三星，想起了儿时母亲常说的一句话："三星赶簒盘，赶到簒盘吃馒馒。"那时的人啊！多么期盼三星跑快些呀！因为只要三星和簒盘星相遇，就能吃上新麦面了，我看着天空的星星，瞅着三星追逐的距离，知道午收快到了，如果干部都到农村抓收，事情就难办了。

我一想到这件案子，心里万分焦急。连书记出面都解决不了的事情让我出面调处，可见上下对我寄予多大的希望和信任啊！同时也能想到案件的复杂程度。我默默地为自己鼓劲：田土，你要铆足劲，拿出三星追赶簒盘星的精神，不得有半点疏忽，一定要办好这件事。

我把案情进行了全面的梳理，选出疑点、难点和重点，调查了两天，摸清买楼的人叫方华，是个四川企业家，是当年招商引资的二号人物。他的弟弟被打，住进了医院，现在正坐在县政府告状，县委书记对此事大为恼火，对天河镇已做出批示：三天之内必须处理好这件事，不得非法阻止方家与居委会合法的社会交易！

姓牛的在城里是个大家，老大叫牛雄，老二叫牛犍，弟兄八人都是城里的名人，在机关工作的有六人，开大酒店的有两人，政治和经济实力都很雄厚，所以，知道底细的人没人愿蹚这趟浑水。自打架的当天，牛雄见方华弟弟住院了，他也把自己八十岁的父亲送进了医院，双方都在暗中较劲。

方华是县委书记的红人，上级责备镇里工作不力，应该从重、从快，严厉打击黑恶势力，严肃查处这起案件。牛雄是牛气冲天，牛犍是红半县，其他几人也在工作岗位上，关系网重重叠叠，在城里跺一脚，便响半个城。

还有两个半红不白开大酒店的老板，公、检、法、司几家的工作人员，听到是他家的事情，都躲着走。惧于上面的压力，就是将此案接在手中，也编造理由当球踢出去，镇党委书记被上面压得喘不过气来，便给我施加压力，处理不好就处理我。我无奈，上级的命令一级一级传下来，最后全落到我一人的头上，我知道现在身上的担子有多重，应该怎么做。

我是基层的司法所所长，对此事责无旁贷，怎么处理？硬搬政策不行，对照法律条文更不行，打架会有后果，楼房买卖是民事案件，眼前只有一个字"调"，用真实的感情去"和"。这两个字听起来简单，却要用血和泪去用心地写好这篇复杂的文章啊！这篇特殊文章怎么开头，事关调解这起案件的成败，因此我不分昼夜地思索着，思索着。

首先我从自家店里提了两盒中华鳖精，到医院看望了方华的弟弟。在医院里,我见到方华,她长得人高马大,方头大脸,虽然壮得像个彪悍的男人,但很得体,白皙的脸蛋上长着一对深深的酒窝,从哪个角度看,都不失女人的本色,还算得上是当下很时髦的美女。

根据她的体形,她哪像个四川人?简直和俄罗斯女人差不多,并且是个能说会道、见过世面的女强人。

我来到病榻边把中华鳖精一放,轻声地询问道:"你就是方总吧?"

方华对我的到来首先是惊疑,她上下打量着只向我点了点头,表现出不欢迎的神态,和我没有话说。我僵在那儿足有三分钟,最后还是我自己找个台阶下,把礼物放到床前。方华开腔了:"你是……"我自报家门:"我是天河镇司法所所长田土,听说方总弟弟住院了,特地带点薄礼来看看,这点东西拿不出手,请你收下。"

方华推辞说:"谢谢田所长,我俩非亲非故,你买东西到医院来看我弟弟,我表示特别感激,这份情谊我收下,但东西坚决不能收。"

我很动情地说:"四海之内皆兄弟也!你是四川人,令弟在此遭事住院,我们作为人民的公仆责任重大,这不仅是同情,更多的是来向你弟弟表示歉意的!"

方华听我这样一说,才勉强收下礼物。我一见方华对我有了好感,这才向她详细地阐明我的来意。这个三十八九岁的女人,有一米八五的个头,很会说话,是一个大大咧咧的女人。她的事务太多,不愿待在医院里,听我来处理这件事,首先是高兴,又加上我给她弟弟送中华鳖精,这叫千里送鹅毛——礼轻情义重,这是对她最大的安慰。我觉得她思想没有戒备,便慢慢地探寻她的思想,揣度她的要求。她老是挠头,表现得特别焦躁,我断定她想让她弟弟出院,不愿事情久拖不决,她的话中藏有被拖崩溃的感觉。当我摸清方华家底细和具体思想状况后,断定这是一起急调的案件,决定速战速决。

当天上午,我回到妻子的店里,像个闷葫芦,故意让她感觉好像出什么事了,妻子心急地老是问怎么了,我就是不回答。最后她悟出来了:"看来你又想回家提我的东西?"

我猛地笑出声,老婆说:"我就是你肚里的蛔虫,你想什么我都知道。你看什么好提去吧!别在家装狗黑子了!"

我从老婆店里提着两箱健力宝,头也不回地往外走。

妻子笑着说:"世上少见你这样不顾家的男人!"我只听着,并不争辩,也不争吵,只是哈哈地笑。我提着两箱健力宝迈出门,很惭愧地回头看着老婆,情不自禁地流泪了:妻子不容易啊!这两盒鳖精和两箱健力宝就是五百多块钱啊!她每天累死累活能挣几个钱呀?况且家里还有小孩读书。

大度的妻子瞅着我,扑哧笑出了声:"货都搬去了哭啥?你也太不经调理了,你是去处理事情,又不是干坏事,我们来到城里相依为命,你能好好工作就是我的心愿,事情处理得漂亮就是我的光荣,你不会来事才是孬熊呢!但愿你打起精神处理好这起疑难杂症。"

妻子的鼓励,给我增添百倍信心,我扛着健力宝来到牛大爷住院的病房,只说来看望老人家,牛雄虽然知道我的来意,但他佯装不知,都没说破。

第二天,我又提了两盒中华鳖精,再次来看牛大爷,牛大爷沉不住气了,他按着针头特别诚恳地说:"你为了咱们处理事情能这样做,你不是熊人,我佩服你,小田,你让咱怎么做咱就怎么做!"

我一看火候到了,忙把来意说出来。牛大爷说:"好,你小田来处理这事我们让步,咱家不买了!不买了!"

老大牛雄说:"不行!"

我笑着说:"这是法治社会,总不能强买强卖吧!不行你打算怎么办?"

"她卖房应该先问邻居,邻居不买才能摊到别人呢,旧社会还有树叶落到树底下的规矩呢,何况是现在。"

"旧社会也还有,有钱难买不卖的,强抢豪夺在哪朝哪代都行不通。"

牛雄大言不惭地说:"她的楼不卖给我们也行,但她要赔偿我们的损失。没有三到五万元的赔偿金咱不谈!"

我笑了笑:"赔偿要有个说法,为什么要人家赔偿?总不能说人家卖楼就得赔你家钱吧,况且是居委会在卖楼。"

"居委会上次修房把我家的瓦给弄烂了,该不该赔偿?"

我看了看牛大爷,牛大爷虽然没吭声,但脸色有些不好看。我想,只有牛大爷能说公道话,才能制约牛雄,这起案子才有起色。因为牛大爷的三间三层高楼,已决定要由牛雄继承,手续还没办,如果他不听,牛大爷可以有权变更自己的主张,我知道做好牛大爷的思想工作是解决这起调解案件的关键,于是就对牛大爷笑着说:"牛大爷,你们牛家在城里跺个脚,半个城都响,谁不惧怕三分?别人为什么怕你们?我认为不是怕你家有权有势,而是服气牛家的公平正义,办事公道,做事给人评,出口就是个'理'字,让别人说三道四的事,也不是你牛家人能办出的事吧?"

牛大爷一听这话,脸也红了,他坐起来,首先拔掉针头:"小田,你是了解你牛大爷的,更了解咱牛家。当年山西闹灾荒,咱祖先自山西洪洞县,把铁锅摔成八半块,弟兄八人,各揣一块,各奔东西。祖宗规定,对锅认亲,对不上就是姓牛也是外人。所以,我家的牛叫破锅牛。

"我分支祖宗来到淮河流域,祖父是大清朝拔贡,在府里做官,半条街都是我家的,外人送号'牛半城',我们下人有谁敢做一点孬熊事的?只要做半点不讲理的事情,祖宗的家不认你,乱棍把你打出家门不准你再姓牛。自从你牛大爷掌家以来,有哪个不赞成我的?小田你讲得对,办事要突出个'理'字,要显个公道。"

牛雄一听老头的话已经跑调了,忙说:"大大!别说那些不着边的话,说正题!"

"什么叫正题,孬熊东西!你要人家赔偿,你说赔你什么损失,咱们把外地人打住院了,还要让人家赔三万元、五万块的,这是哪门子理?祖宗教你这样做的吗?不行!我说不行就不行!一分钱不准要人家的。"

牛雄焦躁地说:"你年纪大了,你说只能算你自己的,既然你说了算,这住院费你自己掏吧!"

牛大爷是个火爆脾气,而且很耿直,他一听牛雄的话,怒发冲冠,伸手拽过盐水瓶架向牛雄砸去。

"你个孬熊,我说话不算了?我还没老到不知事理的那天!医院是你硬拉我来的,我又没有病你让我住什么院?"

牛雄躲过盐水瓶架,愤怒地说:"好吧!你是老子,你说了算,你说了算!看下边的牌怎么翻!"

牛大爷火爆地说:"不是你这个孬熊哪有这事?你要买楼,把钱拿来,我保证居委会先卖给咱家,你想孬熊赖人家,拖钱不给,人家都是愣子,你给我滚!孬熊东西!我看到你就生气!"

牛雄一听牛大爷揭他老底,把他丑事说出来了,特别恼火地说:"我看你是老糊涂了,还是我天天给你弄好吃好喝的饭菜给撑的?是你中邪了吧?按你这么说下边的戏还怎么唱?"

牛大爷恼羞成怒:"你给我滚!不讲理的东西,你让老子来住院,原来是这门心思。你想把刀插到你身上，血出在人家身上，然后显你孝顺，狗东西！本来没有病都被你气得有病了，你给我滚！滚！'戏'今天就收场！"

我忙劝慰牛大爷："不要动怒，谨防气坏身子。"我为了不让爷俩闹僵，很委婉地说："你们也别吵了，方家不知道是什么情况，如果对方能做出让步，那时再来找您老人家。"

牛大爷很开朗地说："小田，这事不怪人家，你看着处理，你怎么说怎么好，千万别听我家这个大孬熊的。"

我回家想了半夜，深知调解之要领，这是件火速调解的案件，火候确实到了，机不可失，时不再来。牛雄要求赔偿的理由虽然是歪理邪说，但对我制作调解协议书却是一个启发，所以我连夜根据双方的心理状况，提前草拟好调解协议书。

天刚刚亮，我就起床了，洗漱完毕就提着半旧公文包，来到方家住院的病房，试探性地来找方华，看能否让方华签字。我首先说："方老弟的伤不太重，老是在医院不是事，双方都退让一步便海阔天空，根据双方的具体情况，我制作了一份调解协议书，请方老板过目。"

方华很高兴地接过协议书，看完拍案大怒："他家是我邻居，他东我西，虽然关墙，却根本没有任何瓜葛，井水不犯河水，这一万元修缮费从何而来？他打人有理了，反而要给他钱，这还有天理吗?!"

我知道牛大爷的核心理念，他的态度坚定了，我只要调处好方华这边，此案就迎刃而解了，可必须快刀斩乱麻拿下方华才能调处成功。根据方华目前的情绪，我忙搬把椅子让她坐下，然后笑着说："方老板，有句古话，不知你听没听过，光棍见血就跳，眼子棒打不回。光棍去告状，回头望三望；眼子去告状，一马跑到老爷大堂上。光棍回头望的目的，是期望有人来劝他回去，眼子做事是一竿到底，不计后果，同时也没有回头望的水平。你想，你是买楼，不是买气，忍一时风平浪静，退半步海阔天空，你说你一天有多少事在等着你处理，一分一秒对你来说都是钱，你有闲工夫在这耗吗？望你三思。"

停了好大一会，方华问："对方让步吗？"我点点头。

我把调解协议书再拿出来给方华看时，方华平静多了，她点着调解协议书上的条款："让我给对方一万元修缮费从哪说起？我的田所长啊！你处理事情怎么一点原则都没有呢？他打了我们不给医药费，反让我们给他修缮费，我们又没动他家楼房上的一根草，干吗让我们给修缮费，这不是半截空中投'兑嘴'吗?"

我不慌不忙地说:"方总,他家住院是老人,按他们设定的思路说是你家造成的,你能接受吗?""这我不能接受,他们家围着我弟弟打,老人不在跟前。"

"说是气的,你家的住院费和老人的住院费抵消行不行?"

"好! 就算是气的我认,抵消就抵消。这一万元怎么解释? 这无中生有冒出个修缮费是怎么回事呀?"

我语重心长地说:"方老板呀! 凡是做大事者要积善行德,方能决胜千里,自古以来,修桥补路造福后世,这个古训你难道不懂? 不信你看这修改的'善'字,没有绞丝旁,是变化的'修缮',是行善积德也!"

方华一听哈哈大笑:"好! 好! 我到庙里进香还捐一万元呢。这钱给得值,值! 我给!"

方华说着,把调解协议书拿过去抢着把字签了,并从包里拿出一万元给我。我给她打了收条,然后拿着调解协议书去找牛雄,让他签字,他很浅薄地说:"钱先到位,然后签字。"

我灵机一动,如果牛雄把钱拿去,拒绝签字我怎么办? 我说:"不签字,人家怎可能掏钱呢?"

牛雄把脸一变:"你是怎么办事的? 办事要会来事,我这字不是随便签的,不见钱不签!"

我又到医院找牛大爷,牛大爷拔掉吊针头,不分青红皂白就签字,嘴里还说:"你办事我放心。"

我说:"牛大爷,让我把协议书念给你听听你再签字,或者你看看再签字。"

"我不看,也不听,你办事我放心。我写的字不好看,要我签哪我签哪!"

牛雄一看钱没拿到,父亲又在协议上签了字,同时还不知协议的内容,怒火万丈,不分青红皂白,上前来抢协议书,要把协议书给毁掉,幸亏我早有防备,迅速把协议书装进了口袋里,他黔驴技穷,却露出了凶相。

"你如果不把一万元拿给我,今天这儿就是埋葬你的地方!"

牛大爷一看,伸手提起盐水瓶架子,劈头盖脸砸向牛雄,牛雄往后一退向右一躲,盐水瓶架子砸在了墙上,我忙上前伸手抓住盐水瓶架子,把牛大爷扶到病床上,然后严肃地跟牛雄说:"这是法治社会,不是以前,你没有权签字,也没有权拿钱,这是你父亲的事,他是一家之主,你无权代表全家,你只能代表你自己。牛大爷的房子和原居委会的房子连在一起,牛大爷是居委会的近邻,这次纠纷的当事人是方华和你父亲,牛大爷的签字是合法的,你也是在岗的干部,应该懂得这些,如果你真的藐视法律,想走不归路,悉听尊便。我有的是时间,没有金刚钻,不揽瓷器活,我会奉陪到底的。"

牛大爷说:"小田,你是什么人,他这种人怎么能和你比呢?他是牛'熊',别听他的,他只是说句大话,救救他命,他动你一根汗毛,我给你竖根旗杆。"

牛大爷又转头对着牛雄骂道:"我怎么生出你这样无赖的孬种?滚!别在这丢人现眼惹我生气。"说着又去提盐水瓶。

牛雄被牛大爷砸出病房,我这才把方华的一万元拿出来数给牛大爷,牛大爷坚决不要,说:"我不该要这笔钱,这要让亲邻知道了,我无法在社会上做人。"

我很诚恳地说:"牛大爷,你别误会了,方华来时有交代,说这点钱给你老人家买杯酒喝,她弟弟住院期间,她在看他弟弟,双方没沟通,她不便来看望您老人家,让我代劳,你务必收下。"

牛大爷一听给的不是医药费,并且对方这么诚恳,含着热泪说:"这都是一场误会,我家那个孬种打错了算盘,他认为别人都愣,万事同一理,苍天不佑孬熊人。"

最后,在我的说服下,牛大爷终于收下了这笔钱。当我走出病房的时候,牛雄直奔牛大爷的病床,一分不留地拿走了这笔钱。我回头看了看丑态百出的牛雄,心想:这种人也配蹲机关?牛雄拿着钱恶狠狠地说:"田土,你敢在太岁爷头上动土,你摊上事了,你摊上大事了!不瞒你说,不久的将来会有人给你小鞋穿的!你等着吧!"

我很厌恶地扫了他一眼,不屑一顾地走了。

方华与牛家的纠纷彻底解决了,她为了感谢我,特地找位名家,写了一幅字:"善调千家事,曲解万人心。"并装精匾送给我,又写了篇通讯《小镇名人田律师》登在报上。

我双手抱着精制的匾额流泪了,妻子高兴地挽留方华在我家吃饭,方华坚决不肯,高兴而返。这个成功的调解案例,引起了全城上下的关注,因此,全城遇到大的矛盾纠纷,都让我出面调处,多年的调处生涯,让我引起了领导的重视,天河省司法厅授予我"优秀人民调解员"的光荣称号。省、市报刊都登载文章,介绍这个成功案例,省普法培训班让我在"三五"普法启动会上做经验介绍。我很兴奋地写了篇讲话稿,在培训班上说:"今天,我讲话的题目是'调遍天河都是情'。"在座的参会人员都笑了,笑得那样开心。

156

第六节　难唱的法制戏

春天,缕缕阳气在慢慢地升腾,麦苗在微风中轻轻摇着头,小鸟在刚刚发芽的树上唱着动听的歌,绿色的原野一望无际,到处都充满着阳光和无限的生机。真可谓:

> 春风春雨春气盎,春游春旅春景芳。
> 春蕾春花春色美,春播春锄春耕忙。

我原是天河镇司法所所长、法律服务所主任兼镇综治办副主任,这说明我是司法部门的人。党委书记觉得用人的路子有问题,为了争得用我的主动权,亲自写报告找县里批准,让我调入天河镇,任综治办主任兼司法所所长、法律服务所主任,并主持天河镇综治办的日常工作。

调令一下,司法局局长不干了,他亲自找到县里,说必须要回田土这个人,双方为争夺使用我的主动权而闹得翻了脸,县政法委的主要领导笑着说:"田土仍然是基层司法所的所长嘛,人才共享。"这样一拍板司法局也不争了。

我对双方的领导都特别感谢并表示:"两边工作我都会认真做,一定不辜负双方领导的重托,尽责尽能地干好两块的本职工作。"

那时候的综治工作范围很大,司法所有的工作都包括在综治工作之内,干好司法工作就等于干好了五分之四的综治工作,所以,我的司法与综治工作相得益彰,连年在全省夺魁,连续七年创两项工作佳绩,深得领导的信赖。

李会仍任文化站站长之职,我利用她所掌握的工作平台,创作了大批普法快板、数来宝、三句半、小品、小戏等剧本,让她组织人排练,然后走上街头,登上舞台,进行宣传。普法宣传收效很好,辖区居民都觉得很新鲜,群众喜闻乐见。等老百姓看得有点厌了,我用其他方式把各种各样的宣传手法都用出来,大力开展基层普法宣传工作,普法成效显著。领导也进行了大力表彰,浑身上下都是光环,荣誉证书装了两蛇皮袋子,于是我有些飘飘然。

一天晚上老师来了,我忙上前和老师打招呼,老师很冷淡,我特别纳闷。我留他在我家吃晚饭,他首先拒绝,我知道老师无事不登三宝殿,他肯定听别人说我什么了,不然他不会这样冷漠的,我拐着弯终于把他留下了。我扶老师左上方坐定,妻子很快弄了一桌好菜。

老师端杯在手:"田土啊!你的工作干得怎么样?"

"老师,有您的教诲,工作怎能差呢?"老师把酒杯一放:"你太自负了!我今天就为这个来的,领导在大会上表扬你了是不是? 荣誉证书领多了麻木了是不是? 我听到你被表彰打心眼里高兴,可这是双刃剑啊!"

我被老师这没头没脑的一顿训斥弄得不知所措,再问他不说了,只说:"喝酒! 喝酒!"然后端着闷酒一杯接一杯地喝。我怕他喝醉了,故意让妻子上饭。老师会意,他喝完最后一杯酒,很严肃地说:"田土,你是我的学生,我只是恨铁不成钢啊!普法演出你深入实地了吗? 你应该亲临演出现场看一看! 我走了,明天上午我亲自来看你的普法宣传节目!"

老师一抹嘴,起身走了。

我送走了老师,心里忐忑不安,不知哪个环节出问题了,老师为什么要看戏? 难道……

为了演好这场戏,我连夜通知李会,催她立即通知演员,准备明天上午演出。李会莫名其妙地说:"你脑子进水了? 这半夜三更的通知谁呀? 神经病!"

"明天有特殊情况,你必须现在通知人,否则会误我大事的!"

"你怎么像火烧的一样,明天的太阳就爆炸了? 多大的领导把你弄得慌神慌到错乱的地步,总不是你初恋情人逼着要看你的戏吧?"

"这都什么时候了? 火烧屁股了你还在开玩笑。"

"刚挂个边你就觉得疼了。好了! 好了! 我来运作行了吧? 我李会今生注定就是你的棋子。"

"别说怨言,不管你怎么运作,反正明天领导要看戏!"

第二天早晨,杨絮漫漫,升腾如烟。街上搭好了戏台,并用大广播造了很大的宣传声势,我从心底佩服李会的工作能力和效率。八点钟,老师准时来看戏了,时间到了,下面的观众稀稀拉拉,老师说:"按预定时间开演。"

演出开始了,第一个节目下来只剩下老师和我,戏台的东北拐角上还有两个翻纸牌的老人。二十多个演员在台上仍然不遗余力地演。过了一会,李会走到我跟前:"节目还往下演吗?"

我看看老师,老师掏出一根香烟,用火柴点燃后猛吸几口:"演!继续演戏。"演员们见没有观众,越演越松劲,最后,两个翻牌的老人也走掉了,观众席上仍然是我和老师两个人。戏演完了老师开腔了:

"田土啊!今天你看到了吧,演戏的二十多人,看戏的只有你和我,这其中的奥妙难道你看不出来?你要踏实工作,认真修炼,具体怎么做,你是聪明人,一点就透,自己悟去吧!"

我回家后思考再三,觉得老师用心良苦,他毕竟是艺术上的特殊人才,他是在无声地激励我。我把所有的问题总结一下:本子不生动,不能引人入胜。原来看戏的人只是看新鲜,凑热闹,演员的舞台艺术不能从心眼里打动观众,一开始有人看,但演员的技艺根本没把观众带到剧情中去,所以看戏的蜻蜓点水,看一会就走人了。这叫猪八戒吃人参果——食而不知其味,能不走人吗?

李会来了,她主动检讨自己演得不好,我很直率地说:"剧本,剧本,一剧之本,主要是我的剧本不生动,不怪你们。"

最后,我决定从自身做起,首先把所有的剧本拿出来,找差距,下苦功,重新修改剧本,把法律条文巧妙地融入剧情之中,一直修改到能打动我自己了才罢手。然后,找李会根据改后的本子重新排练。效果真的不一样,彩排时,我首先把老师请来,老师看罢节目高兴地笑了,但他仍严肃地说:"台下十年功,台上一分钟,不要沾沾自喜,你们仍需努力!"

省司法厅要基层搞普法戏剧调演,我连夜把所有搬上舞台的剧本进行再创作深加工,创作法制剧本《杨白劳选镇长》,宣传新出台的《选举法》,并选择了天河湖畔群众喜闻乐见的地方剧种"泗洲戏"再进行排练。市里决定三天后来观摩,把好戏剧拿到省厅参赛。上面要的必须是法制节目。

我既紧张又高兴,赶紧让李会组织演员提前来彩排,万万没料到,扮演杨白劳的演员,突然提出"四不演"的苛刻条件。

第一,没有钱不演。第二,给钱没有领导说话不演。第三,不按照他要求的数额兑现不演。第四,钱不装到口袋里不演。上述四条,缺一不可,否则坚决不演!

我被这突如其来的一闪，几乎闪断了腰。我急得当时就说不出话来。

李会安慰我说："别急，天无绝人之路，咱再想想办法。活人不会被尿憋死，也就是说：节目内容必须明确宣传哪部新出台的法律。"

我焦急地说："救戏如救火啊！我上哪去找这么合适的演员？况且也没有足够的时间呀！"我急得在屋里转圈。李会猛地站起来："我想到了一个合适的人选。"

"谁？"我焦急地问。

李会不慌不忙地说："这个人我经常听他哼泗洲调，剧本中杨白劳的戏虽然多，但大段唱腔没有多少，他是个特别合适的演员，用起来既贴心，又实惠，还翻不了套，我保证他能完成使命。"

我问："他到底是谁？你快说呀！火烧眉毛了你还在卖关子。"

"这个人远在天边，近在眼前。"

我一跺脚："你说的可是姚功?!"

李会笑着说："你猜得真准，恭喜你答对了！"她这一提醒，我猛地想起了一桩和姚功等一帮文学青年在天河文学社里发生的往事。

我们在成立天河文学社的前期，姚功提议，搞几个小节目活跃活跃文学社成立大会的气氛，我们把京剧《智取威虎山》《沙家浜》的几个片断改成泗洲戏。我演少剑波，田化演杨子荣，田欣演阿庆嫂，田番演胡传魁，姚功演刁德一。在演《智斗》那场戏的时候，"胡传魁"挺着个大肚子，正用劲地在舞台上唱戏：

"这小刁一点面子也不……讲!"这"讲"字刚出口，裤腰带断了，哗啦一声裤子掉到腿弯子上，台下的观众哄堂大笑。田番羞得提起裤子跑下台，姚功真不含糊，一人顶两角，一点不慌地演完了《智斗》这场戏。

我想到这里，一拍大腿："传姚功！快，把姚功找来！"

姚功不知其故，进门就问："哪条板凳腿掉了需要我顶上呀？"

我把闪戏的事一说。姚功没等我说完，打断我的话说："要我演《杨白劳选镇长》是不是？"

我和李会会心地笑了。姚功假装生气地说："只有三天了，你想让我像当年田番那样在台上丢人现眼，尽出其丑是不是？亏你俩能想得出来。有人说一个'朋'字两个月，一样颜色霜和雪。不知哪月能下霜，不知哪月能下雪。这不是吗？这用到我了吧！嘿！今天就下雪了。"

我听他一口气说这么多，也不知是什么意思，心里一凉。难道他也借口拆我的台？

李会笑着说："你姚功今天怎么了？尽说些让人听不懂的话。"

我正在愣愣地看着姚功，突然，他扑哧地笑出声："我的田所长，放心吧，幸亏你那剧本上次有当无给我一份，回家后我看了几遍，戏词已熟记于心，不然三天的时间弄死我我也演不好这场戏！"

经过几天的精心打造，几折小戏演员们对戏词都烂熟于心，各种动作都很到位，可谓万事俱备，只等领导来审查节目了。

市里这天真来观摩节目了，我仍然捏着一把汗，担心姚功接戏时间太短，不能完成使命，转念一想，自己和演员们都尽力了，全凭造化了。

天河司法局领导刚在演出地点的前排坐定，县委宣传部的领导就宣布："演出开始！"

泗洲戏的音乐，早年全凭一个琵琶，后期又出现了三弦，但指挥是板鼓，领衔乐器还是以琵琶为主。台上的笛子和二胡一起奏起，八板头过门旋律刚到位，姚功那高亢的拉魂腔曲调就在幕后唱出声来，就这一嗓子，把人们都惊得一震，接着他机灵地上台，几个动作引得台下掌声如雷。

李会也把悠扬婉转的泗洲戏曲演到极致，引得观众一致叫好。

姚功不但把杨白劳演得出神入化，还把和李会排的另两个法制小戏《严老二赶集》《大盖帽》也搬上了舞台，受到了县、市领导的大加赞赏。来观摩的市领导当场决定，将三折小戏都报送省里，参加省厅的法制戏剧调演。

我真的高兴啊！整台文武场的男女演员都沸腾了！

第二天，我从家里拿出两瓶陈年窖藏酒，请了姚功、李会等几个演员。

李会指着我提的两瓶酒，也学着姚功的口气：

"一个'吕'字两个口，一样颜色水和酒；

不知哪瓶是清水，不知哪瓶是烧酒。"

我笑着说："都是酒，绝对没有清水！"

那天是周六，由于心情好，我们都喝得醉入云雾之中。

春华秋实，一分耕耘，一分收获。我的工作在天河县天河镇党委书记及同志们的帮助下，一步一个台阶。综治工作全县连续七年第一名，是全省先进的一块牌子；普法工作我镇是全省的标兵，数年来，我个人所得的荣誉证书六十多个，外加其他先进证书和奖状，装满两蛇皮口袋。个人被授予省优秀法制副校长、省优秀人民陪审员、省优秀人民调解员的光荣称号。

我看着这一个个光环和一大堆荣誉证书，突然想起了我的老师。于是提了两箱好酒去看望老师，老师感动得老泪纵横，他很凄楚地说："田土啊！你这时来看我说明你是一个懂得感恩的人。"

我惊诧地问："老师今天何出此言？学生尊敬老师是做人的本分，况古人云，一日为师终身为父啊！"

"田土啊，我一身清苦，三十年前我被打成'右'派，不久你师娘过世后我就孤身一人，无儿无女，直到改革开放我才被平反。为安后世，就认了一个干儿子，觉得养老送终有个依靠。他上次办石棉瓦厂需要钱，急得要死要活的，我心疼他，便把单位的七千块钱挪给他用。谁知他拿钱逃而不归，单位已将我开除，这处房子已抵给单位还公款了，现在我已是一无所有了，你现在来看我确为雪中送炭啊！"

我一听，心里像针刺的一般。伸手把身上仅有的五百元钱掏给了老师，才慢慢地退出去。

回到家里我久久不能入睡，决意把家里进货的钱送五百元给他，妻子支持我的做法。

第二天早晨，我冒着蒙蒙细雨来敲老师的门，门紧紧地锁着，我尊敬的老师没留任何信息而不知去向。我望着老师人去楼空的住处，心里特别难过，老师的命好苦呀！我一步三回头地离开这间破烂的住地。

这天河镇的党委书记太会来事了，他为了让天河镇的工作干得更加出彩，不遗余力地培养人才，他把镇里可用之人都送出去参观、学习和深造。我也是多亏领导给了我无数次机会，给我增添无尽的力量，使我得了这么多光环。

一九九七年夏天的一个早晨，火爆的太阳爬上了树梢，热得人汗流浃背，我兴冲冲地骑着自行车奔驰在上班的路上。突然，一群喜鹊迎着我叫个不停，我抬头看着欢快的喜鹊，心想这些喜鹊，不去树丛里乘凉在这炎热的空旷地上叫什么？转念一想，这是喜鸟啊！喜字当头，必有喜事连连。因此，我望着喜鹊，心里想入非非……

我刚到办公室，公务员小李喊："田主任，书记让你到他办公室去一趟。"

此刻我的心里，真的有些不安，这刚上班书记就召见，难道我做什么错事了？总不会把我调走吧？八成是上面有新的任务吧？嘿！刚才喜鹊的叫

声这么嘹亮,十有八九是大喜事······

我紧走几步来到书记办公室门口,他正在批阅文件,见我进门忙撂下钢笔,笑着说:"田土啊! 你这几年为我镇挣得不少省级荣誉,上次的法制节目在省里被选上了,你必须尽快地组织演员后天到省司法厅参加调演,我代表镇党委对你提出特别表扬! 这次的活动不仅代表天河镇还代表全市,你们一定要演好这台戏。"

我一听书记说的是这桩事,心花怒放,当场向书记表态:"请书记放心,田土保证完成任务!"

那天我们迎着朝霞,和演员们奔赴省城,去接受新的挑战。

经过大伙的共同努力,全省法制文艺调演结束,我们以优异的成绩,代表全市连续争得了创作一等奖、演出一等奖、导演一等奖三个大奖。

这大奖拿得高兴啊! 所以姚功作诗庆贺,他下油锅都要拽着别人。他说:"田土,今天高兴,咱都是天河小子,遇到这样的大喜事应该感谢天河才是,咱们都是天河文学社出来的,就来个《天河颂》怎么样?""这在车上你搞什么鬼名堂呀?"

姚功来真的,他绷着脸认真地说:"从我开始,谁不作谁请客!"田番把车一停:"你就想让我请客对吧? 我虽参加天河文学社,但是陪着姑娘撒尿的,几箩筐字我当咸菜就了。我不作,也不请客,你要不放我这一马,我车子不开了,看你们怎么回去。"姚功是个机灵鬼,他遇到硬茬马上转舵:"好吧,只有田番行,别人都不行!"大伙都笑了,李会风趣地说:"软的欺,硬的怕,见到硬的直喊大大。"姚功马上说:"我不是欺软怕硬,田番有特殊情况,其余的人再挑剌,实属态度问题,本人带头我看谁敢拖后腿!"说罢他出口说道:

　　　　天河长,天河宽,十条支汉九道弯。

　　　　祖辈都饮天河水,脸朝黄土背朝天。

　　　　天河情,深天边,天河之恩报千年。

　　　　天河之子都长大,永远思念天河源。

　　　　······

到家了姚功还在唱诗,田番打开车门大伙下车了,姚功拦也拦不住便大声地说:"老大请客你们都跑呀?"人们笑着都不理会他,姚功跺着脚:"跑了也不行,你们欠我的!"

我笑着拍拍姚功的肩膀:"走吧,别耽误喝酒。"

我把奖牌抱回办公室,书记高兴地为全体演员接风洗尘,姚功喝得敲起了盘子,好像鼓盆的庄子修。

第三天上班前,书记就提前在镇里等着我,我刚到镇里他就火急火燎地让我到他办公室,刚坐下书记就笑着说:"恭喜你,田土! 你给全市争光了,同时也给天河镇上下长脸了!"

我以为他在表扬省里法制文艺调演的事,哪知他说的不是这个事。他喝口茶又接着说:"为了让你更好地服务全镇,党委决定让你带薪到北京政法大学去念书深造。"

我忙致谢,然后很诚恳地说:"我都三十岁的人了,怎么好意思去那么远的地方读书? 这个名额应该让给年轻人。"

他很严肃地说:"不允许你讨价还价! 这不是你个人的事情,这是组织的决定。"

"年轻人去深造有大用,我还是觉得不合适。"

书记笑容可掬地拍着我的肩膀:"不用你说我们心里都清楚,年轻人是飞鸽牌的,只要膀子长点老毛就飞得远远的了,这不是我们想要的,可你是永久牌的。我不是出于孬心,你去北京政法大学学到本领,我们全镇都沾光,在基层就需要你这样水里泥里都适应的基层干部啊!"

他点支烟,又接着说:"飞鸽牌的本领越大我们越留不住,我们做领导的都有这点私心,但不是图利,实在是为咱全镇着想啊! 昨晚的党委会,与会人员都是这样想的,因此你必须去。"

真可谓:

　　　　一个"出"字两个山,大褂长衫一样穿。
　　　　不知哪天穿大褂,不知哪天穿长衫。
　　　　穿着大褂会亲家,穿着长衫不一般。
　　　　不上大学无闲话,上了大学遭事端。

是的,走进大学门,迈上新征程;万事从头来,再做爬格人。

第七节　校园美好情调

我回家看看几个孩子,其中有个是内侄,还有个孤儿侄子都住在我家,有读初中的,有读高中的。孩子多,衣食住行都需料理,同时还开着杂货店,妻子不但要进货,还忙于缝纫,每天都要起早给孩子们做饭,活要干到深夜,腿都是肿的,苦不堪言。我若在家多少还能帮点小忙,可我这一走就是一年半载,真的让我犯难,她真的顶不住!不走领导不同意,这毕竟是命令啊!走了这么大摊子的事她怎么收?我心神不定,彷徨不安。

每天妻子劳作的一幕幕,历历在目,我确实不忍心离开家,让她独挑这副家庭重担,自己跑去那么远的地方读书。我再次找到书记要把名额让给别人,书记火了:"这是党委的决定,不是我个人的意图,你必须听从组织的命令!"

我无奈,只有回家准备,按要求如期北上京城,去北京政法大学插班读书。

晚上,月光如水,我站在窗前呆呆地望着妻子在灯下给我钉扣子,她飞针走线地缝儿补的,喜忧参半地说:"到大城市里念书是别人想去而去不成的,你去了也是我们家祖上修来的福分,可你要记住,大世界花多、草多,什么样的女人都有。"我很烦躁地说:"什么不好说怎么专扯女人呢?我是乱来的人吗?"妻子笑着说:"女人中间是非多,你千万不能迷了双眼,家里还有日思夜盼的妻子和这群不懂事的孩子,每做一件事都要想想我和这一帮在校读书的孩子啊!"

她重重的心思和她的愁绪都渗透在她的语言和字缝里,我心里太明白了。尤其是妻子那语重心长的话,在敲打着我的心灵,在轻揉着我的肺腑,我看窗前那淡淡的月亮,情不自禁地叹一口长气,无声地流下了两行热泪。"只要你好好念书,不要见花就采,践踏心灵,随便抛情留谊,我再苦再累都能顶得住,你可安心读书,不要有过多的牵挂。"

我深深地给妻子鞠个躬,含泪表示:"坚决好好读书,以实际行动报答老婆的深情厚谊!"

第二天黎明,我提着妻子为我准备好的行李和大包袱,正准备出门,突然,心里有说不出的难过和酸楚,我放下行李,飞快地跑上楼,在每个熟睡孩子的脸上摸一把。妻子很果断地说:"大丈夫志在四方,不要婆婆妈妈的,快走吧! 晚了赶不上车。"

我两眼含泪,下楼拿着妻子准备好的钱和行李,一步一回头地消失在茫茫的晨雾之中。

绿皮车载着我的人和我的情怀,缓缓地驶离了天河湖畔,驶离了我的故乡。

我趴在座位上,因疲劳而渐渐进入了梦乡。

我发现,车厢走廊里慢慢地走来一个特别熟悉的人,走到跟前才认出来是父亲,他笑着说:"田土呀,去北京读书是我们家祖上修来的福分,你要珍惜这段大好的时光,人走千里要想着家,树高千尺忘不了根啊! 天河,天河湖! 千万不能忘了祖辈生息的天河湖啊!"他说罢便消失在走道的人群里。

我醒来觉得很奇怪,今天父亲托梦说的这段话到底是什么意思啊? 我在慢慢地思索其中的内涵。

到北京下了火车,我就像刘姥姥进大观园,满眼都是新奇。跟着人流坐上地铁,来到北京政法大学附近,上了金桥门,登高远望,真的眼花缭乱。站在荆门桥上,仰面四顾,宽宽的马路,高架环绕,车水马龙,人流如潮;楼高入云,满目花草;都市气派,放眼开阔。最具特色的是在大街小巷都站着花甲或古稀的老人,戴着袖章,在兢兢业业地执勤。我好奇地问一位老伯:"大爷,你这么大岁数,还在街道上执勤,每月给你们发多少工资?"

老人说:"我们都是维护社会治安的志愿者,没人发工资。"

"在我的家乡,一切朝前(钱)看,给钱就干事,无钱就免谈,百分之九十以上的老人在打牌、赌钱、闲逛,在家享清福,还有极少数退休的'能'人在策划上访,争当上访万元户,没人愿意一分钱不拿在马路上受这清风。这是家乡的悲哀啊!"

"小伙子,你不懂啊! 维护首都的秩序,保护首都的平安,既是我们每个公民的职责,也是我们自己的心愿。"

我看着老头认真的工作态度,揣摩着自愿奉献的心理:你们这些老人真不知钱好吗? 没有钱你站一天,回家喝西北风吗?

我按照指定的地点来到北京政法大学,上的是法律系专科,学校不安排住宿,我正不知所措的时候,一个漂亮的少妇也来报名,她很大方地问:"你是哪个省的?"

"天河的。"

然后她自报家门地说："我是新疆生产建设兵团的,这次招收的学生都是全国政法战线上的精英,看来你在天河省也是一名佼佼者。"我笑着答道："都一样,你也是巾帼不让须眉啊!"

我点了点头问:"这住宿问题怎么解决呢?"

她像个北京通,很轻松地说:"这容易,住地下室,既便宜,又安静,要不我带你去?"

我一看她这么漂亮,又这么大方,真的不知道她的家人怎么舍得让她出来抛头露面的。

我初到北京,什么也不知道,所有的环境都是生疏的,只有乖乖地跟着她下了地下室。我们每人租一个小单间,吃饭买饭票进食堂,有钱到街上吃也行。从上课那天起,我又重新开始了求学的新生活。

第一堂课是清华大学教授周旺生上的,我本来身心俱疲,坐在那儿还没翻开课本就睡着了。

"全体起立!"我被老师的一声断喝吓得一惊,顷刻间困意全消,忙站起来。这位京腔京调的教授,说起话来真的悦耳动听,听教授的课,精神百倍,就像听国粹京剧一样聚精会神,特别专注。

我记得在课堂上,周教授提出一个既简单又常见的具体问题,让课堂上在座的学生回答。周教授用那清脆的嗓门,很亲和地问:

"同学们,结婚是人类最普遍的事情,有哪个同学知道结婚的确切定义,也就是说什么是结婚? 它的确切定义是什么?"

课堂里鸦雀无声,来自全国各地的两百多名学生,没有一个能答得上来。周教授停了一会说:"我们这次招收的是成年在岗的学生,都当父母了,还不知道什么叫结婚,这不可思议吧?"

课堂里仍然静悄悄的,没有一个学生站起来回答这一普通的问题。突然,新疆的那个女学生站起来:"男女双方自愿登记领取结婚证就叫结婚。"

周旺生老师问:"这位女同学,你叫什么名字?"

"我叫李海霞,是新疆生产建设兵团来的。"

周老师笑着说:"李海霞同学你很有勇气,不过你只答出了表面皮毛,但已是有胆识的女性了,很好!"

全班的学生都感到很惭愧,这么简单而又普通的问题,竟然没一个人能回答完整，人们自然体会到肚里的墨水太少了，"充电"确实是每个同学的当务之急。

地下室里潮湿不通风，见不到阳光，娇气的人容易生水疮。我是一个吃过苦的人，住地下室里比较适应，知道自己没有钱啊！吃饭也不敢铺张，每天六节课，所有的法律课程都是上午两节课，下午两节课，晚上两节课，没有星期天。为了节省时间，很少有休息闲空，我们的节奏就像今天的上班族一样紧张。

三个月过去了，同学们都被繁重的功课压得喘不过气来，根本没有半点闲空去玩耍，更别谈男欢女爱了。

我每天都是吃食堂，因负担重，压力大，决心一次性考过去，拿到毕业证就回家。我隔壁同学李海霞，看我生活清苦，先是朝我寝室里送零食，而后就变着法子请我到街上的饭店吃饭。我觉得不好意思，一个大男人吃女同学的东西，这要传出去好说不好听啊！况且宿舍门连门，我的警惕是必要的，同学之间坠入爱河的大有人在啊！

一天晚上，我正在看书，有人来报，说临室的同学出车祸了。我赶紧跑出去，到出事地点，见李海霞一个人躺在地上，肇事车辆已经逃之夭夭了。我赶紧叫她名字，她在半昏迷状态，我也不管了，抱着她就冲向医院，幸好她伤势不重，住院两个小时后就醒了。她看我忙前忙后，并给她交了住院费，两眼湿润了。

第二天，她竟然出院了。她说："你田土是个敢于担当的汉子！"我很纳闷，按常理她应该说些感激的话，她这么说，让我弄不懂其中的奥妙。

自从车祸过后，李海霞不让我一个人单独吃饭，每天我们都出现在北京的饺子铺里，她是新疆一位有名的律师，在当时她可算富人。两个月过去了，我与李海霞相处得像对夫妻。一天，她暗示我到她房间过夜，我真的高兴啊！突然想起妻子，心里的欲望减了一半，然后想起梦境中的父亲，明白了父亲为什么让我不忘天河湖，不忘根本。我拒绝了李海霞的暗示和要求，可李海霞不生气，仍然像往常一样形影不离地与我在一起。"海霞呀，我不明白，你都是个名律师了，为什么还要来读书呢？""田土啊！中国的法律制度还不完善，我这次来第一是组织的意图，第二是充电，第三是拿个政治大学的毕业证，为将来的前程作打算。"

我再重重地看了她一眼，深深地感到她是一个特有见解的人。

考完试,我和李海霞等几个同学到北影校园去逛逛,同学们也很高兴地说:"今天北影正在拍摄电影,我们去开开眼界,放松放松。"李海霞在我们的前面走着跳着,并用歌喉婉转动听地放声歌唱《在那遥远的地方》。

我被她的舞姿和歌声感染了,这才认真审视这位极不寻常的新疆姑娘,她长得小巧玲珑,特别匀称,虽然三十有二,但活泼可爱,一口动听的普通话,西部歌王的歌她太熟了,哪怕是在上课的路上,她唱着跳着,载歌载舞,原来她那些举动都没放开,没有引起同学们的注意。今天她真的成为一名众人瞩目的人物,那姿态活赛一位大明星。

李海霞这次也是因为优秀而被选来读书的,她能算得上是人间的珍宝。她每天课里课外总是关心我的生活起居,我沉浸在无限的幸福之中,开始没有什么感触,只认为是同学间的正常情感,自打她车祸住院后,感情便像开闸的洪水,飞流直下三千尺,情跃鹊桥升天堂。想起家中的老婆孩子我还是克制、克制、再克制!

> 情到深处懒思还,
> 他乡之客不收拦;
> 好在打雷未下雨,
> 雪花虽飘天未寒。

我们来到北影,第一眼就看到十层楼顶上的大盖枪打得啪啪响,十几个"日本兵"追一个中国汉子,这汉子跑到楼边不假思索地跳下来了。我惊出一身冷汗,心想这个人完了。

我和李海霞及几位同学三步并作两步跑上前一看,那位演员安然无恙,他正在自由自在地抽烟。我纳闷这家伙轻功这么好,难道他是飞侠?不然从这么高的楼跳下去怎么一点情况都没有呢?莫非就是神仙?我和李海霞很不服气地来到那座楼楼下一看,下面铺满了三尺多厚的海绵垫子。原来他是朝这海绵垫子上跳的。我恍然大悟:原来电影的惊险片段都是这样制成的,这使我的眼界开阔了许多。沉思间,同学们都跑散了,我的身边只有红颜同学李海霞了。

"海霞呀,同学们为什么把我给甩了?"

"这是他们的意识有问题,管他呢,做自己的事,开自己的心,想说让他们说去,走,我们仍然开心地玩!"

北影是中国影视制作的最高殿堂,也是培养电视演员最肥的沃土,漂亮的学生演员们成群结队地走来走去,让人大饱眼福。还有不少穿着整齐的大姑娘、小伙子在静静地等待,渴望着机会的到来,看导演能否选中自己分个角,哪怕是当群众演员跑龙套,至少能参与演艺碰碰运气,拿点小费维持开销。

我和李海霞欢天喜地地正在议论电影制作的事,突然眼前一亮,面前耸立着一座庞大的丰碑。

不进北影校园也许今生在法律道路上一直走到黑,这一看,却看出了我人生丰硕的一面,看出了一本本专著展现在世人面前,看出了数本传奇故事和《齐天大圣上访》等篇幅厚重的文学作品来……

爱好文学的人啊,简直就像一个坐台的"小姐"!在一定的环境里,因种种原因立志洗手"从良",可看到灯红酒绿,看到古老的秦淮河,马上又"吹、打、弹、拉""迎来送往""下水接客",重操旧行。

比喻虽然有些不中听,可很多的文学爱好者又何尝不是这样,有因生活的磨难,有为前途的进退,有为官场的沉浮,把自己的爱好抛至脑后,一旦有机会便死灰复燃,哪怕看几篇优秀的文学作品,心里便发情,两手就发痒,仍然"恶习"难改,掉头再写文章,回归文学殿堂。

在北影的校园里,这块巨大的丰碑足有九米高,一米八宽,上面雕刻着《秋菊打官司》的画像和剧照、剧情介绍,最上面是几行大字,导演张艺谋的简介。最使我心动的、映入我眼帘的名人和编剧是陈源斌,他的简介不用看我都能背出来。我再细看剧情介绍,完全清楚了。

陈源斌是天河省首届小说创作学习班我的同学,他是长天县邮电局的一名邮递员,当年在天河省首届小说创作学习班里,他写的短篇小说《芭根草》和我的《天河边》一起被选入《青春》编辑部。这个"刁钻"的家伙,他把《芭根草》改写成《万家诉讼》,后又改编成剧本《秋菊打官司》,这事我确实不知道。虽然《秋菊打官司》的电视剧特别出名,但我看电视时没有多想,同时在工作之余也没在意,这个家喻户晓的著名编剧竟然就是陈源斌。这时的我是多么羡慕老同学陈源斌啊!我看着丰碑长叹一声:"老同学,老弟祝贺你!"

我惭愧,我心动,我恨我自己这些年没有持之以恒地坚持下去,更没创作出一篇像样的作品。我恨我自己为什么不坚持,我是个朝三暮四的人。李海霞看出我的心思,马上打趣地说:"怎么?看到你的同学建这么大的丰碑,你眼热了?心里不爽了,后悔当初停笔了?不要难过,君不闻'文章盖世,孔子厄于陈邦;武略超群,太公钓于渭水。有先富而后穷,有先贫而后富。'你身当壮年,正当立志兴邦之时,既有凌云之志,应当发愤图强,给后人留下精品之作,何需在此长吁短叹?"

海霞一席话惊醒迷路人。从此,我立志:一定要重新开始拿起手中的笔,再回到当年在创作文学社的创作热情中去。

这次北京政法大学招收的学生有十二门功课,课程全部及格,才能发毕业证书,不及格的愿意继续留校的直到十二门功课都及格,才发给毕业证书。愿考律师回原籍报名,学校负责辅导。

我第一轮考试十二门都及格了,故取得了毕业证书。我捧着毕业证,带着满足的成就感,请了即将分别的同学们。李海霞跑出去给我买了盒磁带《王洛宾情歌》和一本《新疆风情》画册,并在外边包上精致的盒子,我去接她礼物的时候她的双眼泪珠欲滴,我忙接礼谢过,避开她脉脉含情的双眼,她真的动情了。

这时的我,心潮起伏,何尝不想上去抱一抱这位深情的美女啊!然而,妻子的叮嘱时时地响于耳畔,我只有努力地克制自己奔放的感情。

那一晚,在歌厅的二十几位同学有的动情地朗诵诗歌,有的载歌载舞,我唱了《林海雪原》少剑波的《誓把反动派一扫光》的唱段,引得同学们掌声雷动。李海霞唱了王洛宾的《草原情歌》,我们通宵达旦,玩得很疯狂,玩得特别开心。

第二天,正准备去买火车票,突然来了个朋友,他就是我从省小说创作学习班回来给他讲课的义和先生。他是个残疾人,他与老婆开着车来看我,我特别感动。

"田土啊!你来北京上学早该找我叙叙旧,听说你这两天就要返程,是真的吗?"

我高兴地说:"义和老总啊!真没想到你能亲自携嫂来看我,感谢!感谢嫂子!"

"今天我要请你吃饭,让我最好的朋友牛群作陪,你一定要给我这个面子,咱今天开怀畅饮,不醉不归。"

我对义和的诚意很感激，毕竟学业有成，眼下虽不是洞房花烛夜，却是他乡遇故知。义和夫妇把我请到天外天宾馆落座，牛群也风尘仆仆地赶到宾馆。义和忙向我介绍："这是我的朋友牛群，他现在在蒙城县发展养牛事业，势头很好，最近又搞了一系列关于牛的产业链，生产牛肉干、牛肉片、牛肉罐头等等。前两天又制作出一个新产品，叫什么来着？"

"叫牛哥。"牛群接着义和的话题，笑哈哈地说。我赶忙站起来和牛群握手。

此时一鸭三吃的北京烤鸭端上了桌子，并上了一桌丰盛的北京名菜，我们喝酒聊天快活极了。义和谈了他的公司，谈了他的桥牌，谈了他发明的飘扬器，最后又回到文学上。

"当年在家乡你田土真牛，从省小说创作学习班回来给全县文学爱好者讲课，你那时年纪不到二十岁，当时就是个小孩蛋子，现在回想起来你那气势不亚于今天牛县长生产的牛货，我们虽然仰慕你，但有谁服你呀？亏我护你，不然你肯定被弟兄们打得鼻青脸肿！"

我笑着说："都是你干的好事，成也萧何，败也萧何！"

牛群打抱不平："你义和年轻时就鬼点子多，小孩蛋子给你讲课就纠集人打人家，君不闻项橐曾为孔子师呢！"

"那时都是不成熟的玩孩呢，恶作剧，恶作剧！"义和笑着说。夫人很诚恳地说："那段时间义和天天把田土这个名字挂在嘴上，当时我认为你是漂亮的少女，不然咱家老公咋这么着迷呢。当时我真想找到你和你实地比比美，看谁最美！今天才弄清，田土原来是个爷们。"

我笑着打趣道："嫂子别拐弯弄人了，这天下你最美！"牛群很敏感地说："你两口子如闹离婚，最大的作案嫌疑人就是你田土。"四人都笑得前仰后合的。

常言道，天下没有不散的筵席，最后我们在月影下慢慢地拉开了距离。

我准备去赶车，突然，耳畔响起一个熟悉的声音："田土，我想死你了！"

还没等我反应过来，那人把我严严实实地搂在怀里，我们双目对视，泪流四行，来的是我一生中相处最好，我最崇敬的一位朋友，他现在是中国著名的大作家了。四行热泪，再现当年分手拥抱的情景。

当年他背井离乡北上打拼的那个痛楚的夜晚，一幕幕由远而近地浮现在我的眼前：

朋友在家乡是县文联的一位专职创作员,他性格刚烈而直率,为人坦诚而不媚,为友肋刃而不畏,助人解囊而不惜,为理砍头而不屈,见邪立拼而不惧,惩恶扬善而乐趣。妻子走出天河县城,回上海娘家,女儿随妻就读,他孤身一人,苦不堪言。但他手不释卷,奋笔疾书!然而,环境,环境,恶劣的生活环境,使他选择了北上燕京,闯自己的天下。

我清楚地记得:那是一个月明星稀的夜晚,朋友提着两个皮箱缓缓地下了三楼,他走到马路中间放下箱子,两手端着腰,呆呆地看着两边通亮中间黑洞洞的窗户,那是他常年生活居住、读书写作的地方。我接过一只重重的皮箱催他走,他流着泪,对着那黑洞洞的窗户金鸡三点头,然后擦干泪,毅然决然地奔向北上的火车站。路上我俩都默默地走啊走,谁也不愿说一句话,就这样走啊走!谁也不想超前一步或后退一步,二里多路我们走了一个多小时才到火车站,我实在累极了,才勉强地问了一声:"你这箱里装的什么,这么沉?"

朋友闷声闷气地说:"我搬家还会有什么?不会是贪污的黄金,我有的只是书!"

朋友登上北上的火车,他站在车窗前,两眼直直地看着我,泪珠一个接一个地往下掉,我饱含深情地喊:"哥,你保重啊!"

火车消失在夜幕里,变成了一串先大后小的流萤,我饱尝着初冬的凉意,拖着无力的双腿,怀着沉重的心情回到家,已经是深夜十二点了,坐在被窝里,长吁短叹,泪流不止。

妻子生气地说:"送走的是你的朋友还是你的情人?大概你俩是同性恋吧。"

……

"走吧,咱喝酒去。"朋友的催促拉回了我的思绪。

我俩找一家饭店,推杯换盏,喝酒谈心,敞开心扉,一直喝到月挂中天。分别时,他才深情地说:

"明月正午酒愁肠,天涯游子思故乡。

谁人不念母子情,倍感天河太苍凉。"

我含泪离开了北京,离开了同学们,海霞把我送上南下的火车,她见火车启动了,声嘶力竭地喊:"田土,别忘了我,我们还会再见的!"

我上了南下的绿皮车,从车窗里看到一个漂亮的少妇站在月台上哭,我推开窗户高喊:"海霞!我在这儿!"等她跑到我坐的车厢旁时,火车已经启动。李海霞哭着喊着:"田土!别忘了我们在北京的这段美好的时光!别忘了我和你是同窗!"李海霞那凄楚的声音在我耳边回荡,火车慢慢地离开了车站,我看着频频招手的李海霞,心里掀起潮水般的巨浪,双眼湿润了,直到海霞变成了圆点我才关上车窗。

夜里回到了家,妻子正在艰难地蹬着裁缝机,她见我回来了,赶忙擦去眼角上的泪珠,喜出望外,忙给我拿吃的。我狼吞虎咽地吃着妻子端来的饭菜,发现妻子的腿很粗,她掀起裤脚,我一看,两只脚肿得像磨棍。她在家负责几个孩子日常生活和教育,并挣钱维持着一家人的用度,还要供养我在高校读书,这么巨大的压力压在她头上,是多么沉重的担子啊!我不胜感激,停止了进食,伤心地哭了。

妻子看我哭了,反而打趣地说:"在外面疯野了,到家看不惯了,不然哪来的泪水呀!"妻子说罢,特别高兴地洗澡去了。我静静地躺在床上,专等妻子的到来,谁知一路劳累,一觉睡到天亮,当我醒来时,妻子早起床烧锅去了。我懊恼地自言自语:"怎么就睡着了呢?"

诗曰:

> 学子千里奔故乡,
> 夫妻见面泪两行;
> 只为巫山要行雨,
> 一板牛歌变空诳。

第八节　批发票的奥妙

初冬的早晨,轻霜白得像黑女人脸上的脂粉,太阳刚爬上房檐,小鸟又叽叽喳喳地叫个不停,稀泥地里依旧升起了水蒸气。我走在上班的人行道上,黄色的树叶时不时地掉落在我的头上。

回到单位,四个多月没见天河镇的镇容镇貌了,今天看到镇办大楼,就像见到久别重逢的亲人。同志们都走出办公室和我亲切地握手,我顺便问:"今天怎么没见两个老板呀?"

调来不久的小原说:"田主任你还不知道,上下副职领导和其他的同事一员不缺涛声依旧,可原来的书记、镇长都调走了,书记去任县委常委、政法委书记,镇长去县人大当副主任去了。"

我们又从农村乡镇选拔了两个"优秀"的年轻干部来任书记、镇长,两人的学历都是党校毕业的研究生,号称"双研"。镇长姓牛,叫牛洞,中等个头,年龄在四十岁左右,在下属面前从无笑脸,有人给他总结道:

> 见面不打招呼,说话就是吹牛。
> 开会就是骂娘,和蛋就是任务。

书记也姓牛,叫牛犍,人们称他们为"二牛"。又有人根据他们的名字配字称他们为"双犍"。

综合治理工作是功在当代利在千秋的基础性工作,是标本兼治、打防并举的系统工作,不能造血还花钱,所以,他们对这个部门的部门领导及工作人员都特别厌烦,"干工作花钱自己想办法,不花钱能干好工作才是称职的干部呢!"这是镇长的口头禅。

我的职务虽然没变,但已经被冷在一边了,过去的火热部门已变得没人提起了。我很纳闷:综治工作怎么就沦落到这种地步了呢?不管镇长何等蛮横,该报销的费用总不能随便赖账吧?丑媳妇不能不见公婆呀!

这天,我拿着在北京读书的学费和应该报销的费用发票,来找新来的天河镇镇长签字。我们互相第一次见面,都感到陌生,他坐在那儿,面对正门,对来人不屑一顾,腿虚跷在桌子上,手里还拿个牙签,在慢悠悠地剔着牙。旁边坐着副镇长,这位副镇长也是他的得力干将。他和两位主要领导一起进的天河镇,但他是镇长的贴心班底。

这个副镇长个头小,嘴大,牙齿发黄,身不过五尺,年不过四旬,腰粗腿细,外形活赛山东青阳县卖炊饼的三寸丁。他经常在领导后面打人小报告,扇小扇子,我看他坐在里面,早已满腹牢骚,他叫胡仁言,人们称他为"糊人镇长",也有人称他为"胡言"镇长。

当我把条子递过去的时候,牛镇长看着我,问:"你是哪个部门的?叫什么名字?"他把我拿去的发票故意扒拉散在桌子上,我当时就弄得一肚子气。

副镇长忙献媚介绍道:"这是综治办主任,姓田名土字里里,是来报销在政法大学带薪读书发票的。"

镇长重新把散放在桌子上的发票拿过来轻轻地瞟一眼,然后,不再看发票,眼也不眨地直直看着我,大约有两分钟,突然,把发票和批发票用的黑色钢笔往地上一摔。

"自己看去!仔细地看!"

我被弄得一头雾水,这明明是单位送我去读书的,同时是经过党委开会研究过的,这新镇长是什么意思?怎么不分青红皂白就变卦了呢?这是公务,不是我自己要去的,读书所产生的费用难道让我自负?条子哪有错呀?这问题出在哪呢?我不知所措。我也火了:"牛镇长,这不是我个人的行为,给不给请你痛快点!"

副镇长很麻利地把条子拾起来,极不耐烦地说:"田主任,别拿着鸡毛当令箭,你要明白,一朝天子一朝臣。这么大的镇,财务管理是个大事,你都拿不合格的条子来报销,责任是谁的?当然是镇长的啊!管得严是对的,是利国、利民、利人、利己的工作职责,为了不给镇长出难题,快把条子拿走吧!别惹镇长生气。以后办事要注意,去吧!"

我憋着一肚子气,拿起条子很恼火地说:"去吧,话说得太轻巧了,去得容易,这一堆条子怎么处理?"

还没等那副镇长说完,这新来的镇长大声地说:"大笔写大字,大人干大事,你在条子上写这么大的字,与你那星大的职务配得上吗?"

"请问镇长,这报销发票字大字小是关键吗?重在合不合报销的标准吧!我带薪到北京政法大学读书是镇党委开会研究决定的,不是我自己要去的。"

"你还强词夺理,标准?前任党委研究的你可找前任党委报销,现在的党委是我和书记说了算,这批条子,我说你行你就行,我说不行就不行!你服还是不服?"

"我不服,前任党委和这任党委同是在中国共产党领导下,怎么前面的决定这任就否决了呢?不行应该说出个道理!为什么?"

"有些事没有道理,我看你是不见棺材不掉泪的主,不服?我让你自己看看,这发票有多大!你都写这么大的字,要我往哪批?"

我忍着的满腔怒火,突然消失一半,原来问题出在这里,然后心平气和地说:"对不起镇长,因为我心粗意大,原来批报发票是这样写的,多大的官写多大的字,不知道新领导的工作要求,惭愧!惭愧!"

"你是镇综治办主任,条子怎么批的,字该怎么写,你应该知道。一个部门的小头头,该写多大的字你真的不知道?你连这星大的小事都不知道,你还能当部门的领导吗?你该下岗了。细节决定成败!念你初犯这种低级错误,不再追究!下不为例。"

说罢,镇长抢过条子,龙飞凤舞在条子上写几个大字,往我手里一塞说:"好了,大字不是你写的,应该是我写的!一定要有记性,别忘了你该写多大的字!"

那个副镇长一听新来的镇长竟然不是把财务关,而是说字写大了,羞得张口结舌,无地自容。

我拿过条子,一看镇长写的几个大字,心想:这就是所谓研究生写的大字?这也太夸张了,太搞笑了。

那副镇长见我嘲讽的表情很会意,忙说:"看什么看?镇长的字你能模仿得好吗?他写这么大字因为他是镇长啊!你是什么职务敢写这么大的字?自不量力,去吧!"

我也不知道这新来的镇长是在玩社会经验还是在打太极拳,更不知他是不是就这么高的水平。最终才弄清,他自己是狗屎还装得像高才生,为了自己的高大形象先给我个下马威。我很无望,不知选择哪条路。我迷茫,我不安,这本职工作到底怎么办,是抢前还是滞后?

走投无路的时候,我突然想起父亲临终前的教诲:"田土,不管是夜行迷路,还是清晨大雾弥漫的时候迷路,不要急于往前赶,要想找出脚下的路,必须蹲下来细瞅,辨清方向才能找出回家的路。"

父亲的教诲很经典,但本职工作不能不干呀!我遵从父亲这一寻路的法则,在家苦思冥想了三天,觉得还是要正儿八经地找书记汇报当下部门的工作情况。

我到了牛书记办公室,他正在端着茶杯品茶,见我进来了忙放下杯子,官腔官调地问:"你是哪个部门的?叫什么名字?"

"我叫田土,是综治办的,来给你汇报部门工作情况的。"

书记很不耐烦地说:"哦!你就是那个善于调解的小镇名人吧,是不是搞到大的招商引资项目了?"

"不是,我是来汇报本部门当前工作的。"

"这点小事怎么能到书记这汇报呢？你该找哪个找哪个去，没有素质，镇长、副书记、副镇长，这级别差几个等级，你怎么不动动脑子想一想？你越多少级了？且不论你来汇报的是与非、对与错，你越级的工作态度就是大错特错，严格地说，你一个小部门的头，敢跑到我的办公室来，那以后看大门的也敢来我办公室说三道四的喽？自命不凡！"

我被羞得进退维谷，他站起来两手叉着腰："至少你要先找镇长啊！国务院的文件都是一级一级往下念的！"

我借坡下驴："好，我去找镇长。"

原来的书记要求必须是部门负责人亲自汇报部门的工作，他要的是工作效率，现在的书记怎么了？唉！

我再次来到镇长办公室，镇长严肃地说："又来批发票吗？记住字该怎么写了吧？"

我扑哧笑出了声："哪有这么多条子要批呢？我是来汇报综治工作情况的。"

"快说，我等着去开会，马上要走！"

"综治工作功在当代、利在千秋，辖区稳定是大局，没有稳定什么都是空的，况且上面很重视我镇的综治工作，因为我镇的综治工作每年都是第一名……"

"我以为你部门在哪招到商了呢，别说了，凡是来汇报部门工作的负责人都说他所在的部门怎么怎么重要，重要是要花钱的，我费九牛二虎之力到上面要点钱，招商引资搞点款，就让你们重要的部门三下五除二给花了，太搞笑了！由你们花不如我自己去花，现在哪项工作不是如此？都需要走近路，工作是你硬干得先进的吗？钱花到位，哪年能少了第一名？就你干出的第一名，和我跑的第一名有什么区别吗？我不知道综治工作重要在哪里吗？这项工作我心里有数，不需你再来说三道四！干好你的事，写好你的字，去吧！"

我一看，知道综治工作完了，常言道不是一家人不进一家门，这两个领导的做派活赛一对配合得天衣无缝的夫妻。我彻底失望了，看来综治工作就像风筝断了线，又好像竹筒打水断了绳。因而我决定把工作重心撤到司法工作上来。

工作要做，不做实的虚的也要做点样，这天根据上级要求，我想在大街上挂几条横幅标语,我想这点小钱镇长不会反感的。我根据上次的经验,把事由和经办人的名字写得像蚂蚁,心想这大概合要求了吧。我推门进到镇长室,递上条子,镇长又把条子摔了,我一头雾水,耐着性子把条子拾起来冷静地说:"这字写得像蚂蚁一般小难道还大吗?"

"这广告公司错了,不是可洋,是可力公司!"我辩解说,"这可力太黑了,打一页材料是两块钱,这可洋打一页纸是三毛钱。"

还没等我把话说完,牛镇长一拍桌子:"让你掏钱了吗?那可力老板是牛书记的新妹子,你装什么蒜?"我一听完全知道条子怎么又被摔了。

当时正赶上"三五"普法实施阶段,各级普法培训班如雨后春笋,上级重点强调,要用法制文艺的形式开展"三五"普法工作。我在工作之余写了十四个法制戏剧小品,我在设法找演员,准备把这些法制小品搬上普法的大舞台。是的,每个作者的作品都想展露于世,可把剧本搬上舞台谈何容易啊!要找演员,排练,要人,要钱,要车辆,还要有精湛的演技吸引观众,真的难上加难啊!

这天早晨,乌云蒙住了太阳,正吃饭时接到镇办的紧急通知:所有镇干部紧急集合,七点钟到指定地点集合,执行特殊任务,不得缺席,不准请假!

我慌慌张张地来到指定地点,牛镇长用高音喇叭在做战前动员:"天河镇的全体干部,我镇拆迁工作遇到了特大的困难,希望全镇干部员工不要孬熊,胜了我们就喝茅台,败了我们只能喝'斜牌'(当地的孬酒)!养兵千日,用兵一时,今天,在场执行拆迁任务的全镇干部要合力同心,谁孬熊谁立即离开天河镇!行动吧!不准后退!"

天上乱云横渡,地下蛇鼠逃窜,推土机、挖掘机等各种重型机械纷纷而至,军事化的镇干部排着纵队,喊着口令前进!那阵势如临大敌,活赛乱世的宗族械斗,又像遇到了日本兵。

拆迁开始了,前面开道的是一百个陌生的年轻人,每人手里拿根红白相间的水火棍,左胳膊上都系一条白毛巾,每人发瓶矿泉水,财政所所长当场给这一百人每人发一张钞票,那阵势好像是当年的敢死队。所有的镇干部排在后面助阵,镇长好似指挥官。我纳闷,在这样的清平世界,又没有外来侵略,为什么全镇干部像远征军一样去"打仗"?"打仗"的对象到底是谁呀?

说时迟那时快,从东南拐冲出一百多个老百姓,他们是来保卫自家承包的土地和青苗的,有老有少,有男有女,眼看一场"战斗"就要爆发,我赶紧冲上前去,站在法律的高度很严肃地对全镇干部喊:"全体干部们,面前站的是我们的衣食父母,这是人民内部矛盾,不能发生武力冲突,大家冷静!"我又向镇长阐述事后所要承担的法律后果。镇长一听恼羞成怒,声嘶力竭地骂道:"田土你个浑蛋! 好大的胆子! 你是镇干部,不为镇里的利益冲锋陷阵,反而乱我军心,左右上,先把田土赶出现场,事后必须严肃处理!"

我被四个拿水火棍的陌生人推出了硝烟弥漫的"战场",独自回家等候着镇长的处理。

可惜,我没有亲眼看到那场"战争"的真实场面,只是听同事说,老百姓在巨大的威慑下不敢抗争,僵持一会然后离开。

时隔不久,镇长开会,我被严厉地批评了半个小时,幸运的是他没有对我实施任何具体的处分。老百姓集体上访了,镇长把三所一庭的政法干警都调来,采取阻的办法,结果把关系搞得越来越僵。可别有用心的副镇长,觉得这是取代镇长的好机会,把"五个一工程"的闹剧添油加醋地写成人民来信,化名到处投递,表面上还积极地在镇长面前表现,暗地里派人去发动群众集体进京上访。

镇长被免职了,原因是他炮制的"五个一工程"被省级党报披露。时隔不久,牛镇长为那场"战斗"承担了法律责任。

那个上蹿下跳的副镇长,经过运作终于如愿以偿。

经过这次"战斗"的洗礼,虽然没有人处理我,但我失去了往日的阳光。

朋友和同事们有指斥我的,也有批评我的。姚功知道后指着我的鼻子说:"人随大流不挨打,天塌有长汉顶着,干吗出这个风头? 虽然镇长被处理了,可这对你有什么好处? 送人玫瑰,留有余香。"可也有赞扬我的,李会就挑指说:"不愧为司法队伍里的名将,事看得透彻! 牛镇长如果听你的良言,不可能有今天的下场。"也有人说:"虽然法律对镇长进行了制裁,但是我们镇全体干部全年的各种奖励都被取消了,这叫一人犯科全镇受累呀!"

不管别人怎么议论,但我相信,做一只展翅的雄鹰,没人鼓掌也要飞翔;做一棵无名的小草,没人心疼也要从石缝里钻出;做一条山涧的小溪,没有人泛舟也要流淌;做一朵野花,没人欣赏也要芬芳。我觉得牛镇长如果钻研法律,他不会栽这个跟头。我横下一条心,要把可用的精力都用在"三五"普法上,要用自身能量做出成绩来证明我自己,为社会做一点有意义的事。

为了实现胸中的诺言,我开始整理创作原有的十几个剧本,挖空心思去筹谋演出经费,决心把"三五"普法工作当头等大事来抓。

二级创作最关键的是选拔优秀演员。这天,我正要到一所大学去物色演员,刚走到长途汽车站的大门口,眼一扫,看到一个苗条淑女,从她的背影发现,她像个专业演员,正站在那儿等车,我下意识地觉得这个人怎么这么眼熟呢? 我再仔细一看,心里突突地跳个不停,她怎么像成霞呢? 真是相见引出千般怨,擦肩而过万事休。

就因这次突然巧遇,弄出多少恩恩怨怨,是是非非。

第九节　林园三诉槐情

我赶紧下了宣传车,主动迎上去,她见到我既不打招呼,也不吭声,转脸走了,她走得很慢,我当时很奇怪,认为自己认错人了,刚停步,她回头一扫,我看清就是她,于是不舍地跟在她后面,不知不觉地走进了美丽的林园。

通向林园的道路两旁,青松翠柏在微风吹拂下缓缓地摇着头,树上成双成对的鸟儿在叽叽喳喳地唱着歌,纵横交错的藤蔓在缠着老树,路崖边蓝茵茵的牵牛花,像一个个蓝色的小喇叭,不分方向地开放。

我跟着她走过去,一看周围的环境,心有所思,果不出所料,她真的一直走到我们当年初立海誓山盟的地方停止了脚步。她背对着我,默默地站在林园东坡那棵垂头的槐树下面,掩面而泣。我追到面前全明白了,今天的她就是原来的她! 细瞧,原来的她非比今天的她,她就是我朝思暮想的初恋——成霞。

诗曰:

> 睹物思人旧梦生,十年相思又见人。
> 不是老天垂怜见,园林叙旧怎转轮。

我和成霞来到当年海誓山盟的那棵垂首而立的槐树下面,默默地对视,我移目看树,思绪万千,当年树下定情的情景历历在目,特别是这株槐树的难忘的风采:

那是春花烂漫刚过的时节,满树槐花,溢满清香,人在树下,相得益彰。今天,这棵槐树长高了,树干也粗了不少,在茂盛的树叶下面,躲藏着串串槐果,如今已经是收获的最佳时节了。

成霞举起拳头拼命地在我胸前乱砸,那弹簧般的拳头打在我身上好像在给我挠痒。

"你这个狼心狗肺的东西,你不认识我吗? 我早就看见你了,可你装腔作势,不来相认。你当年在这棵槐树下发过誓,你还记得吗? 你不守信用,不讲良心,不敢担当,你还算男人吗?"

我看了看老槐树,轻声地对成霞说:"事情到这种地步了,离谱的话就别说了,我就是有熊心豹子胆也不能破坏你的家庭,违反伦理道德。现在利用这点时间说说我们目前的工作、家庭和处境,你怎么到这儿来了? 准备到哪儿去? 去干什么?"

成霞擦干眼泪:"我不明白,你到底有没有心和肺? 我千里迢迢到这里,你总该问一问这些年我怎么过来的,吃了多少苦楚。你一句也不问,还提什么伦理道德,我看错你了,话都说到这个地步,难道你的心被土坯给填实了? 那好吧,算我眼瞎。"说罢转身就走。

我忙拦住她向她道歉。等她冷静下来我委婉地说:"话不能这么说,我何尝不想了解你这些年的辛酸苦楚、人生经历呢? 然而我问细了恐怕伤你自尊啊!"

"我自从离开天河你的老家,在长途汽车站和你分别后,到了单位整整睡了三天……"紧接着,她对着槐树和我,撕心裂肺地哭诉起这几年她的心酸经历:

"自从那日分别后,天旋旋,地悠悠,不知哪天是个头,我迷迷糊糊地进了宿舍,一睡就是三昼夜,单位领导觉得不对头,打开我的门,问我是怎么回事,我颜面尽失,怎好启齿? 不管他们怎么问,回答的全是无休止的哭泣。团里有个老艺人,她有过这样的经历,她对团长说:'这是失恋的症状,必须马上给她打开心结,告知她家人,或者就给她找个配偶,否则会出人命的。'

"团长艰难地说:'这找对象又不是买青菜,至少是王八瞅绿豆,双方要对眼呀!'

"老艺人很惊诧地说:'前天我们团不是分来个小伙,问问他,如果没有对象,就撮合他们一下,或许她能渡过这个难关。'团长为难地说:'这不叫乱点鸳鸯谱嘛,况且硬生生地绑到一起合适吗?'

"团长在老艺人的启发下,从团里把那个比我小三岁的小伙子指派来我的宿舍,专门侍候我,没过几天,团长来和稀泥,亲自当红娘,介绍我俩结婚,那时的我已没有了心肺,没有了灵魂,更没有真正的爱,就这样在团长的撮合下,稀里糊涂地办事了。那个男人结婚前在我面前像条哈巴狗,婚后他拿我当粪土,我对他一直很冷漠,后期干脆就分居,等孩子出世后他凶相毕露,说孩子出世的时间不对,孩子的面相和他不一样,因此和我商量要除掉这孩子,然后再生,为了保住这孩子生命,我受尽了他的折磨,吃尽了人间的苦楚。"

她哭了,哭得那么伤心,那么痛苦,简直是撕心裂肺,我掏出手帕帮她擦擦泪。

"不说了,自从天河泗州戏剧团解散后,我就下海了,财政断奶了,上面撤了我的舞台,我不能唱戏了,百无一术,一分工资也没有,生活相当窘困。那男的特别自私,自己弄点钱喝酒、玩乐,小孩上学不给学费,还破口大骂:'我不是凯子,我怎能拿自己的血汗钱去培养一个野种呢?天底下有这样的愣种吗?'

"他干脆把话说到底:'不弄死孩子,我不会拿钱给野种上学,我决不违心地培养杂种!'

"他不仅不让孩子上学,反而拿我当出气筒,非打即骂。小孩的性命受到极大的威胁,我实在没有办法呀!"

她说着便伤心地哭起来。我忙递过手帕,让她擦擦泪。她又接着说:"这个浑蛋的男人,从不问咱娘俩的事,并且一天到晚扬言:'不弄死孩子坚决不留这个家!'

"数年的分居在危难之中煎熬,我还巴望能有清静的一天,然而他一意孤行,无风不起浪,天天找我娘俩的碴子,小骂天天有,大骂三、六、九。高兴时拳打,怒时脚踢,每次都放这个屁:'不弄死孩子誓不罢休!'

"我实在过不下去了,就去药店买了安眠药准备娘俩一次性吞下,共到阴曹地府去。"

她说着又哭得泣不成声了。

"苍天不灭善良人,此事很快被团里人发现了,几个邻居轮番看我几天,才保住咱娘俩的命啊!

"我们的感情早已变成了死灰。我主动提出和他离婚,一连数次都没离成。为了保住孩子的命,我把孩子安排到他三姨家读小学,然后组织了一批学员到南方打拼。"

我怀着罪恶感深深地给她鞠个躬,深表同情,然后内疚地说:"让你娘俩受苦了,这么多年只说我自己苦,没想到你过得比我更苦啊!都是我的罪过啊!"

"你也别自责,一切都是命呀!现在我的14名学生都在浙江、福建一带打拼,前几天因孩子在学校和同学打架,我回来是专门处理这件事的。那边群龙无首,我必须尽快赶回去,昨天电话告诉我,团队已经出问题了。"

"别说那些不开心的事了,剩下一点时间我们说说别的,专说开心的事。"我对她说道。

成霞这才振作起来深情地说:"当年的老槐树下站着三个人,今天只有我们二人面对槐媒诉说衷肠,老师现在过得怎么样?你去拜访过没有?"我一愣,突然想起前年春天的一段往事。

那天,我刚上班,正在整理文件,突然闯进一个头发蓬松的老头,我仔细一看,不是别人,正是我们的老师。我两眼泪汪汪的,忙让他坐下,给他倒一杯茶,递过去,并深情地说:"老师,你这些年到哪去了?都干了些什么呀?"

老师擦了擦泪,猛喝两口茶,带着哭声:"田土啊!我这几年过得太伤心了。离开司法局以后,我把家里的祖宅卖了,总共得了八千元,单位抵去六千元。后到农村租了两间瓦房住下,我还有点积蓄,也就准备靠这点儿钱养老了,没想到我的干儿子那个畜生,又找到我跪到我面前责罚自己,戏演得特别形象,最后我的养老救命钱又让他给骗去了。到如今不见他踪影,弄得我上无片瓦,下无立锥之地,身无分文,四处流浪,苦不堪言。"说罢便放声大哭。我忙劝慰老师:"别难过,世上没有蹚不过的河,翻不过去的山。我来找民政科给你要点钱,然后给你申请办理一个五保户,暂时填补目前的生活用度再说。"

老师走了,我掏两百元钱给他,又从民政科申请领两百元救济款。第二天我到居委会给老师申请办理低保户,时间不长就给他办了个低保本子,就这样,基本解决了他生活上的困难。

成霞感慨地说:"老师的一片赤诚,换来的就是这个结果,人心难测呀!我今天没有准备,下次回来我俩一起去看看老师,这么多年忙于工作和家事都没去看过他,愧疚啊!"

"你到哪看?他去世了!"

成霞愣了好大一会："你胡说！他身体这么好怎么会去世呢？"

"他真的是死于车祸。那是初冬的一天，他来到我办公室喝杯茶，他到镇民政科领完生活费，出大门就遇难了。"

成霞一听，哭出声，她哭得很伤心，扑到槐树干上："苍天啊！老师的命怎么就这么苦呀？"

她哽咽一会，趴在我的肩膀上哭诉道："田土呀，老师对我太好了，我对不起老师。我十几岁的时候就跟老师学戏，他是我的启蒙恩师呀！教我练功，教我身段，教我台上如何入戏，他经常说，台下三年功，台上三分钟，要想演好戏，必须先做人，戏品如人品。做不好人绝对演不好戏。他教我《苏三起解》《窦娥冤》《打渔杀家》，还有连台大戏《白绫记》《夸女婿》《拾棉花》《打干棒》《马过驴换妻》等。他手把手地教我艺术，扶我上台，辅我戏身。竟然去世了这么多年我还不知道，我是一个没有良心的人啊！我对不起老师！"

我怕她悲伤过度，忙把她拉过来，扶她坐在石凳上轻声劝道："成霞呀，万般皆由命，半点不由人啊！老师就这个命，别自责了，你这些年也生活在油锅里。"

她理了理头发，擦干泪问："这个事为啥不通知我呢？毕竟我俩师生三年，师出如父，师徒情深啊！田土啊，这样我会永远心不安呀！我会带着愧疚活在世上。"

"你不能这么说，当时谁知道你在哪儿？这么多年没通信息到哪找你呀？同时谁也不知道老师就这样结束他的一生。"

"后来谁给他送终的？是他的干儿子吗？"

"因为他既没子女，又没有亲属，到处联系他干儿子的下落，最后找到了，可这人不承认是他的干儿子，更不承认拿老师的钱，这个无赖太恶毒了，没有办法，法律治不了缺德的人啊！雷也不打他，只有我跑前跑后地给老师料理丧事，我拿了两千块钱，镇里又补一千块，这才把老师送到公墓上。好在镇里出面，墓地免费，我跪在墓前出口吟道：

'祸出大门恩师丧，顷刻之间分阴阳。
苍天若能明事理，该惩蜜口恶豺狼。'"

成霞愤怒地说:"这个口蜜腹剑的东西,我遇到,定要痛骂这个不仁不义的恶人!"

她看了看手表,面有焦急之色,我断定她赶车时间到了,便催道:"别误了你的车次,快去赶车吧!"

"是的田土,车马上就要开了,我们今天就不再多说了,但你一定要记着,明年清明节你陪我去给老师上坟好吗?别忘了,千万不能忘了!"

"好!我一定陪你,放心吧!"

"车来了,我要赶车走了。"

我赶忙把她送下山,并且把南下的长途客车拦住,在慌乱中她才想起问我一声:

"你现在是什么职务?今天怎么碰得这么巧呢?你们开几辆车是干什么的?"

我坦率地说:"我现在是行政干部,职务是天河镇综治办主任兼司法所所长,现在正赶上'二五'普法验收,'三五'普法开启年,上级要用文艺形式开展普法宣传工作,省司法厅正等着咱搞一台普法大戏呢。"

成霞说:"我现在是国家二级演员,能帮上你的忙。"

我心里一惊,当下正需要普法戏剧演员,咋就这么巧呢?

踏破铁鞋无觅处,得来全不费工夫。

我张了几下嘴,没说出口,心想离别这么多年,不经过一段时间的相处,人家不可能回来帮你这个忙。

她为了赶点已登上开往湖州的长途汽车,我站在那儿呆呆地望着她,内心的潮水不住地翻腾,有心酸,有彷徨,有深情,有激荡,有惊喜,有悲伤,有难言之隐,有情感挫伤,直直地站在那儿腿挪不动半步。

突然,成霞高喊:"田土,你有普法的剧本吗?"

我说:"有。"

"在包里吗?"

我答:"在。"

"快拿给我。"

我的腿这时失灵了,忙把创作的几个大型普法剧本《弃女记》《山窝里的红杜鹃》《杨白劳选镇长》《严老二赶集》等从包里都拿出来,快速地跑到车旁递给她。

"田土,剧本我先看看,看过把情况反馈给你,本子需要怎么动再联系。"

车已经启动了,她就拿剧本跟我频频招手:"田土,保重!后会有期!"

　　万事成败皆靠缘,
　　无因对面不沾边。
　　没有当年林园会,
　　哪得后来艳阳天。

第四章　人　生

第一节　西安情愫

我回到镇里,正好接到通知,中央司法部为了搞好"三五"普法的启动工作,在西安举办"'三五'普法文艺创作培训班"。司法局领导让我第二天就到西安报到。

我问局里通知我的领导:"这个培训班里还有谁?"

领导回答说:"这是省司法厅直接通知到单位的,具体还有谁我们也不知道。"

我把通知拿回家,把详细的情况向老婆作了具体的汇报,老婆像一个开明的大领导:"这是党对你的重托,你要对得起党,对得起人民啊!"

我扑哧笑出了声:"你所说的'党'大概就是你吧? 所谓的'人民'就是孩子们吧? 有意见骂出来,你不该用这种语言来取笑我。""我哪敢骂你哟? 你现在是老龙王搬家——厉害(离海)的主啊! 我听说还有个李海霞在那儿等着你呢! 别错过这鹊桥相会的好机会呀!"

"别胡扯,李海霞是我同学,人家在新疆! 你懂吗? 新疆离我们有多远,离西安有多远,你知道吗?"

妻子冷冷地说:"只要心中有,人远心不远呀! 做事只要能对得起自己的良心就够了! 就能对得起'人民'对得起'党'了! 我们在家等着你平安归来。"

虽然是初冬的天气,但不少人还穿着单衣,两天的东风刮过,天上飘下了漫天的雪花,冬天真的到了。

妻子知道我要出远门,提前给我准备好行李,并且在我的包里塞了不少吃的和用的东西。

我带着特殊的神圣使命,上了西下的火车,参加了中央司法部举办的

"'三五'普法文艺创作培训班"。

坐了一天半夜的绿皮车,夜里十点半到了西安。西安又名西京长安。古都就是古都,全城灯火通明,车辆川流不息,虽然是初冬的夜,但马路上行人仍熙熙攘攘,小吃摊点仍然挤不退人。

培训班在西安一个五星级宾馆举办,我跟着接人的牌子住进了宾馆。

班主任是司法部宣传司司长,叫陈豪,他个子不高,三十出头的年龄,白皙的脸庞,一笑便出现一对深深的酒窝,我们都叫他陈司长或陈教授。

培训班开班典礼过后,老师为了让学员写出好本子,不让我们在室内上课,带着我们走出教室去体验生活。

第一天就让我们了解西安的民风民俗。我来到一个居民家,见一位四十多岁的妇女捧着个三尺多长的铜头大烟袋,蹲在那里吧嗒吧嗒地抽,我很好奇地问:"大嫂,你捧个这么大的旱烟袋,抽得累不累啊?"

她放下烟袋笑着说:"看来你是外地人,咱西安有'八大怪',你听说过没有? 不知道我说给你听。""谢谢大嫂,我们是中央司法部培训班的学员,当然想听一听西安'八大怪'了!"

这妇女把烟灰朝石槽上磕了磕,并朝鞋底下磨了磨烟袋锅,然后慢条斯理地说:"一怪是妇女捧着大烟袋,二怪是烙饼好比大锅盖,三怪是面条擀得像裤带,四怪是油泼辣子算道菜,五怪是姑娘对内不对外,六怪是媳妇上树比猴快,七怪是房子都朝一边盖,八怪是秦腔大戏吼起来。"

我听了这位妇女的"八怪"讲述,心花怒放,观察当地人的风俗习惯,还真是这样。

中午各人掏钱去品尝地方的特色小吃,街市上各种小吃琳琅满目,不知哪种是特色,我也跑饿了,结果坐在一个小吃摊上就听小老板高兴地唱道:

"说西安,道西安,羊肉泡馍不一般。来人不吃这道菜,枉来西安走一番。"

我断定这羊肉泡馍肯定是西安亮点特色小吃了,于是我喊道:"老板,请来一份羊肉泡馍。"

大概是饿的原因,这泡馍真的很好吃。我吃掉半碗心里却感到好笑,大大小小培训班不知经过多少,从来没有经过这样培训的,有特色! 就像这羊肉泡馍一样。总觉得培训不该这样"散打",应该集中学习,也不知这陈司长葫芦里到底装的是什么药。

晚上回来了,陈司长问:"你们看到什么了,吃到什么特色小吃了?"我觉得好笑。

停了一会,陈司长说:"这次培训很特殊,是要培养你们的写作技能和创作热情。让你们到市场去,到群众中去的目的就是让你们去找创作灵感。"

我这才若有所悟。

第二天清晨,晴空万里,风和日丽,陈司长又让我们走出培训班,集体去乾陵。

到了目的地,顿感心旷神怡,耳目一新。乾陵乃是唐高宗李治和武则天的合葬墓,自数十里外而望乾陵,独山拔地,岩石壁立,碧峰巍然孤起,山松挺拔,愈看愈秀。真可谓奇山出奇云,秀木出秀气。

站在乾陵的半山腰上,环目四顾,整个陵墓气势磅礴,雄伟壮观,按地形八卦视之,这个陵墓就像一个睡美人,头枕梁山,脚蹬渭水,左边是一道宽宽的豹谷河,右边是一道弯弯的蘑菇河,好似美人的刘海分之两边,两面两道整齐的短发,名曰断头领,就是美人的两个肩膀。往下看,左右两边两座小山,圆圆的像两个馒头,好似两朵含苞待放的莲蓬,齐齐地出现在美人的胸前,人们称之为美人的乳峰。在美人的会阴处有个茅芥芥的圆形土山,山腰一眼无名泉,终日涌流,四时不竭。因此,人们称武则天的陵墓为美人活宝地,又曰阴灵地。据传当年黄巢带领四十万人马到长安,人困马乏,为充实军费,派一万人马在乾陵挖沟盗墓,恰巧黄巢挖第一锹的时候,狂风大作,飞沙走石,天降大雨。兵丁挖了七七四十九天,大雨下了四十九天,黄巢觉得天意不可违,让兵丁停工止盗。当天就雨过天晴,黄巢带着终身的遗憾领兵退去,故后人将此沟称之为"黄巢沟"。

随后培训班的人们又来到秦陵,陈司长说:"秦陵是秦始皇的陵墓,震撼世界的兵马俑已向世界开放,你们要抓住这个机会,了解一下秦始皇治国理念和法制思想,从而激发你们的创作灵感。"

我们对陈司长的培训方式和做派真的不理解,不管怎样,我们服从命令听指挥,乾陵也好,秦陵也罢,都没来过,趁着这个机会,开开眼界也不亏了自己。

入门的时候有个胖胖的老者,只负责给游客签名。我纳闷,从未见过旅游区派专人负责签字,这是为什么呢?经过了解才弄清,当年的秦陵是他发现的,因此,就长期让他守在这里专门给旅游的中外游客签名。他不识字,后派人专门教他练习写自己的名字,以示其发现之功。我们来到兵马俑,见那些出土的陶瓷兵马、兵器战车,特别壮观,秦代的排兵布阵、军机战策,通过兵马俑的布局清晰地展现出来。我们仿佛看到当年秦始皇吞并六国的战局和宏大的战争场景,他高登于战车之上,举着战旗,挥戈持剑,指挥秦军作战。

再看偌大的始皇陵基,气势磅礴,蔚为壮观,檐牙高筑。穿三泉,下铜楹,宫观百官。陵墓内奇珍异宝,琳琅满目。以水银为百川大海,机湘灌输,上具天文,下具地理,以人鱼油为烛,头枕金,脚踏银,富丽奢华历史罕见。

晚上回来陈司长又鼓动说:"同学们,今天的收获怎么样?我们的战术是农民的一句老话,磨刀不误割麦子。"

真的,我们玩了几天,看了大雁塔、小雁塔、汉阳公主墓、兵谏亭、华清池、法门寺。所有学员都心旷神怡,学习和创作热情空前高涨,大家的创作灵感像喷涌的甘泉,人人构思,个个动手,创作的剧本像雪片一样,把陈司长喜得合不拢嘴。

在班里,我创作了法制小品《大盖帽》《杨白劳选镇长》《选择》《假牙》等,当时在培训班里起到了轰动效应。四十八天的培训很快就结束了,为了增加对十三朝古都的怀念,司法部的领导专门带我们爬了华山。这些经历,使我们真正体味到十三朝古都西安的各种情愫、历史的演变和特殊的人文景观。

四十多天的培训,明天就要结束了,学员们都互赠礼品,相互邀请到外边吃西安小吃,有钱的同学到高档饭店聚吃大餐。

我走出宿舍,昂首便见满天的星斗,西边挂着一轮弯月,别人都到饭店猜拳行令,我干什么?我考虑了一番,觉得来到古都西安还有一件未尽的事宜,就是观看西安的地方名剧——秦腔大戏,这是八怪中的一绝啊!于是,我独自来到西安大剧院,买一张戏票,坐在剧院第二排的座位上。我看了看旁边还有个空位子,心里嘀咕,后面的位子都坐满了,怎么这么好的位子还空在这里呢?且不管它,反正我是一定要把这场戏认真地看完,秦腔大戏是西安的一大亮点啊!

在剧院大幕的两边有一副对联:"八百里秦川尘土飞扬,三千万人民齐吼秦腔。"

锣鼓镲钹一开场,就牢牢地抓住了观众的注意力。演员们唱、作、念、打的功力和那高亢激昂、粗犷豪放、苍凉纯朴的艺术韵味都表现出来了。这和天河边上优美动听的拉魂腔大不一样，两个剧种在各方面都有着天壤之别，相比之下各有千秋。

那天唱的是《铡美案》，就在秦香莲上台的时候，旁边的座位上有位女同胞坐了上去，嘴里还喊着戏词："你个忘恩负义的陈世美！"我很不耐烦地瞄了她一眼，虽然剧场灯光不太亮，但我觉得她是个熟人。我再回味一下刚才戏词的余音，心里突突地跳，怕鬼有鬼，这天下这么大，不会这么巧吧？难道真是她来了？不会吧！我再仔细看，果不其然，就是她，就是她！

"你是李海霞吗？"我亲切地问。就听她那银铃般熟悉的声音在耳边响起："田土！怎么是你？你怎么在这儿，不是做梦吧？"

我忙把她按到座位上："这是剧场，不能耽误别人听戏！"

她慢慢地坐下来，从牙缝里挤出一句话："不是冤家不聚头，今日相聚怎么收啊？"

"好！咱们坚持看完戏再叙旧吧！"

秦香莲在台上几个水袖一摆，开始了心酸凄凄的哭诉。陈世美的抛妻弃子行径，孩子那担惊受怕的呼喊，陈世美那内心的惧怕与愧疚，外部的镇静与狂傲，都表现得特别到位。尤其是包公那如雷的高喉、那高亢的唱腔，引得全场欢声雷动。我第一次听秦腔大戏，并且坐在台口，听得真叫过瘾。就像爱吃尖椒的人，一口吃下一把发紫的尖辣子，辣得够味。落幕了，我仍沉浸在戏境里，秦腔高亢的曲调仍在我耳边萦绕。

李海霞被剧情感染，哭得泣不成声。我俩都沉浸在剧情之中。

大戏散了，海霞和我一起走出剧场，我问她："咋会这么巧呢？你来西安干什么来了？"她长叹一声："你真是当年的陈世美。自从北京分手后，你书不捎信不通，你心安吗？难道对我一点也不思念吗？你好狠心呀！"

我被她连珠炮似的问话弄得无法张口，停了一会我才语重心长地说："海霞，你言重了，我们都是有家室的人，你就是秦香莲，我也达不到陈世美的水准，我们的感情是同窗情，撑死天不过是十里长亭的关系，要成正果必须入坟方可。"

"好了好了！暂不说咱俩感情上的事，我且问你，当时在北影那巨大的丰碑旁，你立下的誓言实现了吗？你不说要和你同学陈源斌比试的吗？书稿写出来了吗？出版后，让我一睹为快。"

"我惭愧地告诉你,著书立说哪能这么容易呀?不过现在正在准备阶段,马上就能见到我的拙作,让你见笑了。好了,快跟我说说这次你来西安是干什么的。"

"我现在是个有名的律师了,这次是来办一桩大的刑事案件的。今天下午才开完庭,当事人家属对我的辩护十分满意。本来是回新疆的,因火车票卖完了,才留下来看戏的。万万也想不到,苍天设下这样的绝妙迷局,让我们在这种场合见面,真是天意啊!"

"是的,三年了,确是苍天捉弄人,安排我们在这大剧院见面,是苍天专赐的良机啊!"

初冬时,夜深深,凉风侵体,我们走在马路上浑然不觉。已是车少人稀的时候了,可两条人影仍不停地在灯光下徘徊,我和海霞有说不完的话,一点困意也没有,最后走进一家通宵小吃部,海霞主动点了两碗羊肉泡馍,我要了四碟风味小菜,来一瓶白酒和海霞喝上两杯。

我俩喝着小酒,叙着往事好不快活,我们正在兴中,老板娘自己拿双筷子和酒杯凑上来,好像和我们就是故友,自斟自饮,自言自语道:"你这两口子郎才女貌真般配,我羡慕你们,来,我敬你们两口子一满杯。"

我和李海霞被老板娘弄得特别尴尬,说是可又不是,说不是这半夜三更的在一起如此亲热怎么解释?我猛地想起我是来干什么的,赶忙结束酒局,付了账,拉着李海霞离开了小吃部。老板娘热乎乎地欢送道:"伉俪慢走,大姐我天天在这儿等着你们!"我们虽然心里烦,但还要掉头说:"谢谢!"

李海霞很得意地说:"田土,怎么样?这是天赐良机,虽然在北京我们同学一场不能如愿,但这天赐之缘你还不珍惜?天意不可违呀!"

海霞的一席话让我心慌意乱,我们走在这三岔路口,彷徨的内心真的不知哪条路上有雾,哪条路上有"虎"啊!我正准备跟着李海霞去她开的宾馆促膝谈心,突然"对得起人民,对得起党"的嘱咐于耳畔响起。我仿佛猛然惊醒的醉汉,这才语重心长地对李海霞说:"我是来参加中央司法部培训班培训的学生,你是办案的大律师,假如弄出笑话,到那时谁也说不清楚,咱俩半世的清名便毁于一旦啊!我想,把我们刻骨铭心的真情、友情深深地埋在心田!让恋情变成永不消逝的电波,永远在万里的天空里飘荡!"

李海霞是个聪明的女性,她一听这话两眼流泪,紧紧地握着我的双手:"我不求金,不看银,只想和你到房间去叙叙旧情。田土呀,人生活着为啥?

就是要了却心愿,了却人生最高、最理想的心愿! 我们在北京,我数次想开口都没有实现,难道这天赐良机你也要错过? 难道……"

"田土,你这个点还准备到哪去? 赶快回宿舍!"小车从我们的身旁一闪而过。我听出那是陈司长的声音。

"海霞,这是中央司法培训班司长的车,陈司长发现了我没回去,明天是要被点名的。天意,海霞请原谅我不能跟你去了。"

李海霞泪如雨下:"田土,咱俩今生无缘,等来世吧! 你保重,明天八点的机票,我就不来见你了。"说罢凄楚地返回宾馆。

我呆呆地目视海霞远去的背影,心潮起伏,海霞和我在北京政法大学的点点滴滴在脑海里翻腾,从见面到今天,自己的决定是对是错却弄不清了,突然,抱怨起家里的"党"和"人民"有点不近人情了。要不是你们设了这么多障碍,李海霞能这样离开我吗? 出门就出门,干吗说那些束缚我的话? 妻子,我恨你! 我烦你……

自从和海霞在西安分别以后,我们再也没有见过面,那永不消逝的电波再也接不上了。

我回到学习班宿舍,不少的"夜猫子"还聚在一起谈天说地,诉说自己过五关斩六将的"丰功伟绩"。我被他们拦进局,也说说自己美好的家乡,可我满腹都是李海霞,又不能拒绝同学们的心意,只有勉强地告诉同学们:"我来自大禹治水的天河湖旁,那里有涂山云涛,有天河粼浪,有四湖秀水,有迷谷狼巷,有王府历史,有龙湖珠蚌,有国老传说,有严娘碑廊,有霸王古城,有钟徽墓藏,有八景名胜,有淮河巨浪,有神母遗迹,有乳泉风光,有皇家陵墓,有皇帝元璋,有亘古濠梁,有名村小岗,有韭山仙洞,有中都城墙。"

上面所有名胜都有一段历史的传奇故事,再加上我精心的描述,同学们听得都如痴如醉,心花怒放,纷纷组团要到我的家乡天河湖畔来游览做客,我满口答应,恭候他们光临。

早晨,霞光万道,瑞气呈现,我怀着喜悦的心情,来二〇三房间向陈司长辞行。陈司长见到我很风趣地说:"田土啊! 你昨晚潇洒得很呀! 身边的小妞漂亮,艳福不浅呀,恨我惊醒你的美梦吗?"

"陈司长别开玩笑,那是我大学同学。"

"不要描,越描越黑! 年轻人可以理解,这么早来找我,不会是专门解释昨晚上那件事的吧?"

"我是来向您辞别的。"

"走得这么急肯定是爱人催驾了。好,我同意你返程,但必须要参加结业典礼后才能走,回宿舍去吧!"

我高兴地谢过陈司长。

光阴似箭,日月如梭,四十八天的培训时光转眼即逝。本来归心似箭,真要分手了,几十位同学都依依不舍。人世间分久必合,合久必分。几十名学生来自五湖四海不可能久聚,结业典礼终于在一个阳光明媚的早晨隆重举行了。

第二天,我来到教授办公室,陈司长正在洗漱,我很随便地坐到椅子上,陈司长很谦和地问:"田土,这么早又到我这干什么?辞行也辞过了,你还有什么未尽事宜?"

"陈司长,你们都没动身我先走太不仗义了,可是驴肚知道驴肚病,我是办事员,身上的'虱子'太多,找我办事的人都打炸电话了,这就是办事员的特色啊!我必须先行。"

"那好吧,这次培训天河省来的人不多,江淮流域就来你一个人,回去后,一定不能忘了这次培训的宗旨,你要深入基层,精心创作,写好法制剧本,唱好普法戏。我的要求不高,在天河省戏剧普法的表彰会上,我一定要见到你,你一定要拿大奖,到时我亲自给你颁奖!"

"陈司长,一言为定,坚决不辜负你的期望,你给我颁奖的日子不会太长,你等着吧!"

第二节 戏剧普法

我从西安回来,没有回家,带着沉重的使命便投入紧张的工作中去,我深知用戏剧的形式搞普法宣传,难啊!第一要领导认可,吃透上面的普法精神,先发出戏剧普法的红头文件;第二要有精湛的法制剧本;第三要选拔和聘请优秀的戏剧演员;第四要有一批可用的经费保障;第五要精组细配,要真抓实干。

这一神圣的使命确实让我头疼啊!但再大的困难,我都要勇敢地面对,去接受时代的挑战。

上行下效,天河镇戏剧普法的红头文件下来了,并明确了组织,确立了方案。都是一大堆空文,真正执行者就是我一个人。通过游说,一家省直单位特别乐意支持我们搞法制文艺节目,愿意出钱出车。

当天夜里,我根据李会的遭遇,把《弃女记》重新创作,再加工,连改了十八遍,打字的小妮不给我改了,并且表露出很害怕的样子。我为了听取意见,追问打字者的感受。小妮说:"我每次给你校正稿件都想看一遍,每次都止不住流泪,别人还怀疑我遇到什么伤心事了呢。"

我听到小妮的真实评价,心里踏实多了,随即找李会组织人排练。

李会找了几个过去演过戏的人来排练,十多天过去了,我来看节目,觉得很糟,一点儿效果也没有,我很失望。这台法制文艺节目怎样才能把剧本中的人物演活,是一个新课题。常言道,敲锣卖糖各干一行,看来没有专业演员确实演不出好的效果。我正在思索着怎么选聘专业演员,突然电话铃响了,一个熟悉的哭泣声在另一端响起。我紧张地问:"成霞你怎么了,到底怎么了?"

她哭着说:"我们团的服装道具都被刘矮虎给抢去了,你可能抽时间来看看呀?"

"你别哭,我看能不能请个假,挤点时间过去,你们为什么不报警呢?"

"我害怕……"

"那好吧!我们明天就到上海,在人民广场准时见面。"

第二天,书记让我到苏州调查一桩案件材料,我慌忙地办完公案,就去上海的人民广场。

当我到上海人民广场的时候,是下午五点多钟。初夏的天太短了,傍晚,老天把脸一变,纷纷扬扬地下起了细雨。我迎着微弱的亮光,发现雨中站着一位身穿蓝色布底、带有白色碎花的旗袍,身材匀称,打一把紫红色的太阳伞的女人,我近前一看,站在雨中的女子正是成霞。

她见到我,忙用伞来为我遮雨,我俩从上海人民广场到一家小酒馆,刚进门,饭店大厅的人们都不约而同地停止了进食,投来惊讶的目光——成霞的气质太出众了。

晚上,我们开了两个房间,开房前,虽然她百般地暗示,让我到她房间去,但我还是缺少胆量和自信。半夜了,我辗转难眠,坐起泡壶浓茶,再慢慢地细品。我是多么想到成霞房间里去啊!可是忘了带上我的二舅母。我后悔,只有忍着饥饿迷迷糊糊坐到天明。第二天早晨成霞带我去看落难的姑娘们,不看没有真情实感,一看确实让人心酸,姑娘们流着泪诉说着流氓们种种无耻的做派:抢她们的服装道具,七八个小姑娘弄得破衣烂衫。我听了她们的诉说,义愤填膺,随即写了一张控告书,寄到湖州市公安局,湖州公安局根据控告的人和事件,立即立案侦查,很快把这伙暴徒捉拿归案。经法院审判,刘矮虎因抢劫罪被判处有期徒刑五年,这是后话。

我当时只带六千块钱去,这钱是我平时在案件代理上收的费,还有一部分是稿费。这是一笔背着老婆藏的个人活动的私房钱。我看着这些疲惫不堪的姑娘,决定把六千元给成霞,并嘱咐她给姑娘们每人买套衣裳,剩下的为零花钱。成霞颤抖地伸手捧着六千块钱,两眼默默地流出两行热泪。

我看着忧心忡忡的成霞,探寻地问:"现在我在普法的工作岗位上,正需要一批演员演普法戏剧节目,你们不行就回去帮我演普法节目,助我开展普法宣传工作。"

成霞认真地说:"你的《弃女记》写得特别好,如果把这个本子搬上舞台效果绝对好。田土,我们为了表示对你的感谢,就抽时间把你创作的剧本排出来,然后等着你,何时要我们回去,帮你演法制戏,我们随时动身。"

我一听这话心里高兴啊!随即又问:"你们有超常的演出技艺,不知是否有资质?"

成霞做了个鬼脸,开玩笑地说:"老田,你放心吧!"

我接过她们的证件一看,原来如此,我一拍大腿说:"好,咱就这么定!"

第二天,太阳出来了,夏天的天气比较热,但这城市早晨还较为凉爽,我和成霞走在人民广场上,心旷神怡地叙着旧事,好开心啊!但我提出要回天河,成霞不由自主地哭起来,最后她还是洒着泪把我送上开往天河县城的汽车。

我从上海回来心里高兴,李会听说我回来了,忙从家里拿两瓶珍藏的好酒,请来姚功作陪,给我接风。她找了一家小酒馆,弄了几个可口的小菜就开始倒酒,有道是人逢喜事精神爽,我和姚功推杯换盏,一斤酒不知不觉给倒没了,我又拿第二瓶酒,被李会给夺掉了。

我不解地问:"你既然给我接风,怎么不让我喝酒呀?"

李会说:"这壶乾坤大,杯中日月长。要想拆开这瓶酒,就要把这酒的根源说出来,否则我就不让你们开!"我清楚,这是李会怕我和姚功喝醉酒。

我随口说:"杜康造下万家春。"

姚功接："一面红妆爱煞人。你看她虎视眈眈不给酒喝真的想杀人啊！"

李会说："我们不谈红妆只谈酒，想杀你方法多着呢！"

姚功和稀泥："杜康造酒刘伶醉！"我看着李会不知啥意思："难道杜康造酒说错了？"

李会指着我和姚功："俗，俗不可耐！天下谁人不知道杜康造酒啊？还有其他说法你们知道吗？"我看着姚功，姚功看着我，半天说不出个子丑寅卯来，真的被李会弄得晕头转向。

还是姚功先开口："难道你还能说出酒是其他人造的吗？"

"有！既然出题，就有答案。"

"既然你说有，那就说个出处吧！"

李会说："我命令姚功你先说。"

姚功说："酒是一个变化多端的精灵，它炽热如火，冷酷如冰，缠绵如梦，狠似恶禽，毒如蛇蝎，柔似缎绫，锋似钢刀，性如水银。"

"姚功你别说了，抓钩剃头——两道，你答非所问。"

"夫沛公斩蛇显神威，当属醉酒，龙泉高举，铸大汉鼎盛之鎏。虬髯火目，乃把盏举觞之后。青莲邀月纵豪情，金樽牵月走，狂荡不羁，岂知英名万古留。"

"别说了，说的都是些不切题的废话，田土你说！"

我也故意乱说道："酒，舜治天下，仓廪山堆，杜康巡视，库漏渗水，奉大帝以品尝，受神灵之启慧。熟透果实，冽有滋味，帝女嗅之，颇感欣慰，使仪狄以酿造，成大禹之禁溃。然则蔓延频传，播散如飞，广用于九州之中，遍布于四海之内。它无所不在能让人超脱旷达，也可催汝才华横溢，能让人肆无忌惮，能让你放荡不羁，它能让人忘却人间的痛苦和烦恼，也能让人口吐狂言敞开心扉。"

李会说："你们都有意不切题，存心添乱！这些陈芝麻烂谷子，三岁孩子都知道，我不要你们说这些废话，你们要说出酒的根源和出处。你说得文不对题，田土你必须重新说。"

我被逼无奈，遂作一酒赋，来应付李会。

　　天地苍苍，淮水泱泱。凤凰山下，晨钟震响。龙兴御液，尤物琼浆。似水而清，液晶而香。古为坛盛，今为瓶装。神妙奇滋，百味之王。惟事而不入,无礼而不往。来乐需得酒助,解忧唯有纯酿。天下世故人情,缺酒神情不张。家中纵有千难,酒到立即顺畅。怨积仇深似海,一盏心通敞亮。犯有千罪断头,法场酒送其壮。

噫夫,昔日明皇闲暇农庄,青衣小帽体察凤阳。出龙兴目览千家万户,迈虎步脚踏星辰月光。见一居满院内灯火通明,有一叟坐树下举杯正忙,叟见客器宇轩昂料非凡夫,暗猜度这陌君恐是帝王,忙起身鞠大躬邀君入席,这陌客登首席拒不推让。龙兴畔举樽对饮颜欢,君临风民把盏玉兔奔忙,酒正酣兴正浓老叟开言,逢知己千杯少诗赋文章。快哉!太祖称赞兮樽干诗狂,桂花御液兮高喊吴刚,对月行令兮神韵陡增,才思敏捷兮开口文章。"飒飒西风满院塞,蕊寒香冷蝶难徊。君民举樽对菊饮,何来佳酿慰吾怀?"

于是乎!太祖停樽问访:"杯中酒香,曲池何酿。此等妙品,农家何藏。造物之序,应贡明皇。"叟有千虑,并不慌张。掀开尤物,口述配方:"纯粮米酵百果存放。昔之窖泥,加之麸糠。龙兴甘泉,冲曲成浆。秘方绝配,酒出异常。"太祖开怀,液润龙腔。请叟入宫,专造佳酿。打造极品,侍奉圣皇。老叟推辞,不喜进王。清心寡欲,酒乐无疆。龙需池水,献祖秘方。太祖大喜,立为官藏。赐名御液,日宴品尝。

喜哉,龙兴御酒,六百龄芳。辈辈逞欢,迎来送往。

天涯可见,情系八方。千家款留,四海珍藏。

今昔酒厂,玉液陈仓。甘味更佳,淳色清爽。

手工酿制,古坛窖藏。曲池依旧,龙井泉香。

主要成分,小岗高粱。豌豆小麦,米谷争强。

皇家拥有,百姓品尝。横贯古今,寰宇共享。

闲来无事,聚友交往。推杯换盏,猜拳逞狂。

金樽对月,琥珀生光。吟诗作赋,其乐盎盎。

古风传盛世,诗酒振家邦。酒壮英雄胆,红尘高万丈。

举盏系真情,和睦国运昌。龙兴御液酒,世代飘异香。

李会说:"不行!我叫你讲出处我没叫你作赋,不算!"

姚功说:"自己都没弄清楚,田土讲禹治时仪狄造酒,这难道不是出处吗?这么好的赋又不算,你说田土哪句话离开酒了?你说文不对题,那我听你说怎么个对题法,你说酒还有什么根由呀?"

李会不慌不忙地说:"我如果要说出酒的根源你们不准开这瓶酒,好吗?"

我调侃地说:"酒不想给人喝还能找出理论根据,那好吧,悉听尊便。"

李会学着刘兰芳的口吻,摆出说书人的架势:

"话说从前有个农夫,把一口袋高粱米倒进大缸里,没有几天,从缸里突然跳出一个飘然的老者。老者对农夫说:'你可找三个人朝缸里滴三滴血,绝对会出现玉液琼浆,那味道异香扑鼻,会成为人间奇珍,人类无法缺少的佳酿。'老者说罢飘然而去。

这天夜里,天降大雨,把缸下满了水。农夫依照老者的托付,第二天早晨找人来对缸里滴血。没有人愿意听农夫胡话,把手弄破滴血,大部分人都说农夫疯了,他没有办法,只有守着大缸,姜太公钓鱼——愿者上钩了。

"农夫等到中午的时候,走来一个秀才,农夫把他拦住,说明拦他的原因和要求。秀才不假思索地把手指划破,滴了一滴血,飘然而去。随后又来了一个探家的武将,农夫又拦住他说明缘由,武将拔剑把手划破,朝缸里滴了一滴血,雄赳赳气昂昂地走了。农夫再拦也拦不住人了。天到酉时,来了一个疯子,农夫只有把疯子手划破滴了一滴血,放进缸里凑数。不料疯子的血往缸里一滴,缸内突然飘出奇异的味道,那味道芳香逼人,嗅之让人魂牵梦绕。农夫舀一勺缸里的水喝上一口,顿时醇香可口,清凉甘爽。农夫觉得这真是人间奇珍。这要给它起个名字呀!正好天到酉时,'酉'字再加三个人的血,他写不好'血',干脆就来三点吧!这缸里头的'水'变成了'酒'字。

"时至今日,喝酒之人,一开始文质彬彬,是享受那个秀才的做派,喝到中途便意气风发,斗志昂扬,表现出武将的风范,喝到最后就语无伦次,胡言乱语,体面尽失,这就是疯子的血在作怪吧!"

我和姚功听罢李会讲述所谓的酒的根源的故事,哈哈大笑。姚功说:"原来你是怕我们成疯子,所以不愿开第二瓶。不行,必须要开。疯子就疯子,只要尽兴喝疯了才是最高的境界! 开!"

李会说:"要开也行,每人必须要写首烂诗,以酒为题,最后落到'酒'字上,否则就不让你开,哪个先来。"这是李会设法拖延,还是不让我多喝酒。

姚功一听,忙改口说:"不开了,不开了! 我不想喝了! 我被你气醉了。"

李会忙夺过酒瓶扭开了:"姚功你要不弄首歪诗来,必须把这一瓶酒都给喝掉。"

姚功一看李会来真的,忙说:"我全喝了,田土不喝,你就高兴了。我作,我作,有没有要求?"

"你们既然好酒,四句诗中必须有三句和酒有关联!"

姚功站起来摇头晃脑地吟道:

"三杯能和万事,

一醉善解千愁;

管他海湾争战,

还是火烧全球;

两耳不闻窗外事,

只要顿顿有酒。"

李会倒一杯给姚功:"罚酒一杯。"

"为什么?"

李会说:"六句只有三个'酒'字,这是赐你一杯酒,别不识抬举,田土,到你了。"我思之再三,还是弄一首歪诗,骗杯酒喝吧!

"酒意甚浓兴正酣,

不到疯时醉不完。

酒后才能道真语,

万丈红尘酒一坛。"

李会赶忙倒酒:"好诗,好诗!我赠田主任两杯。"

"我不要两杯,我不能搞特殊化,多喝会伤朋友心的,因姚功是喝一杯,为何给我两杯?你这叫赏罚不明。"

"赏你十杯我都不会有意见。"姚功笑着说。

李会笑道:"你今天有心事,只是憋着不讲,多喝点酒把心里话倾诉出来,否则会憋出病的。"

我真的连喝两满杯,自觉飘然,天旋地转,醉眼蒙眬,一片茫然。李会真有办法,她拐弯抹角专引我讲到上海怎么活动的,都干了哪些事,由于多喝了几杯酒,在她的诱导下,上海的事情我一五一十地一点儿不落地都倒了出来。说者无意,听者有心。李会听罢我的倾诉,一脸的阴云,只是一杯一杯地给我们倒闷酒。一瓶酒很快倒完了,我和姚功都喝得天昏地暗。李会草草地应付一会,到吧台把账一结转身走了。

姚功埋怨地说:"你到上海的破事就不能放在心里,不说真能憋死你!后果来了,我看你该怎么办?"

　　我强词夺理地说:"人家是二级演员,'二五'普法我放手让李会搞的吧,再搞都弄不出我要的味道。"

　　姚功站起身:"好吧!既然我们搞不出味道,以后就不需要我们这些跑龙套的了,你还是去请你的二级演员吧!那多有味道啊!"

　　我说:"你们怎么都这样难缠不讲理呢?我说的不是这个意思呀!"

　　"你是哪个意思暂不言表。就说你今天,这么好的气氛让你给搅成一锅粥!伤李会的话你该说吗?你一吐为快她伤心啊!"

　　"我怎么伤她的心了?"

　　"你把六千元钱都用到成霞身上,还有什么比这更伤她的吗?人家李会拼死拼活地为你卖命,把青春抛弃散其钱财,默默地为你做着贡献。人、钱都包你用……好了!好了!你这只白眼狼!呸!"姚功说罢走了。

　　小饭馆只剩下我自己了,我不知道我错在哪里,百思不得其解。我苦闷,我忧伤,一种莫名其妙的痛楚油然而生,我喝醉了,处于蒙眬的状态中。我跟跟跄跄地走出小饭馆,夜风扑面而来,才觉得有一丝凉意,酒开始有点儿醒了。

　　第二天早上,我兴高采烈地提前来到办公室,刚刚打扫完卫生,公务员小李就送来一份文件。这份文件是上级要求十天之内拿出一台普法法制文艺节目,我急得像热锅上的蚂蚁。这么短的时间要弄出一台节目来,真让人作难,我愣了愣神,只有找自己的朋友姚功。姚功不见我,真是急死了,我真的没有办法了,突然想起我的伙伴田化,我上门请田化来找姚功,田化找个小饭馆请来了姚功。

　　姚功指着我说:"我知道是你出的鬼主意,我要不是看在田化的面子上,真的准备和你割袍断义了!"

　　田化说:"你们都在工作岗位上,要互相支持,我现在只知挣钱,我开批发部,家里有喝不完的酒,你们有空就去拿。"

　　我们喝了几杯酒,就焦急地让姚功帮助想办法。姚功说:"你为什么不去找李会?"

　　"你不出面,她现在还会理我吗?"

　　姚功扑哧笑了:"刘备三顾茅庐,你一顾都没顾,凭啥理你?"

姚功假装到洗手间,电告李会道:"田土泄气了,你快来吧!上级让他十天内弄一台戏出来,他疯了,你再不帮他,可能……"

田化结账刚走,李会来了。她一进门就狠狠地瞪我一眼:"我要不怕你急出病,不可能这么快就理你!还说不知道我为什么生气的,我看你揣着明白装糊涂,我不想揭你老底了,谈正事吧!看这台节目到底怎么弄。"

我和姚功、李会正在研究节目怎么进行的时候,突然手机响了,我一看是成霞打来的。当时我想避开接电话,但又怕李会生气,当场按了接听键:

"田土,你好吗?我把你留下的本子全都排出来了,如果需要的话,我们随时都可以回去登台演出!"

我告诉她:"现在正是时候,如果你真有这份诚意,请你马上回来,救戏如救火呀!"

成霞马上答应:"你只要找个地方先让我们住下来,然后彩排让你们领导审查节目,我明天就带人回去。说到就到,我们比曹操来得还快。"

我和姚功非常高兴,李会虽然心里有点别扭,但总体上是同意的。我们静静地等待着成霞的到来。

第二天,天刚亮,成霞来电,说她们已登上北行的车。我和李会、姚功吃点午饭就去接成霞。十点多钟,从长途汽车上下来了三个人,一个是成霞,一个是老师傅,一个是小学员。老师傅年龄在七十上下,一把飘然的胡须,圆脸,个头不高,复姓欧阳名普;小学员是个年仅十五六岁的小女孩,长得很俊。

我上前去握手,成霞介绍:"这是国家戏剧专业二级导演欧阳先生,这是我的学生车媛媛。"我看到三个人心里犯嘀咕:怎么她在南方这么大一个剧组,就来三个人呢?我实在憋不住了,直接问:"成霞,你们剧组准备是两批来的,不会就你们三人吧?"

成霞说:"你剧本中的人物都不多,并且很单纯,你很聪明,人物多不好运作,是要花费用的,不需要这么多演员,你在这边找几个跑龙套的,这欧阳导演来了,我来了,一台戏不是难事。"

欧阳导演从见面到现在都没说一句话,这时他从牙缝里挤出一句话:"成团长是国字号演员,你的剧本我们在南方都排练过,特别有舞台效果。就《弃女记》我们也只排了三天,你看这位精干的小演员车媛媛都来了。我演大师,成团长演宋夫人,小女孩演难留。"他指着姚功:"这位同志能演宋金言吗?"

姚功忙说:"我不行。"

欧阳说:"我的眼睛是不会看错人的,你和她(指李会)都有一定的艺术细胞和功底,我保证你三天便熟练地登上舞台。"

成霞看着李会,李会瞅着她,双方都带有一丝不爽,还是成霞开口问:"这就是李会大姐吧!"李会这才慢慢地把手伸出:

"成霞老妹好,我们正为这台节目犯愁呢,你来了什么问题都解决了!"

这俩人的表现使我心里稍安,不然的话,还没把法制节目搬上舞台,便有奇闻出现了。"在《婆婆的节日》这一剧本中,有三个角色,会姐可演大嫂,我演二嫂,欧阳老师可演婆婆。"成霞说。

通过紧锣密鼓的运作,最后确定姚功演宋金言,李会演宋妻。姚功说:"不行,怕人说。"

欧阳看出了姚功的担心,便有针对性地说:"人生如戏,戏如人生。真戏假做,假戏真做,只要投入必定能行。"

剧组终于组建起来了,导演演大师,小女孩演弃女难留,成霞演计生办主任。

经过一个星期的排练,一台普法大戏很快排练出来了。这次我很满意,确实演出了特别的效果,我才把一颗悬着的心放下来,终于相信她们高超的演技给剧本带来的舞台效果。李会原来的思维也转变过来了,经过调教,她的演艺天赋得到了充分展现,不得不佩服国字号的演员和导演呀! 我很踏实地给领导做汇报,择期彩排了。

一台三个小时的法制文艺节目,汇报演出是在县宾馆多功能厅举行,所有观摩的领导都坐在第一排,剧情把百分之九十以上的观众感染流泪,女同志带的手帕都能拧出水来,观众掌声雷动,经久不息。

第二天,我特别高兴地去找领导商量如何把这台节目普及到各个角落,谁知领导一口否决,说那是司法局的事,我应该找县司法局。我忙去找司法局的领导,局领导很肯定地说:"这台节目特别好,涉及好多法律条文,是一台特别精致而且能深入人心的法制节目,我县能有这支普法队伍,何愁法律的普及和深入不能落到实处呢! 这样的优秀节目应该在全县普及,可是你是知道的,如今的司法局只有义务没有权力,局里局外都穷得叮当响,资金你要想办法,演员工资都是你自己的事! 田土同志,你要理解我们,领导有领导的难处啊！"

我被一盆冰水浇到头顶上，简直就是透心凉，没想到他们把皮球踢上了天！怎么办？怎么办呀？

我回家后，一夜没合眼，嘴上起了很多的水疱，头发落得成把抓。早晨起床以后呆呆地站在门口往外看，妻子知道我遇到了大事，忙做点我爱吃的早点，我看都不想看一眼。我快快地走到办公室，不敢接成霞的电话，她们巴望着我的汇报，期盼着喜讯传来，结果事与愿违啊！难道就这样把这个演出队伍解散了，难道让这台节目像泥牛一样抛进海里？我的思想和人全都崩溃了，眼看着辖区演出变成了一句空话，上级要求的普法大戏瞬间变成了泡影。如何向欧阳老师交代，如何向成霞、李会她们解释？怎么办？

我无法面对这个尴尬的现实，静静地坐在办公室里，倒一杯开水，准备喝一杯清茶解解心火，此时进来一个人，我眼前一亮，来人是省农科院的书记，是我的好朋友。

他笑容满面地说："你那台普法节目演得太感人了，何时到各单位演出呀？这么好的节目，你必须在全镇乃至天河县巡回演出！"

我苦笑了一下没有回答，只是忙着给书记倒茶递烟。这位热心的书记又接着话题："这么好的节目不演太可惜了。"

不知怎的，我听到书记如此关怀的语气和他热心的劝慰，难过得落下泪来。

这位省农科院的书记姓仓名海，最大的优点是心胸宽阔、乐于助人，他生得慈眉善目，开口就是笑脸，在单位很少见他发脾气，职工做错事情，他总是乐呵呵地指出来，从不以严厉的面孔和言辞对待下属。他见我掉泪忙劝慰道："小田啊！难道遇到什么麻烦事了？说来听听，如果我能帮你，我会不遗余力地帮你！"

我这才把这台戏所遇到的艰难事情和盘托出。仓书记听罢，一拍桌子："这是在普法，是一桩利国利民的好事。别为难，普法是党的中心工作，是全国人民学法、用法、执法、守法的一桩大事，这等好事，我坚决支持你！先在我单位首演，如果下基层演出我给你们配一台车，专门为你们服务，所需费用我暂时给你垫上，不熟悉的单位我出面给你们联系，让他们每场给你们剧组一千元，作为工资费用。现在就开始通知演员，我马上回单位布置舞台，通知职工准备看戏，限你在两个小时内把演出队伍集中起来，能否办到？"

我深深地给仓书记鞠了一躬,大声说:"绝对办得到!"

巡回演出的第一场就在省农科院拉开了序幕。仓书记用喇叭一通知,看戏的职工都来了,外面的百姓都聚集在省农科院的大院内。演员们一看这么多观众,都迅速进入角色,演得特别投入,观众被剧情所感染,久久不愿离去。这场戏为巡回演出打了漂亮的第一仗。

我们在仓书记的支持下,第一场就得到很多观众的好评。我心花怒放,邀请仓书记到饭店喝杯酒。这时,仓书记说:"你请我,如果在平时我是没有时间的,但今天不同,你把你剧组的演员都找来,就先从我们单位开始,我要实实在在地请你和演员们。"

这台普法节目在仓书记的帮助下,在天河镇各驻镇单位、机关、学校及村、社区都统演了一遍,然后又下到各乡镇演出,后来就有单位排队邀请演出。这台节目在全县引起了极大的反响,使普法工作深入人心,不但寓教于乐,而且使法律条文铭刻在人们的脑海里,普法娱乐两不误,真正得到普法条款深入人心的效果。

很快,天河市司法局领导和省厅领导纷纷前来天河镇观摩这台法制剧目,都给予了极高的评价。最终司法部陈司长亲自来观摩这台节目,并对这台普法节目给予了高度的评价,深有感慨地说:"这真是一台难得的普法大戏。田土同志没有辜负我在西安培训班对他的期望,应该对他提出表彰和嘉奖。"

天河镇的普法工作全省第一,司法行政工作全省第一,县司法局领导应该是满面生辉,可是他们心里却很不畅快。不知为何,省厅和市局领导看过这台普法节目回到单位后,都不谈了。

省厅根据陈司长的提议,研究决定让基层司法局给我报一等功,基于下级服从上级的原则,司法局没有理由不报,由此局长找到我,让我写申报一等功的材料。相关单位快速把申报材料做齐交给了天河县司法局,局里留存一份备案,随后按照程序上报。

演出全部结束了,成霞和欧阳老师、小女孩是我们的功臣,我安排一个高档的饭店,并请来仓书记、姚功、李会等在一个大包间里陪着,与成霞、欧阳老师欢聚一堂。临行时成霞唱了《夜深沉》电视剧的主题歌《未了情》。歌声勾起了我们的情怀,引得大家临别时抱头痛哭,包括仓书记在内大家流着泪送走了成霞等人。

我回家后，心情久久不能平静，整整坐了一夜。

一天，省厅派员突然下到基层调查我的事迹，群众赞不绝口，到了天河镇，个别领导却说那是司法部门的事情他们不知情，只知道他带一支队伍到处演出，是宣传法律的。司法局领导说："他的工资和人事关系已经调入天河镇。"双方踢起了皮球，但调查走访的领导特别认真负责。他们走村进户对我进行全面调查，最后得出"工作出色，普法有功"的结论。镇领导不愿签字，司法局以主管单位的名义把"情况属实"几个字签掉了，最后原申报司法行政工作一等功改为二等功，原因就是镇领导不愿签字。

天河镇的领导这天找我单独谈话，我觉得很欣慰，因为是书记亲自出面的。我按照通知要求来到指定的地点，刚刚坐下，书记进来了，他开门见山地说："田土，这么多年蹲机关可悟出一点什么值得吸取的真谛呀？"我被问得一头雾水，不知该怎么回答。

一会儿书记又说："不明白？看来我不说你还是听不懂，我真诚地告诉你：机关，机关，看报抽烟，看蚂蚁上树，陪领导聊天，想实惠要和蛋，想提拔找靠山，有才只能拉二鞭。你姐夫如果是中将，马上你就升大官。"

我听了书记一番没头没脑的话，就好像跌落在云雾之中，弄不清他在说什么，更搞不清他谈话的目的。

他喝口茶继续说："以后要学乖点，你看副镇长、副书记都是怎么做的，对上级要迎来送往，对同事要喝彩捧场，领导讲话要使劲鼓掌，可听明白？"

我冷冷地说："谨记书记的教诲。"

他喝了一口水继续说："为了帮助基层工作，让你下基层蹲点，司法所长那是兼职，综治工作才是你的本职。如今综治这块你不要多问，你和综治办几个人要吃住在村里，现在我宣布：综治办主任田土任组员，综治办工作人员原广任组长，这就是文件！"

我一听窃喜，原来领导是这门心思。我当时就站起来说："领导英明，我一千个同意，一万个赞成！"

第二天原广找到我："田主任，这是怎么回事啊？我怎么能当组长呢？这是领导在捉弄我，我隐隐地觉得这里还有一丝挑拨工作关系的味道，我坚决不干！"

我说："原广，你别把领导意图想歪了，组长就是组长，到农村咱们都听你的。这是你进步的一个台阶，好事！好事！"

原广不当组长万事皆休,他刚刚上任屁股上就被刀划个大大的血口子。

第三节　情在书中

原广任组长的第一天,下乡没有车,我俩坐公共汽车,他把钱装在屁股后面的口袋里,小偷见钱用刀片划破了原广的屁股,原广一摸屁股满手鲜血。他大叫一声,公共汽车门一开,大摇大摆地走下几个形象各异、毛发各色的痞子,我和原广要下去追,开车的把车门关了,并劝解道:"这些都是痞子,你能惹得起吗? 现在天河镇的综治工作不比以前了,公、检、法、司各为其政,各司其职,各打各的鼓,各敲各的锣,没有统一的指挥系统,出了问题没人问你,也得罪不起当今的痞子呀!"

我的脸像被针锥了几下,不仅疼而且冒血了呀! 我这个综治办主任变成了聋子的耳朵。小痞子如此猖狂,我都不能履职,丢人啊!

我也只有把原广送进了附近的医院。

我当个不管事的组员,特别轻松,下村我提个包,带着纸笔,田间地头,茶余饭后,抓住这个机会,动手写书。我把清朝乾隆年间曾任三省巡抚的一位清官的资料收集起来,经过两个月的梳理,分十二个章节,括出了各章的梗概,仅用了半年多的时间把《清官故事》一书打出了清样。当时有几位老师说:"这已达到了出版的水平。"

他们热心地帮我介绍出版社,鼓励我出版。当时我家庭状况不好,几个孩子读书,有在大学里的,最小的还在读初中,我上哪搞这些钱呀? 最后我通过朋友的鼎力相助,筹集了五万元资金,头尾一年的时间,《清官故事》正式出版了。

我拿到新书后心情难以言表,感到一生中从未有过的快慰,比十九岁那年在省级报刊发表处女作的感觉还要好。朋友们争相请客表示祝贺,我很理智地想:这么大的事不能冷落领导啊! 必须把书先赠给天河镇书记、镇长。

这天是没有太阳的阴天,金风横扫,掉落的黄色树叶飘了一地,不时还随风飞扬,忽高忽低地飘荡在空中,好像在随着风的节奏而群舞。

我捧着新出版的《清官故事》,兴高采烈地来到镇长办公室,只见他双腿跷在桌子上,悠闲地在剔牙。我站在他面前,他好像连个蚊子都没看见。不管他态度怎样，毕竟他是我的领导呀！我恭恭敬敬地双手捧着新书递给他。万万没想到，他两眼直直地看我有五分钟，也不接书，也不说话，剔牙棒在嘴里也不拿掉，我的手也缩不回来，那一刻，整个办公室的空气都凝固了。这时的我不知所措，尴尬至极。最后他摔掉剔牙棒，接过书，举过头往后面一扔，书不偏不倚地落在一个废纸篓里。我当时眼一黑差点栽倒。

这是我自找没趣，后来我觉得镇长没有文化，虽是研究生学历，毕竟是买的，他看不懂书，不予计较。这也算是放屁拉椅子——给自己遮羞吧！我觉得书记每天铁青着脸，像个有字墨（有学问的意思）的人，因此，规规矩矩在扉页顶端写上：

> 请牛书记指教。
> 田土敬赠。

　　　　　　　　　　　　　　　　　　×年×月×日

哪知，书记气急败坏地说："叫你去蹲点谁让你去写书的？没有羞愧感，你是干啥的？屎壳郎扒到烟匣里——想冒充黑火石！就你这一酒盅的淡醋还想冒充作家呢？一个破职员，冒充什么作家？真是黄鼠狼跑到磨道里——假装大尾巴驴。就凭你这模样穿龙袍就像太子？明天回来，你不适合在基层蹲点！今天你写本破书，说不准明天会出更大的纰漏。"

我重重地看了书记一眼，想顶撞他，转念一想这完全是自己没有骨气，说出去丢人现眼。我出了他的办公室，意识到，他的破文凭一准是买的，读书人不和他们计较。

书虽出版了，可是仅是一堆书呀！为拉书还搭上不小的一笔车费，借了一屁股债，看着书实在犯愁啊！妻子怨，孩子笑，邻居也不咸不淡地说几句俏皮话："这村头厕所没有纸了。"

不管怎样，出书欠债不算事呀！我便抽工作之余去卖书，拉出去多少本拉回来多少本，有人劝慰说："现在还有谁看书呀？电脑手机网络都出来了，看书的都属于脑子进水。现在有谁不去搞钱的？这涂山上的石头，租车夜里去偷一铲子，够你吃、喝、嫖、赌玩半年。别写了，写得再好真的没有人看。"

妻子说："这书又卖不掉，干脆当废品卖给收破烂的吧！要不就瞭着环卫工人不在时填到垃圾桶里去!"

我以为妻子是讲气话,我下班回来,见妻子举着橡胶管在对着一堆书喷水,我丢掉包上去就夺下橡胶管,狠狠责骂妻子,问她:"你为什么这样做?你这是在伤我的自尊,戳我的心啊!"

妻子很轻松地说:"这书又卖不掉,给喷湿了卖废品能增加分量。"我心疼地哭了,我又把书一本本地给晒干,打好捆,妻子看我爱书如命,再也不毁坏我的书了。

书最后还是被卖完了,人们对这本书的评价我很满意。

我被书记重新调回来,开展综治工作,书记很严肃地告诫我:"工作可以,花钱不行! 镇里钱再多,也不会用到综治上,除非部门组织招商引资。你要像写书卖书一样,没有条件创造条件工作。工作干不好,小心挨板子。"

"我理解,也就是说让你坐班干事,干事就要涉及经费,巧妇难为无米之炊,工作无法开展,只有坐在办公室里。这可谓干活不随东,累死枉无功。要想求发展,还得寻络通。"

书记笑着说:"顽固不化的脑子开窍了。"

一分耕耘,一分收获,省厅通知我去开会。两天的表彰会议很快结束了,我在返回的路途中接到一个电话。这是我的同学打来的:"老同学,先祝贺你荣获省司法厅授予的二等功,我们在蓬莱酒店备宴祝贺! 现在同学们正在热盼你凯旋!"这声一听就知他是田化,因此,我高兴地说:"谢谢同学们,我在车上,尽快赶到!"

我急急忙忙地来到蓬莱酒店,一进门傻了,怎么成霞和她母亲也坐在同学之中? 我当时大脑一片空白,她们母女出现在这种场合是福是祸,难以预料呀! 她们来干什么,我知道,她们绝对不是来贺喜的。姚功、田化、田欣等几个同学坐在那儿,为何单单少一个李会呢? 多想也累,不如从命入席,听天由命吧。

席间,朋友催促我拿出二等功的勋章给同学们看看,我从精制的盒子里拿出勋章,田欣忙把勋章戴在我的胸前,田化拿着照相机就拍照,原来一切都是安排好的。此刻,姚功一招手,几个文学社的社员们,鸣放鞭炮,紧接着,他们又手忙脚乱地拿出碟片打开录音机,音乐舒缓而起,成霞慢慢亮相,清脆的声音随之唱起来:"清凌凌的水来,蓝格莹莹的天,小芹我洗衣衫来到那河边……"

这动人的歌声,把人们的情感都带到小二黑的剧目中去了,我感觉自己也成了影视剧中的小二黑了。姚功还没等我说话,便把做好的金黄色喜带套到我身上,把成霞当小芹推到了我的身边。顷刻间,屋里沸腾了,悠扬的歌声、优美的旋律,让屋里热闹非凡,我真的沉浸在从未有过的幸福之中。

姚功安排座位了,他把成霞母亲安排到中间,我和成霞分两边坐定,然后依次而坐,酒过三巡,菜过五味,成母说话了:"田土,你现在喜事多多,这大银块(二等功勋章)也领回去了,功也有了,官也当了,可坑苦她娘俩了。"

"伯母,别说那些不开心的事,我敬老人家酒。"我端着酒走到跟前说。

"我不把话说出来是不会喝酒的,今天就当着你的同学面给你交个底,成霞现在因你离婚了,你打算怎么办?"

我当时慌了:"伯母,你说什么呢?我请成霞演戏从来没有过问她的私事和她家庭的事情,我何时让她离婚了?况且我和成霞只是谈过恋爱,我们没有其他事情,这次来演戏,我根本没谈过这话题呀。"

"你这孩子聪明人说浑话,当年成霞在你家多长时间?你二舅母把你俩关到屋子里多长时间?你们同床共枕多长时间?"

"我的老伯母呀!这都哪年的陈芝麻烂谷子,咱们今天在这种场合说这话合适吗?你老人家老糊涂了,时过境迁还说这些干什么呀!"

"浑蛋!做过的事要敢担当!"

"别说了,别说了。"

"不说这段历史,怎么能说转呢?当年成霞被迫在天河剧团,找个男孩草率结婚,孩子出世后,看不像他家人,坚决要弄死这孩子,成霞为了保住孩子的性命,和那个男人拼死拼活地闹。整整吵闹了三四年呀!为保住孩子性命,她吃尽了人间的苦,伤透了孩子的心,为了不让孩子独留人间,娘俩去跳河,被好心人救下,这事你不在跟前,祸根还是出在你的身上啊!"

"在二舅母家我们真的……"我觉得委屈,还想辩白,姚功站起来大声地说:"成母说得对,在这世界里谁有你这个福分?孩子就是你的,不是也是,不允许你再说半个不字!有些事,就像写出来的字,不能描,越描越丑啊!你是聪明人,难道这点道理也不懂吗?"

这时的成霞已经泣不成声了,成母也哭得很凄惨,她流着泪又说:"孩子没有办法,只有寄养在她三姨家,孩子四岁成霞就和那个男人进法院离婚。他表叔在法院当副院长,成霞一连两年都没离掉婚,她一咬牙才长年带着学生在江浙一带打拼的。上次回来给你们唱戏后，她的学生们都各自回家了，如果不给你演什么戏，这摊子能散吗？现在找不到可走的路，你就不能装孬熊，况且你们的事你们心里都知道，纸糊的灯笼——心里明。现在有你了，她上次回家把婚离了。"

我说："伯母，她离婚，我真不知情！您老人家错了，我现在有家庭，有妻小，并且还在工作岗位上，她离了婚，我又不能收留她，她这不是糊涂吗？你让我怎么办呀！那个孩子不……"

"天底下没见过你这样的孬熊。成霞跟我说，有你她死也不再嫁人，肚里揣去的孩子，人家都不会放过，把孩子带到哪家能过得安？她要守着这个孩子过一辈子，她巴望着你能体恤她的苦，照顾照顾她娘俩。我的眼挫骨釉子了（有病的意思），看错人了，我是笛子逛街——有眼无珠，原来你是个孬种！孬种！"

老人家说罢猛地站起来："你孬熊，有胆量做，就应该有胆量担，你让我怎么能看得起你呢？成霞，咱们走！"

成母拉着成霞就要离席，姚功和田化赶紧拦下成母，硬把她俩按到原座上，转身对我说："这是人间的奇女子，她娘俩既然回来了，要想个万全之策。绝对不能推托，我们大家都来想办法，看这事怎么解决，必须处理好。"

"这孩子真的不是……"

"别说这浑话了！不是也是，都这样了，你还赖账。"

"田土，你现在必须面对这个现实。"田化说。

"你站着说话不腰疼，不是过去，三妻四妾都行。我有妻子、儿女，我就是不当干部，但对家庭和社会无法交代，法律不让我过啊！"

"你别把话说得这么死，伯母讲得对，这是历史遗留的问题，你当年做过的事情不敢面对，不愿担当，你就是孬种，你要真是这样的人，我们以后谁都不会再理你。"

"是的，既然事情都这样了，不站起来承担这个责任就是孬熊，但我现在脑子一片空白，事情来得这么突然，这路该怎么走呀？"

成母站起来指着我的额头："你个孬熊，孩子是你的，我又不让你离婚，又不让你离家，这是你的责任！我只要你照看她娘俩，第一不能露宿街头，第二孩子读书你要承担一切，这是你的骨肉，你必须无条件地让她娘俩吃饱穿暖，别人要是欺负她们就是欺负你。"

姚功很干脆地说:"伯母如此大度,识大体,仅让你多操一份心,难道你的心是土坯砌的吗?你必须有所担当!"

我打火不吃烟——闷枪了。我心里十分矛盾,明明在舅母家没……一听到她娘俩如此苦楚不由得肝肠寸断,一想起家庭和社会又手足无措,怎么办?怎么办?我真的无计可施。最后,成霞终于讲话了:"田土,你不要为难,我们娘俩不是非要你怎样,但孩子不能没有父亲,我把你儿子带回来就是苍天对你们家积德行善的回报,我没让你离婚,我这一生已做好独身一人把孩子带大的准备,只需你协助,让我心里有个支撑,头上有面天!你别有其他想法。"

"成霞呀!就算我离婚,十年都理不清头绪。"

"好吧!就这样说,十年为期,我再等你十年。"

我无意中说了半句浑话让成霞给抓住了,她说就从今天算起。我心里虽然不承认但转念一想:十年多么遥远啊!谁能算定十年后的突变呢?谁知十年后社会是什么样子的,说不定十年后我能不能活在人间也未知。她这么年轻,真能等我十年吗?当时鬼使神差地答应了一句:"好吧!那就等十年后再说吧!"

"伯母啊!十年内,成霞娘俩的所有事情和用度都由我自己扛可行?"

成母露出微笑:"这才像个男人,大丈夫立于天地间就是要敢于担当,不装孬熊。"我被成母和这一帮同学糊里糊涂给"绑架"了,但心里不觉得冤枉和苦。

我说:"成霞目前就要安排,否则怎么办?"

成母说:"我们共同想办法。"

我们草草地吃罢这顿中饭,让姚功开车把她和成母拉到张山公园山脚下一个码头旁,通过关系租了两间平房,开了个小卖部,然后给她进满货物,让她做起了生意,她也很乐意,乐意是乐意,可她不是做生意的料,每个小货售价一元、两元、五元、十元不等,拿一件小货绝对不能有零头,否则算不好账,一开始她有成母陪着,就这样使成霞有了安身立命的地方,开始了她的小商贩生涯。

没多久,书记听说我立二等功很惊讶,让我把勋章拿去要看一看,我很高兴,心想大概书记要借机表彰我,然后是提拔重用我,于是,心花怒花地捧着勋章盒子和相关文件走进单位,喜滋滋地迈进书记办公室,双手捧着勋章给书记过目,书记很认真地看了文件,嘴里嘀咕着:"我没签字呀!这上面怎么……"然后把勋章提出来看了看,又把勋章往盒子里一填,一用劲,把勋章盒子给捏扁了。我当时不解其意,书记冷笑两声:"好了,我知道了,拿回去吧!"

我拿着被书记捏扁了的精制勋章盒,一时不知所措,反正觉得这不是正常的事情。具体会带来什么后果,有谁能算得准呢?也只有听天由命了。

我出了书记办公室,抬头一看,院内一群乌鸦在空中怪叫,我不禁打了一个寒战,这才真正地感觉到绝不是好兆头。顷刻间,所有的美梦通通破灭,冷汗不由自主地冒了出来。

我回到家里,虽然感到情况不妙,但怎么也理不出头绪,百思不得其解,我把见书记看勋章,盒子被捏扁的事情向妻子详细说了一遍。妻子大惊失色:"这么多年你不请不送,所以你原地不动。那时是你遇到了好领导,现在天上起云了,你还不知道备雨伞,今天书记的举动就明确地告诉你:大难临头了,这扁盒子就是你的见证也是你的化身啊!下一步,你必须被领导给治扁了。伴君如伴虎,领导治你不显山不露水,你赶紧设法自保吧!"

我很不服气地看着妻子:"危言耸听,我什么错误都没有,我想贪公款没有权力,够不到天风贪不到,我想以权谋私,屁大的官谋不成,我想拿,别人不给,我想吃喝别人不请,因为你为别人办不了事。我看他怎么治我?"

妻子说:"你还记得岳飞死在风波亭吗?天下大小事都是一样的埋,岳飞抗金保民有错吗?什么叫莫须有?"

"屁话,岳飞是谁?我是谁?岳飞是皓月,我连个萤火虫都算不上。"

"好!不信你等着,时间不会多长,你非被弄扁不可。"

我到底招谁惹谁了,为什么?为什么!我来到空旷的原野,对天大喊:"苍天,我错在哪里?"

我累了,趴在地上,泪水湿透了泥土,泪干了,有一个昆虫映入我的眼帘,它从老远的地方爬到我的面前,好像来安慰我,它在离我不远处爬到一棵草上,爬到草苗的半腰上停住了,眼直直地对我看,我触景生情,这昆虫太幸福了,它自由自在地玩耍,不遭任何人的白眼和嫉妒,是一个天下最快乐的主。我正在看着昆虫想人间曲折是非,突然蹦来一只青蛙,一口把昆虫给吃了。我被这一幕惊醒了,快乐的昆虫又没有惹青蛙,却顷刻间一命西天了。

我回家刚坐到饭桌上,妻子说:"今天,我看到一则童话,狼站在河的上游,大骂下游的小羊把河水弄脏了……"

我听着妻子的深刻比喻,心里像倒进一盆冰水,我真的慌了,怎样才能躲过劫数,是我每天思考的主题。我一边小心翼翼地干好自己的本职工作,一边在暗瞅着书记的脸色,说不定哪天自己就被捏扁了。我这才真正理解什么叫心惊胆战,刘备为什么要到后园种菜。

峣峣者易折,皎皎者易污。我虽不能称有才,但我的做派在这个弹丸之地,已遭人嫉妒了。为了避其锋芒,我开始选择自己的路。我将北影碑下的誓言铭刻于怀,不做对不起天地的事,做一点自己想干的事情,让人们扛着望远镜都找不到我,不显山,不露水,不让人们再嫉妒我。

由于天河县长期没有文联和作协,爱好文学的人士没有归宿,我决定成立文学联谊会,形成文学沙龙。当时我们请示了市文联、作协。天河市文联领导表示大力支持。一位市文联的领导说:"这是一个功在当代、利在千秋的大好事。一个地方没有文联和作协就等于没有文化,你回去可以把文学爱好者先组织起来,等条件成熟了可以申报组建天河县作家协会,首先成立沙龙式的文学联谊会,这是路子。"

我遵照市文联领导的指示,把天河县几十个文学爱好者召集在一起,首先阐明我的观点,这些文学爱好者长期没有人关心,得不到温暖,一听说要成立文学联谊会,都纷纷响应。成立那天,为了迎接市领导的到来,我买了一盘大鞭炮,让炮手在门口等着。早上九点钟,我看大街上走来一位高挑个子、瓜子脸、分头,长得特别英俊的年轻人。既像学者,又像书生,一看就觉得他像个领导。

"嘿!弟兄们快看,他就是市文联给我下指示的领导。"我大声说。

弟兄们齐喊:"领导来了,开始放炮!"

市文联的领导迎着礼炮缓缓地走过来。他这一来,我们好像有了主心骨,有了前进的航标。我把领导接到主席台正中坐定,然后宣布:"成立大会现在开始!"

三十八名会员在一起,按程序开会,然后投票选举,会员一致选举我为天河文学联谊会会长。

从此,我钻进不碍别人路的偏行里,总算安全了吧,自认为躲过了劫数,好自我解压,不管怎样,庆幸自己重新找到了人生的路。

第四节　治扁计划

文学联谊会活动很频繁,会员们都以崭新的姿态拿起手中的笔,踊跃地写稿、投稿。那一年三十多人在省市以上的报纸杂志上发表作品二百余篇。在省级杂志上,一个方阵就是二十八篇文学作品,创造了天河文学现象,引起了社会的广泛关注。

人怕出名猪怕壮,天河文学联谊会的动作大得让天河县文化局的领导坐立不安了。原来没有天河文学联谊会,在这块领地里他们怎么混上级也不追究,万事万物有比较才能鉴别,为了搞倒眼中钉,局领导(当时文联的办公室在文化局)把我们的活动列为非法活动,联谊会列为非法组织,责令立即解散。会员们都慌了手脚,纷纷找我商讨这事怎么办。

我肩负着会员们的重托,去咨询文化局怎样才能合法化。文化局的办事员坦诚地说:"你们办事没通过文化局领导,现在已变成夹生饭了,你再怎么着也弄不熟了,况且对你们使坏的不仅是局里,还有个别社会名流及部分坏人,也有你单位的人,可以说打压你们是八面来风啊! 我真诚地劝你解散文学联谊会,借坡下个驴,不然是自讨没趣! 忠言逆耳,良药利病。"

我真的崩溃了,为什么烂眼尽遭灰呢? 我晚上像丢魂了一样,到处打电话,寻问路径,终于有好心人告诉我,要经过填表登记,备案建档,审核批复,方为合法行为。我觉得联谊会终究有玩的成分在里面,干脆申请成立天河县作家协会。

我按照要求,三天才把成立作家协会的申请书以及相关材料准备齐全,找登记机关。登记机关告诉我,必须要有主管部门出具的挂靠证明才能办理。我心慌意乱地想不到好办法,无论如何还是摆脱不了天河县文化局。

为了给天河县的文学爱好者弄个活动场所,这么难啊! 我万般无奈,还是要到文化局低头。

经调查才知道,天河县文联是县文化局的一个部门。公章在,编制在,就是没有人,是名存实亡的机构,职能都在文化局。常言道:委曲才能求全嘛! 我懒懒地迈进文化局,申请挂靠。

好在这位局长和我是熟人,虽然多年不见,但找他办事心里还是有踏实的感觉。

到了局长办公室，见到老朋友，我说话没有防备，把申请成立天河县作家协会的申请书以及相关材料拿给天河县文化局的局长，并且很仗义地说："印局长啊！你在基层挂职期间恕我服务不周，先赔罪。"

印局长生得尖嘴猴腮，阴森森的脸，只有见到漂亮女人才有笑脸，所以人们叫他"阴局长"。

他寒着脸问："有事吗？"

"明知故问，我给你的材料你没看吗？"

"谁有时间看你那破材料？有事快说，我等着去开会！"

"就是准备成立天河县作协的事，特来找你帮忙的。这报告你审查一下盖个章就行了。"

这个局长很滑稽地看着我："你也太天真了！章是随便盖的吗？就凭你写两本破书，就想成立作协，你想当作协主席吗？"

"这不是想的，是选的，只要选得上，当就当。"

"这可能吗？天河县七十三万人把作协主席都轮番当一遍，恐怕也轮不到你来任县作协主席吧。"

他旁边站着个工作人员叫"烦仁"。他好告状，大伙给他送个外号叫"老告"，所以别人不喊他名字，喊他"老告"，这"老告"一听局长的话马上来劲了。

"这是不可能的！你是干什么的呀？你的职业是搞政法，搞司法，这文学领域你也想插手？动物世界也讲究个领域，河马还想占据狼山虎之穴？这太搞笑了吧？这是不可能的！奉劝你回头是岸！"

我当时认为他们是在开玩笑，我还做了个鬼脸，调皮地说："不会的吧？有道是英雄本无种，我不是反革命，又不是恶魔，怎么就不能当这个主席呢？这要通过选举产生的，只要选举和被选举权没有被剥夺，谁都有可能被选上。"

这个印局长来劲了，他敲着桌子："你搞的那个天河文学联谊会就是个非法组织，必须取缔！你等着被……"

我看他不讲情面变脸了，很不服气地说："话不能这样说，我天河文学联谊会会长也是正儿八经选的，市文联和市作协的领导坐镇的，该会既不反党反社会，并且还弘扬社会正能量，这是一个自发性的文学团体，难道有什么罪吗？况且我们在积极地完善手续，你说我能被怎么样，让我等什么？"

哪知这个长得像猴子一样的局长一拍桌子怒吼道："就我说的,你在家准备被逮吧! 你别逞能! 现在我正准备找这样的典型呢! 没想到还有你这样的愣头青专朝枪口上碰的呢!"

我也特别恼怒地说:"法律是准绳,我看你自己有可能会走上不归路,我等着你来逮吧!"

"老告"像狗一样地抓着我的衣领:"田土你敢在这撒野? 出去! 这笔账是要和你算的!"

我一看"老告"突然想起一件事:

2002 年的夏天,"老告"自称是省里下农村采风的大作家,乡里拿他当个人才待,在饭店里招待他,因当时乡镇财政紧张,征求他的意见招待简单化,哪知他以强硬的口吻说:"李白斗酒诗百篇,我们作家不喝酒怎么能写出好文章呢?"

乡领导便找几个妇女干部把他喝得大醉,他真的摸不到哪是厕所了,实在憋不住了,便在大路上尿了起来。正好一棵老槐树下几个中年妇女在树底下乘凉,见到"老告"不文明的一幕,骂他没有教养,谁知他一转身双手抱着出水的"龙头"大声地说:"你们有谁没见过的快来看一看!"

几个愤怒的妇女一哄而上把"老告"按倒,每人在"老告"的腿裆里拽一把。"老告"哀告不成,便气急败坏地说:"我是省里下来的作家,你们敢侮辱我?"几个妇女嘲讽道:"我们是黎山神母派来专治你这光头作家的,只要有毛就给你拔尽!"

不容我再往下想,"老告"又怒吼道:"田土,你是没听见还是装聋? 你在家等着我们去给你算账吧!"

他说要算账,迫使我突然想起 2003 年的冬天,"老告"以文友的身份冒着雪到我家,说家里揭不开锅了,老婆要离婚,出口要借三百元钱的事,当时我刚进城特别穷,把借的贷给他用,直到现在也没还。所以我很直率地说:"你借的那三百元钱利息不要算了,本钱今天必须还掉! 不用去家里了,现在就算清,否则我扒你衣服!"

"那是私事,我们在这儿谈的是公事。"

"你不是要算账吗? 汉高祖刘邦定的律例,杀人偿命,欠债还钱,我不懂什么叫公,什么叫私,公也好,私也罢,不还这笔账不行!"

这时的"老告"钻回办公室不出来了。

我被其他工作人员劝出文化局,回到家里天已经黑透了,憋着一肚子气一口饭没吃便倒在床上,老婆再怎么劝我也不起床吃饭。

我老是淌虚汗,久久不能入眠,这为了避祸却又出现一个无比闹心的事情。最后我还是自语道:"是福不是祸,是祸躲不过,看他们能把我怎么样。"此刻,怎么办?怎么办?由此我想起一个好心人说的八面来风的话,心里一怔:难道"治病计划"都连到一起了?我突然想起那天成立天河文学联谊会的时候,市文联领导亲临现场,怎么能搞成非法组织了呢?如果是非法组织,市文联领导也不会风尘仆仆地赶来参加呀!我决定到市里去一趟。

一夜没合眼,黎明,我便起来洗漱,出门便见浓浓的晨雾,对面看不见人,阴气特别重,我硬着头皮慢慢地摸到长途汽车站,买票上了去天河市的第一班车。我到天河市文联,找到参加活动的那位领导,具体反映联谊会遭到的厄运和目前的情况,那位领导肯定地说:"这是好事,怎么成非法组织了呢?这样吧,你们不是要把联谊会变成作家协会吗?你回去把章程、人员以及成立作家协会的所有相关材料拟定好,拿来我们给你协调批复!"

我听领导如此表态,心花怒放,中午我自己在小吃部里要了半只咸水鹅,高兴地喝了半瓶白酒,随后在返回的汽车上睡得十分香甜!回来后我把所有的材料重新整理一份,装订好送到市文联,领导特别高兴地说:"你把材料放到这儿,等着批复吧!"

这位平易近人的领导还留我在市里吃了小排档,虽然招待不太丰盛,但那心里甜滋滋的味道是我不曾享受到的,这么大的干部能招待我吃饭,这是一生不能忘怀的骄傲啊!

我回家后,静静地等待着批复。一个月过去了,却没有任何消息,我焦躁不安,再次到了市文联找到那位领导,哪知领导无可奈何地说:"这是你们基层县里的事情,我们不宜多问,县里的事还是到县里办吧!"

我特别失望地看着眼前的领导,有泪无处流,最后找着领导退回的材料问:"尊敬的领导,你说我们办的真是坏事吗?"

天河市文联的领导肯定地说:"你们办的是好事,但不能焦躁,我肯定,好事必须多磨嘛!这绝对不是坏事,我相信随着时间的推移,绝对会有万紫千红的春天。无论如何你们一定不能泄气,奇迹就在前方出现。"

我听着领导的口气,知道他的内心也充满着说不出口的无奈和难以言表的苦衷。我本来是失望的,认为这件事是泥牛入海,绝对没头绪了,但听他一段慷慨激昂的陈词,觉得春天不远了。我快快地回到天河镇,心里像针挑的一样疼痛,这到底是怎么回事呀?明明是好事,为什么这么难啊!老水牛掉到枯井里,有力用不上啊!我只有默默期待着……

快过年了,一般没有大事的人都在家办年货祭祖了,上班的人很少,我正在办公室里整理卷宗,突然,几个小痞子进到我的办公室,一个光头,三个绿头发,还有个领队的女痞子。我很奇怪,我和这类人没有接触,这些混混怎么到我办公室来呢?一个穿花棉袄的痞子问:"你是田土吗?"

"你们不在家过年来找田土有事吗?"

"听说他胃口不小呀!想当县作协主席了。今天我们来是让他长点记性,不要看着光环就胡思乱想,你就是田土吧!"

我很气愤地站起来:"什么意思?出去!"

"那不是你的菜就缩回你的爪子!"

"你们是什么人?!这是政府机关,你们想干什么?"

"别问我们是什么人,明人不做暗事,我们来让你长记性的!"

"我马上报警了!"

那光头说:"报警怎么样?我们给你半小时的时间报警,看哪个警察敢来趟这潭浑水。"

我真打了110,可半小时后还是没见人影。

"你看这楼上有几个人?不等你报警就给你整扁了!半小时过去了吧!咱们该动手了,朋友你别怪,怪只怪领导要把你治扁。"说着光头就掏出刮胡刀准备行凶,我伸手攥住他拿刀的右手,把光头按倒,另外几个小痞子见势不妙都慌忙逃窜。我把小光头连同凶器都交到派出所,然后打电话给镇里牛书记,据实汇报这个案件,书记很不耐烦地说:"屁大事给我打什么电话,别小题大做!捡根草棒当根针,你不觉得无聊吗?"

第二天,我到派出所追问案件情况,派出所的同志说:"人已经放了,因为领导有指示,没有后果所以……"

"痞子到政府机关寻衅滋事,妨碍正常公务还说没有后果,难道打死人才是后果?!"

"你可去问一问你们的头,别在这儿吵,放人是他……"

我怀着一腔怒火,回来问牛书记:"这个案件对外影响这么坏,派出所怎么把人放了?"

牛书记像一头疯牛,声嘶力竭地说:"别拿鸡毛当令箭,这幢楼有一百多个干部和工作人员,小痞子怎么不找别人专找你呢? 你应该自责才是,小痞子到综治办去打综治办主任,这难道不是莫大的嘲讽吗? 你还有脸来汇报,真是可笑! 悲哀! 去吧!"

我怒火中烧,要和他据理力争,他提包上了专车走了,我气得坐下来静思书记的口气,断定"治扁计划"开始了。我突然想起妻子的话,头上好像被浇下一盆冰水,浑身感到透心凉,这个案子看来是"治扁计划"的开头啊!

回到家,我左思右想决定必须站起来和他干,不能等着自己就这样被"治扁"。

我的思路刚形成,妻子看出来了,她很诚恳地说:"田土啊! 你不能和牛犍对着干,上面他的干爷是省政协副主席,下面他有一百多个痞狗子,黑白都通,家里房子七八套,女儿读小学已经拿财政工资了,银钱坠折楼板。有人说,印局长是他姑父,'老告'是他妹婿,在天河县,阴的阳的牛犍是个通吃的主。你上无三亲,下无四戚,你什么都没有。和他干,被人弄死了都找不到尸首,为了孩子你忍着吧! 就是治扁你还能留条命啊!"

照妻子这么说,只有等着他们来治扁我?

我权衡利弊,只有听老婆的,说好听一点就是,人在矮檐下,不得不低头啊! 实际上就是违背自己的本来面目,睡在地上装孬种。

真可谓:

遇事别充人中豪,矮檐下面头难高。

劝君立身识时务,刚烈哪如装点孬。

常言道,光棍不吃眼前亏,抬手不打笑脸人,这个时候装憨就能避祸,只要迈过这个坎,就能看到蓝天。

第五节　造屋艰辛

成霞打来电话,正好李会在跟前。我想接又怕说话不方便,因此我把电话挂断了。李会说:"怎么? 为什么不接电话? 难道有情况?"

她笑得有些不自然。没过一分钟,电话又响了。李会很知趣地说:"我本是来看一看作协的事情办得怎么样,哪知我来得不是时候。"李会笑吟吟地走了。我忙回成霞的电话:"喂!你有事吗?"

"无事给你打什么电话?柜台没有货物了,因为连日下雨,湖水上涨,我怕,你今天无论如何都要来看一看,你要不来,说不定今夜我就会被淹死在这小屋里了!"

我赶紧安慰道:"你别害怕,我去,我去!"

那是一个星期天,我到市里批发市场给她拿齐所要卖的货物,送到张山的时候,我在外边,她在里面忧伤地唱道:"等你等得那么久,花开花落不见你回头,多少个日夜儿想你想得泪儿流,望穿秋水盼你盼得几多愁!"

我听她那刺心的唱腔,腿软了,从歌声里完全能反映她的内心世界,我这该怎么办呢?既然来了,也就顺其自然吧!我把货物弄到门口的时候,成霞才意识到外边有人,她一回头眼里还带着泪花,眯湿着微笑的双眼。那日日的思念,那夜夜的孤独,那黎明的期盼,在她脸上的泪痕里。我很快把货物摆上,而且把所有的货物都标注齐,可成霞站在那儿一动不动地木然地看着我摆货标价弄柜台。我心里特别慌乱,天晚了,我该走了,可是成霞仍然没说一句话。我正在进退维谷的时候,突然下起了大雨,在这河边的小屋里只有我和她。常言道:"人不留人,天留人。"云越压越低,雨越下越大,成霞默默地在走廊里做起了晚饭,直到我们吃罢晚饭,雨仍然拼命地下着,这天是怎么了,怎么一点缝也不闪呢?

晚上洗漱后,成霞开口了:"这天都在帮助我们实现梦想,这难道不是天意吗?"

我在收拾东西,迟迟不愿上床。成霞很直率地说:"外面只有大雨,这屋里除了货物之外,除了房顶和地平,剩下的就是你和我,你还在那磨叽什么?难道这床上有扎鳖的刺?"

我实在无理由阻挡这股朝思暮想的情结了。这二舅母不在,老天爷代替了二舅母。我真的准备上床了,突然老鼠从货架上往高处爬。脚下有声音,水进屋了,五六十平方米的小屋马上变成了水晶宫。成霞的鞋慢慢地漂了起来,像两只小船,泥鳅在屋里嬉戏,那墙边的龙虾也在跳着狂舞。我赶紧把进水门堵住,然后用盆一点一点地把水往外舀。我高挽着裤脚,拼命地忙着。成霞趴在高高的吊床上一声不吭地在看,她也不下床帮忙。这时我才感到这人世间竟然有这样的奇遇,这该死的天仍不停地下着大雨,一点喘息的机会都没有。

　　雨下了一夜,我就守着门一盆盆往外舀水,成霞趴在床沿上已进入梦乡,她睡得真甜。

　　天亮了,雨也停了,码头上已有不少拿伞的游人。这天也怪,东方红日露着半个头,万道霞光斜射天际,一点雨丝也没有了,林中的鸟儿叫个不停。雨虽然停了,屋里还有积水,我用抹布把屋里的水擦尽,把屋里的鱼虾逮了一小盆,我被这一夜的抗洪抢险弄得疲惫不堪,就坐在凳子上睡着了……

　　等我醒来,成霞让我快吃早饭,回去上班。我临行的时候,自言自语地说:"今天你住水码头,明天让你住高楼! 吾若随便说空话,苍天大地都不留。"

　　成霞接着话茬:"我在等着实现这个理想的美梦。"

　　镇里开例会,这是多少年形成的习惯,我早晨跑回来参加例会,书记在会上又发疯了,说一个名叫"浑蛋"的村主任来告蹲点干部的状,她叫尝云。

　　书记在会上劈头盖脸地说:"浑蛋,你尻人不分男女,你知道不知道尻谁了? 尝云本来是年轻的妇女干部,今年准备让她上个台阶,你这一尻,人家还上个熊? 这一辈子说不定就只有这一次机会,这下你给人家尻到海眼里去了。你这个浑蛋东西,浑蛋,真浑蛋!"

　　他停顿了一下又怒气冲冲地说:"田土,你的综治工作被你干得小痞子都来镇里寻衅滋事了,你还管干吗? 不好好干工作搞什么联谊会,还写书想当作家,真不知自己能吃几碗干饭! 为了让你痛改前非,带错立功,现在我宣布你到村里当'副蹲点',你主要的工作是治浑蛋! 浑蛋治得如何立即给我汇报。"

　　我怒火中烧,猛地站起来准备责问他我有什么错,被旁边开会的同事硬拉回去坐下。

　　"他是什么人你还不知道? 开会就会放偏炮,平时到县里胡作非为,开口骂娘不说话,就是一个黑老冒,有谁听他的? 这个时刻你和他顶撞有意义吗?"

　　我怀着满腔怒火退出会场昂首问天:"小痞子持械到政府行凶无人追究,反弄成我的错了,这天底下什么是理呀?"

　　我高一脚低一脚痛心疾首地走到家,妻子看我脸色不对,忙问怎么回事。我愤怒地说:"当年让我当蹲点组员的时候,我半年写一本书,现在又叫我到村里当'副蹲点',我从来也没听说这个名词呀！副蹲点,到底是什么职务？又要我带错立功,小痞子大闹镇政府,持械打人反弄成我的错了！好个'带错立功'！"

"好吧,只要给工资,什么都别说。"

"这是政府,不是小痞子横行的地方,我是在为党工作,不是为他个人干事,凭什么？"

"目前,这天河镇他是书记,不服行吗？"

"你知道吗？目前我的工作是专治浑蛋,浑蛋是村主任,我怎么治呀？天河又不是海角天涯,竟然能出现这等荒唐的事！"

妻子说:"好了,别气了,不行咱混着干。"

"这上面又不是没有天,哪一级文件让他这样无法无天的！在天河他牛犍是螃蟹走路——横惯了,君不知错就是错,对就是对,对与错不能凭官大权重就随心所欲,瞎胡扯,乱下定语,尤其是领导更不能信口雌黄,横加指斥！"

"文件级级往下传,人人都道执行难；为何有人得赏识,秘诀只是糊得圆。"

我看着老婆生气地说:"这个时候你还和稀泥。糊得圆,怎么糊？"妻子笑而不答。

万般无奈下我再去镇里找书记,第一去弄明确我错在哪里,第二问浑蛋怎么治。

混混沌沌的天,闷热,使人躁得受不了。我一进门,牛书记在办公室资料堆里翻找着什么。我站在办公室门前足有二十分钟,他仍然没吭声,我急了,几步走到他的跟前,直言不讳地问:"牛书记,您今天在会上让我带错立功,我错在哪里？"

"你是文化人,君叫臣死,臣不得不死,我说你有错,这个杠你能抬吗？这是领导艺术,不要深究,你还年轻,要朝光明的前途上看,不要钻牛角尖啊！《红楼梦》里的护官符你有吗？你调解居委会的纠纷得罪人了,都快治扁了你还浑然不知。"

"也好,您既然要我当'副蹲点',让我去村里专治浑蛋,您有没有治理方案呀？"

书记气急败坏地说:"我看你脑子跑气了,我叫你治你就治！必须治！

不管你怎么治,治! 治! 治! 不治你就得被治! 就这个理! 你懂吗?!"

这个时候我很茫然,为了明确责任目标就问了一句:"请书记明示治的标准和结果。"

这时书记两眼喷火,拍着我的脑门:"俗! 俗不可耐! 俗! 不可救药的呆子! 俗! 呆子——"说罢,他咣的一声把门关上。

我被他关到门外不知所措,只有晕头转向地回家了。

路上,我的心被羞耻全部占据了,为了这点破工资竟然如此折腰,我恨自己无能,恨自己没有棱角。

我踱着慢步,扪心自问:这牛书记为什么定要整扁我? 我们是什么时候结的梁子? 自己到底错在哪里? 我百思不得其解。

回到家,我把目前所遇到的情况系统地给妻子叙述一遍。当局者迷,旁观者清,就想让妻子说说为什么,该怎么办。

"你想造反不成! 让你下队你不高兴,对你来说副蹲点已是不小的官了! 你都官拜副蹲点了,你的仕途到顶了。你还追究为什么干啥呀? 他让你去治浑蛋,实际上他的心思是让浑蛋治你,他背地里跟浑蛋怎么说,难测其谋啊! 这个时候你可借治浑蛋的机会写书了。"妻子的一席话使我茅塞顿开,深知书记让我治浑蛋的险恶意图。从此,我真的不分昼夜地奋笔疾书,认真地做起了学问,开始真正地著书立说了。

我整整坐了一天,对自己也不能自圆其说,愧对每月千把块钱的工资,就这样混下去? 夜里,雷鸣电闪,风雨交加,我从床上坐起来,难以入眠。我想,这时的成霞是怎么在吊床上度过的,想夜里去那看看而无理由,和妻子没有合理交代;不去,忧心忡忡,好像听到鱼虾又在小屋里戏水之声,看到老鼠绕梁的横行之态,听到那屋外森林里的鸟儿怪叫,码头的船儿在风雨中的撞击声。怎么办? 我该怎么办?

我焦躁,我彷徨,我心不安,恨不能插翅飞到成霞的身边,用那钢精小盆为她舀尽屋中的积水,逮完屋中的鱼虾,守着成霞为伴,让她甜甜地入睡。我看着身边的妻子,这才深深地体会到什么叫同床异梦啊! 妻子醒了,很不耐烦地问:"这三更半夜的你搞什么名堂? 有什么心思不睡觉?"我只有搪塞道:"雨下得太大了,我睡不着。"我边说边披衣下床,提笔写道:

张山脚下两情浓,鱼虾做伴鼠横冲。

夜静只听怪鸟叫,林涛汹涌赛恐龙。

人在小屋床上坐,巴望东方露点红。

我将立志筑新巢,让她高登绣楼中。

妻子以为我在纠结白天和牛犍的事呢,很平静地说:"别听这满天的暴风骤雨,只要能过这一关,明天就雨过天晴了,睡吧。"

雨后的早晨变得特别燥热,太阳像个大红盆挂在东方,人们的晨练已经结束,大多数的人都慌慌张张地开始上班了。我受了一夜心灵上的煎熬,也快快地走进办公室。成霞没打电话,也不知这一夜的情况。我正掏出电话准备给成霞打过去,转念一想,她这时可能因一夜的惊扰和劳作,在熟睡中。我便拿着文件认真研读圈点。

突然,进来一个花甲老人,我抬头一看,正是成母来了。我忙唤成母坐下,转身给她倒一杯水。成母接过开水喝了两口:"田土呀,你真想眼看着成霞淹死在那平房里?"

我说:"伯母啊,我在工作岗位上,工薪阶层目前哪有钱呢?为她娘俩改变环境这需要一大笔钱,我又不能违法犯罪,你叫我怎么办呢?"

"你口口声声说没有钱,等人被水淹死了,有钱还能用得上吗?在你不远处给她重新租处房子这也不行吗?!虽然不在一起生活,但你离她近些,她心里踏实,你把她丢得这么远,都不放心。"

我说:"你老人家为什么这么糊涂呢?这人近了遭闲话,虽然我们没有啥,她踏实了,可这一来二去的,会带来负面影响和后果的!你老人家想过没有啊?我们本来干干净净的,别人会传出新闻来的,这你想过没有?"

成母一听坐在椅子上,一把鼻涕一把眼泪地哭诉道:"我苦命的孩子啊!你怎么这样死心眼啊?昨夜你如果被水淹死在小屋里,有谁心疼你呀?光想着孩子,人家可不是这样想的呀!我的孩子才三十多岁呀!熬到哪天是个头呀?"

我忙劝慰成母:"你在这哭哭啼啼的太不合适了,我知道成霞的苦衷,可当下我心有余而力不足呀,你老人家要谅解啊!是的,我是水中月,她是镜中花,我们是没有结果的,她应该找个合适的人,政策、法律、道德都在天上,哪一条触犯了,都会有严重的后果,眼下我又不能让她幸福。"

成母勃然大怒:"我女儿为你守活寡,完全是为了孩子,你还不领情,现在我来找你,就是让你为成霞盖间房子藏身!她要离开那个鬼地方!"

我说:"我应该这样做,不过现在孩子们都在念书需要钱,哪有闲钱造房子呢?"

成母说:"你不要怕,我有五个女儿,如果你选好了宅基地,我让几个女儿每人借你一万元,不让你一个人挑太重的担子。"

我对成母的要求有所感悟,因为我在码头的小屋里弄过一夜的积水,确实知道成霞的感受。尤其是那个码头,湖水上升一尺,小卖部就要进水,如果不是在房的梁下挂个吊床,每逢大雨人都会泡在水里,为了她后半生的幸福,造个屋是应该的。作为有责任心的男人为还心债是不能推卸自己的责任的。

我安慰成母:"你放心吧!我一定想办法,达成我们共同的心愿,您让我筹划筹划,保给她造房子。"

成母慢慢变过脸来,不一会就露出一丝笑容,说:"田土呀,成霞不图啥,只图你对她有诚意。你说过,今天让你蹲水坑,明天让你住高层。她不渴望住高楼大厦,只想让你给她一处安身立命的地方,她早在家表过态,今生不嫁人,只想守着孩子,独自过完这一生。"

"伯母呀!我知道她和你们全家人的心意,但我有妻室,不可能和她厮守,她每夜独守空房,就像刀在刺我的心,但我又没有分身术。我是党员干部,总不能眼睁睁地被处分吧?这该怎么办呀?她的苦处我知道,但事实总归是事实,我帮她到哪天都没有怨言,可她是糖衣肚里装黄连——外甜内苦。"

成母说:"只要你没有抱怨,再苦她都愿意,这是她自己选的路。"

"这是您说的话,您可知道她的内心深处有多苦吗?"

"她当着我们全家人的面,发过毒誓,我们只有随着她,她独身苦守真正让人心酸,为了孩子。可话说回来,我一个如花似玉的女儿,到今天这种地步,如果不爱你她能单守这个孩子吗?难道非吊在一棵树上,你是罗成,还是潘安?她想守,我们全家也不会同意的。"

"伯母,我有家室。"

"有家室怕什么?她不会让你离婚的,她发过誓,坚决不破坏你的家庭,她就这样默默地等着你,把孩子拉扯大,为了可怜她对你的一片苦心,你就看着办吧!我走了,为了你,我这把年纪还要去河边给她做伴,我这么多儿女,把心都放到你们身上,万一在这河边要有个三长两短的怎么好向她的大大交代呀!你怎么想的只能凭你的良心。"

伯母走了以后,我的心久久不能平静,为了良心,后来我真的动脑筋,决定不惜一切给她造屋,不让她在边陲码头泥潭里再受苦受难了,让她真正有安身之所。

我首先找朋友到信用社贷款三万元,此款一开始是准备成立社会组织(联谊会)而用的,可是在立会之时没派上用场,而暂时用到了造房上。然后去找城东的村干部给调了两间宅基地,由于村里摆不平,此事就搁置下来了。

有一天,我下班到家,倒一杯闷头酒,在那儿自斟自饮,想着重重的心思。妻子觉得不对劲,试探地问:"治扁计划又有新的行动?不然不会自己喝闷酒的。"

"你也真敏感。"

"要不孩子催学费了?是为缺钱犯愁吧?"妻子算到我为钱愁但不知要钱干什么,她真的认为是孩子的学费问题,却不知我的内心世界。

"孩子现在都要上学,家里几个钱还要做生意,西边那几间闲置的宅基地要它干什么?况且那里的地势差,环境也不好,我们又不想到那儿住,为了保证孩子的学费,干脆把那块下好根角的宅基地卖掉算了。"

我一听心里的阴云马上散去,知道妻子坚决要处理城边上那处宅基地,我顺水推舟找了朋友,假戏真做,出面来买那处宅基地。把三万元提出来拿给朋友,朋友以介绍人的身份,以三万五千元的价格,把这处宅基地卖给了"陌生人"。

我转着弯子买下了那处宅基地。我取得了这块宅基地自主利用的空间,然后和妻子说:"人家买过宅基地要盖不上,恐怕还要把宅基地推给我们,怎么办?"

好心的妻子怕宅基地再被推回来,很干脆地说:"杀人杀个死,救人救个活,这天河镇谁你不认识呀?你必须在那看着给人家盖好,否则咱收了人家的钱对不起人家。"

真是贼喊捉贼骗善良,善良反被善良伤。

鼓里蒙的是亲人,为还心债两边搪。

我是昧着良心在忽悠妻子,因为妻子和我是生死与共的患难夫妻,她从不怀疑我所做的一切,别人的风言风语她都当着玩笑从不往心里去。我背着妻子在说着善意的谎言,做着背叛妻子的事情。妻子只知道收了钱,却不知道我是在信用社贷的款给她的。为了建好这处房子,我到水泥厂赊了廉价水泥,到砖厂赊了廉价的红砖,本家送来了钢筋,亲戚送来了沙子,表弟负责装潢和所有的门窗制作。三间三层小楼动工了,我去找成母让她通知她几个女儿每人拿一万元钱来,可是成母到她几个女儿家转了一圈,没拿来一分钱,成母哭着回来很惭愧地说:"我要减去二十年,这些小蹄子敢不听我的? 现在不行了,看我年纪大了怕我还不起她们的钱呀!"

有歪诗为证:

> 小楼动工"四万"空,
> 成母含泪把话讼。
> 我若减去二十年,
> 谁敢不依成美荣。

我没有办法,只有自力更生,卖书买材料,只用了三个月的时间,把三间三层小楼盖了起来。房子建好后,我浑身都是债,好在我任司法所所长,允许有偿地为当事人代理案件,我收费帮人打官司,不到两年的时间,把账给还了。成霞一见房子盖好了,坚决不在那水边受清风了,她闹着要住进去,并主动写了一份租赁合同,住进了三层三间的小楼。"既然给你盖的房,你写这租赁合同干吗?""你是干部,怎么一点后路都不留呢? 你收好,遇事能用得上。"

第六节　文学春天

这天,我在天河县看到一个朋友朝宾馆去,三步并作两步追上前去,两个老朋友好似他乡遇故知。我问他这些年到哪去了,他说:"我自从把酒给你弄回去后,就被调到天河省公安厅去了,今天是办公务的,你跟我去吃个饭吧! 今天有个朋友新来你们县任宣传部部长,我介绍你们认识一下,对你今后的发展有好处。"

我说:"你们都是大领导,我掺和进去不合适。"

"我俩是莫逆朋友，他们请我吃饭你去有什么不合适？"

我凑着短暂的空子简短地给他叙述了我最近遇到的困难和成立作家协会的苦衷。还没等我说完，他拍着我的肩膀，大声地说："这场酒你更应该去喝了，刻不容缓，往往事情的成败就在一念间，今天我当花脸，给你唱这出戏，你一定要配合好，见机而行，不要无病呻吟。"

我高兴地说："只要能办好事，怎么样都行！"

"吃过饭他们都到我房间去，他们谈工作，我提议先谈你的事，然后我给他们交代好，让他们记住你。争取给你搞顺，领导不认识你呀！等熟悉了，像我一样调走了，什么事也不能解决了。"

我一听，这是一个特别好的契机，就随他赴宴去了。朋友把我带到饭桌上，给我一一作了介绍，到最后一个领导的时候，他加重了语气："他就是你们天河县新上任的'双料'部长（县委常委、宣传部部长、统战部部长）金庄。"

我打量着这个瘦弱的县领导，看他那匀称的身材、文质彬彬的气质，虽然像个刚出校门的文弱书生，但那老练的举动和待人接物的语言，以及那双炯炯有神的慧眼，给人感觉这个领导是一个很不简单的清廉又有智慧的好领导。特殊的亲和力，让人感到见之而兴奋，听语而感怀。

朋友介绍我："这是一位大作家，他写好几本书了，我都读过，是我刚走上工作岗位的一个文友。他当年办天河文学社，成立那天我还参加祝贺呢。现在他雄心勃勃要成立天河县作家协会，并创办《天河文学》杂志。金庄呀！这可是你的宝贝啊！你千万要用好这个'精灵'。"

金部长一听很感兴趣，忙问："你有方案吗？简单地说说你的想法，我正准备重点抓下这件事。一个县二十八年没有文联、作协，何谈文化复兴呢？这是好事，我坚决支持。"

我借着这千载难逢的机会说："金部长，我觉得天河文化底蕴特别深厚，二十八年来县文联名存实亡，我们这些文学爱好者没有归宿，我特别想牵头把县作协成立起来，有了作协没有园地也不行，我想同步办《天河文学》杂志，建设好这一文学之家。如今的年代钱是重头戏，我现在没有文联、作协的主管机关，暂时挂靠县工商联，这叫'工商搭台，文学唱戏'，不知这个思路领导怎么看？"

在座的领导都拍起了巴掌，金部长一拍桌子："好思路，明天上午你把报告拿去，我把工商联领导找到我办公室现场办公，下午拿到民政局登记注册,半个月筹备,然后召开选举大会。"

我表面上很平静,但内心世界暗流涌动,热血沸腾中带着担心,怕再出现市文联的那一幕。世界就这么精彩、奇妙,我的夙愿已被阻挡数年了,没想到就这么一席话,使我实现了梦寐以求的终身夙愿!

我千恩万谢地送走朋友,朋友在相别的时候语重心长地告诫我:"你办的是好事,好事要办好,古往今来办好事是要付出人生代价的。尤其是你办的事,与众不同,别人都在搞钱,以经济建设为中心,你办的事是要赔大批钱的。十年树木,百年树人,你要做好终身潦倒的准备。如今,人们的世界观不一样,看法不同,支持你的人很少,你还会遇到更多更大困难的。"

我深深地给那朋友鞠一躬:"谨记教诲。再大的困难我田土都能面对,为实现梦想,我会以生命当赌注,带好天河作家,办好《天河文学》。"我的讲话让全场掌声雷动。

我遵照金庄部长的指示,迅速办妥了所有应办的手续,很快拿到民政局的批复,随即拿到了钢印、公章,并拿到了机构正本、副本,所有该办的证件全部办好,万事俱备只欠东风了。我把原来的联谊会文友召集起来,首先告知他们这个好消息,大伙把我抬起来在空中乱抛,我变成了彩球。

清楚地记得,那是在一个晴朗的早晨,彩霞映红了东方,我们聚集在天河宾馆多功能厅,一百一十八名参会会员,每人手持一票,进入选举会场,按相关程序都投出神圣的一票。

省、市领导坐镇,会议由天河县的领导主持,金庄部长发表了热情洋溢的讲话,全场欢声雷动。最后,我全票当选为天河县作家协会主席,同时把第一期的《天河文学》发放到每一位代表和会员的手中。

李会听说我被选为县作协主席,慌慌张张地来祝贺,讨喜糖吃。路上顶头碰到牛雄,牛雄见李会一脸的喜色,便迎上前去:"李站长一脸的喜气,大概是因为田土选上了县作协主席吧?"

李会很高兴地说:"他是我们领导,当选了难道你不高兴?""我高兴不高兴,孩子不哭奶不胀的,无所谓,恐怕你高兴也是老猫逮个猪尿泡——瞎欢喜吧!你这么多年追随田土,他给你什么名分了?我奉劝你还是悬崖勒马,回头是岸哪!天涯何处无芳草,人生能有几个秋啊!"

李会一听觉得话中有话,很愤怒地说:"牛雄,你半截空中抛对嘴(捣米的圆石,后面带个把子),这话什么意思?"

牛雄皮笑肉不笑地说："聪明人说糊涂话，人家田土和那个二级演员是初恋，你能排上队吗？"

李会很不客气地说："牛雄，就你这熊样的，给田土提草鞋人家也不会要你的。人家田土做什么，和谁好与你有关吗？你是吃不到葡萄怪葡萄酸吧！他能有二级演员看上他，就说明他有人格魅力，这就比你牛雄强啊！你牛雄在天河也是风云人物，没看出来你是这个德行，缺钱可以，可不能缺德啊！呸！你这种缺德的烂货，死去吧！"李会说罢掉头跑回家。

牛雄见李会跑了，对着李会的背影声嘶力竭地高声喊道："李站长，你是聪明人，一定要弄明白为什么半截空中吹喇叭——空（想）响啊！"

《天河文学》出刊以后，得到社会各界的一致好评。天河县县长亲自把我找到办公室，要拨款给我办刊物，并告诫："好事要办好。"这更增添了我办刊的信心和决心，因此《天河文学》像开闸的洪水，全面开花。近万册的期刊只要一出版，就被人们一抢而空，人们真的对这本杂志有了依赖。

大千世界，林密树杂，什么样的鸟都有，《天河文学》的兴盛引起了个别人的不满。那个外号叫"老告"的人坐不住了，他到处游说："田土何德何能办《天河文学》？我断定这第一期就是终期。"谁知《天河文学》像一管粗大的泉眼，水源源不断地出。"老告"火了，他以非法出版物为由到处告状。

他不但到处告状，还散布谣言："《天河文学》是非法出版物，你们不能看，我代表县文联禁止你们阅读《天河文学》。"

开始人们都说他是神经病，读者们怒气冲天地找"老告"："'老告'你个浑蛋，文联都没有了，你代表个啥？你算啥？自己没有办刊的水平还在放狗屁！"

"老告"说："那是非法刊物。"

"这么好的地方杂志，不收一分钱供人们阅览有什么不好的？又不是黄色书刊，都是好文章，别听'老告'一嘴牛熊！"整个阅读群体都对"老告"出言不逊，有的甚至见到"老告"就骂。"老告"采取了新的告状方法。

"老告"每天发一百条举报信息和举报信，相关部门来调查，结果都是一片称赞之声，"老告"实在没有办法了，来镇里找牛书记，实名举报，并亲自把举报信交到牛书记手里。书记看完举报信，怒不可遏，喊公务员："小李，把田土给我喊到办公室来！"

我不知其故，刚到书记办公室，只见他把举报信和《天河文学》朝我面前一摔："你自己看这是什么东西？目前你都干些什么？让你治浑蛋你却治出这么个东西！自己摆平去吧！"

我拿着举报信离开书记办公室，《天河文学》是办下去还是就此结束，我产生了动摇情绪，正好姚功到我办公室拿《天河文学》，我把"老告"的举报信递给姚功，姚功看罢拍案而起："怪不得这狗杂种到处扬言《天河文学》第一期就是终期呢！原来他是蓄谋已久的了，今天他终于赤膊上阵了，《天河文学》不但要办下去，而且要办得更好！"

姚功的话像打气筒，坚定了我办《天河文学》的信心和决心。为了让《天河文学》扎根，我了解审批程序，根据好人的指教，随即写出书面报告，要求市文化局给解决刊号问题，市局领导说："全省县级都不给刊号，此事我们只能望洋兴叹了。"我回家后彻夜未眠，看不清脚下的路该怎么走。

县长又把我叫到办公室，很无奈地说："现在各种事务都在规范管理，'老告'的人民来信无休无止，我以县政府的名义给你拟份报告，你亲自到省新闻出版局去看是否有奇迹出现。"

我谢过县长，拿着县政府的红头文件和报告心里特别温暖，没想到县长能把这事放在心上。

我把报告拿到市里、省里，用最恳切的语言去打动领导们的心。省局一位分管处长说："你们办的《天河文学》我们期期都看，觉得办得很有特色，否则你说破天我们也不会超越这个底线的，因为全省县级刊物仅有你一家啊！为了对你们前期工作表示鼓励，我同意给《天河文学》核发刊号。"并当场发放表格让我下到市县相关部门盖章。

我是多么高兴啊！我赶忙到县里、市里找到分管领导，在申请表上签字盖章，然后到省里，省新闻出版局的领导看到我的办刊诚意，都受到了感动，最后真的破例给《天河文学》专题研究，核发刊号。

这件事因没有保密，那个叫"烦仁"的家伙拼命地写人民来信，指责省新闻出版局的领导不该接天河县的报告，因为县级以下的都没有合法的刊号：你们如果给天河县批《天河文学》刊号，就说明收受了田土的厚礼！

省新闻出版局的领导被这雪花般的来信激怒了："这天河县的个别人怎么这么龌龊呢？人家明明自筹资金办出了这么好的文学刊物，省新闻出版局就应该破例给予批准合法刊号，进行扶持，让这样奸谗的小人嫉妒去吧！"

省新闻出版局的领导不但这样说，还真的这样做了，一个星期之内全省唯一的一个县级季刊号批复了,我捧着盖有省新闻出版局公章的正式刊号,兴高采烈地走进了天河县政府,县领导见了拍案叫好,天河县作协的全体会员都奔走相告,不约而同地聚在一起,振臂高呼:"祝《天河文学》第二次诞生!"

为了每期能正常地出刊,我问朋友要原创的精品稿件,朋友都表示支持,虽然没有稿费,但稿件潮水般地涌来,可各种配套费和印刷费每期在两万元左右,为此,我去找分管企业的领导,说明办刊之艰辛、资金之短缺,想请领导出面找各方面的企业家搞点赞助,充实办刊经费,为办刊提供保障。这位领导很幽默地说:"田土呀!你是文人,应该善于观察,现在的企业家有个显著的特点,只认识钱,不认识字,他们没有这个意识,洗澡、泡脚,他们成千上万地甩,办刊,他们哪懂?赞助只是一句空话。"

为了生存,我只有厚着脸皮把自己出版的书拿去卖,然后把卖书的钱拿去办《天河文学》。

日复一日,年复一年,《天河文学》每年四期,每期两千册,前后办了三十八期,《天河文学》正飞向马来西亚、日本、美国等世界各地。所到之处都得到了一致好评,有人提议:田土在工作上立过二等功,现在既是作协主席,又为天河文学创作做出这么大的贡献,应该被吸纳为政协委员。这个提议还真的得到大众的赞同,然而因各种原因我最终没能进入政协。

第七节　槐花飘零

七月下旬,已进入仲夏,我因家事来到天河湖畔,推门入故乡老宅,只见母亲正在忙家务。抬头便见院中的老槐树仍然那样苍翠挺拔,那一串串槐花在微风的吹拂下,犹如一串串晶莹的冰雕,悬挂树上,在阳光的照射下,耀眼夺目。老槐树上的鸟儿在不停地吟唱,突然,几只喜鹊从槐枝上连声高叫着飞往远方,不时飘落几片淡黄的花瓣,给人感觉到槐花已开始飘零,然而,随着时间飞逝,槐花已真的黯淡凋零了。

成霞为了资助我办《天河文学》,集资把小楼改成了饭店,命名为"源盛土锅城"。一开始饭店开得红红火火,《天河文学》有了经济支柱,"老告"很不服气,总觉得《天河文学》不可能如期出刊,田土哪来的钱和那股坚韧不拔的办刊精神?他百思不得其解,为了弄清内情,"老告"来到源盛土锅城吃饭,他让老板过来点菜,并别有用心地问:"老板,听说这是作家协会的龙头企业,是真的吗?"

成霞说:"我这是私营企业自家饭店,但每期《天河文学》出刊缺钱都由我们源盛土锅城无偿赞助。"

"你为什么提供赞助呢?"

"因为我和田土是朋友。"

"老告"一跺脚:原来能使《天河文学》延续下去的奥妙在这里,田土,田土!我要彻底断掉你办刊的活水!

"老告"又开始举报了,电话、挂号信一起投诉土锅城。火红的土锅城在睡梦中被"老告"毁了。第二天上午,来了三个穿警服的人,把成霞喊到一个包间里:"老板,你土锅城有野味吗?"成霞不知其故,她是一个实在的人,认为他们是来吃饭的呢,便答道:"只有野兔、野鸡、野鸭、麻雀,其他没有。"

就这一句话警察从包里掏出笔录纸做个材料让她签字,成霞看过笔录并没多想,稀里糊涂地签上自己的名字,几个警察走了。三天后,警察以销售二级保护动物的"罪名"封了土锅城。

办刊的活水真的断了,为了继续出刊,我到乡镇把自己出版的书拿去卖。

这天,我骑着自行车去联系卖书,《天河文学》等米下锅,正好见到一个熟人。他现在发迹了,自己建个水泥厂,他开一辆宝马轿车,很是风光,下了宝马车,很得意地捋着被风吹乱的头发,特别傲慢地说:"田土,你都是作家了,怎么不买辆宝马开开,骑这破车哪像个作家呀?"

我好像抓住了救命稻草,很直白地说:"老朋友,你现在是大腕,《天河文学》缺资金,可否赞助几个碎银子?也算对公益事业尽心了。"

"我是粗人,可我的水泥厂日进数百万,我的铲车队每夜在山上铲石头做水泥原料,一铲子就价值十几万,不瞒你说,钱不缺,你想喝酒、唱歌、跳舞、上车,我全包。你让我出钱搞什么《天河文学》,真的没门,因为我好的不是那家伙。"一听这话,我骑车便走,那熟人在宝马车里伸头冲着我蔑视地说一声:"一身的酸味!"随后宝马车消失在茫茫的原野之中。

我实在被弄得疲惫不堪了。这天遇到一位过去的老同事,穿着打扮很漂亮,身高四尺挂零,背个包走路打腿弯子,说话赛铜钟,唱歌像歌星,后面跟着一群美女,前呼后拥,人们都喊他"金总"。他下岗后干得不错,现在学南方人到地方上来搞小额贷款公司,也就是民间借贷,生意干得红红火火。他主动提出:"你办的《天河文学》受到社会各界的一致好评,我现在已经是腰缠万贯了,钱怎么用,给你一点小钱办刊物是小孩摸小鸡——手到擒来。我们又是朋友加同事,想对《天河文学》尽点微薄之力,给予长期赞助!"

我一听这话心里乐呀!谁说天涯无知己,人间何人不识君。所有的企业家都不识字吗?这不走出了热爱文学的企业家了吗?谢天谢地。我问:"你打算怎么赞助?是一次性赞助还是长期赞助?"

"我是看在弟兄的面子上,实际上就是给你排忧解难的。"

"如果你为我个人,你的赞助费我宁可不要,虽然我穷,但我办《天河文学》愿意搭上自己的一切。你如果有诚意赞助《天河文学》,这是热心于公益事业,这叫不谋私利。"

金老板很肯定地说:"好了好了!我赞助你就是给你办《天河文学》的,否则我干吗给你钱!我初步打算每年给你出版印刷费16000元,每期给《天河文学》赞助4000元,但你们要把每期的杂志和发票拿来,然后到我公司领钱。口说无凭,我们双方签订一个协议书,按协议履行。"病汉听不得鬼叫唤,因为我办刊缺钱呀!我高兴得当面写了一个书面协议,金老板看后,一拍桌子:"好,就按你草拟的协议办!我每期会主动把钱打入编辑部的账户上。"我觉得金老板是一个开明的企业家,没签合同他就按照合同内容履行了,给了4000元的赞助费用。协会的会员们也因金老板慷慨解囊而对他刮目相看。

第二期金老板打电话要我开好发票到他公司拿钱,并把正式合同签了。我特别兴奋地带着合同和发票跑过去,刚到"联帮小额金融公司"门口,一个笑容可掬的矮个子女人就迎了上来:"田主席呀!是哪阵风把你吹来了?你能光临我们公司真使我们感到荣幸啊!"金老板很有派头地坐在那儿喝茶,高贵的老板桌上放着个偌大的玉元宝,元宝的肚子上刻着几个大字——"招财进宝",柜台上放着一棵玉白菜。

"田主席,我看你脸色不好,别生气,我们公司是女老板,男招待。"

我说:"刚才那招待不是女扮男装呀!"

"你看长的那死样,比男人还男人呢!不过放心,别人拐不走。"我坐在茶座上,只见员工们忙忙碌碌,存钱、贷款的人络绎不绝,公司呈现出一派繁忙的景象。

"田主席,你们的刊出得很快呀?好!你真为天河的文学事业做出了巨大的贡献,天河人民永远记着你!"

"别吹得这么大,我又没死呢,记着我干什么?我只是对文学爱好和痴迷,不过你能为《天河文学》做出牺牲,真是难能可贵,算得上是开明的企业家呀!"

"田土主席,我们是最好的朋友,我如不搞民间借贷,哪有钱赞助你呢?现在有个客户要存款40万,他要求提供担保,请你签个字。"我说:"不行,因为《天河文学》编辑部没有钱,同时也不具备担保的资格。"

"你是公务员,我让你给我们担保40万元的借款,时间不会超过两个月,就两个月,两个月多一天都不让你担保,同时《天河文学》我们会长期赞助,永远享受这份权力。这两个月只是尿泡尿的工夫。"我正在发呆,金老板高喊:"把《天河文学》的4000元赞助费拿来,快把手续办了。"

我是政法大学毕业的,知道担保要承担什么样的责任和后果。办《天河文学》需要的是钱啊!不担保,这4000块就不能进账,印刷厂不见钱就不开机给你印刷!

他又说:"担保是以你个人的名誉,因为大家都对你田土敬佩有加,信任你啊!"

我侥幸地想:把我个人推出去能保住《天河文学》的正常出版也值,同时担保的时间又这么短。反正这么大的公司三年两年又不会倒闭,两个月这么短暂,肯定没有什么问题。因此,我就把老金做好的担保协议和赞助协议书一并签了。

成霞知道我为了办《天河文学》给人担保这么多钱,很认真地说:"老金是给你设下陷阱,你赶紧撤回担保,否则你会有很大的麻烦的,你不是大款,你那点工资都不够你自己开销,万一出问题你喝西北风啊?请你慎重考虑。"

姚功特严肃地说:"成霞讲得对,这分明就是一个圈套,你若不撤回担保,你将会陷入人生的泥潭。"

我听了他们的话也有所醒悟,但为了《天河文学》,我无怨无悔,亲朋好友的警告让我虽然担惊受怕,但心里总有一种信念做支撑,认为不会出问题,可不敢将担保之事向妻子说。但事情还没有发生,或许事情不会有他们想的那么糟。毕竟都能理解我是真心想办《天河文学》的啊!如果提前撤销担保,那"诚信"二字何存? 最后我没有选择撤销担保。

为了方便作协乡下会员食宿,及早改变作协办刊难的现实,我和姚功找了相关部门把土锅城"解冻",并把土锅城重新装成九里香饭店,特地从外地请来厨师,成霞再度当饭店的老板。

李会为了不打破其中的内部关系,故意慢慢地疏远我。她不愿参加作家协会,我让姚功去劝她加入作协并听听她的思想状况。姚功开玩笑地说:"要去你自己去,她想你又不想我。"

我抬手给他两拳:"我让你嘴贱!"姚功双手举起:"好了,别打了,我去还不行吗?"

第二天,姚功亲自跑到文化站去找李会,工作人员告诉他:站长请长假了。姚功回来把情况一说,我心里特别慌乱,再次催姚功去探寻李会,姚功拖我一起去,为了避嫌我还是坚持让姚功先去探个究竟。

姚功来到李会的住处,李会正在收拾行李,姚功一步跨进李会的宿舍:"李会,你这是干什么? 你准备到哪儿去?"

李会看到姚功,忙问:"田土怎么没来?"

"你们真有意思,一日不见如隔三秋,我这个灯泡还不想当了呢!"说罢转脸要走。李会忙拉着他让他坐下。

我紧走几步:"我不来了吗?"

姚功指着我:"你这虚伪的家伙,你不说让我来看看,你怎么又跑来了?恐怕你不亲自来就会憋死! 你都来了,我来还有什么用处?"

我说:"姚老师呀,你还起什么哄呀?"

李会看到我,背过脸去哭了。我很诚恳地说:"我到底哪儿错了? 我做错什么了? 怎么惹你生气的? 你这样背井离乡值得吗?"姚功说:"我们都是好兄妹,铁哥们,我认为有话说在当面,不要放在心里,这样会憋出病来的。"

李会很淡定地说:"我女儿考取省实验中学了,孩子年龄太小,需要陪护,同时现在的文化站形同虚设,我请一年长假,领导批准了,所以我收拾行李准备到女儿那儿去陪读! 考虑你办刊艰难,这里有一张信用卡,里面存着四十万元的现金,急用时你可去取,密码就是你的生日。"我赶忙拒绝,说啥我也不能收,并感动得热泪盈眶,李会也失声痛哭。她见我坚决不收长叹一口气:"这张信用卡等你遇大事时用吧! 为了孩子我真的要走了。"

她这样的合理解释再说也没有用了,我和姚功不约而同地掏出两千元钱塞给李会,并告诉她:"这是给孩子的,必须要收下!"她拿着我们给的钱泪如雨下。

李会真的走了,我们给她钱她为什么哭,我琢磨三天才恍然大悟,她需要的不是钱而是挽留,她并不是真心要走,只是需要人去打开她的心结,可我们俩是粗心人,掏钱是特效催化剂,就等于加速了她走的进程。我追悔莫及,心里欠着李会一大笔心债和情债。

《天河文学》越办越火,需要的费用和开支越来越大,政府拨款的数额越来越少,九里香的生意越来越淡,我的负担越来越重,我实在无法。

我只有拼命地写书、卖书来维持着人们每期必看的文学刊物。一天,我下班刚到家,牛雄路过门口,看到我在家,不请自到地走进来,说:"我们都是好兄弟,你家开九里香饭店为什么不请我喝酒?"

我说:"那九里香的老板小气得很,那天开业连我也没请,那没味的酒有什么喝头呢? 事情过了就算了,都哪年的事了呀? 你还挂在嘴上。"

"你办《天河文学》干到钱了?"

"只是爱好,我为我爱的事业敢于把家产和性命当上,这是一个公益事业,只投入,回报是培养文学新人。"

"常言道无利不起早,搞不到钱打死你也不干,拿自家钱去办那东西,你又没犯疯病!"

"观点不同,爱好不同,世界观也不一样,咱别说这个话题,坐下喝酒!"

牛雄狞笑两声:"别装蒜了,那九里香饭店就是你开的,那女老板不过是你的一条腿罢了,要喝我们到那喝!"

我猛地站起来:"你是怎么说话的?"

妻子站起来斩钉截铁地说:"滚! 只有你才有几条破腿呢! 我家田土我知道,看你那熊样! 滚! 黄鼠狼给鸡拜年——不安好心的东西,滚! 再不滚我要拿刀砍你!"

妻子又转头指着我的额头愤怒地说:"你有眼无珠,不知你怎么能交这样的地痞无赖!"

牛雄被妻子强行赶出门,恶狠狠地说:"田土,你来事了!"

赶走牛雄后,妻子看着牛雄的背影说:"这个无赖是不会和你善罢甘休的,你等着吧!"

我说:"我们之间往日无冤,近日无仇,他什么事和我不罢休啊?"妻子说:"当年他没买上居委会那栋楼已和你结下梁子了,不仅是他,而是一个家族啊!"

我一听,心里一惊:难道镇里的牛书记和牛雄是胞兄弟吗?不然的话牛书记为什么不惜代价地要治我?蒙在鼓里全不知,一语道破梦中人。

牛雄被赶出家门后,特别恼怒,第二天来到土锅城,高喊:"老板,给我来份土锅,牛肉的!"

成霞很麻利地给他上来一个锅子,然后给他四个蔬菜,成霞刚把锅底端上来点着。牛雄说话了:"老板,你认识我吗?我和田土是好朋友,来陪我喝几杯。"

成霞笑着说:"生意忙,实在没空,既然你和田土是好朋友,就应该谅解,不就是忙着挣几个小钱吗?实在对不起!"

牛雄说:"你今天不陪我喝两杯,我走了,这钱让田土来付吧!"他说罢站起身要走,成霞笑着说:"我等会来,别生气。"

"现在就必须来,否则永远不再进你这破店!"成霞特别恼怒,但又不能放在脸上,忙强颜欢笑地说:"你既然和田土是朋友,就不必这样焦躁,我马上就来陪你喝一杯。"

成霞放下手中活计,刚坐下,牛雄给自己倒一杯酒和成霞先干一杯,然后笑着说:"我听说你和田土有约,十年为期,时间该到了吧?"

成霞失口否认:"别扯下线,喝酒就喝酒嘛,闲话少叙!来,干掉这杯我等着有事。"

"我对你是一番好意,恐怕再过十年,田土也不可能和你在一起!他不可能离婚娶你的!干脆我俩来喝个交杯酒吧,我俩在一起比和他田土般配多了。"

成霞猛地站起来:"田土不该交你这样的下三烂朋友,请把餐费先付了!"

牛雄站起来:"你也不看看牛爷是谁,你敢这样待我,我今天就白吃了,看你怎么样!"

成霞伸手从厨房里拿把菜刀,指着牛雄:"你如果敢白吃,我就敢砍下你的胳膊。"

牛雄见成霞来真的了,忙点头哈腰地说:"吃得起饭还给不起钱吗?给你,给你!不就想和你交个朋友吗?"

"给钱走人！想交朋友到别处去,你姑奶奶不理你这样的烂货!"

牛雄说着从口袋里掏出两百元往桌子上一放:"牛爷有的是钱,阎王少你小鬼钱吗?"说后便灰溜溜地走了。

牛雄走了,成霞坐在凳子上哭了,她哭得很悲伤,虽然牛雄没有白吃成,但他的几句话触动了成霞的内心世界,她真的认真了,十年的苦楚已经到期了,今天晚上必须把田土弄上楼,向他讨个明确的说法!

天已经黑了,服务员和厨师都开始做生意了。她仍然愣愣地在那儿坐着,突然她站起来,拨通手机:"田土,是我,这绣楼我等了几年了,十年如一日,我盼着和你款曲(交欢的意思)一刻,这辈子也值了,然而,十年空巢我无怨无悔,不过,今天晚上你必须来,否则……"她把手机挂了。

我心里如乱麻一样,李会出走的阴影还没抹去,这又出来一个难题,我又何尝不想去呢?然而,这么多年我想去而不敢去,真可谓无可奈何。长见面,长相思,长梦幻,长发痴。我觉得今天的事情绝不只是温存的事,肯定内有隐情,难道……我买了四个卤菜来到姚功家,借喝酒的机会想听听姚功的见解。一进门,姚功就开玩笑:"李会走了,你想来我这借酒消愁吗?"

我也不客气地说:"我到你家喝酒从来都是我带菜拿酒,今天只有菜没带酒。我知道弟妹不在家,我怕你到外面去造弄(胡搞的意思),故来监督你的。"

"你别放屁拉椅子——遮羞了,我还摸不透你?没有心事,恐怕早都到大场上干得热火朝天了,哪有时间到我这陋室来憋屈?"

"别耍贫嘴,快拿酒吧!"姚功闻言走进屋里,蹲下身,在床底下摸。

"干吗?你干吗?叫你拿酒怎么往床底下摸,摸尿壶吗?"

"我的好哥哥,你说对了,我的酒都放在床底下的。"

姚功说着从床底下摸出两瓶白酒。我俩刚倒上酒,妻子的催饭电话来了。姚功告诉她:"别催了,我和哥在我家倒上酒了,你有胆量也来参战。"妻子笑着挂断了电话。

我和姚功没费劲,一瓶酒就没了,这时成霞的电话又来了。我忙离开桌子说我和姚功在喝酒,结束后就去!

姚功断定是成霞打来的,却佯装不知,我俩又开了一瓶,喝了一半,姚功开口了:"我掐指一算,今天是你被授予二等功十周年的纪念日,我要给你特别祝贺,来,干!"

我一听姚功提起十年前的今天,端起酒杯,脑里浮现出当年在蓬莱阁那次盛宴的点点滴滴,一大杯酒我一饮而尽,同时不由得想起那句露嘴的话,才明白今天晚上成霞必须让我上楼的根由了。

两斤白酒喝完了,我坚决不再喝,可姚功跟跟跄跄地又去床底下摸酒,我灵机一动假装睡着了,并且还打起了呼噜,等姚功把酒拿来时我已经睡熟了,姚功刚把酒放到桌子上,妻子推门进来,姚功忙搬凳子:"嫂子,快坐下,咱俩喝。"

妻子说:"你看你俩都喝成什么样了,还喝!"她忙扶我喊:"快起来回家,怎能喝成这样呢?"

我心里有事,怎么也不愿醒!装睡,醒来太难了!妻子弄了一会也没弄醒我。姚功说:"嫂子你回去吧!我俩今晚就睡在一起,反正你弟妹又不在家。"

妻子听他这么一说,顺水推舟地说:"那好吧!我回去了,晚上一定要多喝茶,茶能解酒啊!最好喝点白醋。我走了,哥就交给你了!"

我听着妻子真的走远了,突然想起一句话:"装睡的人永远喊不醒。"此刻我忙跳起来,要回家,姚功要送,我坚决不让他送,姚功摸准了我的脉,他知道我肚里肯定有花花肠子,便说:"你喝醉了,我很不放心,怕你在路上出事。"

我很果断地说:"莫非你喝醉了,喝这点酒就醉,还是男人吗?"

我坚决不让他送,姚功心领神会就远远地跟在后面,我飞快地朝九里香饭店走去,汗当时就流出来了。我到成霞的楼下,忙拨通她的电话:"成霞,快下来开门!我在九里香大门的黑影处,你快下楼开门呀!"

此刻,避在黑影处的妻子猛地跳出来:"我有大门钥匙,我来给你开门,行不行呀?"

我被这突如其来的一幕给吓蒙了,想跑跑不掉,想进进不去,那一刻我真的狗急跳墙了,便和妻子闷不作声地撕扯在一起。妻子也不冷静,我也惊怒掺有打妻子的念头,这时的成霞也下不了楼。远远跟随我的姚功跑过来,拉开我俩,妻子埋怨地指着姚功说:"你不是说给我照顾好他的吗?怎么给照顾到这儿来了?你们都合起来蒙我!"

姚功一句话也说不出来,我只有揣着明白装糊涂,什么都不承认,假惺惺地要打妻子。姚功扯着我就往回走,我和姚功离开了九里香,和妻子拉开了距离,姚功才埋怨地说:"十年了,我知道你今天晚上必定要去找成霞,你连我也瞒,可是你给我也弄得一身骚,嫂子说我们串通一气,你听到了吗?不管怎么说,错在你,快回家,成霞那边事情过了再说,她会谅解的。"

我听姚功的劝阻,回家倒头睡着。第二天也没起床,我把手机关掉,静静地睡了两天。第三天早晨,邮递员送来一封信,我无心拆看,把信甩到桌子上,当我起来喝水时无意中一看是成霞的字体。无疑这是成霞的信,这时的我真是土地庙长草——慌(荒)了神,忙拆开一看。信这样写道:

田土:

前十年,

相亲相爱到别离,由于天怜又相聚,

槐树下面谁哭泣?今日别离是放弃?

是苦是乐还是蜜?最清还是天和地。

后十年,

相见、相随,相事、相济;

白天形影和,晚上体肉离。

我向东边看,你指西边语,

我向东边哭,你向西边泣。

互坐床前翻日记,字里行间都是你;

白日互语多合拍,夜间梦里多甜蜜;

十年光阴太短暂,不觉已过八十季;

人生聚散终有时,命中无缘莫强逆;

得到的都是苦楚,失去的都是眼泪;

十年后:

吾向田君言实情,天河湖畔草青青;

我已远离天河水,伴随剧组到昆明;

拍戏时需两年整,再拜槐树续余情。

田土啊!这些年我们的孩子出息了,他学了电影专业,他现在重庆担任摄制组的导演,那里缺一位像我这样的演员,我被特邀而去。我本不想离开你,经过深思,我欠你太多了,不能再连累你,以后每天别想我,你要好好写东西,出精品,编好戏,忠告你:再晚也要洗脚,少饮无情水,照顾自己是大计,仪表要整齐。天涯海角互思念,两心相结在一起,不分离,不分离。暂分别,再见还有期。

保重!保重!我的特别闺蜜。

我看罢信件洒泪写道:

送知音

二十年相思之苦,心有重创,重会林园便有长期厮守之意图,上海一别,泪洒黄浦,《弃女记》,使吾汝重圆旧梦。光阴似箭,十载忽忽而过,旧事历历在目,忆张公,伤痕累累,面对孤山污水,独守空房,每遇雷雨,心中透凉,浪涛扑岸,湖水上涨,屋内水流潺潺,脚下鱼虾争狂。

空中吊床,一女独躺,老鼠横行,独来群往,旁若无人,群殴而狂,林中之鸟,夜鸣凄凉,面对孤灯,凄苦吟唱,朝思夜梦,顾盼君郎,虽不能就欢,夜梦一床,望梅止渴,心里徜徉。

只因别故,知己南下昆明,晨听此息,未定魄狂,泪雨突洒,心律惶惶,天旋地转,血压高涨,一双情投意合之异侣,又要天南地北朝思暮想。

聚时难,离更难,今离是为明日圆。

隔千山,心相连,梦中仍然坐一船。

但愿鸳鸯真情在,人真洁,情清白,天长地久,海枯石烂,婵娟万里共渡,天涯咫尺间,问苍天知音何日归来,旧梦几时再圆!

数日内,我都在思念心上人,但又说不出口,只有在工作之余奋笔疾书。一日,天河镇的牛书记让我到他办公室,我诚惶诚恐,敲门进了办公室,抬头细观,今天牛书记满面春风,喜气洋洋,见我进室,忙给我倒杯茶,很客气地说:"田土呀!我们在一起工作这么多年,调离前我送给你几句心里话。我惜你是个人才所以要你明白,你活了半辈子,直到今天还摸不准上头用人的规律,可惜啊,可惜!

"这大千世界,往往结论是相反的,就说我吧!一路走来别人看我很风光,但一直都不如己愿,我读过财会干校,他不让我当财政局局长,却让我当畜牧局局长;我想崭露头角,他却让我骟猪蛋。我从读书起就不写作文,屡次因作文写不好而被老师罚站，是个不愿啃文墨的人。我不识字，可他偏让我当文化局局长。前几年我当文化局局长的时候你知多憋人，我看到那些咬文嚼字的老夫子就想打他几拳，因为听不懂他们在说什么。后来上面又老是让我在乡镇当书记，这么多年来，在镇长和书记的位置上徘徊，更滑稽的是，我一天法律都没学过，可现在把我调到法院去当执行局局长，我又不懂法律，你说这叫我怎么干。不知你有没有发现，这上级也真可爱，你懂的，会干的，怎么也不让你干，你不懂的，不会干的，他硬是让你干，你说可爱不可爱？在宣布我去任法院执行局局长的那一刻，我才悟出这上头用人的高妙之处，外行必须要领导内行，看你咋办，不服不行，不服不行啊！

"再说吧，虽说你是法律专科，又是北京名校毕业的，可是你一直都在办事员的位置上徘徊，论才华你当县委书记一点问题也没有，不但够料还出格。为什么？你的仕途像吃铁一样，一个破科员整整干了二十六年，正是年富力强、风华正茂的时候，也是人生出彩出经验的时候，却把你赶下去弄个副蹲点，难道如今你还没有悟出真谛？"

"我太笨了，根本悟不出来是怎么回事。"

"这样跟你说吧，要说没成绩吧，你的荣誉证书有几蛇皮袋子；要说没功劳吧，你都在省里得过二等功；要说不敬业吧，你兢兢业业工作从没有过星期天，节假日你都在办公室，你能说出为什么吗？我给你总结一下，你叫寡妇睡觉——上面没有人。"

我笑着说："牛书记呀！我不值得一提，没有想到你又提升了，反倒学会跟下属谈心了，让我不胜感激。我不行，只是个办事员的料！比如裤头你硬给他改成褂子永远也不可能。我政治水平差，总觉得为官之道是对上恭敬，对下不傲是为礼；大事不糊涂，小事不计较是为智；能拿六分拿三分是为清，守身如莲、香远益清是为廉；表里如一、实事求是是为信。"

"呸！文屁冲天，你是癞蛤蟆吃盘子——满肚子瓷。我就问你，你真是裤头改不成褂子？错！恰恰你是褂子硬给你改成裤头了，堂堂北京政法大学毕业的，破科员一干就是二十六年，到底是怎么回事，还在强词夺理。"

"牛书记，不，牛局长，我真的不行。"

"牛书记啊！我觉得你的仕途很光明，就不应该有这么多怨言了，你是书记呀！"

这个牛书记摸着自己的下巴："对！对！真对！不，跑题了，我觉得所有的谈话都跑题了！换个话题,换个话题。听说你给人家担保四十万元是真的吗?"

"因他给每期的《天河文学》赞助四千元钱,这咱们是有合同的。"

"我没让你讲原因,就回答是还是不是!"

我果断地说:"是!"

牛书记冷笑一通:"你是文人,这'担'字是提手旁放个'旦'字,这手逮着蛋拽多危险呀!往下拽让你鬼号!拼命往下拽就要你的亲命!'保'字是人字旁放个'呆'字,这叫呆人成保!听说你被人给告了,目前你知道不?"

"还不知道。"

"好吧!今天话就说到这里,以后我们还会再见面的。"

我离开了书记的办公室,不知所措,难道这新上任的牛局长又要修理我了?他在天河镇要捏扁我,大概觉得扁得不狠,他到法院抓住执法权了,再次给我捏扁拧碎?我也不去多想他怎么把我捏扁,只是顺其自然吧!

昨日还见杨柳绿,今天便见菊花黄,转眼间到了深秋,我奋笔写出了五十多万字的文学专著,通过努力又在出版社出版了。我正沉浸在欢乐的喜悦中,姚功唱着小调来了:"田土,你的大作又出版了,这么大的喜事不给酒喝能说得过去吗?快找个馆子搞两杯!"

我被姚功连拉带拽弄到一家叫"香格里拉"的小酒馆,要一壶白酒弄几个可口的小菜,双方都顾不得说话,喝酒吃菜,酒过三巡,菜过五味,姚功拿出一封信,是李会寄来的。我怕内容有不该姚功看的地方,因而不想拆,我忙把信往衣袋里装,姚功一把将信抢在手里,调侃地说:"信里肯定有问题,不敢拆,我帮你拆。"李会的信被姚功帮我强拆了。我拿过信仔细一看,心里又添一份忧伤,题目是"秋"。

> 赠田土:
> 秋风秋雨秋天凉,秋季秋叶秋草黄;
> 秋云秋月秋气爽,秋菊秋雁秋收忙;
> 秋情秋意秋缠绵,秋思秋念秋惆怅;
> 秋人秋岁秋文章,秋恨秋泪秋断肠。
>
> ——李会

我看罢这封充满沧桑的信,心里特别难过,自己身边的人怎么都是惆怅满怀? 我一仰脖子喝下一大杯白酒,眼里随即流下了泪。

姚功这时放了歌曲。

夏天走了,菊花开了,秋风送来点点的忧虑,阵阵秋雨敲打这玻璃,偏偏路边偏偏愁绪,坐在窗前翻看日记,字里行间写的都是你,昨天的浪漫,难忘的记忆,一点一滴烙印在心里。

姚功为了调节气氛,忙倒上酒:"别想那么多,今天是喜事,为了庆祝你的大作问世,来,喝酒!"

我俩推杯换盏,一会儿便喝得酩酊大醉,都昏睡在梦乡里。

这初春的天仍然没有带走冬的寒冷,半夜酒醒了,浑身冷得不行,我打开灯,重新把信拿出来,复读数遍,心里拔凉拔凉的,眼含泪水,然后提笔写道:

冰天冰地冰夜长,冰雪冰凌冰上霜。
冰封冰信冰缄扎,冰言冰语冰文章。
冰脚冰手冰肌肤,冰肝冰胆冰愁肠。
冰情冰意冰相思,冰心冰肺冰顶梁。

第八节　研讨会上

第二天早晨,门口拥了十几个陌生人,他们嚷着要见田土先生。我不知所措,他们到底是要干啥? 是不是二十多年的政法工作得罪人了? 一个六十多岁的老者风度翩翩,轻声地问道:"您就是田土先生吗?"

我忙点头。

"我们组团来,想求您的大作和《天河文学》杂志。因为市场上不好买,媒体又传得这么快,这么广,为了一睹为快,才组团登门,您舍得吗?"

我一听是这事,心里的压力一下子小了,忙请他们到家中吃早饭。他们不同意,只是要书,我才回到楼上把书提下来,给每人发一本近期的《天河文学》和我新近出版的几本书。这些陌生的朋友也不报名,每人拿出两百元钱逼着我收下,我坚决不收。一位年轻人掏出手机说:"田老师,我把你的手机号码存上,以后好联系。"

我报了我的手机号码。年轻人向所有拿到书的人说:"你们太没本事,直接给田土老师钱他能要吗? 我统一给他发红包。"

妻子说:"不能收人家的钱,快给人家发回去,钱在手机里也用不好,真丢人啊!"

我上班后,接到了一份快递,打开一看,心花怒放,一生中除了在《安徽日报》发表第一篇文章《三只鸡》和领二等功勋章的刹那间有这种感觉外,从没有过这种感觉。这是省文联发来的一个通知:

田土同志:

　　你的著作《天河传奇》上下册,得到了省内外乃至全国专家学者的广泛关注,为了弘扬草根精神,省文联、省作协、省文学院决定于3月18日在天河省文联四楼会议室,为你的著作举办研讨会,请你准时参加。

我第一时间把这个消息告诉了姚功。姚功像个孩子,到店里抱了几盘鞭炮,在我上班的大门口噼里啪啦地放起来。别人也不知道内情,他还在旁边疯狂地跳舞。我冲出办公室,硬是把姚功拉到办公室坐下,训斥道:"一大早,别人都在上班,你把鞭炮放得这么响,警察来了把你逮起来怎么办? 怎么办?"

姚功很不在乎地说:"我心里高兴得发狂,咱天河湖畔自古以来从没有过的事情,这难道不该庆祝吗? 警察来了又能怎样? 这是咱天河人的骄傲,更是咱天河湖畔的骄傲呀!"

姚功的话让我无言以对,我只有开始给他泡茶。姚功喝了两口,猛地站起来:"我要把这消息告知家乡的父老乡亲和天河文学社的所有社员,还要告诉成霞和李会,我要写一首赞美田土的歌。"

我对姚功说:"现在社会需要的是淡定、低调。我刚刚得到通知,会还没开,你就弄出这么大的动静,要是会开过了,你打算到宇宙上去号呀?! 假设省文联知道你在乱弄,把研讨会取消了,这个责任你负得起吗?"

姚功诡秘地笑道:"作家就是不一样,脑子转得就是快,哼! 你这是多想了,既然省文联通知你去参加你的著作研讨会,这说明省文联等几个单位正在运作,并不是你去请他们给你搞研讨会,怎么能说取消就取消呢? 吓唬谁？对于这件事，我认为动静就该大一点。"

"姚功，我们是天河湖畔的草根，是青青的小草，这样做，人家会说我们'穷汉乍富，撅腰大肚'。"

"我的老大，别大惊小怪的，我们开始分头准备吧！"姚功说罢，掉头走了。

是的，我喜在心里，鼓足劲做细致入微的准备工作，集中精力写答谢词。

世间万物，相生相克，有喜就有怒，有哀就有乐，有爱就有恨，有朋友就有敌人。牛雄听说省文联要给我开作品研讨会，恼羞成怒，特意来找"老告"商量破坏研讨会的对策。

牛雄急忙来到"烦仁"的门上，"老告"正叼着香烟在吹烟圈，牛雄和"老告"一见面就像失天火了一样："我说'烦仁'呀，你还有闲心吹烟圈？来事了！摊上大事了！"

"摊上啥事了这么惊慌？"

"田土的书要在省里开研讨会了！"

"他开研讨会，有什么了不起，值得你慌得这么很？"

牛雄把帽子往椅子上一摔，生气地说："这不都是为了你嘛！你自吹是天河湖畔头号文人，又是天河第一支笔，可你没有一点名头。人家田土如今是天河县作协主席，高山点灯名头大，三月份省文联给他的著作开研讨会，你怎么一毫羞愧感也没有？你不把他拉下来，他就名冲云天，你就是狗熊一个，人家坐龙椅，你就是钻地沟的货！"

"老告"把茶杯往桌子上一摔："你真是老沙牛过粪箕——胡编。就他那样，省文联有眼看他？真是肚脐眼里冒烟——腰气（妖气）。我绝对不相信，看他那副倒霉相吧，能有这样的好事落在他的头上?！大概西边出太阳了吧！不过这个田土抓不住他毛，我要有他把柄，一定要治死他！"

"田土的著作召开研讨会是狗咬屁股——啃腚（肯定）的了，你再不出手就悔之晚矣！"

"这件事你说怎么出手？"

牛雄很歹毒地说："什么叫三人成虎？空话说一百遍就是真的，说假话、造假货要有信心，设假套、扳倒树要有狠心，只有这样才能打败对手！"

"造假也需要影子，我没有第一手资料，怎么撂倒他？"

"我说'老告'啊！你也太天真了，你凭什么冠名'老告'的呢？平时告人的阴计绝招哪去了？你把'捕风捉影'这个词忘了吗？你要下定决心，不要善心，扳倒田土，才是文君。干脆我给你指条路吧！你忘了吗？别人称他'三六九'，这里面有多大的文章，万事要动脑子。"

"那是玩笑，人说他有三个老婆，李会和成霞不承认；说他有六个孩子，又不能把影子也算上；说他有九处房子，太抬举他了。"

牛雄很得意地说："你属冬瓜的——毛太嫩了。什么叫指鹿为马？什么叫莫须有？亏你自称文豪，'三六九'，不管查'三'还是查'九'，哪条问题不够纪委查个把月的？研讨会还能开得成吗？"牛雄奸笑几声，很神秘地把"老告"拉过来耳语一番，双方都奸猾地笑了。两个人狼狈为奸地笑了一会，"老告"问牛雄："怎么才能摸到研讨会的全面信息呢？"

"他老友姚功为这事买了几盘大鞭炮在天河镇大门口放了将近半个小时，想搞清楚可去问姚功！但去找他必须要有方法，否则会打草惊蛇！"

"请你明示什么叫打草惊蛇。"

"我实话实说你别生气，别人为什么不叫你的名字而称你'老告'呢？你现在像个瘟神，谁见到你不躲得远远的？只要别人发现你的动机，绝没有人和你说什么。"

"老告"也幸灾乐祸地说："大哥别说二哥，黄鳝别说泥鳅，你走到街上主动和你打招呼的绝对没有。"

"老告"在牛雄的策动下，以找朋友借书为由来到学校，无巧不成书，正好迎头碰上姚功。

"老告"躬身一礼："姚功，恭喜你。"

姚功莫名其妙："你在乱扯，我又没遇到任何好事，何喜之有？滚蛋，我等着有事！"

"老告"忙掏出烟硬是给姚功点上一根，亲自送到姚功的嘴上："姚功，你不显山不露水，隐藏得怪深呀！没有喜事你疯了，昨天放这么多鞭炮！"

"哦，我那是为了祝贺田土而放的，哪是我呀！下月18日上午八点，省文联为他的《天河传奇》上下册开研讨会，我特意为田土祝贺的。"

"哦，我想起来了，你和田土是老乡啊，同时也是老交情。"

"当然了，成立天河文学社的时候，我们就在一起，风风雨雨地走过二十多年了，他遇到这么大的喜事，我能不高兴吗？放几挂大鞭炮贺贺喜，这不是应该的吗？"

姚功说着举着手示意打招呼,擦肩而过。

人在家中坐,祸从天上来。姚功一席话,"老告"喜开怀。他回家以后,整整写了一夜的检举材料,并在手机上发了一百条检举信息。第二天,"老告"拿着检举材料到法院立不了案,牛雄说:"你真笨,找新上任的牛局长呀!你只要找他,保管让田土死无葬身之地。""老告"恍然大悟,大有拨云见日之感。

"老告"和牛雄揣着状纸狼狈为奸地走进天河县法院执行局局长室,牛局长坐在高档的办公椅上问:"你们来干什么?"

牛雄挺着个大肚子粗声粗气地说:"弟弟,上任三天连你哥牛雄也不认识了?"

"有必要介绍关系吗? 都是家里人,你怎么不长记性! 有话家里说,怎么搞到这块来了呢? 快说什么事,下不为例!"

"我和'老告'是来告田土的,'老告'又不是外人,我们把状子拿来了,请您看一看。"

牛局长一听告田土的,很感兴趣,忙接过材料,很仔细地从头看到尾。"嘿,这个田土他有几个老婆,他当我多年的下属,我怎么不知道呢? 你们是不是诬告呀? 如果是真的也轮不到你们来告,他的老婆为什么不来告? 你们说的几个女人都承认是他的老婆吗? 假设是真的,他是公务员,你们应该到纪检会去告呀! 怎么乱投门呢? 去吧!"

牛雄和"老告"闷闷地回来,特别丧气,最后牛雄说:"牛局长不是让我们到纪检会去吗?"

"老告"说:"我们光说人家有几个老婆,连他自己老婆都不承认,你说咋办?"

"这个情况紧急,我们主要的目的不就是让他开不成研讨会吗? 不管真的假的,只要咱实名举报,纪检会就会查,只要立案把他隔离审查,过了期限他还研讨什么? 省里知道他被审查了,保证提前把会议取消,我们只能提前不能退后,否则,研讨会开过了,说什么都无法阻挡他的名头了!"

"你说给他按什么罪举报? 我的牛哥快想点子呀!"

牛雄不慌不忙地说:"我们就写他有三个老婆、六个孩子、九处房子,简称'三六九'。三项事在当今社会都是害眼的事,这样纪委一时半会也查不清,你说他的研讨会还能开得成吗?"

"'三六九'材料怎么写？假账必须算呀！"

"你这猪脑子，那天的耳语怎么说的，你不是属老鼠的吧，怎么爪子落地就忘了呢？"

"嘿，老大我想起来了！就这么干！"

姚功通知宾朋都到天河县城来祝贺，弄得很气派，我想阻也阻不住。真是：

敌人磨刀霍霍，家中高朋满座。

对手暗中开枪，自己鼓里睡觉。

田化、田番、田欣，连天河四杰也来了，姚功高兴地在家写赞美我的文章，当着众弟兄的面，尽情地诵读给大伙听。

"天河草根，创作颇丰，文章问世，全国有声，著作出版，研讨其成。

"在那天河岸边，小草破土而掀，学名就叫田土，成为家乡典范，少小喜爱文学，家境实在贫寒，天伦过世太早，田公勇挑重担，只因一场大水，举家老少东迁，立志先考司法，综治担于其肩，一边勤奋工作，不忘文学情缘，伏案创作戏剧，潜心集写长篇，调解司法出彩，荣受二等勋环，十部著作问世，兼任杂志主编，轰动国内省外，影响深远无边，下月省城研讨，方家聚而称赞，美文载入史册，草绿天河湖边。"

姚功正读得一头劲的时候，突然走进来几个人，他们一亮证件，并自我介绍："我们是天河县纪检会的，请问你们哪位是田土？"我忙站起来："我就是。"

"好吧！请跟我们走吧！"

这时，全场都乱了阵脚。

我说："弟兄们不要乱猜乱想，你们在家喝酒，我去去就来。"

我跟着几个陌生人到了纪检会问话室。他们首先让我坐下，然后拿出人民来信，问："有人实名举报你有三个老婆，是真的吗？"

我说："我如果有几个老婆，我的妻子早都告到你们这里来了，还等别人举报吗？我抗议，如果是假的，你们一定要惩罚诬告我的人；如果是真的，我甘愿服法。请你们抓紧时间查。"

"你家有这么多小孩，常年在一起吃饭都是你的子女吧？有人实名举报六个小孩是怎么回事？"

"我家有一个孤儿侄子和两个内侄在我家读书，哪来的六个孩子呀！"

"举报说李会和成霞的孩子都是你的,是还是不是?""李会的小孩是抱养的,成霞小孩在重庆当导演,你们可逐一调查,这与我何干?"

纪检会的几个人都相对地笑了,那个当家的说:"我们已经核查过了,你回家等着我们的处理结论吧。"

我在家等了一个星期,纪检会终于有了结论:"三个老婆,六个孩子,九处房子,纯属子虚乌有。"

纪检会的几名领导来下结论书时,很关心地对我说:"我们的领导对你很关心,让我们夜以继日地把你的问题查清,并亲自把诬告材料及对举报人以诬告罪进行处罚的建议书移交到司法机关,并快速严惩。你去开研讨会吧! 你是人才啊!"

我谢过纪委的领导,这才放下悬着的心。

牛雄和"老告"因诬告而被刑事拘留。事后才知道李会、成霞在帮我查清这起案件上都出了力,在接受讯问时坚持实事求是,表现得都很坚强。

我经过十多天的洗礼,虚惊一场。姚功到我家向我忏悔,不愿再喝酒。可他憋了好大一会终于像火山爆发一样,猛地站起来:"常言道,人善人欺,马善人骑,这'老告'到处去无中生有地诬告,咱老是抱着闷葫芦! 一天到晚忍啊忍,今天怎么样,他却爬我们头上来了!"

我很坦然地说:"他们现在不是被绳之以法了吗! 姚功啊,记事者必须提其要,纂言者必须钩其玄。你听那些苍蝇不停地哼,那些青蛙不分昼夜地叫,哪个能听出来它们在叫什么? 每天早晨,你听那雄鸡一叫,群鸡和之,雄鸡一叫天下白嘛! 这研讨会迫在眉睫,这不预示着雄鸡要叫了吗? 现在最要紧的是,你要抓紧帮我去省城把开研讨会的纪念品和相关的会议材料准备好,不得有半点差错,你明白吗?"

3月18日的黎明,我和姚功、田化等几个铁哥们便起来忙碌了。我们首先叫辆车,把东西一点一点地搬到车上。东方日头出了一条线,我们从天河县城出发了。经过两个小时奔驰,省城到了,弟兄们把纪念品扛上省文联会议室。偌大的会议室坐满了人,在座的有中央宣传部的领导,有省委宣传部的领导,有省文联主席和副主席、省文学院院长,还有省作协主席和省内各大院校的院长,其次还有四五十位省内外的专家学者和全国部分著名作家,他们都坐在长方形的条桌旁,桌子上放满席卡。我扫视着全会场,发现拐角上坐着一个漂亮的女人,仔细一看心里一惊,她就是李会。原来被纪委询问时她得到了消息,所以赶来了。最使我遗憾的是,成霞没来。我看着大屏幕上我潇洒的生活照,心花怒放,特别是有个茅盾文学奖的终身评委,站起来发表自己对我的拙作上下册的评论。

原词是这样的:"我与田土先生去年上半年谋面,是他参加省作协的时候,我看过他出版的几部著作,开研讨会很有必要。通过阅读他的文章,我发现田土先生创作风格十分严谨,博采众家之长,善避庸俗之短,精取《聊斋》《水浒》之遗风,吸纳'三言二拍'之精髓,充分发挥文学创作之空间,把一个个神奇的故事巧妙地融于山水、地名、历史人物和风景之中,每篇文章都亦真亦幻,出神入化,令人陶醉,使人惊叹……"

另一个大家说:"田土的著作,通篇以世故人情做基础,扎根泥土,洞察社会百态,探索多彩人生,用朴实通俗、生动幽默的语言,达到了寓情于理、寓教于乐的效果。他于繁忙的工作中,能写出如此佳作,实乃冰冻三尺非一日之寒,这与他扎根泥土,与百姓融为一体是分不开的。我相信,以他咬定青山不放松的顽强精神,他必将在文学创作的道路上,取得更加辉煌的成就!"

……

研讨会开得气氛热烈,全场专家和学者热血沸腾。我以诚恳而虚心的态度,向在座的领导和专家学者答谢报告,突然,雷动的掌声戛然而止,从外面闯进几名法警,由一个我熟悉的人领着队,耀武扬威地走进会议大厅,他就是新上任的天河法院执行局局长牛犍。

他很威风地走到主席台上,旁若无人地说:"大家静一静,我们是天河法院执法警官,我们是执法的。因为田土办《天河文学》没有资金,为了取得一点蝇头小利来办刊,竟然给他的朋友担保 40 万元,双方签订了协议,每期出版后《天河文学》编辑部开票向他朋友的公司领取 4000 元的赞助费。荒唐至极,荒唐至极啊!现在债务人的公司铁将军把门,公司老板半年前已逃之夭夭,最使人可笑的是,自从田土和金老板签订合同后,金老板就没给《天河文学》赞助一分钱。

"古人说得好啊,打死的都是会拳的,淹死的都是会水的。滑稽的是,田土是北京政法大学毕业的高才生,并且是律师啊,还担任司法所长,这事办得让呆子都笑掉了大牙。

"债权人单独起诉担保人——田土,终审判决已生效,由于债权人追着不放,我们只有依法执行田土超限未还钱,依法拘留。"

他说着,几个如狼似虎的法警将我铐上,一场轰轰烈烈的活动的热情一下落到冰点。

我举着被铐上的双手,对着在场的领导和专家们感叹地说:"我田土如果不爱好文学,不会有昨天的成果,我不办《天河文学》也不会有今天的结局……再见了!"

大师们和省文联的领导都纷纷站起来,斥责法官执行的时间、地点和方法都有问题,齐声建议:"法官延期执行!"可牛犍义正词严地说:"法律面前人人平等,我们在执法!法律是没有人情味的,你们谁敢阻止执行,我们有权当场以妨碍公务罪实施拘留。"

话音刚落,从会议室的拐角上站出一个中年妇女,她斩钉截铁地说:"我敢阻止执行,我敢说你牛法官在践踏法律,纯粹是泄私愤!据悉自从你家没买上居委会的楼就对田土恨之入骨,接着捏扁田土的勋章盒子,到你宣布田土为副蹲点,让田土去专治'浑蛋',到今天的研讨会上,你的狼子野心彻底暴露了。田土为办《天河文学》顶起一片天,他被朋友骗是交友不慎。他的得与失,都是为天河人民办刊所致啊!你不问青红皂白,拿法律作为你报复他人的武器来平你私怨,你无耻!你是小人!真正借钱的人,你们为什么不去逮?这个借钱不还的老赖天天在你们眼皮底下,有一次,我还亲眼看见你们在稻花香酒楼一起喝酒呢,你们为什么不去逮?在座的专家学者们,你们看,这就是他们所执行的法律吧!这就是牛法官你所要的结果吧!牛犍!你对田土的这桩喜事心里难过才这么干的吧!"

牛局长气急败坏地说:"这个疯女人都说些什么乱七八糟的事,这是妨碍公务,快把她抓起来!抓起来!"

这个美女大声地说:"我是他老婆,是为田土承担担保责任的,我家有两间商店,完全可以做抵押,他是在职的公务员,为什么偏要抓人!谁敢抓我?请你们尊重法律,放了我丈夫!"说着从包里掏出房产证。

牛犍大声地说:"他有店,没有申报手续,不能对抗法律。房产证现在拿了不能变现,不行!除非你现在把钱还了才能放人!"

"牛犍,你这个卑鄙的小人,你这叫公报私仇!"

要抓妻子的法官刚要动手,全场炸了锅:"出去,快出去!耽误我们开会也是妨碍公务!"

就在双方僵持之际,李会从会场上从容地站起来:"不准你们如此放肆!你们执行的是钱!"李会很麻利地从小包里取出那张卡,很淡定地说,"40万就在卡里,快拿去吧! 快把田土手铐打开!"

法官们接过银行卡验过真假,被与会者给轰了出去。

我看着妻子那凛然的风度和李会的举动,心在流血,眼里噙泪。全场掌声雷动,牛犍拿着卡,两眼通红,他在众人的轰炸下,不得不灰溜溜地离开了会场。姚功兴奋地站在椅子上,大声地高喊:"嫂子,漂亮,给力! 李会我敬佩你,干了一桩惊天动地的大事!"

文联领导在主席台上宣布:"继续开会,继续开会!"

研讨会散了,李会默默地离开了会场,并且关掉了手机。

我特别有成就感,但心里老觉得对不起李会,好在有惊无险。在回家的商务车里,姚功正在电告稻花香酒楼的老板,要安排一个大包间,同田化等几个弟兄到饭店庆贺一下,刚到饭店,突然,牛犍又带着一帮法警闯进,手里拿着雪亮的手铐……

真可谓:

上波未平下波到,一峰更比一峰高。

不是当初显其能,哪得今日戴铁铐?

第九节　狱中风波

人世间,最让人开心的是久旱逢甘霖,他乡遇故知,洞房花烛夜,金榜题名时。我一生最大的喜庆莫过于这次在省里大家为自己开研讨会了,我们一路兴高采烈地转回家。姚功刚到天河县城就声明:"弟兄们,今天晚上一个都不准走,为田土真正再庆祝一次,我做东,请兄弟们在稻花香酒楼再干一场。我们都要喝得天昏地暗,然后唱歌!"

大家都被姚功拉到稻花香酒楼,姚功点了不少硬菜。店老板拿出高档的稻花香酒,兄弟们都依次坐定。姚功高举酒杯大声说:"弟兄们,为了田土这次省城研讨会的圆满成功,有惊无险的顺利归来,共同干杯!"大家一同干了第一杯酒。田化说:"我虽没多深的字墨(文化的意思),但我觉得田土的研讨会是我们从天河湖畔走出来的弟兄们共同的荣耀,也是我们天河湖畔父老乡亲共同的光荣。"整个席间掌声不断,喝彩连连。姚功放起了卡拉

OK,他拿起话筒:"父老乡亲们,为助酒兴,我给大家献上一首《父老乡亲》。"

我又何尝不高兴呢?尽管如此,我还是很严肃地对姚功说:"世事要淡定,姚功你如此疯狂不合适啊!你要考虑到我们的后面有多少双嫉妒的眼睛,多少憎恨我们的人啊!"

"大事成了,让那些浑蛋嫉妒去吧!"

田化说:"别管那些,我们从小在一起,就没阳光过,今天该我们扬眉吐气了,我们为什么还要那么低调?大家都喝起来,我要唱杨子荣的《打虎上山》,田土你应该把你拿手的绝活《誓把反动派一扫光》唱给大家听听!"

田番说:"是的,就是要把反动派都扫光,看他们还敢在我们面前放狗屁!"

我们在酒店里吃着唱着,自娱自乐特别好,然而天有不测风云,在省城闹会的一帮法警突然闯进了稻花香酒楼,领头的还是牛犍。我们正在兴头上,就好似迎头被打了一棒,特别恶心。

牛犍皮笑肉不笑地说:"田土,你很开心呀!手伸过来。"

姚功一个箭步跳过去:"我们吃饭犯哪条罪?为什么要抓人?"

妻子忙站在我的前面:"担保钱一分不差地还你了,为什么还要抓人?"

"拘留证随便开的吗?我告诉你,拘留证撤不掉,必须执行完才能了事,我们是在执法!"

"你们还讲理吗?用钱的被告你们不找,我们又没有用一分钱,所有的钱我都还了,为什么还要这样,这还有天理吗?"

"是的,今天的法律我也不知道怎的就是这样合法不合理,合理不合法。田土,你是政法大学毕业的,你难道不懂吗?我们回来就汇报了,院长不同意撤拘留证,我们有什么办法?我的工作就是这样,没有人情人面的,只有对法律负责,对国家对人民负责。我虽然过去是你的领导,但我保不了你。现在开始执法,谁再起哄,按妨碍公务论处!铐上。"

"慢!莫非你没有把执行款上交给法院?如果院里系统上发现这笔执行款到位了,院长不可能不撤销执行措施!"

"书呆子,这法律怎么来的,是人定的,人定的!人说了算,这浅显道理难道你不懂?再问是不是有点儿多余?别废话了,带走!"

一场气氛空前火热的酒会被弄到冰点。胳膊扭不过大腿,参加酒会的家人特别尴尬地看着我走出稻花香酒楼。

妻子流着泪冲着我说:"牛犍早就要把你治扁,你侥幸拖到现在,他不但把你治扁,还把你治进了监狱,恐怕最终想要你的命啊! 悔不该当初帮助你调解这起卖楼纠纷案啊!"

我戴着锃亮的手铐,上了警车。只听姚功高喊:"田土,挺住,不就十五天吗? 等到执行完毕后看他们还有什么绝招!"

我坐在警车的铁笼里,牛犍坐在前面皮垫上,他点上一根软中华,吹了几个烟圈,又打开了话匣子:"田土啊! 不是我说你,这么多年凭你的聪明才智,给瓦匠提泥兜子也是腰缠万贯的主喽,何况你是在政府机关,可你偏偏要爱这屌尻(不被人看重的意思)的文学,不是文学,你不会给金矮子担保,不担保你能坐上这铁笼子吗? 你是怎么干的? 悲哀呀! 悲哀! 这是一个不该有的悲哀!"

"有什么悲哀的? 文学是人类的灵魂,是世界进步的阶梯,是人间的奇葩,文学是最美丽而崇高的殿堂。我爱文学,有良知的人都会羡慕我的爱好和我的行为! 并不是你所说的悲哀,不懂文学没有知识,那才叫悲哀呢!"

"疯了,疯了,远的不讲,就讲我们在这小小的空间里,我坐头排抽中华烟,而你坐铁笼戴铁枷,说说看,就在这小天地里别人是羡慕你这个囚徒还是羡慕我这个座上客? 别硬得像李玉和,样板戏一路高歌,这叫革命样板戏,小时候估计你都看到了,这铁路破工人还敢斗鸠山,最后怎么样,不是松筋骨的事,而是……"

他打住了话题,猛抽两口烟,嘟嘟吹出了数十个烟圈,然后得意地狂笑。

"我不像有些人专门假公济私,挖共产党的墙脚,十二岁的孩子就安排在工作岗位上吃空饷,我进监狱是某个别有用心的人报私怨所为。只是暂屈身十五天怎么样,这十五天不会在监狱里就把我干掉吧!"

"田土,你阴阳怪气地说什么浑话? 你都到这种地步了,还这样不识时务,这就不能怪我不讲同事的情分了,干掉你暂时还不够这一步,让你尝尝被修理的滋味,我看是必要的!"

"别高兴得太早了,我早就做好被治扁的准备!"

警车吱呀一声停下了,他们把我从车上拉下来,我一看是高墙,狱警过来了,他们快速地办完手续把我交给看管人员。这狱警年龄有四十多岁,长得人高马大的,方头大脸,黑中透亮,一脸的黑胡子,大概是几天没有刮胡子了吧! 也许是故意留的,看上去像个黑老大,牛犍招手:"大虎快过来!"他把黑大个叫过去,耳语了几句,然后大声地说:"这小子有点不听话,欠修理,你要认真修修他。"

装我的警车开走了,只剩下我和狱警两个人,他是要把我带进号房的,我在等他的招呼,让我进哪个号房,黑大个还在磨蹭。只见狱警对着远去的警车:"呸,大头大脸的让我帮你修理人,可一个破子(一分钱)都不丢,你以为你是谁呀!我是公安部门直接管的,你算他妈的老几呀!真不知道自己是多大的官了!"

狱警转身喊:"走!"

当他把"走"字喊出来时,他停住了脚步,两只灯笼似的眼睛直直地看着我:"你是作家吗?我看过你写的书。"

他说着忙跑到办公室拿出一本书翻开书对着照片:"就是你,你就是作家田土先生!"

他伸手拿出腰间的万能钥匙,把我的手铐打开,然后很惊讶地问:"你犯什么科了?莫非是进来体验生活的?"

我把前后的事情叙述了一遍,狱警陡生同情之感:"唉!天下之大,哪个庙里都有屈死的鬼,为了照顾你,我把你送到特别号子里去,那个号房都是官家有钱人才能蹲呢,上次才进来两个机关里专门吞人的,估计他们不会对你怎么样,来吧!"

我跟着狱警来到一个单独的号房,他朝里面喊道:"这是田土作家,是个特别人物,你俩要照顾好他!"

狱警走了,号房门咣当一声关得严严实实的,里面一点儿光线也没有,在黑屋的拐角站起两个看不清脸面的人,一个狞笑着高喊:"天堂有路你不走,地狱无门你抢着来。"

我听着声音有点儿耳熟,但一时想不起来是谁。

紧接着,他们不分青红皂白,劈头盖脸地打起了我,这是他们最狠的一招,我既没有防备又没有防御工具,激怒中我奋起反抗,我提着两只大拳头,三下五除二打趴下一个,我来和大个子干,不一会双方都打得没有了力气,我气喘吁吁地坐在地上:"你们到底是谁呀?我们有仇吗?"对方只是喘着粗气而不答。

我坐在那儿借着微弱的光线一看,这不是牛雄吗?我打趴下的那小个子正是"烦仁",他俩见我认出他们了,牛雄大声喊道:"'烦仁',快起来,搞黄瓜（屎角子）给他吃，让他喝啤酒（意指尿），看电视（看尿桶）！"

"烦仁"慢慢坐起来："你没看他初生牛犊不怕虎吗？咱们有的是时间，老天有眼能把他送到咱们手里，还怕修理不好他？我们连疮腿看戏——站长了看。"

我一听他们的对话，火从胸中起，恶向胆边生，不知是什么力量让我一下子蹿了起来，提着拳头就打"烦仁"，"烦仁"忙滚向一边，牛雄也爬起来应战。这真是仇人见面分外眼红，眼看一场殊死恶战就要开始。在这千钧一发之际，狱门吱呀一声开了，狱警特别给我弄好吃的捧在手里。一看这阵势，忙喝道："住手！你们吃了熊心豹子胆了，这是田作家，怎么可以随便打呢！"说着用橡皮棍朝二人的屁股打两棍，转身问我："田作家没伤着你？"我擦了擦嘴上的血，勇敢地说："我如果有准备，这两个浑蛋早都嘴啃泥了！老弟，没事，不过我们不能住一屋。"狱警不解地问："为什么？他下次再敢摸你一指头，我要他好看！"

我说："警官同志，这二人是诬告我的仇家，没想到我们冤家路窄，这都能碰到一起！"

"真是，我被牛犍这老儿算计了，他让我把你关到大通道里，看看电视，喝喝啤酒，我就知道他不安好心才把你放到这特别号房里，原来是这家伙的诡计！好了，好了！反正你这也不是什么大事，不就十五天吗？你到厨房去帮着烧锅去，每天你洗洗菜、刷刷碗就行了。"

我跟着狱警出了那间特别号房就像离了龙潭虎穴，心里特别敞亮，我又躲过一大劫难，我清楚在那间魔窟里，不是鱼死就是网破，这要感谢大虎的热心啊！

大虎很细心，第二天他指挥我到山上放羊，整个拘留所只有两只羊，我每天都赶着两只羊到山上去放。我觉得在这很清静，同时隔离了世俗的烦恼，真的比在工作岗位上你争我夺，互相倾轧要好上千百倍。自己不但没有自卑感，反而觉得在自己全部的生活经历中，这是最高生活意境，凡是来看我的人我一律不见，包括田番和姚功。确实鼻青脸肿的也不好见人。

进监第三天，旭日东升，霞光万道，我赶着两只羊出了拘留所，特别自在，沐浴着阳光，突然迎头跑来三个人，我一见忙回避，可来不及了，我只有呆呆地站在那儿，等着他们。跑在最前面的是姚功，中间走的是田化，后面是沈五。"老大你想死我了，我听说你出事了，我就跑过来了。"沈五矮汉声高,在后面高喊着。

姚功几步跑到跟前:"昨天你为啥不愿见我们?你又没干什么见不得人的事,干吗……哎呀!他们打你,我投诉他们,我要控告他们,这帮浑蛋敢打我们的大作家!"他说着搂着我,像个小孩遇到委屈见到母亲似的号啕大哭起来。我打趣地说:"你既然说我是作家,我这是来体验狱中生活的,你哭什么呀?这是一件大快人心的好事呀!再说我这脸上的伤不是看守所干警所为,你去告谁去?"

"那你这伤是谁所为?"

田化说:"别激动,要弄清怎么回事,我们想什么办法走哪条路,看怎么能把田土弄出去。"

"大哥,我没有本事找官,你跟五弟说谁和你过不去,我就去杀谁!"

"别说愣话,多大的事啊!我这不很好吗?!"

姚功提高嗓门:"老大,你怎么不说呀!你这伤到底是怎么回事?"

"我进到号子里冤家路窄,一下碰到牛雄和'烦仁'了,互殴的!"

"这两个王八蛋,我非整死他们不可!"

"无论如何定要整死这两个该死的东西!"

田化很诚恳地说:"冲动是魔鬼,不要多说话,办错事。"

"你嫂子为什么不来?"

姚功停了一会不得不实话实说:"嫂子生气了,她在怀疑你和李会仍有私情,不然李会为什么这么大方,一把就拿出四十万?这里面难道没有问题?"

我一听火冒三丈:"妇人之见,这个时候怎么能如此不通情达理呢!"正要发疯,姚功劝道:"你要换位思考,嫂子不来我们来不是一样吗?别大惊小怪的!"

我只有把怒气吞了回去。

此刻,田化找一平坦的草地,我们几人围坐在一起谈笑风生,各抒己见地打开了语言的闸门:"田化,你看,这青青的绿草和宽阔的草地,小时候放牛上哪找这样的草地呀!"田化很风趣地说:"没有草地我们俩把牛拴到树上去打棍,回来牛肚瘪得能穿针,队长扣掉我俩三工分。"

"那孩提时打老棍真的好玩,田化你还记得这个游戏的玩法吗?是两根棍对敲嘴里同唱着棍词多好玩呀!"姚功说,"我比你们小,真不知这老棍是

怎么打的,老五去拉两根棍来让他俩打老棍,我俩开开眼界。"不大一会沈五把两根棍子找来,我和田化玩起了童年的游戏:

撬撬撬打一,秃头孩子顶荷叶;
撬撬撬打二,黑猪流死黑着洗;
撬撬撬打三,尚书葬到朱家湾;
撬撬撬打四,万事根本四个字;
撬撬撬打五,乌龙五月来探母;
撬撬撬打六,牛馆借锅焐牛肉;
撬撬撬打七,黄花寨里探虎穴;
撬撬撬打八,八战八胜傅友德;
撬撬撬打九……

"别打了,喝酒吧!"沈五一声断喝,我们停下了。此刻,沈五从怀里掏出一包切好的猪头肉和两瓶剑南春:"喝吧! 弟兄们。"

"五弟,真是个有心人。"我感激地说。

弟兄四人,用树棒当筷子在阳光下,坐在小山坡的草坪上喝了起来,我自己也忘却了是被关押的人。这时我真的忘却了人世间所有的烦恼和痛苦,这才想起"何以解忧、唯有杜康"的话,我们四人都喝得酩酊大醉,横七竖八地昏睡在山坡上。

天变了,刚才还是阳光普照,突然间乱云飞渡,太阳的脸也被乌云遮住了。我抬头看了看天,觉得不对呀! 这是十月,天气怎么能这样反常呢? 突然,山羊撕心裂肺地怪叫。我们从惊诧中醒来,只见一只野狗在凶猛地咬着一只山羊的脖子疯狂地施暴,另一只山羊见同伴被残害也在拼命地吼叫,就好像在呼救,等我们跑到跟前的时候,那只被攻击的山羊已经一命呜呼了,野狗正要攻击另一只山羊。沈五手抓两块石头蹿到跟前,把两块石头都投向野狗,野狗闪身躲过,惊恐地逃之夭夭。

我看着血肉模糊的山羊,心如刀绞,狱警给我找个这么好的工作却被我自己给毁了,怎么办? 回去怎么向狱警交代? 三兄弟看我难过的表情都很懊恼,想整野狗,可它逃得无影无踪,田化掏出 500 元钱:"有什么难过的,一只山羊 500 元够不够?"

"田化哥呀！这不是钱不钱的事情,这太伤感了,我回想我的人生轨迹,为何这么多沟沟坎坎啊？我祖上是人们公认的善人,我生在新社会长在红旗下,一直念书工作,虽然走了不少弯路,但我绝对没做过恶事啊,为什么要遭如此磨难啊！"

姚功劝道："大哥,别难过,人生如月,时缺时圆,不起波澜何及遥远。克难而强,知耻求变,漫步人生途中哪缺疫患。"他说罢,便装神弄鬼地掏出几枚硬币,放在手里摇一摇,朝地下一撒,活赛个算命先生,他看着硬币,嘴里念念有词,突然大叫一声："大哥来运了,羊公阳也,这对羊被狗咬死一只,还剩一只,这死羊象征过去,这活羊象征着未来,下一步就是你财运亨通,大展宏图的时候了！"

"别安慰我了,大丈夫三十而立,四十不惑,我都迈进不惑之年,还展什么宏图呀！"

"错,朱卖臣年近五十还在南山砍柴为生,时来运转先为太守,后位列九卿；姜子牙八十三岁还在渭水垂钓,运至却登台拜相,辅助文王开辟八百年大周伟业；司马迁刑而著《史记》；孙膑残而知兵法。时运来了,一顺百顺,运至官运亨通,哥哥大器晚成也！不必伤感！"

"都是自家兄弟,你别装神弄鬼,信口开河,眼前的事如何处理？这只死羊,是把它给扔了,还是直接给钱,还是把它背回去做一番解释,取得警官的谅解？"

我思来想去还是要说实话："干脆把羊弄回去再说吧！"沈五伸手把羊扛在肩上："走！大哥怎么说,咱就怎么做,咱回拘留所。"

我们来到拘留所,所里只剩下一个看大门的及两个看管人员,我纳闷,这么多警察哪去了？我问看门门警："警官同志,今天是怎么回事？每天看到的那么多警官都到哪了？"

门警说："小岗村的书记去世了,悼念沈浩的人太多,所有能抽调的警察都被抽去维护秩序去了！"

门警看了看血肉模糊的羊问道："这是怎么回事？"我说："羊被野狗咬死了,野狗也跑了！"门警失色地说："大虎觉得你是作家违规让你去放羊,这下祸闯大了,上面怪罪下来全所都遭殃,你看这事该如何是好呀！"我一听门警的话,心里特别难过,这事搞成这个样了我该如何是好啊！沈五把羊朝地下一放："警官,我给你们五百块钱算是赔偿行吗？""谁让你进来的？都出去！"

沈五的话还没吐出口就被门警给赶出去了。姚功和田化还想分辩,大门已被那门警给关上了。我目送沈五等三个弟兄背影,望着黑色的铁大门心如刀绞,外面的声音还叫着,可听不清他们在喊什么,我抬头痛苦地望着乌云翻滚的天空,预感到天要变了!

我到厨房拿把尖刀准备剥羊皮,门警很严肃地说:"你从现在起快进你原来蹲的那间班房吧!"我很自觉地进了我该去的地方。

一会儿听到看守所的院子里人声嘈杂,看守所大门一开,从警车上押下一个戴手铐的人,我仔细一看,正是"金矮子"。他是因非法集资罪被批捕的。我忙上前想打他两巴掌以解心中的怒气,谁知"金矮子"紧走几步"扑通"一声跪倒在地,泪流满面,大声地喊道:"田主席,我对不起你!我对不起你啊!"

刚刚放风的牛犍大声喊:"'金矮子',你帮我们下了这么漂亮的套,今天怎么这么熊啊!挺起来,咱弟兄出去还要并肩作战呢!"我看到这场面突然想起济公的一句名言:"妖怪好降,人鬼难治啊!"我不寒而栗,这世界啊!

警察押着"金矮子"走进了牢房。我正在思索间,就听所长大声说:"大虎你胆子不小,敢私自让被拘留的人出去放羊!你捅的娄子你自己承担!同时连夜写出书面检查,自觉接受组织上对你的处分。"

夜深了,拘留所里静悄悄的,只有那只独羊在撕心裂肺地叫,它是在倾诉失去亲人的悲痛。一会儿瓦片跌落在水泥地上发出破碎的响声,紧接着带口哨的大风呼啸而过。天亮了,阴沉沉的铁窗内空气特别沉闷,外面下着中雨,让人极端愁闷。早晨我神情疲倦,刚刚想眯一会,警察喊:"田土,你的快递。"我忙接过信,拆开一看,当时就天旋地转地栽倒在地上。我迷迷糊糊地听到一个惊诧的声音:"田土不行了,快来人抢救!"

雨越下越大,风越刮越猛。经过半个小时的救助,我猛地哭出声:"娘啊!我的娘啊!儿对不起您呀!娘您慢走,儿随您去了!"我一头撞在墙上不省人事了。

第二天清晨,我醒来的时候是在医院抢救室里,我扫视了一下周围,旁边站着两个狱警,其中一个是大虎。他看我醒来忙上前劝道:"田先生节哀,老人家去了再无生还之理,你不能想不开,我们还等着看你的书呢!"

"大虎能不能放我回去看看我娘,就是入土了我也要去看看埋在什么地方呀!"

大虎为难地看着我:"田作家,我不是狼心狗肺的人,我也有娘啊。可是我还想保住工作,养活我的娘呀!田作家你只有跟我回看守所,我真的无权放你回去啊!"

我知道羊被野狗咬死,大虎已经被处理了,真的不能再拖累他了,我只有跟着大虎回看守所。在大虎关铁门的时候我突发奇想:

"大虎我的好兄弟,能不能给我找支笔拿点纸来?"

"唉!田作家,你有才我特别崇拜你,可我多一句嘴,你所有的苦难都因为你手中的笔造成的,你太遭人嫉妒了。这些王八蛋,为什么下套把你搞到狱里来,就是因为你身如白玉他们定要给你染黑,你办杂志别人眼红,虽然你用自家的钱苦撑天河一片天,可别人说你'无利不起早',人嘴两张皮啊!那些势利小人就用这两块皮说屁话的,你不能再写了,我真的预感到他们会要你的命啊!"

"大虎啊!我感谢你的关心,写作是我唯一的爱好,就是死我也要写呀!麻烦你给我找纸笔来,出狱后我会感谢你的。"

"里面太暗了,就是给你纸笔你也看不见呀!"大虎尽管这样说,还是给我拿来了纸笔。

我接过大虎的纸笔,朝西北方向拜了几拜,大叫一声:"娘啊!娘,不孝儿田土,身陷高墙,不能回乡,哭在黑屋,心却随娘,生不能为您扶灵送终,只能为娘作赋'吠诳'。"遥对天河,泪洒铁窗,临风涕泣,祭拜高堂,借光铺纸,挥笔草章。

天地悠悠日月长,人间大爱是老娘,五更鸡叫,三更起床。终日为儿操劳,昼夜守儿身旁。盛夏怕儿被晒,秋日怕儿着凉,上学伴我进校,工作送我上岗,山高万丈摘星月,不及母情深海量。

　　辛哉老娘:
　　五九年进田家灾祸延绵,小社里推大磨荣幸万千。
　　一坛豆救得了全家老少,母生下小田土耀然世间。
　　苦挣扎勤操劳立门度日,教四子并二女有苦难言。
　　生产队挣工分拾柴捞草,操儿女到深夜浆洗补连。
　　为生计编蒲包昼夜陪忙,煤油灯被碰翻引火冲天。
　　上无瓦下无土家当焚尽,唯有那老槐树满身焦颜。
　　借破屋避风雨暂栖老少,咱母子相对哭实在可怜。

家无银且无粮慈母哀叹,娘强撑挖野菜充饥补圆。

多亏那众亲友送衣送食,紧裤带喝稀粥度日如年。

痛哉老娘:

五四日田先考撒手西还,母携子过五关日月迁延。

做生意奔东西屡遭挫败,交益友做冰棒喜得利钱。

家境困人口众难翻其身,奋其力勇拼搏仍是艰怜。

多亏了贤惠媳带来技艺,举办班精缝纫得惠家圆。

苦哉老娘:

九一年山洪暴大雨满天,湖两旁白茫茫不见村颜。

两兄弟逃淮北安身立命,母嘱我进县城苦度灾年。

慈守家据老屋不离天河,面朝土务农事脊背朝天。

日锄禾汗湿土无怨无悔,六儿女都成器赢母颜欢。

慰哉老娘:

涂山峻、天河茫,古槐苍苍;

母古稀、子孙众,四世同堂。

儿入仕、媳商贾,财源滚滚;

孙苦读、进高校,前途无量。

哀哉老娘:

山月沉浮兮,福祸轮回无常;

几十年苦水熬尽又添新伤;

母花甲六子负气匆匆西去;

叹四女病未愈不幸夭亡。

悲哉老娘:

母知儿去省城满心欢喜,

拜天地盼儿归显祖耀光;

慈母愿等来是满腔冰水,

古稀八儿入狱母怨身亡;

慈母多灾多难育六子,

只留得千怨万恨接太怆。

痛哉老娘:

天地同伤,悲哉老娘,已隔阴阳。

故事讲到这儿，田土真哭得泣不成声了，我忙掏出手帕为他擦泪，他停了一会又接着说：

"我醒来的时候是在一个五星级宾馆里，面前站着一个高大威武的省级领导。仔细一看，脑子第一反应他是领导，再细看，这不是我的莫逆朋友吗？还没等我开口，他的随从介绍道："这是我们省委常委纪委书记，他是来请你写一本关于××清正廉明的故事书的，你同意吗？"

我很干脆地说："我不同意！"

"为什么呢？"

"第一，我是在押的人。第二，我不认得××。第三，母亲病故在家，我要为她送葬！"

这位大领导不以朋友的口吻，而是以省委常委省纪委书记的身份，特别庄重地说："你现在已不是在押之身。这是一件不该发生的错案，我问了天河法院的院长，他不知道这个案件，拘留证都是他们拿去填制的。经我特别推荐，省纪委研究决定，这本书非你写不可！这个特殊的任务你必须拼力完成。不认识××是理由，可以到基层调查采风嘛！不过老母西去，是人生一大悲痛，我让司机现在就送你回家，办完丧事立即到省纪委报到，从公论私你都务必要完成这一特殊的历史使命！这本书的名字就定为'清风明月'，作者就是你！我等着你的佳音！"

"你既然说是错案，怎么洗刷我的冤情？"书记笑着说："牛犍欺蒙院长，擅自开拘留证，他还有其他问题。省纪委已对牛犍立案审查了，案件的事不宜多说，安心写书吧！尽显你未尽的才华吧！"

……

田土愣了愣神，眼直直地看着我，再也不说一句话了，我知道田土要卖关子了。他伸个懒腰："天晚了，该下饭店了，后面的故事喝过酒再说吧。"

我和田土到饭店，他完全从故事中跳出来，又恢复了英雄本色，我探知他下面的故事更精彩，因李会救田土的四十万元像一颗定时炸弹，炸开了家庭矛盾，引发了精彩的"战争"。

跋

人生拐弯处总是文学

洪何苗

　　"江河做墨,写不完凤阳旷世之精华;长空做纸,书不尽凤阳美丽之华章。"最早听说官开理是一位潜心书写凤阳华美篇章,坚持民间写作的著名作家。文化的滋润让凤阳这块土地具有了别样的魅力,也留下了官开理人生与文学前行的足迹,作为《凤阳文学》创始人,他以一己之力推动凤阳地方文学的繁荣,提升凤阳文化的影响力,得到大家的敬佩和称赞。先后出版的《清官官兆麟的故事》《中都喜剧小品》《千古传奇·说凤阳》上下册,《清风明月》《帝乡民俗风情》等作品以其浓烈的地域乡土特色和厚重的历史文化底蕴成为安徽及至全国文坛的独特现象。

　　文学创作总是与作家人生经历密不可分,很多作家在遭受人生挫折后,创作风格会发生很大变化,作家官开理也是。《天河湖畔草青青》就是他经历人生重大挫折后的创作,在这部作品里,他的创作风格变化很大,他把人生挫折的懊丧引向了更加高远之处。

　　《天河湖畔草青青》作为作家首部半自传体小说,书中展现了官开理人生与文学的精神,梳理了作家从出生到当下50多年的人生感悟。阅读小说带给我震撼的是小说主人公田土人生路途中内心痛楚和精神生活美妙的不断交织。一个天河边的少年因为家里穷成了别人的干儿子,又因为火灾吞没家里所有的家当,刚报名上高中就辍学。不仅如此,他想参军大队不同意,只因为姑父曾是便衣稽查。他报名到栗山水库度汛工程工地去干工,还是大队阻挠,幸而因文笔不错被工地领导关注,参与办《战地工报》,进而走上文学的道路,可见这一路并不是顺风顺水。

　　小说通过田土半世纪的努力拼搏,人生起落,呈现了他个人命运与家国时代的碰撞、人生意义与生命价值的追寻。田土曾经是记者,还做过贩芋干、卖农药、批发冰棒、开杂货店等多种生意,最后通过考试成为司法助理员,出任司法所所长。这是田土的人生之路,也是作家官开理混迹于万千世

跋

267

界,在似是而非的真相中苦苦思索追寻的人生之路。

在这部半自传体小说里,官开理将一段属于自己隐秘的个人历史和属于那一代人的共通历史杂糅在一起,将自己的人生故事用饱含深情的笔墨娓娓道来。主人公田土随改革开放的脚步做过很多行当,也试着做生意,因为心不够黑、脸皮不够厚,没有靠山、没有资金……几乎每个生意都是失败。生产冰棒,冰棒机被洪水淹埋;售卖农药,运农药的车因为交通事故翻到鱼塘中,除了药死所有的鱼,田土自己也被抓进乡治安办;开杂货店被城管多方刁难……虽然我与田土不是同时代的人,但通过小说我更加了解其小说背后的情感,了解那时的世道人心,真正读懂这个故事。

我想问,是什么支撑起田土不断创业、失败、再努力、再失败、再努力?答案是文学。在田土不能进栗山水库度汛工程地去干工时,却因为文笔不错办起了《战地工报》。他在人生路上一次次跌倒时,是一起办过文学社的文友、寄托内心情感的文学帮助了他、支撑了他。这是小说中我读到的精神生活的美妙。和精神生活的美妙比起来,那些人生的痛楚又算得了什么?

小说中作家官开理还描写了主人公三段爱情故事,田土与三个女人的故事,国家二级演员成霞、文化站的李会,还有结发妻子。对于三段感情的写作,官开理都从相识写起,写得很用心。在那样一个时代,三个女人都因为田土有文学才华而无索求地爱上了他,生死不渝。她们给田土的爱,不是为了占据,而是为了一种成全,是一种更有意义的爱。也可以说,是文学让田土收获了爱情。爱情是世界上永恒的文学创作主题,不管时代如何变迁,不管个人命运如何多舛,爱情的光芒永远给人以温暖。爱情的美好使人在多舛的人生路上迸发了原始的力量。

小说最后田土又因为痴迷文学在人生路上跌了一个大跟头。为赞助文学社的老板担保贷款,老板跑了,所有的一切都要田土扛,弄得自己蹲监坐狱,最后省纪委让他写《清风明月》,最后解救他的还是文学。

这是小说,也是生活,这一个跟头让田土,其实也是作家官开理回到人生的起点,但他又有收获,收获就是这本厚厚的《天河湖畔草青青》。

主人公田土的一生是文学点燃和照亮的,一如官开理的人生,在他的人生中,文学带给他希望和美好,也给了他痛楚和忧伤。但我知道,他会不忘初心,文学依然眷顾他。

(作者系蚌埠学院教授,省作协会员)

后 记

宫开理

长篇小说《天河湖畔草青青》将要在安徽文艺出版社正式出版了,该书稿选题全面通过后,编审让我写篇后记,以补其缺。由于家事繁杂,心情不爽,故拖月余,未做回复。怎奈负责该书出版的编辑特别认真,一催再催,只好扯几句题外闲言,权当后记。

我的文章发表后,特别注意读者喜、怒、哀、乐之感受,当年我写《父亲》,在《凤阳文学》上首次刊登的时候,有不少人读后泪流满面,因为他们都是那个时代的人,读者的哭泣不是我的作品优秀、情节感人,而是读者对自己历历在目的亲身经历有所触动而产生的共鸣。由此,才萌发创作长篇之灵感,决意把童年时生活在天河湖畔的所见所闻和工作期间的经历采用小说的形式,以崇高的文学创作之笔写出来,自信会吸引读者的眼球,因此才构思创作长篇小说《天河湖畔草青青》。

题目出来了,梗概细化了,可明日复明日,明日何其多,数次提笔都因工作之故而自语:"明年再写吧。"

一直推至去年八月才辞去繁杂的工作,终于得以实现长期没有兑现的心愿。

小说从开篇第一个字,到结尾整整五个月的时间,清样出来后,我请著名作家钞金萍给我提修改意见,大姐看完书稿语重心长地说:"开理,唱书不兑水,听书噘着嘴,如今,浮躁的人心,快节奏的生活环境,你不能让读者不喘气地把你的小说读到底,为让读者轻松愉悦,你真得要设几个'要钱'的关卡啊!力争给读者一点喘气的空间。"

大姐的话我是听进去了,随后夜以继日地下苦功,整了三个月,把小说分为四章二十六节,才整出今天这个模样。

读者们想知道我为什么辞"职"而不顾一切地写这本书吗?很简单,不打诳语,我真的是为了再现过去的曲折经历,苦涩人生;最大的心愿是忠于自己的爱好和理想。

270

有人对我嗤之以鼻曰:"酸味十足,没钱干熬,漠视权位,实在无聊!"面对冷嘲热讽,我只是淡然一笑。

人生在世,钱是宝贵的,万事离不开钱,但君子爱财取之有道,否则会人死财丧。当年颜回踢飞金子曰:天赐颜回一锭金,外财不发命穷人。这是典型的视钱如粪的人杰。纵然你拥有天下之财,但钱是社会的,它终究还是要回归社会。钱少是钱,钱多了仅是个数字,你的钱"1"字后面有千万个"0","1"字倒下了,千万个"0"还是0。

"权"是世人追求登高的金字塔,无不想占据顶峰,可铁打的营盘流水的兵啊!当你披荆斩棘蹲在宝座上时,别人看你是大人、贵人、人上人,甚至卑躬屈膝地奉迎拍马,奴颜十足地捧蛋放尿。当你离开"宝座"时,你啥也不是,讲究的人见面还给你打声招呼,溜须的人见你不屑一顾,你主动寒暄,他视若未见,因为你下了"宝座"再也没可有利用的价值了。

唯有美好的理想和信念是永恒的。为了捍卫自己的理想和信念,我举笔串百年,写一家之坎坷,展国运之兴衰;挥毫创一载,述一人之经历,见世事之风云。以小描社会之百态,以微绘人生之蓝图。表天河之琐事,书人间之沧桑。为使小说尽善尽美,借朋友之口,精心塑造天河湖畔一个酷爱文学,任凭风吹雨打,不怕千难万阻,走文学创作之路的穷小子。一生为实现自己的理想和信念遭灾遇难,百折不徨。最后办刊误入陷阱,直至蹲监坐狱,仍然不忘初心,最终还是文学让他焕发出意想不到的青春。

事实证明,理想信念之巅是人生可攀之路,虽不如钱权实惠,但它比权钱踏实久长。钱易生事,权能生贪,理想生智,信念生坚。

噫唏!世事苍凉,道阻且长,心底无私,襟怀坦荡,目金如土,视贵如糠。不畏流言蜚语,冷对利禄名享,失败时莫忽信念,大难中高歌理想。困顿间不忘坚持,成功日切莫张扬,红尘滚滚,与时俱进则兴;淮水滔滔,顺时而下则畅;恒心若磐,咬定青山不松;志坚如铁,抱定彼岸直航!这就是我写这本书的宗旨。

奉劝世人为实现自己的理想和信念切莫返航,只要持之以恒,奋斗到底,必将会迎来明天的辉煌,会给社会留下宝贵的精神财富,也给自己书写出光辉的篇章。最后,我衷心地感谢帮助我出版这部拙作的所有老师、编辑和朋友们。

二〇一七年十二月二十四日夜草于中都鼓楼